诺曼·马内阿
作品集

Norman
Manea

黑
信封

PLICUL
NEGRU

[罗马尼亚]
诺曼·马内阿 —— 著

邹亚 —— 译

新星出版社　NEW STAR PRESS

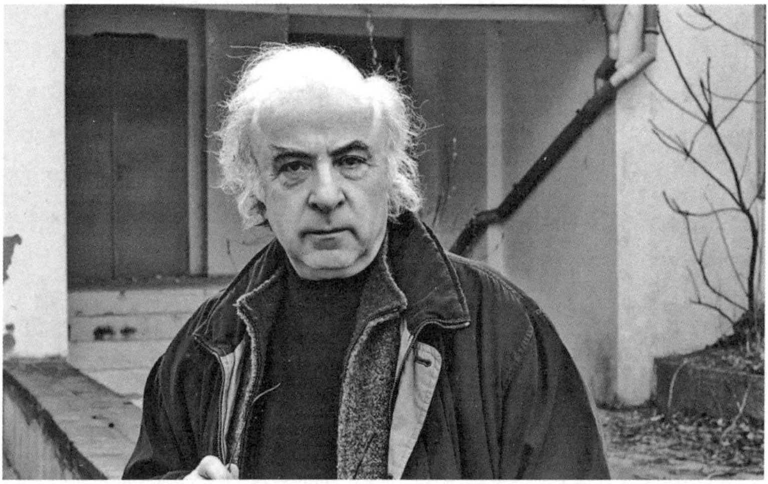

诺曼·马内阿，罗马尼亚最受推崇的作家之一，任美国巴德学院欧洲文学专业教师，同时为驻校作家。自1966年开始在米伦·拉杜·帕拉斯基韦斯库的杂志《言语的故事》中发表作品起，直到1986年离开罗马尼亚，诺曼·马内阿在此期间共出版了10部作品（5部长篇小说、3部短篇散文集、2部随笔集）。1979年，马内阿获得罗马尼亚作家协会奖，后获作家联盟奖（1984年获奖，后被社会主义文化与教育委员会取消）。

1986年后，诺曼·马内阿的作品被译为20多种语言，广受褒奖，在美国出版的作品被《纽约时报书评》评选为"最重要的出版作品"。1992年，马内阿获得古根海姆奖学金，并获得著名的麦克阿瑟"天才奖"（该奖被称作"美国版诺贝尔奖"）；1993年，纽约公立图书馆为他颁发图书馆"文学大师"荣誉奖；2002年，马内阿获得诺尼诺国际文学奖；2006年，凭借《归来》（Întoarcerea huliganului）获法国美第奇外国小说奖，同年，因在文化领域杰出的统领地位，他被罗马尼亚总统授予文化功勋，并当选为柏林艺术学院和诺尼诺国际文学奖评审团成员。2010年，法国政府授予他"法兰西文学与艺术骑士勋章"。2011年，诺曼·马内阿获得内莉·萨克斯文学奖并受邀成为英国皇家文学会荣誉会员。

由罗马尼亚Polirom出版社出版的马内阿作品有：《归来》（2003年第1版，2006年、2008年、2011年第2版），《信封与肖像画》（Plicuri și portrete，2004年第1版、2014年第2版），《法定幸福》（Fericirea obligatorie，2005年、2011年第2版），《论小丑：独裁者和艺术家》（Despre Clovni: Dictatorul și Artistul，2005年第1版、2013年第2版），《傻瓜奥古斯都的学徒生活》（Anii de ucenicie ai lui August Prostul，2005年第2版、2010年第3版），《黑信封》（Plicul negru，2007、2010年第5版），《逃亡者的抽屉：里昂·沃洛维奇谈话录》（Sertarele exilului. Dialog cu Leon Volovici，2008年），《分离之前：索尔·贝娄访谈录》（Înaintea despărții. Convorbire cu Saul Bellow，2008年），《与石头的谈话》（Vorbind pietrei，2008年），《中庭》（Atrium，2008年第2版），《一幅自画像的变体》（Variante la un autoportret，2008年），《巢》（Vizuina，2009年第1版、2010年第2版），《东方信使：爱德华·坎特里安访谈录》（Curierul de Est. Dialog cu Edward Kanterian，2010年），《流亡的话语》（Cuvinte din exil，与汉尼斯·施泰因合著，2011年），《囚徒》（Captivi，2011年第2版），《儿子的书》（Cartea fiului，2012年第2版），《日子与游戏》（Zilele și jocul，2012年第2版），《黑牛奶》（Laptele negru，2014年第2版）以及《在边缘》（Pe contur，2014年第2版）。

2012年，罗马尼亚作家协会授予马内阿国家文学奖。2013年，作家协会向诺贝尔文学奖提名马内阿，2014年，协会再次提名。

真理在破碎的密码文字中幸存下来,只因为那些仍然执拗地相信真理的人。

——诺曼·马内阿

全书由邹亚译自英文。

春天的早晨。一个长满可爱鬈发的脑袋从报刊亭的窗子里探出来，小小的黑眼睛，深红色的嘴唇，粉色的脸颊闪闪发光。

"别急，报纸已经到了，一会儿就好。"

围挤在四周的男人们一阵骚动。

姑娘把头缩进报亭，开始整理成垛的报纸。人行道即刻变得拥挤起来。路人行色匆匆，左顾右盼，目光中流露出些许无奈——一群又一群忙碌的人们。等着买报纸的队伍越排越长。

"《火焰报》卖完了，"女高音宣布说，"这是最后一份《罗马尼亚自由报》。你可以买《集邮者》和《渔民报》，它们可是真正的陈年佳酿。《谜语》？噢，我这儿没有。明天来看看吧！"

一个面色苍白的高个子男人腋下夹着一摞最新的报纸，走到路边的灯柱旁，开始翻阅手中的报纸。

"报纸上能有什么内容？"说话的是一个身材矮小的老妪，此刻她正倚在一只垃圾桶上。她的抱怨还在继续："报纸——排长队就是为了买报纸，你能相信吗？这些孩子太傻了，他们以为能从报纸里找到些什么。先生，我告诉你，报纸都是一样的，没有区别。在我看来，这等于是把钱扔进了下水道里。"

然而，那个须发皆白、梳洗齐整的高个子男人并没有听见老妪的这一番唠叨，他也没有听见高跟鞋落在沥青路面上发出的咯咯声。他没有看见飘舞在春风里彩虹般的裙裾，也没有看见金色长筒袜从身边掠过时瞬间的光芒。这位绅士翻动着报纸，沉浸在自己的世界之中，周围的一切对他而言都不复存在。

"人们就是这个样子，他们很健忘，"老妪并没有停止抱怨，"我们拥有这个可爱的国家，拥有这种天堂般的气候。但是，光有大自然还不行，你们这群废物！真正起作用的是人，是有头脑的人。难怪我们现在一切都一团糟。瞧瞧那些人，他们连刚刚过去的冬天都忘了。他们把冬天的残酷统统抛到脑后。他们甚至不在乎——他们连女人都不屑一顾。先生，我告诉你，人们实在是太健忘了。"

男人充耳不闻。老妪倍感失望，挪开步子，朝一边走去，那里，一个满脸皱褶的老头正不断挥舞着手中的空购物袋。

"说得太好了，太好了！"驼背老头嘟囔着，"我家老太婆就是这个冬天死的，我眼睁睁看着她断气。因为他们不给我们提供暖气。我们整个冬天都生活在冰窖里，连一滴热水也没有。老太婆有心脏病，寒冷的天气让她丢了性命。没错，先生，人们是多么健忘啊！他们甚至都不抱怨一声。"老人扭头朝着高个子男人的方向滔滔不绝起来，那个温文尔雅的绅士依旧靠着灯柱，眼睛一眨也不眨地看着面前的报纸。"瞧瞧他们！脑袋像筛子。无论你对他们做些什么，他们统统都会忘记。只要给他们一点好处——晴朗的一天、一块椒盐饼——没错，只要你给他们一块椒盐饼，一点儿阳光，他们就会忘记。人们就是这个样子。"

那个长相体面的男人似乎并没有感觉到陌生人的怨气是冲着他来的，也许，他根本不在听。他收拾好那摞报纸，身体离开了灯柱。

他甩开豆茎般细长的双腿，步子虽说迈得很大，但速度不快，因为他有些体力不支。

没错，这是一条幸福的街巷。风景如画的布加勒斯特，姑娘般活泼轻快——像昔日的小巴黎。要是周围没有贫困，没有挣扎的喘息，没有这个丑陋、做作的繁华该有多好啊！幸福的春天。幸福、健忘的人们，还有幸福的报纸。乐观的，说教的，给人们展现一个未来，一个无比灿烂的未来，只是不知道有谁可以亲身体验到这种未来。

餐桌。面包，牛奶。浆洗过的白色桌布。天刚破晓，他必须起床去弄些面包和牛奶。两杯热饮咝咝地冒着热气。牛奶替代了咖啡——替代，因为真正的咖啡难得一见。不管怎样，老年本身也是一种替代。我们的国家已经老龄化了。几片发硬的黑面包，上面涂了薄薄的一层李子酱。但是，桌上的餐具——调羹、刀叉、盘子——还像新的。每一件物品都是那么整洁、光亮。窗户敞开着，灵丹妙药、蛇毒、幻觉，都进来吧。春天，春天！

加夫通夫人快速翻阅着面前的报纸。她戴上眼镜，啜了一口牛奶，扫视了一下标题页，她放弃了。其实，只有到了晚上，等所有的家务都做完了，她才会有时间看报纸。她把那摞报纸朝坐在餐桌另一头的丈夫那儿推过去。

"至少，现在的天气还是不错的。如果只有冬天，或者只有夏天，那该怎么办？重要的是和谐。当然，我们这里就很和谐。我们真是幸运！"

她丈夫长时间地盯着她看。

"是的。实际上，刚刚有人说过这话，就在报纸上。春天是大自然给予我们的礼物！虽说不再年轻，但也是一种重生，不是吗？一种真正的刺激。"

他的夫人摘下眼镜，放在那摞报纸上。她低下头，看着桌上的杯子。沉默了片刻之后，她开始低语。没错，是低语。

"你还记得弗朗茨·约瑟夫是什么时候死的吗？"

"什么？你又听说了些什么？"

"没有,我只是随便说说。我把一些事情搞混了。咳,你过去常说,他还算是一个宽容的皇帝。"

丈夫微微一笑。他对夫人早餐时分的夸张表现已经十分熟悉了。

加夫通夫人不仅温柔体贴,而且对丈夫的工作也非常支持。她从不过问他的工作,因为她清楚,在他动身去图书馆之前,任何问题都只会徒增他的烦恼。然而,加夫通先生晚间归家时总免不了谈及自己的研究内容。

虽说如此,加夫通夫人在早饭桌上还是会东拉西扯、旁敲侧击,她想让夫君知道,他的研究也让她着迷。

"实际上,我在想:恺撒、尼禄,什么时候……我的意思是,他们是什么时候……还有佛朗哥,或萨拉查、墨索里尼,我知道。他死的时候是春天,对吗?元首也是如此。他放火烧死了自己,那也是在春天。但是,那个留着小胡子的家伙,就是那个乔治王朝时期的,他死在3月份。关于这一点,我不可能忘记。那是因为春天的围困吗?或者,像旋风一样势不可挡。"

丈夫把自己的金丝边眼镜放在杯子旁边,然后伸手去拿报纸。夫人梳理了一下自己的头发,花白的头发紧贴在脑后。

"对,你说得对,是春天的围困。变化带来的毁灭。这是无法确定、无法阻止的。我把今天报纸上的一个小故事读给你听听吧,看看你们还会不会说,我们这里平安无事。"

他把桌布的一角抹平。夫人站起身,手里拿着装面包的篮子。他看着她。一天中宁静的时刻。早饭给了他力量。新的一天即将开始,平静的交谈之后又将是奔波推搡、消息、借书证、给当局的信,然后是更多的消息,等等。

"听着,'我们将要在这里简要阐述的事实似乎是来自一部关于三

K党或是关于一群搞政治迫害的人的电影。在邻里街坊中搞政治迫害。'听我读啊,难道你不想听吗?"

女人忙着把桌上的碗碟往水池里放。她慢慢地挪着步子,左腿一瘸一拐,身子向一边倾斜,有些心不在焉。但是,她很快又回到桌边,坐了下来,两只白皙的胖手温顺地放在洁白的桌布上。

"就这样,他们闯入了那个女人的公寓。接下来会怎样?你猜猜看。他们放了一把火。你能想象得出来吗?因为那个女人喜欢动物,你在听吗?因为她养了小猫或者小狗,咳,谁知道她究竟在家里养了些什么。我们来看看他们这样做的借口,以及他们采取的措施。那个女人的名字和地址……你看不出吗?那个自称是地方委员会成员的什么先生,跟那些家伙,以及街区的其他住户狼狈为奸。你能看出这里面的联系,不是吗?你知道这件事情的来龙去脉了吗?"

他的夫人看着他,一脸的严肃。加夫通先生总是喜欢把日常发生的事情跟他自己在图书馆里进行的研究联系在一起,对此,他的夫人已经习以为常了。她知道,她的夫君习惯于一而再,再而三地走进40年前发生的事件中。但是,今天,他的声音中有一种特殊的东西。似乎这是一个至高无上的时刻,一次决定性的最终测试,而这个测试却完全超越了她的理解能力。尽管如此,她还是明白他为什么如此激动——一场出乎意料的胜利,是的,一种恐惧。一种长期压抑的恐惧不仅证实了他自己的期待,可以说,同时也给他带来了新的生命。

一个小时后,马太·加夫通先生在向图书管理员借阅比平时更多的书,而且,不知什么原因,他呆呆地站在那里,过了很久,他才伸手去拿面前的书。尽管这样,他还是仔细地检查了一番——1941年4月7日966号法令:决定对于重大的叛国和间谍罪行实施更为严厉的惩罚；普伦叶涅和拉谢拉：《法国的法西斯主义》；扬·安东内斯库将军：《国民军团式国家的基础》，1940年9～10月出版；卢克雷丘·珀特勒什卡努：《三个独裁者的统治时期》，再版，布加勒斯特1970年；《对格拉齐亚尼的审判》，罗马，1948～1950年；1941年4月7日966号法令：禁止政府公务员与外国人或犹太人通婚；《纳粹的阴谋与入侵》，华盛顿，1946年……这些书他已经很熟悉了，但他再也无法从中得到任何满足。流行病四处蔓延，那种困惑——希望如此渺茫，充斥着欺诈，直到那个看不见的捕鼠器"啪"的一声关紧了，一切都为时已晚，无法补救。昨日，疾病还停留在隔壁邻居的门口，或者是邻居的邻居家里；今日，它已经登堂入室，补救已经来不及了。罪恶之根源不仅仅隐藏在刽子手的心底，而且扎根于每一个囚犯的心中。猎人和牺牲品，纵火，一种私刑，什么样的借口并不重要，重要的是任何人都有可能成为猎物。

解释这个问题实在是太简单了，真的，非常简单。都是春天惹的祸？春天，像40年前的那个春天？每时每刻都要警惕陷阱和圈套，久而久之，身心倍感疲惫，迟到的遭遇已经超出了自身的驾驭能力。托词——有谁愿意相信？——竟然是小猫！

"你要走了吗？"柜台后面的那位金发女郎一脸的茫然。

他耸耸肩，感觉很是内疚。

他沿着大街漫步。春天。话语。话语构成的春天。三硝基甲苯。尘埃。红色。樱桃。柔嫩的花蕊，就像广告中呈现的那样。一只狗和一只猫。爆炸，大火，流氓，撬棍，公寓被毁，熊熊燃烧的火焰。大地，空气，水源，火灾。氧化，催情，挑衅，孤寂的毒液。春天，流淌的话语。

他在一张长凳上坐下来，这是一个肮脏的小公园。话语，大脑在永恒地创造话语，你聆听话语在内心不停地流淌。毁灭。大火。撬棍。

爆炸。邪恶。红色。火葬场。蜉蝣。蜉蝣的外表和身体。诱人的邂逅，令人生厌的丝绸，忧郁的田园诗歌，夜晚的轻风。疲倦的想象像一层保护膜，以言语的形式将他包裹。缺席的时刻——他明白这种衰老的逃避带来的危险。

也许他应该去托莱亚家，把杂志带给他。托莱亚的反应有些孩子气，始终让人捉摸不透：这种反应极为理想地模拟着活力，它甚至发散出某种病态的狂躁情绪。托莱亚可能会高声叫骂，或是点燃屋内的杂志，或者直接把他当作入侵者赶出大门。咳，究竟谁是入侵者，真难说得清楚。毕竟，房客是托莱亚，而不是他。因为自己不常来，因此，是的，应该去拜访一下托莱亚，这样，这位房客就没有理由抱怨了。不经常来——但上次的拜访就发生在昨天。

他轻轻地敲了敲门，无人应答。但是，托莱亚在家里。他能感觉到这一点，只是托莱亚不想开门罢了。他的手又在门上拍了拍，一下，两下，然后轻手轻脚地把门推开。托莱亚·沃伊诺夫先生连头也没有回一下，他似乎已经认出了闯进来的这个人，但他并没有做出任何表示欢迎的姿态。客人仍旧伫立在门口，踌躇着该不该进去。等待只持续了片刻。主人迈着大步，直接来到客人面前。

"老伙计，你来了！"

主人弯下腰，深深地鞠了一躬，然后闪身为贵客让道。这是唯一可行的通道，客人微微一笑。他打量着教授，脸上闪现着光芒。没错，房客一点儿也没变：有棱纹的白色长裤，白色毛衫，白色网球鞋。修过面了，光光的，很精神。没错，就是他。狭小的房间里只有两张椅子，他坐了下来。

"我带来了坏消息。"

"谢天谢地！"教授在胸前画着十字，"那就全都说出来吧。我用咖啡答谢你。别闷在心里,朋友,好吗?你会喝上一杯货真价实的咖啡,百分之百的,跟我们这个多边发展的国家所喝的那种玩意儿完全不同。如果你的消息是严重的——我的意思是说,糟糕的——那么,你可以享受到一杯顶级咖啡,从真主的咖啡壶里直接倒出来的。"

他在猪圈般的房间里转悠着,书籍、领带、笔记本、购物袋等散乱在周围。他仿佛是一个魔术师,瞬间变出来一个保温瓶和一只杯子。咖啡准备好了。在他们中间的那张铁制小桌上,摆放着一只绿色的大杯子,里面满满一杯咖啡。

"就我一个人喝?"

"我已经喝过了,灌了满满一肚子。我的胃动力消失殆尽。你慢慢喝,别着急。在你把灾难性的消息说出来之前先放松一下。我今天的时间都归你了,马太公民。你把我堵在家里——我真是不走运。"

客人小口啜着,微笑着,但笑意瞬间就消失得无影无踪。

"我先解释一下,这样,我们之间的谈话会顺利一些。"教授开始不耐烦了。"我把一切都告诉你,省得你旁敲侧击,一路赶往加德满都。说吧,全说出来吧。你想收回这间屋子。我必须从这个墓室里搬出去。我说的没错吧?"

客人差一点儿呛住。

"不,不,绝不是这事儿。我要说的是,大幅度的裁员计划即将开始。你档案里的内容肯定对你有影响。就像50年代那样。这就意味着,你的饭碗保不住了,这可不是玩笑。你也知道,这一次,我是无能为力了。"

他一口气把事情都吐露出来,顿时感觉轻松了许多。接下来,两人许久没有说话——一种崩溃,一种联系的缺失。

最后,教授的声音打破了寂静。他的声音尖厉,又恢复了活力。

"作为一个领取养老金的人,你对各色各样的恶作剧都充满了兴趣,我没说错吧?我听说,我听说你每天都给政府写信。你想借此赎你50年代犯下的罪恶,对吗?那时,你是新闻记者,你为他们编造他们所需要的任何谎言,还添上许多他们或许没有要求你写,但你却相信的东西。现在,你试图弥补过去的过失。你不断地呼吁,不断地提申请,提建议。你批评,你提醒,你建议。一个志愿者,一个真正固执己见的记者!你勇敢,你随时准备帮助我们这些可怜的罪人。你说,政治档案又回潮了,就像50年代那样。但是,那些事情不会重演的,是吗?你为什么不把这些都记录下来?现在,勇气不是什么了不起的东西,退休金每月按时送到手中。你帮助我们这些可怜的罪人,不对吗?也许,你会为我再谋一个职位。毕竟,你和我哥哥在上个世纪是理工专科学校的同窗好友。他现在已经是阿根廷公民了,生活在那个被称作布宜诺斯艾利斯的疯人院里。我们的朋友马尔加说,那是世界上最美丽的地方之一。他了解这类事情,因为他本人就在一家疯人院里工作。"

客人身子前倾,手里仍然端着那只咖啡杯。但是,托莱亚的目光并没有在他的身上停留。

"你想让我做些什么?请你那个阿根廷同窗帮忙?求我那个魅力无穷的哥哥?乞求他的施舍?你知道,老板已经完蛋了。还能做些什么?游泳池、轿车、农庄、房屋、银行存折、假期——这些都令人生厌。要我写信跟他聊聊童年的往事,壁炉,还有父母亲居住的房子吗?他定会热泪盈眶,立马去看精神科医生。"

"别逗了,别再夸张了。看来,他已经给你写过信了。"

"当然,当然。我除了快乐之外一无所有。通信联络!海外!资本主义国家!军事法西斯独裁专政!那些亲戚背井离乡,因为他们幻想轻松挣大钱，他们向往舒适的生活。他们在复活节和圣诞节期间给我们寄一些可兑换的钞票。我只是一个替代。加夫通先生！被打扮成替罪羊的旧时代的余孽。他们在政治研讨会上就是用的这个词语，不是吗？然而，谁知道呢？你可以帮我找个工作，也算是某种补偿吧。一个有薪水的嗜好。不是你这种带薪的新工作，就是一种没有任何报酬的反省。你看如何？你愿意雇用我吗？"

"我不知道你在说什么。我一点也不明白。"

"这么说，你不明白。好吧，如果别人听不懂，那就应该进一步解释，对吗？你还记得那场'大悲剧'吗？"

加夫通沉默了。他把身体的重心从左侧移向右侧。

"家庭悲剧！死亡，先生，那是世上唯一的一种悲剧。死亡。上帝雇用我们这些人上演了那场悲剧，不是吗？因此说，死亡……你肯定还记得那场葬礼，对吗？我指的是父亲那个时候遭遇的事情，记得吗？"

客人连忙插话说："是的，当然记得。"

"很好。这么说来你还记得。那是什么：自杀、谋杀、事故？难道你不记得了？也许，你已经忘了。你那时的名字和现在不同——一切都不一样。"

"那又怎么样？你什么意思？"

"那又怎么样？那又怎么样？瞧瞧，当然，你不会告诉我，你那时的名字是加夫通。我说错了？咳，算了，我们不要纠缠细节了。这么说，你现在是一名在家里办公的记者了。"

"你是从什么渠道——"记者的脸由红变白，突然间，又红了。

"朋友，我没什么恶意，别难为情。有些虚幻的目标其实很有意思，非常天真，并非都是卑鄙邪恶的。你最近的想法和最初的想法一样，都十分人道。它令人感觉更加愉快，因为它毫无用处，也不会给你带来任何收入。因此说，你现在是一个替百姓服务的记者，很好。你不再写文章，而是改写信件了，对吗？很好。就像那些拉美的警察，他们决定成立自己的帮派，镇压流氓恶棍——然而，这是借用警察力量的个人行为。很好。只要你具备其他的激情。我本来想使用疯狂这个词——请见谅。照此看，你开始调查了！你审视过去，为的是遗忘现在，或者说，为的是更好地了解现在。当然，这不是我的事。但是，这也是，或者说，这也能够成为我的事。我的意思是，我们为什么不能怀着不同的目的研究同一时期的历史呢？但我是要报酬的。你意下如何？"

"我反对，我不明白你追求的是什么。"

"我追求什么？就想让自己为某事而兴奋，就想找到具有魔法的行动。正如生活在资本主义天堂里的那些人所说的：一场游戏、一种嗜好。再也不愿意过这种枯燥乏味的生活了！与之相比，死亡也不是那么可怕的悲剧了。上帝想让我们给他创造乐趣，不是吗？无论怎样，这就是他创造我们的缘由。

"这样说吧，我能参与你伟大的事业吗？我正在描绘我的家谱，研究家族故事中那个神秘的章节。你看如何？别人不知道我是一个怎样的人，但是，每当我想起家中的壁炉，想起我的童年往事，我就有一种冲动，我要写一部回忆录，追忆我那个被毁灭的家族！如果我帮你，你会付我报酬吗？能成交吗？"

又是沉默。屋内越来越安静，教授感觉自己有些太过分了。

"先生，我再给你倒一杯咖啡吧！除此之外，我这儿没什么可以拿出来招待你的。我知道，你既不喝酒，也不抽烟。我也不能让我的那些相好服侍你，她们今天都休息。然而，一杯真正的咖啡——在我们这个时代，相信我，这可是名副其实的刺激。几乎可以说，是对社会和谐的进攻。想想看：一公斤咖啡在黑市上的价钱可是一个月的薪水啊。"

客人没有出声。入夜了，窗外一片漆黑。他的动作越来越迟缓，声音也不那么有特色了。

"不用麻烦了，"最后，客人开口了，"时间不早了，再说，我晚上睡眠也不好。我更愿意谈谈你的工作。"

"哈，那有什么好谈的？我明白，你帮不上我的忙。你不是从前那个有正式职业的新闻记者了，因此，你也不可能再和那个疯人院的狂人医生马尔加并肩作战，一起拯救我，把我带到这个声名远播的首都，担任'婊子旅馆'的接待员，那可是一个很吃香的工作啊。抱歉，我知道你不太喜欢俚语，应该是'色情旅馆'——这是流行的说法。"

"没错，给你找工作可不是一件简单的事情。但是，这还不是最困难的问题。"

"咳，假如存在比这更困难的问题，那我们已经涉及了。实际上，我正开始和那个阿根廷人联络。"

"问题和那家旅馆有关。但你知道那里的情形，员工、各种关系，以及责任。"

"啊！我明白了，原来你了解这个联络网。你肯定也在那个部门工作过！无论怎样，你在各行各业都有体验，甚至包括职业革命，不是吗？我说得不对吗？告诉我，是这样吗？"

"别装傻了！你是旅馆的一个接待员，除了工作、薪水、白班、夜班之外竟然一无所知。要知道，你一口气干了两个星期呢，谁信啊！在那家干接待员的活儿不是最好的选择，除非你自己愿意去做那份马屁精的工作。你知道我的意思。"

"我当然知道。同志，你的意思是，我们不能继续在黑暗中讨论下去了。加夫通同志，不能让他们以为我们在策划一场阴谋——我们在利用黑暗。"突然，灯亮了，这又是托莱亚的小把戏。一个蜡烛般细小的灯泡，一个金属夹子将其固定在桌子腿上。灯光微弱，只能映照出接待员脸部的轮廓，那张脸酷似罗马执政官，胡须剃得干干净净，显得十分苍白。

"先生，既然你提起此事，那些自由撰稿人的信件最终定会让你陷入困境。一个为人类利益请愿的人！此外，我也不明白你名字的事情。你为什么要用一个另外的名字去做好事呢？毕竟，我的，或是你的祖先，他们改换名字的理由绝非如此，不是吗？我们是另类，对吗？"

对方没有吭声，甚至连哼都没有哼一声。

"你用了你夫人的名字，这样做是不是为了给人留下深刻印象？尤其是在战后？因为她有一个兄弟是法西斯铁卫团的成员，而她本人却是无辜的？在50年代，你冒着玷污你清白记录的危险，像传教士那样去捍卫客观真理！你就是用这种方法证明给自己看的吗？就像那样，加夫通阁下？"

加夫通阁下一言不发，或者说，他在小声说着什么。"我看，你暂时可以做一些翻译工作。你仍然可以在那些从事科技翻译的公司找到关系，甚至可以试试出版社。在某些事情发生之前，这可以帮你摆脱困境。"

"翻译？很好！笔译、口译，管它是什么。我们都在做翻译，翻译已经成为生存之道了，不是吗？我们都是替代，都是译者，不对吗？

"但是，译者也要看档案吗？他的简历，他在警察局的案底？他的父亲、母亲、兄弟、姐妹，还有政治关系——为某些特殊案例而保留！阿根廷就是一个特殊的例子，不是吗？阿根廷大马戏团——将军们不断地访问这个国家，因为我们是一色的拉丁人，一色的动物，不对吗？旅馆是私通者的天堂，你对那里的接待员一职了解多少？朋友，你不可能对此有任何了解。目前，消灭我们的不是撒旦和他的门徒，而是那些通风报信的人，那些中间人。小小的辅助，替代——甚至包括我。先生，一个替代，你太明白我的意思了。这是一个充满替代的世界，是我们的大马戏团。任何一个地球人都明白这一点。我亲爱的先生，没有人不知道。我相信，你也知道。"

教授坐在昏暗的烛光里，与此同时，黑暗中的马太阁下一言不发，聆听着那个名叫阿纳托尔·多米尼克·万恰·沃伊诺夫——人称托莱亚——的房客滔滔不绝的讲演。

趁着他喘息的机会，马太阁下最终做出了回答。

"实际上，我来这里的目的是建议——为什么要隐瞒呢？如果你需要一些——坦率些，如果你需要一些钱。你知道，我不是一个有钱人。但是，我还是来了，我想给你——"

"作为借款，是吗？"

"对，当然，否则……"

"好，好。太完美了。借款，我接受。瞧，老兄，我接受了。我同意借款。任何时候，任何方式，任何数量。以前我担心，在你离开的时候，我会发现一只塞满了崭新钞票的信封。你现在还坐在黑暗里，你可以神不知鬼不觉地把你那精美的礼物塞进我的手里。你知道，我不喜欢慈善家。我很高兴，你并不属于那一类虚伪的人。你甚至还有那么一点吝啬，加夫通先生。我希望，你不会介意我过去对你的观察。我承认，你的这种认真、严肃的态度使我印象深刻，我对此怀有一种不可动摇的尊敬。吝啬是一件严肃的事情，它应该得到每一个人的尊敬！只有那些头脑简单的人才会认为这是一种缺陷。你知道，你的好意使我万分感动。"

教授说话的语速很快,他的目光从客人身上转移开去,双眼直勾勾地盯着黑黢黢的窗户,嘴里飘出的话语似乎从那扇反射黑暗夜色的玻璃窗上弹了回来。虽然不太确定,但他感觉到他的客人已经起身,而且就站在窗户边上。他感觉到这个豆秸似的加夫通已经迂回到了他的左边,正俯身打量着一个看不见的阴影。他感觉到,抑或根本没有感觉到——无论怎样,他不在乎——那个傻瓜已经转过身来,慢慢地,他的光头在微光构成的细小光环下像一个闪闪发光的球体。是的,他刚才把灯架和电灯移到了书架上,因此,圣洁的灯光一览无遗地洒在光秃秃的头上。此刻,他惊讶地看着豆秸般消瘦的男人,仿佛他刚刚察觉到他的存在。

"先生,我让你不高兴了吗?是因为我无耻、高超的幽默吗?不过是没有恶意的表演罢了,真的。你别放在心上。别担心。我不是一个让人讨厌的人,不会用那些喜剧中的玩笑来烦你。至于借款一事,下次再讨论吧。等到需要的时候,等到我们沿着记忆的轨道走下去的时候。"

接着,他沉默了。或许他在积聚能量,准备最后一次的轰炸。他的声音沉重、镇定、低沉,但没有一丝的尖刻。

"你知道,先生,我什么事情都不在乎。我真的什么都不在乎。你还记得我的父亲吗?他以为自己能够逃避。哲学家!巴黎大学!他造了一个酒窖——以此逃避。他以为自己可以逃避,酒精从来都是必需的燃料。包括愤怒的日子——特别是那个时候。瞧一瞧吧,看看大家是如何排着长队,推来搡去,为的就是买到一些臭烘烘的锯末和垃圾酿成的酒。旅馆的接待员万恰根本不在乎他是否可以逃避!我什么都不在乎,记住。但是那个人在乎。哲学家,巴黎大学!当他意识到在他去往的天堂里有东西在等待他的时候,他藏匿起来了。关系,金钱,酒窖——我们要摆脱一切。这就是哲学家脑子里想的内容。他没有逃脱,这你是知道的;他没有逃脱。至于我,是否能够设法逃脱,我不在乎。你知道,我真的不在乎。我的无所谓态度比钻石还要强硬!先生,这是一种钻石般的无所谓态度,比上帝他老人家的心肠还要坚硬。上帝无处不在,永远都是神龙见首不见尾。每一个地方,没有地方,聪明的老把戏。"

他突然打开了窗户。夜色冲进屋内——迅速、芳香、狡诈。一阵突然而至的打击。教授摇晃着身子站起来,抓住客人的肩膀。

他有些厌烦了,轻轻地把客人朝门口推去,推进夜色之中。这就是昨天的事情。


"你回来了?"金发碧眼的图书管理员轻声问道,她的语气透着些许惊讶。

养老金领受者马太·加夫通会意地一笑。别人都说他是这儿的常客。虽然他经常泡在图书馆里,但他却不情愿做出任何解释。"是的,我改变主意了,不回家了。如果这时候回去,我会打搅我夫人的。她在家里辅导学生,到晚上才结束。我的那个朋友兼邻居出门了,去寻找上帝了。"玩笑结束,他笑了,回到这里读书,他很开心。

"我在公园里休息了一会儿。我认为,这是个极富攻击性的春天。"这个知名的读者补充道,他说话的时候神情胆怯而诡秘。他朝后面窗边那张桌子走去,那是他的老位置。

很快,马太·加夫通桌上的书籍和旧报纸就堆成了小山。

《扬·安东内斯库将军执政时期内政部的活动》,达恰—特拉扬国家图书发行和绘画艺术社,1943 年;《1940 年 10 月关于重新组建罗马尼亚运动队的法令》;《1942 年 10 月关于国家的宣传策略,危险事件，以及生存与利益的法令，1940年，1942年，1943年》；《民族同化政策下行政长官的任命》；《头号叛国罪的处罚》；《对秘密返回罗马尼亚的被驱逐人员实施的死刑政策》。没错，都在这里了。《禁止与外国人或犹太人通婚的法令》；《对格拉齐亚尼的审判》；《头号叛国罪和间谍罪更为严厉的处罚措施的介绍》（他已经开始阅读了）；《65位罗马尼亚知识分子1944年4月联名上书扬·安东内斯库，呼吁罗马尼亚撤离战场》。此外，当然，还有其他的相关文章和书籍，图书管理员对他的需要早已了如指掌。

然而，那天下午，这位勤奋好学的养老金领受者并不想做任何研究工作。春天中断了他的阅读和研究。房间里没什么人，只有几个年长的疯子。做了这么多索引卡片，摘录了这么多引文，这些没有人要他做，没有人期待，也没有人需要。人们也会把他当成一个脑袋有毛病的人。他感觉头痛。是的，他今天不能再继续工作了。都怪这个春天：躁动不安，偏头痛……一个迟到的遭遇，对那些长期受到侵扰的囚犯来说实在不合适。那个令人疑惑万分的剧变——一个你不可能有任何信心的海市蜃楼。

加夫通下意识地抬起手，抹去额头上的汗水。一场旋风，是的，天空中一片无形的火焰……他低头看着面前翻开的笔记本，下定决心开始写作。"道德和正义必须成为任何新社会的法制和生活所遵循的准则。社会公仆，从上到下，必须首先遵从这两项原则。举一个例子：过去的一位同事不久前通过邮局寄来一个包裹。咳，我对照阿根廷方面的清单检查了一下里面的内容，我发现，清单上的一些物品失去了踪影。"是的，他发觉这些文字有点恶心。他把那张纸撕了个粉碎，丢进了废纸篓里。这儿还有一张，写得满满的，是另一封信的草稿："正如你所知道的，我从来不玩匿名的游戏。我为自己所提出的小小要求和建议负责。这些可能是微不足道的，但却很重要。那些由我们决定的内容必须得以纠正和改进。至少那些我们有决定权的规章应该遵循这个原则。我已经正式向你反映标注为电梯的那些电梯质量太差。咳，前天……"

他感觉厌倦了，倦乏了，这一点他不得不承认。但是，他不能放弃那些字体秀丽的信函，因为，通过它们，他使全世界知道了他这个人的存在，知道了他的忍耐力，以及他的失败。

他望着远处，但他的目光飘移不定。他低下头，痛苦地继续看着那些文字。"亲爱的同志们，在池塘边，他们的所作所为不仅仅为动物爱好者所不齿。按照法律的规定，动物的主人有三天的期限，要求领回他们走失的小动物。唯一了解动物是否遭到囚禁的途径是亲自拜访那个机构。然而，那里禁止出入。无奈之下，人们只好站在大门外，等着付费之后领回丢失的宠物。同志们，这不仅违反，而且践踏了基本的人权……"

当马尔加医生知道流行周刊上刊登的那篇文章时,已是傍晚时分了。

病人们离开病房,到外面的院子里去了。医生独自一人坐在一张长板凳上。他摘下眼镜,揉搓着前额,然后脱下工作服,想放松一下。

汗水顺着他下巴上稀疏的黑色胡须滴落下来。他掏出手帕擦拭着,试图忘却自己的疲倦。他把自己两只短短的手臂交叉起来,放在那个突出的啤酒肚上,身体向后挺直。他的双手软软的,肩膀也是如此,但两条短腿却是沉重无比,仿佛灌满了铅。一旦放松下来,他竟有些许眩晕的感觉。

他的助手给他端来一杯凉茶,还有一个装满药片的小纸包。医生又一次用掌心抚摸着自己的胡须,然后戴上他那副茶色眼镜。他一口吞下那把药片,慢慢地喝着杯子里的茶水。

"您太疲倦了,"她说,"您对自己太苛刻了。"

"苛刻——哈!我们能应付,这是他们说的。"

"您烟抽得太多,饮食习惯不科学,而且,您的睡眠也不足。您必须知道,心脏……您没有权利。您无视一切规章,像一个无知的病人。"

"咳,其实我心里明白。猝死是最痛快的方式。"

接下来是许久的沉默。狡诈的微风催人入睡。淡淡的天空划过一根长长的、无形的孔雀尾。是的,蜉蝣嗡嗡作响,桀骜不驯的春天给人带来疯狂的刺激,仿佛它来自另一个世纪,另一个星球。

助手仰视着天空,目光并没有转向医生。

"我读点儿东西给您听,您会明白事情究竟有多糟糕。"

她短短的手指上戴着各色戒指。她把腋下夹着的那本杂志打开。马尔加似乎有些心不在焉。尽管如此,那位女士的声音却越发高亢起来。

"'那些希望有所作为的人士遭遇到流氓的欺侮。治安部队动起来了……他们到达现场,劝说大家冷静,然后离开了。'医生,您听见了吗?他们'劝说'。好像……看看还有什么?听下面的内容:'那些人继续围攻公寓楼。民兵们再次来到现场,再次呼吁大家冷静,然后离开。'您听见了吗?他们'呼吁'……'治安代表们第三次,也是最后一次来到现场,那伙人最终散了,但原因却是他们已经失去了兴趣,并且已经筋疲力尽了。'"

助手话音落下,然而,医生却没有任何反应。女士等得有些不耐烦了。声音的确是停了,但听者却充耳不闻,他好像在打瞌睡。不对,他没有打瞌睡。

"好像有人来了。"听上去,医生在低语。

一位身着褐色礼服的女士沿着小路走了过来。她身材矮小,走起路来却有意把脚跺得很响。显然,护士一眼就认出了她,但她却继续读着手中的杂志,丝毫没有留意对方。"'简直不可思议,但事情的确如此。在光天化日之下,当着街坊邻居的面,还有——'"

医生此时已站起身来。他伸手把架在鼻梁上的眼镜扶正,这样,外人就看不见他那只不存在的眼睛了。他微微一笑,当两人的手握在一起的时候,那位年轻女士的脸上也荡漾着笑容。助手抬起头,但随即又继续读她的杂志,声音中流露出一份恼怒。

"'当我们写这些报道的时候,位于某某大街的某某公寓楼……看上去仿佛遭遇了空袭、火灾，或是某种自然灾难'……"那位体态丰满的助手——奥尔坦萨，转过身来，面对着医生，但她的目光始终没有在客人身上停留。她那涂着浓浓唇膏的厚嘴唇紧紧地闭着。

"请记住，那个受害者从自己的家里跑了出来！新闻记者说，她现在轮流借宿在朋友家和亲戚家。那位受害人非常害怕，担心这种攻击会再次上演……"不知道她此刻所说的内容是援引自那份杂志呢，还是她个人的评论。

"你看，事情就是这么糟！看样子，我们要把这个可怜的女人收容进来。到我们这儿来的应该是受害者，而不是那些到她家放火的疯子。你知道，那些人肆无忌惮。疯人院应该收治那些有精神疾病的人，但是，情况并非如此。"此刻，她勃然大怒。她看着面前这两位无动于衷的听众，仿佛他们也是这起事件中的恶人，因此，她对他们更加不满。

她弯下腰，从长凳上拿起茶盘、茶杯，还有那个空空的药袋。她把这些装进罩衣口袋里。但是，她并没有立即离开，而是坐了下来，伸开手脚，抬眼望着淡紫色的云层，脸上现出了微笑。暮色中，云朵在春天的天空里相互追逐。但是，医生似乎没有注意到这些，他的目光始终停留在刚刚到来的女士身上。伊里娜面带微笑，她明白。医生轻轻揽着她的肩膀，带着她朝自己的办公室走去。

漫长的一天，反常的一天，这一天，她感觉眩晕。她有几次想去教堂，认为有必要在那个安静的环境中让自己镇定下来，然而，最终，她却发现自己来到了马尔加的办公室。伊里娜到达车站的时候还是上午。一路上，她不断重复着那些只言片语，这种时间上的不和谐诱发了一种痴痴呆呆的状态。从死亡的角度来看……角度，角度，角度，最大视角，完全清澈、透明的夜晚，缺席的死亡，像生者一样……固定的终点，光亮和盲目。

这些话语像具有魔力的符咒一样反反复复。一种衰老的冲动，一个几乎无法察觉的观点，返回，返回，同一时间里既是尽头，也是中点。光亮和黑暗，是的，一根闪烁着磷光的虚无细针，完美无瑕的夜晚，像生者一样的死亡缺席。是的，就是这样。

声音——浑厚、柔和的喋喋不休，汩汩地流淌着。某个地方，远方，她听见了世界大舞台发出的声响。卡车，电车，车轮滚滚，咆哮着从沥青路面上碾压而过。各种无序的声音：交通警察的哨声，一只铁皮罐头在空中滚翻，救护车的警笛，排队购买报纸、马铃薯、餐巾纸和阿司匹林的人群含混不清、歇斯底里般的叫声。

她睁开眼睛：幼儿园里出来一队睡眼惺忪的孩子，正在公园附近排队准备过马路。

白天的游魂，我过去生活的写照。夜晚让我恐惧。一片狡诈、野蛮的沼泽。我过去一直非常阳光，非常现实，随时准备抓住任何一个有形的、活生生的东西……那么，这一切在什么时候发生了变化呢？现在，我把自己完完全全托付给了黑夜，那是我唯一的避难地。黑夜的时空代替了我的白天。现在，身处在一种情欲的盲目之中，根本无法辨认出我的这张脸。

交通信号灯由红色变为绿色。孩子们的队伍开始移动了。他们脸上挂着微笑，小手紧紧地相互拉在一起。那个个头不高但却很健壮的女老师打了一个手势，孩子们开始唱歌了。他们拖着长音，咿咿呀呀，稚嫩的声音，落下，落下，柔和，困倦，麻木。一队昏昏欲睡、跟跟跄跄的影子。

伊里娜又一次闭上眼睛，猛烈地挤压着眼睑，然后重新睁开。她穿过马路，沿着石砖铺设的道路向上走，直奔公园的方向而去。她在第一张长凳上坐下来，头顶上是茂密的枝叶，四处伸展，形成了一个拱形的圆顶。

她从衣袋里掏出报纸，翻了开来：《我们的生活》，这是协会的全国性刊物。她的眼睛始终盯着刊头的红色大字，以及上方的口号：全世界无产者，联合起来！多少年了，她对此已经非常熟悉了。这句口号出现在国内的每一份报纸、每一本杂志上面，出现在每一个办公室、每一所学校或是每一家医院。看的次数太多了，倒显得有些视而不见了。这一次，她一遍又一遍地朗读着这动人的号召——仿佛她这是第一次体验这个口号带来的迫切和活力四射的节奏，这个节奏甚至还需要读者的回应。如果……会怎样呢？她清醒过来，自娱自乐地小声嘟囔着。联合，迫切的联合。如果……会怎样呢？

"协会复杂的任务。总书记针对群众组织和国家机构在贯彻执行总方针中应起的作用做出了指示。"

她翻阅着手中的报纸，廉价的纸张几近皱褶，油墨早已污染了她的手指。

"协会最佳锁匠得主。向最敬爱的领袖致敬。庆祝劳动节的活动。协会的荣誉退休摄影师。用社会主义的道德精神和正义感教育会员。"她翻到下一页，"第九次会议以来已经20年了。专业特长和在生产中吸收残疾人。"等等，等等。"和其他国家相同组织间的友好合作关系。残疾人协会的足球锦标赛。社会主义道德和正义感。为和平和扩大外部关系而努力奋斗。考察犯了错误的学生。社会主义经济的需求。劳工保障。协会周年庆典摄影展。吸收残疾人加入劳动大军。向敬爱的领袖致敬。"

一阵困乏向她袭来——呆滞、倦乏、懒散、怠惰、抑郁。她真想把自己的手掌贴在神圣的墙壁上,感觉它的那份冰凉,发出以下的疑问:"我们难道不如其他人吗?"然后,原地等待那空荡荡的回声。没错,她真的想把自己的两只手一起粘在修道院的墙壁上,提出一个接一个没有答案的问题。然而,身边的声音惊醒了她。

"一只鬣狗,她从前就是这样,用上百种要求对主任发起进攻,在会上大喊大叫,指责主任背叛工人阶级。上帝,好一个蛊惑民心的政客!后来,还差两天就要放年假了,他把她叫到了办公室。他像一头受伤的公牛。你比通索尤还要坏,他对着她咆哮起来……你不认识通索尤?她很久以前提升为部长了。一个文盲,一个不择手段向上爬的人——她过去经常派人替她跑腿购物,向别人索要小礼物,而且,不管是谁的钱,她都来者不拒。这就是他喊叫的内容:你比通索尤还要坏!我帮过你,救过你家人的性命,提拔过你,保护你不受他人的攻击,送你出国,替你隐瞒你和那个司机的丑事。但是,你把你的办公室变成了一个肮脏的地方,一个公共厕所,任何人都可以随心所欲地和你做那事儿,在走廊里都能听见你们的声音。"

伊里娜佝偻着身体,怀抱着自己的手提包,一动也不动,仿佛她没有感知到坐在她附近的两位年轻女士。她们也没有注意到她,因为她们正忙着议论那件事情。

从她们的语气中并不能听出什么不快的情绪。离她更近一点儿的那位女士声音似波浪,起起伏伏,荡漾着涟漪。坐在板凳那头的女士声音浑厚、有力,伊里娜能够想象得出,她一定是身穿毛衫和牛仔裤。

"主任就这样高声喊叫着:'出去!滚出去!听见了吗?'我想,打那之后,他一定也很害怕。毕竟布雷坦代表的是党组织。她总是以这样的身份自居:她就是党。可以说,主任这样做,也是鼓足了勇气的。然而,事情的结局会很糟糕,我们很可能会落入困境。"

伊里娜慢慢站起身，离开了。小麻雀的声音渐渐远去。"我们不如其他人吗？"那个声音随时都在问她。是的，她可能已经做出了回答，接着，她可能又否定了，不知道两个答案中哪一个更加令人伤感。最后，她可能以"找不到比这两个答案更为严酷的答案"结束这段对话。她回忆起蚁穴般的组织内部展开的那些对上帝不恭的游戏：黄油的生产，轮船的焊接，制服的缝制，舞会，讲演，发夹，自行车，假发，唱片，领带，火车罐头，胸罩，火炮，纸牌，等等，创造了一系列毫无疑义的人类竞争。

"哇，伊里娜，很久没见了！"

一个男人拍着她的肩膀。

伊里娜正在街边的报摊上翻阅一本草药指南。古老的治疗方法，草籽和草药。

这个男人个头很高，没有胡子，面色苍白。他的嘴唇很厚，鼻子很大，头顶斑秃，戴眼镜。一套褐色西装，咖啡色的领带，奶白色的脸庞。

"我记得你那时不戴眼镜。"她有些困惑，喃喃自语。

斯特凡·奥拉鲁，那时，他是工程系大四的学生，一个野心十足的人，他的勤奋和努力为他赢得了年级第一的荣誉，而这份荣耀原本是属于另外一个人的。然而，那个人实在太马虎了，太不善于运用心计了。这个昵称为佛尼克的斯特凡起先击败了众多竞争对手，与小巧玲珑的劳拉同居，然后又与诺拉发生过短暂的关系，随后，令人吃惊的是，他娶了萨洛米斯。这是一个又高又瘦的女子，很快就为他生了两个胖墩墩但视力有问题的孩子。她后来抛弃了他们，投入一个年轻工程师的怀抱，这个女人会玩手球，美丽、结实、性感。在她之后还有什么人大家就不清楚了。佛尼克这个自负的家伙十分勤奋，工作效率也高。谁知道呢，没准他已经成功地把自己的特点变成了优势。

对的，他们很久没见面了，那时大家还很年轻。她想起了托莱亚、医生以及加夫通，还有那个始终在她梦里出现的疯子。

"还是这么爱读书？"他看着她，一副不耐烦的样子。"你一点儿也没有变。这可不可以理解成一种不幸的象征呢？"

伊里娜放下手中的小册子，正视着眼前的这个男人，聚精会神地看着他。

"这么说，你已经摆脱了你的不幸了？"轮到她发问了。

"还不能这么说！但是我坚持读古典文学。至于现代的文学作品嘛，我看不懂，不知道在说些什么。生活更加简单了——简单了许多。它提出问题，提供答案。明白无误的信息。"

"它给过你这些吗？你好像很满足。"

"你瞧，你也能够使用这么大的词语。这得益于阅读！但是，这又意味着什么——满足，或是不满足？毕竟我们都是知识分子，不是吗？你想听我抱怨说，我得了溃疡，或者，我找不到猪肉、奶酪，找不到针线？或者对你说，我像其他人一样，在一个没有暖气的公寓里度过了冬天？没有柠檬，没有纸巾，只有拥挤不堪的公交车？这就是你理想的谈话主题吗？咳，抱歉，我不愿意那么没档次。你知道，知识分子始终没有明白……"

伊里娜微微一笑。她想，佛尼克已经忘记，他自己刚才还一直在充当那个可耻群体的代言人。但是，他即刻反应过来了。

"矛盾？你认为我在这么短的时间里就自相矛盾？咳，你知道，其实并不矛盾。受教育的群体在这里急剧膨胀。由于机器的使用，农民和工人已经发生了变化，感谢机器。今天，知识分子究竟是些什么人？医生，工程师，律师，教师，政治团体组织者。你别笑：没错，今天的政治组织者也属于这个群体……因此说，这些人都是知识分子！不是那些在咖啡馆里闲聊的人，这是一个新生的、重要的阶级，它调整着社会的一切活动。我还能说什么？我从事着有趣的工作，家里一切都好，还有什么——我要开始哀号吗？"

佛尼克似乎离她更近了些，这样，好像他的话更加有说服力。

"我还经常外出旅游。大约五年前，他们开始派我出差。我走遍了那个地方，目睹了那里人民的生活。是的，他们有食物，有汽车，有避孕药具。但你知道，他们并不比过去更加幸福！相信我，他们的幸福变形了！在这里，我们至少有尊严——这是一种宝贵的品质！当然，我的意思不是说，这里一切都很完美；我知道你为什么笑。不管怎么说，我们没有丧失尊严！不可能的事情就是不可能。生命是短暂的。瞧，我们再活十年，然后，噗！这就是我们的结局。"

伊里娜被他的话所感染。她打量着他，牛犊般清澈的大眼睛睁得大大的。

"乖戾，嗯，没错。瞧瞧那些乖戾的人。"斯特凡·奥拉鲁同志手指着一群人，在报摊前，在大街上，在全世界，在全宇宙。"没错，你也十分乖戾。为什么这样？你对子孙后代有信心吗？他们将会是什么样子，这取决于一种纯洁的良知，你同意我的看法吗？现在，在这里！你知道，这是唯一恰当的准则。"

伊里娜看了看手表——哇，她忘记了，她根本没有戴手表。

她莞尔一笑，迅速地眨着眼睛，复苏的象征。她再也不惧怕佛尼克的问题了。"家里一切都好！""知识分子，政治运动组织者。""它提出问题，也提供答案，这里，现在，噗，这就是子孙后代的结局……"

孩子气的佛尼克并不在乎。他的准则不算新鲜，他也不是第一个援用它的人。

但是，斯特凡·奥拉鲁先生突然显得有些着急。他看看手表，他有事情要做——当然,他戴着手表。一时间,他不断变换着身体的重心,从左脚到右脚。"你是说,我加入了新贵的行列?"

她必须回答,她没有必要回答——该谁说了?

"相信我,非常有趣。我不欣赏失败者,他们是些失去社会地位的人。生活在社会阶梯的这一端更有意思!不仅仅意味着更多的好处。主要是更加有趣。"

伊里娜重新回到街上的人流之中。手里拎着购物袋的老年人,身穿雨衣的小学生,着制服的警察和便衣警察;家庭主妇们穿梭于商铺之间,从一个队伍到另一个队伍;顽童们隐藏在小巷中,奔走的人群匆匆忙忙,空气炎热,充满了灰尘。推土机、吊车、挖掘机。城市的每一个角落都是施工的工地,每一个地方都遭遇到履带式拖拉机的入侵,每个场所都有房屋在倒塌,响彻着隆隆的轰鸣声。焦油沥青释放出团团浓黑的烟雾,运送水泥的卡车腾起一浪又一浪的灰色尘土。持续不断的噪音,预制房屋和管道,为了大众利益而做出的设计。

伊里娜迷失在附近的街区,这里布满了烟雾,充斥着臭气。她被一座砖石建筑前的题字所吸引。是的,这就是她魂牵梦绕的地方,她希望在这里找到自己——在这一扇门前,在这个有题字的地方。她一遍遍读着那块四方形的金色牌匾上的字:兽医诊所。她把双手贴在冰凉的墙壁上,紧闭双眼,许久没有移动。后来,她再一次睁开眼睛,看见一扇敞开的大门。她走了进去。里面空空荡荡。她走到走廊的尽头,然后又原路折回。她握住右边第一个房间的门把手,走进一间长条形的房间。两排窝棚——狗窝。她抓紧时间,瞥了一眼笼子里一条可怜的猎狗,它蜷缩成一团,下巴上长满了已经溃烂的红色脓疮。她转身朝门口走去,意外地迎面撞上了管家。其实,从她进门的那一刻起,那个女人就两手叉腰,一直在监视着她。她很胖,穿着一件白色的外套，脚上一双白色的拖鞋。

"你是来看病人的？"

一种奇特的表达，听上去没有讥讽，也没有敌意。她几乎是一个老太太了，黑色的大眼睛，花白的鬓发。

"不……我……我只是……"伊里娜退后一步，努力让自己的脸上现出笑容。

"蓬皮柳医生不在，去参加会议了。星期五回来。如果你有预约……"

"没有。我只是想……"

"好吧，请到办公室来。"老妇人做出了决定。话音刚落，她已经在前面带路了。她走起路来似乎有点儿瘸，也许是因为她摇晃了一下的缘故。她走进第三个房间。来访者看见门上写着：韦塔·阿波斯托列斯库医生，大学教授。

妇人走到房间的尽头，弯下腰，拿起一副眼镜，戴在脸上。因此说，她并不是管家，而是……大学教授做了个手势，示意她进去。

"你有什么问题？"

她能编些什么呢，她应该问些什么呢？关于那个残疾人最好的残疾朋友们，哑巴，聋子，聋哑人？

"这里真安静！那些神圣的狗真的不会叫吗？"

"不，不……它们只是在打瞌睡。是因为药物的缘故。它们很痛苦。另外，我们这里的墙壁很厚，所以，你听不见狗的叫声。否则——"

停顿的时间延长了。雾霭，必须打开一盏电灯。还有其他事情。

"世上有哑巴狗吗？"

大学教授把眼镜扶正，怀疑地打量着眼前这位不请自到的来访者。她的话真多。

"你为什么对此感兴趣？"

伊里娜不知如何作答，她拖延着时间。正是她的这份犹豫为她创造了奇迹。医生变得非常体贴，随时准备提供帮助，假如——

"告诉我，告诉我发生了什么事情？"

"好吧，我的工作——让我怎么说呢？——我在协会工作。但这不是要点。我脑子有点儿乱——我的一个朋友，对，这是重点——朋友。朋友们过去常提到这样的事情。或许从出生起，也或许因为发生了某件事情——"

"一只哑巴狗，你是想说这个吗？"

"对，类似的事情。我想——也许她说得不对。我不清楚。这种情况可能吗？"

这位兽医教授直勾勾地看着她的眼睛。停顿的时间如此之长，她似乎已经失去了解答的愿望。"有一种类似的狗。在澳大利亚。"

伊里娜没有吭声。那个年长的兽医也没有说话。那些狗服过药之后一点动静也没有，但是，那是因为楼房的墙壁很厚实。

"那种澳大利亚野犬。"专家继续说道。

又是一个长时间的停顿，直到兽医教授阿波斯托列斯库决定给来访者做一个大众科普知识的简短讲座。兽医看上去很不耐烦，仿佛在背诵一篇非常熟悉的长篇课文。大家伙儿的韦塔！她从月亮上往下看，看着这个头脑简单、对基本科学知识一无所知的小傻瓜。"那是一种不会叫的狗，但它的听觉异常灵敏。起初，那是一种普通的家狗，后来成为野狗，繁殖蔓延，生活在澳大利亚的很多地方。这种狗非常凶猛——是澳大利亚内地的一种生灵。它不叫：它不发任何声响，仿佛安静地埋伏在什么地方，等待猎物的到来。"韦塔严厉而怀疑地注视着她的听众，并不十分肯定这种努力是否值得。但是，她似乎无法抗拒教育别人带来的快乐。

"这种凶残的特性即使在狼群中也实属罕见。它就是不饿,也会捕杀猎物。两只猎狗一个晚上可以捕杀上千只山羊。上千只啊!一声不吭。它不狂吠。它潜伏在那里,对猎物发起攻击,不出任何声响就消灭了它们。它忍受寂静之苦,在寂静中死去。"

照此说,的确有不会发声的狗。那么——是否也跟什么特殊的恶劣环境有关系呢?在某种特定的时刻,在某些特定的区域,意想不到的事情会降临在人类最好的朋友身上——友善的小狗可能携带某种疾病,或是某种状况——但是,伊里娜不想继续罗列类似的可能情况,尤其是专家还在心平气和地继续她的讲座。

"在某些特殊的动物保护地,人们对这种猎狗进行了研究。假如出生的时候就把小狗从原地带走,将其置于不同的环境之中,它可以正常生长,不会表现出那种嗜杀如命的特性。我的意思是,相对比较正常。它会成为特别温驯的物种。是的,假如把它们带离野外,它们可以得到驯服。它们不出声,非常温顺,服从。非常令人震惊!"

是的,是,我明白。当然,没错。来访者喃喃自语。伊里娜不住地点头,是的,是。老妇人肯定地说,是的,没错。此时,客人已经悄悄地沿着走廊向大门走去,专家再三重复的话语合着她脚步的节拍。

她能够听见老妇人眼镜跌落的声音,很可能是掉在她写字台的玻璃台面上了。那是一种难听的、玻璃跟玻璃发生摩擦的声音,是的,银质的木琴,令人怀疑的低声呜咽,眼镜跌落在玻璃台面上发出的刺耳声响。小巧的定音鼓,叮当,叮当,眼镜,刀具,夜风清脆。是的,伊里娜走了,离开了那栋砖瓦房子,离开了它周围浓香、温柔的黑暗,然而,外面依旧是白天,强大有力、野蛮好斗,成千上万个饥饿难耐的嘴巴和黑洞。

不知什么时候,她到达了市中心。一辆电车哐啷哐啷地行驶过来,在罗塞蒂大街这一站停了下来。车门口的台阶太高,她的裙摆又太窄。情急之中,她把手中的皮包挂在手腕上,腾出双手,使了使劲,一把抓住栏杆,上去了。

车上很空,只有几个乘客。在她前排的座位上,坐着一个年轻人。他衣冠不整,满脸疥疮。他埋头读着一本杂志,两条腿不停地晃来晃去。她抬起手,去摸自己的喉咙,双眼紧闭,仿佛昏厥的样子。她擦去额头上的冷汗。当她再次睁开眼睛时,年轻人已经消失了。或许他已经下车了,但那本被揉皱了的杂志却仍然留在座位上。她想也没想,伸出手,拿起了那本杂志。她的动作迅速,但也有些滑稽可笑。她的目光恰巧落在那个令人毛骨悚然的大标题上,开头的几句话朝她猛扑过来,但随即就消失得无影无踪,剩下的只有痕迹而已。就像曳光弹留下的痕迹断断续续,但依旧像一盏红灯有节奏地闪烁不停。"早上,住在那栋公寓楼里的女房客……翻过阳台,窗户……强行进入房间,把那个女人五花大绑,扯断了电话线……在阳台下面,他们放了一把火……房客,她的小猫,拳头,挣扎……破碎的窗玻璃,大火……被绑缚的女人,被烧焦的宠物……"当她念出声时,这些文字变得真实了。

文字活灵活现。星期天,3月8日,上午9点30分,某某大街发生了破门而入的事件,大火,小猫和退休的人遭到恐吓。杂志报道的一个片刻,世界生活的一个片刻。难道这只是春天攻势中的一个片段,自由的力量向附近被束缚的物体发起了进攻?某一天,某一辆电车,某一个遭遇,就像刚刚产生的昏睡,春天,伴随着分泌物和芬芳,爆发出来。

她十分吃力地把自己的手从靠背上拿开。她在下一站下了车,浑身颤抖,步行赶往马尔加医生的办公室。和医生像朋友那样聊上一个小时。人们就是这样把自己的问题向马尔加倾诉的,因为,每次谈话结束时,医生带给他们的也是友谊,仅此而已。当她离开的时候,她感觉疲倦,放松,感觉自己与世隔绝。

一层灰色的薄雾笼罩着这一天的苦痛。在她面前,诱人的夜空拉开了帷幕,带给我们那份追求已久的宽恕,把自我交还给我们。微小的尘粒落在她的眼睛里,落在她的嘴唇上。突然,她的身体抖动起来,她的双肩颤动起来,仿佛白天不断生长的外壳随着一声轻微的声响,此刻正在开裂。

她的确在颤抖,好像得到了自由。她的肩膀在凄厉的夜风中不断抽搐。她抱起双臂,努力使自己打起精神,以抵御生龙活虎的黑夜,抵御黑夜里的强光和阴暗。

不知不觉,她已经来到了地铁车站的入口。她沿着台阶走下去。这是一个水泥洞穴,平庸的几何结构。红灯闪烁,列车缓缓驶入站台,车门打开了。

咳,这一天!咳,这一天哟!

尽管如此,她最终还是来到了她的避难所。

慢慢地,她卸下了怪异的一天给她带来的沉重负担,她感觉自己仿佛脱下了一层铠甲。她又活过来了,她再次拥有自己私密的空间,这种权利回到了她的手中。换句话说,这是真实的——也就是说,她复活了,再次得到了重生。啊,伟大、善良的夜晚,你愉快的痛苦使我们找到了自我。

紫色的天空。一个蓝色的头像剪影，周围是一群幼崽。假如仔细观察，你会发现，那个椭圆的脑袋不是别的，而是一个母狗的头像；一只发怒的母狗，追逐着夜空；云朵从四面八方涌来，将浩瀚的苍穹遮蔽。在某个地方，在某个时刻，那是亡父的魂灵，40年了。

扶着搪瓷茶杯的手一阵颤抖。托莱亚握紧把手，慢慢端起杯子，小啜了一口。像往常一样，咖啡早已冰凉，不知道搁置了多久了。此刻，他感觉屋里不止他一人，似乎马尔库·万恰就在他的身边，他走了40年了，被谋杀了，抑或是自杀。这种感觉无数次地向他袭来；他越发觉得自己看见了他，感受到了他的存在。

当他们奔赴死亡的时候，我也和他们一起向死神靠拢：这就是前提。在与死神拥抱的终极时刻，看看我和我的同胞如何表现。在一个约定的早晨，你无欲无念，却陡然在广袤的漠然之中重新发现了自然。在灿烂春光中一个约定的早晨，我们一时间忘却了看守的脸，忘却了污秽的街巷，忘却了灵魂。此时，我们抬起双眼，仰视一望无际的金色天空。

最终，我们平静下来——幸福，我们摆脱了对狭小囚室的恐惧。接着，有人砸门，心脏病发作，瞠目！谋杀的片段，最后的瞬间，结束。

夜晚，极具创造力的夜晚。终于要行动了！他清楚，这将是一次非常难以理解的行动：春天的行动。

突然，温柔的夜风将他包裹。他陡然想起那个名叫托马的尾巴。那些告密的小人还不如魔鬼的仆人——不，他们没有这么高的级别，他们只不过是生活在被唤作现代的沼泽里的小鱼。沼泽里这些痛苦的鱼带着沼泽的灵魂、疾患、恐惧和快乐。那个戴着托马面具的家伙，他的使命会是怎样的？数日的等待，他踪影全无；失望之际，他却从天而降。为什么？难道这是野蛮人的一场比赛？难道印证了卡瓦菲老人的低吟，野蛮人终于到了？他们即将到来，因为他们已经来了，因为他们在很久以前就数量大增，一步一步地占据了崩塌的城堡，也控制了众生的灵魂、疾病以及恐惧。野蛮人从未停止他们入侵的脚步，从未停止对荣誉公民的骚扰。正因为如此，那些野蛮人和他们野蛮监牢里的囚犯才会变成如此：一大批饱受饥饿煎熬的狡猾老鼠做好了准备，随时迎接最后的毁灭。他们眉宇间那一道刀疤似的纹路异常显眼。这是一道几乎无法捕捉的痕迹，反映出一个狡诈、堕落的种族所具有的特性——一只眼睛的抽搐。

不知什么时候，他终于睡着了，深深地坠落到夜晚的梦境之中。

飞机轻轻地摇晃着，男人将自己的身体轻轻地转向左侧的小舷窗。座位轻轻地抖动着；金属的机身在一股气流的作用下颤动起来。乘客们的目光转向那位显赫的游客，仿佛他的反应才是对飞机安全与否的真正检验。他们先是激动地看着自己手腕上的手表，然后焦急地四处张望。但是，那位优雅的外国人丝毫没有表现出任何的不安。他打量着身边的乘客，这是一个年轻人，身材瘦小，皮肤黝黑，左侧眉角处有一道形状类似接种疫苗留下的疤痕。他伸出手，面前是一张固定在前排座位靠背上的小桌板。一位空姐俯下身，主动为他服务。她手里拿着一只银色的托盘，身上穿着一件巴里纱长裙，紫色的巴里纱包裹着光溜溜的胴体。她的手指细长，皮肤白皙。一座青铜半身雕像，红红的嘴唇，紫色的粉底。她弯下腰，嘴巴凑近那个游客火鸡般的耳朵。巴里纱长裙婆娑摇曳。丰满的乳房，豌豆大小的乳头。然而，参议员故作镇定。他面带微笑，眼睛注视着无尽的空间，尽情享受耳机里传来的音乐。

托莱亚一会儿醒，一会儿睡，思绪飘忽，谁知道是怎么回事儿。

夜色笼罩着都市。黑暗吞噬着肮脏、蜿蜒的小巷。远处一抹黄色忽隐忽现。病态的城市，病态的街灯，噩梦席卷了一切。

沉寂。不时传来巡警的脚步声，沉重、富有节奏。偶尔，毒素伴着酒鬼的叹息声在夜空飘荡，仿佛某个跳水者被困在无底的油锅里，嘴里不断发出含混不清的噪声。

喧嚣、吵闹的呻吟，一小团绿色的火焰，咒骂，酒精。又是黑暗的沉寂，带平头钉的皮靴有节奏地踏在沥青路面上。正当黑夜咬牙切齿的时候，几缕光亮突然一跃而起。金属片，车轮，螺钉，叮叮当当地响起来；某种机械发动的噪声，巨大而难听。魔鬼走了；它的顶灯在浓稠的夜色中摇曳。瘸腿的卡车摇摇摆摆，发出的噪声充满了整片沙漠——一个变了形的巨大魔怪蹒跚着向前挺进，黑暗在它面前一点点消退。生锈的屋檐。成片的垃圾。自行车的把手。有一扇门，一把扫帚靠在门把手上。又一扇门，门口有一个雕塑。塑像发出微弱的光芒，好像一只正在眨动的眼睛。大门像一个镜框，把赤裸的雕塑围在中央。男人赤裸的身躯沐浴在金色的光芒之中。宽大的前额，坚硬的脑袋，是多米尼克，是托莱亚，真是他！司机恰好苏醒过来，颤抖的双手紧紧握着方向盘。他回过头，想再看一眼那个幽灵。没错，幻觉仍旧存在：门口站着一个一丝不挂的男人。那是多米尼克先生，是特兰齐特旅馆的那个笨蛋。不会错的。汽车轰隆隆地开动，但这却没有惊动他。司机踩住刹车，停了下来，并且关闭了车灯，他想让自己的意识得以恢复。街巷从视线中消失，取而代之的是无尽的沉寂。他重新转动钥匙打火，发动机突突作响，车灯亮了。当车辆驶离的时候，司机紧张地擦拭着眉角处的疤痕。

传来杠杆断裂的声响，金属抓钩，螺钉，气泡，铜制工具，春天。

恐龙慢慢地向后退去，退向右边的人行道，最终完成了撤退的努力。它沿着毫无生气的街巷向后退，然后停了下来。大门敞开，但古老的木质门框前什么人也没有！

司机透过脏兮兮的车窗玻璃，使劲儿地向外看。没有，门口没有人。他再一次熄火，关闭车灯，守候在那里……然而，门口再也没有多米尼克的踪影了。多米尼克睡着了，浑身上下一丝不挂，躺在狭窄的沙发上。他的身体扭动着，因为他在梦里发现了埋伏在门口的司机，他想逃，身子不停地扭动，大汗淋漓。两道细细的磷光——没有别的。司机不见了——只有两道闪闪发亮的磷光，那是司机的眼睛，他坐在卡车的驾驶室里，从远处一路跟踪而来。司机在远方满怀仇恨地注视着他，局促不安地揉搓着眉角那块奇怪的疤痕。

荒凉的城市。夜色，不断渗透的腐烂。不时传来保安有节奏的脚步声。或是猫头鹰撞击屋顶天线时发出触电般的痉挛，这几只带电的小猫头鹰长时间地扑打着翅膀，身体不停地旋转。咯咯作响的老爷车被黑暗吞噬了，不知它正驶向何方。空气展开了巨大的翅膀，也铺开了巨网，收获着蝙蝠、飞机，以及突然焕发了生气的幽灵。飞机不停地横冲直撞，想要摆脱紧追其后的爪子。内部整洁，功能齐全。形状规整，表面闪亮。

男人轻轻地转过身来，面向着左侧蒸汽腾腾的窗玻璃。一双又大又圆的蓝眼睛镇定自若。整齐的西装，翻领上插着一块白色的手帕，领带，布满皱纹的长脖子，凝视的双眼。

座位轻轻地摇晃，一排排的乘客心中泛起一丝忧虑。他们全都把目光投向那位优雅的西方人，想在他那张重要的脸庞上寻找到危险的迹象。游客十分泰然、镇定。飞机微微震颤，男人再一次轻轻转过身去，面对着左边的小窗户。座位又一次摇晃起来，金属机舱内的乘客表现出短暂的恐慌，他们又一次瞧着那位显赫的乘客，仿佛他的反应才是检验飞机航行质量的标准。他们激动地看着自己的手表，然后焦虑地东张西望。但是，那位优雅的外国客人丝毫没有表现出任何的不安。他转身看着身边的乘客。这是一个年轻人，身材瘦小，皮肤黝黑，左侧的眉角处有一块类似种痘时留下的疤痕。他和那个被困的卡车司机简直一模一样。在海难发生的那个污秽恶心的晚上，那辆古老不堪、貌似蛙类生物的卡车……

乘客们无法保持安静，他们有的手里抓着手帕和纸巾，不住地擦拭自己的额头；有的蜂拥至抽烟区域，密切注意那位贵客难得做出的意味深长的手势；有的盯着自己的手表，在座位上扭来扭去。飞机缓缓地向一侧倾斜，从右向左，然后又从左向右。那位穿着体面、头发花白的绅士随着飞机的运动身体从左到右，从右到左，一会儿靠近窗子，一会儿靠近身边的乘客，一会儿又向身边的乘客靠近。尽管如此，他和那位游伴，抑或是保镖的人之间的谈话外人无法听见。"我们快到首都了。按照15世纪传下来的文献，这里是一个空中走廊的交会点，共有八条铁路主干线、九条公路横穿此地。"播音员的声音没有丝毫不安。游客们坐直了身体，显得镇定了许多。"这里的语言属于印欧语系中的罗曼语。最大的港口年吞吐量为4000万吨——位于古希腊人聚居地内。"老人再一次靠近那个卑微的家伙。他对他说了些什么，但他的声音其他人听不见，好像在传到别人耳朵里之前它已经被吸走，被摧毁了。年轻人回答的时候手舞足蹈，和他身上穿的紧身衣服不合拍，和身边客人温文尔雅的做派格格不入。

"这个国家是一个共和国。主席是国家和军队的最高长官。他有权任命和解雇部长，以及政府部门的其他领导成员。他确立了外交使团的地位，有权派驻并且召回大使，接受和召回任命状，国务卿的命名和城镇、区县、街道的命名，制定公民行为准则，以及津贴和分配制度，签署国际公约。"播音员的介绍流畅、清晰，她的声音盖过了其他任何声响。"在国家政策的鼓励下，出生率为18.6%。国家大部分人口生活在低地。这是一个一党制的社会主义共和国。国家主席同时也是该执政党的总书记，党员人数占国家总人口的20%。法律禁止公民和外国人接触。国家的单位货币等同于0.15卢布，0.2美元。这里有大学，图书馆，报社和电台。电视一天播出四个小时。"

游客无声地交谈着，他的邻座以手势，或是眉毛的运动表示自己赞同的观点。实际上，他甚至好像在用语言答复那些无声的短语。

"自然地貌十分均衡：三分之一为山区，三分之一为峡谷，剩余的则是平原。河流自中部向四处放射。森林覆盖率为四分之一。温带大陆气候。西部受到海洋的影响，西南部属地中海气候，东北部为大陆气候。山区和海边有许多旅游景点，还有一些封建时代的艺术纪念碑。"

花白头发的绅士把一只手伸向右侧的小桌板，但乘务员已经抢先了一步，她弯下腰，手中的饮料供他挑选。一只银色的托盘，褐色、黄色，还有绿色的玻璃杯微微颤动。金色的鬈发，修长、白皙的玉手。一件巴里纱长裙。半透明布料包裹的裸体。乘客仿佛对此视而不见。机身向右侧倾斜，舱里的乘客一阵骚动。

"随着铜器时代的文明出现移民。移民的浪潮……和奥斯曼帝国的战争……来自伊斯坦布尔希腊贵族的执政者。我们已经接近首都，这里的人口密度为每平方千米90人。出生时的预期寿命为67岁。"

乘务员一动不动地待在那里，她注视着，并且等待着她的客人——

优雅的参议员，牧师，君主，管家，管他是什么身份。花白的头发成波浪形卷曲，额头狭窄，布满皱纹，白里透红的脸庞，湿润的眼睛，大耳朵，高鼻子，嘴巴微微张开，浆洗考究的衣领，深红色的领带，嘴里发出无声的语句……

没有一点儿声响。平缓、安静地飞行。好像原地运动，在银色鲸鱼的肚子里，在天空的水流中静止不动。摆放着果汁、春药、毒药的托盘。白色、绿色、黄色的玻璃杯，但是，那位来自火星的客人没有反应。模特儿仍旧弯着腰，托盘上是赤裸的双乳，中央是小灯泡似的乳头……

养老金领受者右边的小胡子男人实在无法忍受了。他从桌上的那一摞纸牌里抽出一张黄色的方块，高高举起，想以此把那位绅士从梦幻中惊醒，对他的部下有些恼怒。

"小姐，他什么也听不见，他的电池掉在家里了！我告诉你：他的助听器根本不工作。只有上帝才知道这是为什么。小伙子，他在节食，连肠子都清空了。"

然而，绅士的确动了一下，试图修复那对小型晶体管耳塞。他摘下耳机，把耳塞装上去。他也的确看见了女人的上身，没错，他最终注意到了阿芙罗狄蒂的塑像——当然，他非常感兴趣，真的。他的喉咙里响起一阵干涩的吞咽声，黏稠的唾液，受阻的话语含混不清，毒蛇般的领带，随后，那张甲壳纲动物般的嘴巴又发出了阵阵无声的搏斗，直到他的邻座明白了这个命令，并将其传达给那个女子，而她的身体此时已经僵硬，胸脯靠在托盘上，小胡子男人的吼叫使她感觉震耳欲聋。从外表看，只有她听见了他们的声音，其余的乘客则无动于衷，似乎对周围的声音充耳不闻。

"你们这些傻瓜！"身边的这位代理人吼叫着，不仅针对他的客人，也对着他所代表的陌生世界,你们眼睛瞎了,瞎得厉害!你们这些瞎了眼的笨蛋,你们满肚子信息,满肚子中继,还有火箭,但你们什么都不明白!我?我们?先生,无言以对,无言以对!天使已经带走了我们的声音。我的老板带走了我的声音,还带走了阿芙罗狄蒂中尉的声音,你能够看出来……所有这些昏昏欲睡的人都在等待你的到来,等待你出手拯救他们!你,你有飞翔的城堡,有不可一世的口香糖。

外国人像牧师那样点着头,但其实他什么也没听明白。没错,他的确看上去像一个牧师。他失望地看着那副出了毛病的助听器。他虽然又检查了一遍,但仍旧没有起色。一条金色的链子,两端是那两只胶囊般大小的助听器,它们此时就挂在他那件一尘不染的丝质衬衫的前襟上。他满意地微笑着,满足地看着小桌子上的那一杯牛奶。牛奶正是传教士想要的。牛奶正是那位女乘务员阿芙罗狄蒂给他的。现在,她灵敏地把自己的上身完完全全地朝他俯卧过去——她那玻璃般的乳房,她那颗带电的乳头,还有她那金色的屁股。客人微笑着伸手去取那杯牛奶。当他的手刚刚触及玻璃杯的时候,机舱里响起了警报。枪炮声震撼着舱壁、乘客以及座椅——巨大的声响足以唤醒死人。地狱的警报,世界的末日。

阿纳托尔·多米尼克·万恰·沃伊诺夫一阵眩晕,身体猛地一动,想要阻止地狱之火。电话就在他的床边上。闹钟就在他的床边上。不对,不是闹钟。他双手颤抖着找寻按钮、开关、钥匙。铃声……金属片发出的持续响声,空气,避难所的铜钟敲响了起床号。是的,早上了;窗玻璃在新一天的噪声中微微颤动。

托莱亚从朋友兼邻居加夫通那里得知，减员行动将在多个领域实施。他耸耸肩膀，一脸的冷漠。他还听说，这次行动将涉及40%的公务员。他微微一笑，打开了那台放在同事吉娜办公桌上的收音机。蒙特卡洛电台，他最喜欢的台。

有人散布谣言说，某某领导同志已经被另一个领导同志所替代；某些联络组织正在遭到解散，取而代之的是新组织和新联络。他冷眼瞧着特兰齐特旅馆里那些同事歇斯底里般的反应：会计，吧员，总机接线员，清洁女工，他们全神贯注地守着电话机，想设法弄清楚其中的复杂详情。当那个戴眼镜的同事把解雇员工的标准告知他的时候，他扬了扬眉毛，一副高高在上的样子。他轻轻地踮起脚尖，把同事身上穿的那件中国制造的衬衣领子下松垮垮的领带系好，然后走到窗前，打量着亢奋的春天。

吉娜为了分散他的注意力，开始朗读晨报上的内容：

"请听昨天发生的这个故事。'借口是这样的：在一个私人拥有的公寓楼里……在底层，有一只狗……或者好几只狗……还有一只猫……或是好几只猫。'咳，你怎么看？"

托莱亚懒散地靠坐在一张带扶手的椅子上，两只脚像美国人那样搁在另一张椅子上，他的脑袋靠在靠背上，双目紧闭。看上去他好像根本没有听见吉娜的话。他在沉思吗？还是在揣测，在回忆？他把这条骇人听闻的消息当作一只令人讨厌的、只在这个季节才出没的小虫，轻轻一弹，走了。

"看看你的样子，你在听吗？借口。现在，这些狗和猫能到哪里去呢？树林？荒郊野外？你怎么看？这篇报道写得不好吗？听着，它们只能生活在树林里，生活在山顶上，或是在大海里的珊瑚礁上。那些珊瑚礁是什么样子的？是的，这是一篇态度强硬的文章。不知道是通过何种渠道才得以发表的。"

也许就在那个听故事的时刻，一个奇怪的念头闪现在托莱亚的脑海里。恶作剧——一件大家意想不到的事情，一件能够让他自己焕发活力的事情。因为，他实在是感觉厌倦，沃伊诺夫教授厌烦得要死了。

在这个世界里，一切都已经程序化了，甚至包括混沌、机遇，或是惊讶。因此，你不得不挑战逻辑，不得不想办法使别人瞠目。你必须让那些傻瓜相信，你掌握着某些秘密的关系，而这些却恰好是他们可望而不可即的。

接待员阿纳托尔·多米尼克·万恰·沃伊诺夫——人称托莱亚——的脑海之中接连闪过一个又一个的想法。他的大脑开足了马力，脑电流不停地运转。毫无疑问，从这些电流中，可能会捕捉到一些信号。尤其是在春天——哇，是的，这是一种真正的病态，春天，一种真正的攻击。最后，某种真实、强有力的东西，对于它，麻木的人们再也没有任何反应了。

"闹事者——楼里的住户！我问你呢！"

接待员似乎清醒了。

突然，"闹事者"一词。或许，他想起了自己的父亲……

咳，继承人将以实际行动表明，当所有的游戏看起来即将失败的时候，会发明一个崭新的游戏，它可能会显得非常怪异，也可能到头来是徒劳无益的。照此看，我们要换一种方式行动，我的父亲，换一种完全不同的方式！我们不会采取自杀的行为，我的父亲；不，不，我们不会按照你的计划行事。我们要研究，要行动，要勇敢地面对，就这些。否则，即使任务没有流产，我们也不可能抵御春天，不可能抵御倦怠，甚至无法抵御多面奉承带来的无聊和乏味。

托莱亚从椅子上一跃而起。他独霸世界的中心，在这个伟大的舞台上，只有他一个演员。没有他人，没有，只有他一个。

"亲爱的，今天几号？"

很难分清他是在自言自语，还是在问他的同事吉娜。

尽管如此，他知道自己该做些什么。他要请假去做一次短期旅行。他们一定会大吃一惊的。在这个决定性的时刻，同事们剑拔弩张，枪炮齐发，拼命保全自己不受损伤，而他却要离开这个竞争的场所，不可思议？他要到山里去，去解决某些字谜游戏——也许还要揭开马尔库先生——他的父亲——之谜。他要做一件大家意料之外的事情——度假。这种鲁莽的决定将证明，接待员阿纳托尔·多米尼克·万恰·沃伊诺夫——人称托莱亚——掌握着特殊的关系；他不惧怕可怜的办公室同事们表现出的那种神经症；他是局面的掌控人。与此同时，从明天起，他将开始回忆他人生故事中的所有细节：居住在阿根廷，并且已经资产阶级化了的哥哥，具有条顿贵族血统的嫂嫂，甚至还有那个剥削全世界人民的父亲，或是那个早已荣登极乐的姐姐，没错，还有她。

"亲爱的，我问你一个问题。我的小美人，我问你点事情。我刚刚问过你了，今天几号？亲爱的，今天几号了？"

是这样，3月。太完美了！3月底，白羊座的星座。完美极了！托莱亚翻起黑色衬衫的领子，把黑裤子上的褶皱抹平。

"泰伦斯说过，假如你得不到你想要的东西，那就想一想能够得到的东西吧。多纳·吉娜，听说过泰伦斯吗？"

同事吉娜微微一笑。她已经习惯了托莱亚的胡闹行为。和其他人不一样，她并不觉着托莱亚很傲慢，一点也不，她甚至有点儿喜欢他，非常喜欢。

"还有巴罗尼亚斯,听说过他吗?一个博学的主教!你肯定知道他。实际上,我相信,你上个星期就开始重新拜读他的著作了。你还记得他撰写的那部里程碑式的教会史,那本1602年出版的《教会年鉴》吗?你还记得他是如何开始描述10世纪的吗?你当然记得。'看,一个新的世纪开始了,这是一个铁一般的世纪,严厉、充满着毒素;这是一个铅一般的世纪,邪恶在肆虐;这是一个黑暗的世纪,伟大作家的离世使它顿失光芒。'"

托莱亚看着吉娜,等待着她的回答。能够和这么一个受过良好教育的听众进行这样友好的交谈,对托莱亚而言,实在是一件开心的事情。她脸上那种率直的笑容给他带来了非凡的动力,他继续着自己极具挑战的演讲。

"还有非凡的格伯特,就是教皇西尔维斯特,你对他怎么看?你怎样评论他关于罗马帝国的构想?始终牢记心中的希望:抚慰世界民众的巨大伤悲。Genere graecus, imperio romanus。这句话的意思是:在希腊诞生,在罗马崛起。这是他们所有人的梦想。他梦想实现全球化的帝国,实现世俗名利的绝对统一。'一个政府不仅需要最大限度的治国才能,而且也需要同样程度的诗学。'这就是格伯特,来自欧里亚克的神奇朋友!他传奇般的知识为他赢得了'巫术王子'之美名,与魔鬼为伍。我的小花,你记得吗?你记得他在信件中使用的语句吗?充满了狡诈,但也洋溢着爱情。我的小青蛙,洋溢着爱情。'亲爱的兄弟,我的爱人。'你记得吗?亲爱的兄弟,我的爱人……"

托莱亚又一次整理了一下自己黑色衬衫的领口,抹平黑色长裤上的褶皱,然后,俯身向前,接着……人间蒸发了,就是这样。没错,他突然离开了工作的场所,停止了自己的叹息。有时,他的确会瞬间消失，大约一两个小时，在街上闲逛，在公园的某个长凳上小酣，或者，开始某个谁也想象不出的鬼把戏。

他消失了。不知什么时候，他可能已经回到了美丽的樱花吉娜的身边，回到了特兰齐特旅馆的大厅里。可以肯定的是，他晚上是在马尔加医生那里度过的。在那里，他有时看上去像是喝醉了酒。他记不清楚自己是睡在那里了，还是最终找到了回家的路——也就是说，回到了朋友加夫通的公寓，他在那里有一间临时的小房子。

无论怎样，他晚上睡得不好，总是无法摆脱梦魇的困扰。梦里，那些巨型的金属大鸟在广袤无际的空间拼命地扑打着翅膀，它们没有颜色，没有声音，但它们疯狂的举动却永无止境。

黎明时分，他在恐惧中醒来，他想阻止闹钟或是电话的响声。其实，什么声音也没有——只是一场梦，一场噩梦。他没有回到床上继续睡觉，外面的声响已经穿过墙壁进入屋内，公共汽车和电车的噪声轻轻摇晃着窗玻璃。他从门后拿起那件睡衣，然后走到窗前。就在房子的前面，一辆巨大的老式卡车出了故障，阻塞了路上的交通。从这辆怪兽般的卡车旁边经过的其他车辆使劲儿地按着喇叭，喇叭声和刹车声使得外面的街道更加喧嚣。小事一桩！又一次融进白天的真实世界之中，什么也无法剥夺他这份快乐。对于托莱亚而言，夜晚是愚蠢的，充满了折磨和陷阱，最好将这些统统抛至脑后。他不愿意再思索了，尽管如此，梦魇给他带来的谜一般的暗示仍然存在。不，不存在，它们已经随风而逝了。哇，多么希望新的一天是他生命中唯一的真实！春天，冬天，秋天，或是夏天——没有区别。多么希望夜晚能够成为被遗忘的间歇，成为一种类似失语症的混乱！

晨曦的光芒恪尽职守地照耀着沙发上的白色床罩。托莱亚坐在那里，搅动着杯底的速溶咖啡。慢慢地，慢慢地……很快，他再次出现在忏悔的场所。"教授还没有到吗?"啄木鸟吉娜经常这样问。今天早上,如果托莱亚来晚了,她还是会这样问的。是的,他迟到了,随他吧。他不喜欢匆忙,他总是慢慢地,慢慢搅动着杯底的黑色粉末。吉娜可能正在整理账簿、铅笔、板凳以及她自己椅子上的垫子,还有面前的电话机。虽然在任何地方都不可能买到咖啡,但吉娜跟大家一样,总是在办公室喝咖啡。她每天到达之后,就会消失在办公室的窗子后面。出来的时候,她总是一只手端着一杯刚刚冲泡的咖啡,另一只手拿着那件绿色、橙色、深红色的衬衣,已经忘记自己身上只穿着胸衣了。她弯下腰,整理本子和笔。过了一会儿,她才记得把衬衣穿好,遮住肩膀。此时,她总是脸一红,很生气的样子。

她开始扣扣子,轮到最后一颗扣子的时候,这个小老鼠一样的雇员总是这样问:"教授真的还没有来吗?"但是,没有人搭腔。那些饭桶已经开始粉饰他们自己脸上厚厚的面具了。同志们决定,他们只能容忍吉娜的出现,但不能容忍她的声音,应该让那个吉卜赛小女人认识到自己的地位!

为了讨好大家,她也想像他们那样用极其恶劣的态度对待那个小丑,然而,她始终做不到。"教授还没有来吗?"他们虽然对她的问题爱搭不理,漠不关心,但这并不意味着他们允许她成为他的同谋。"你快闭嘴吧。别再提他了,那个疯子肯定有他自己的事情。"然而,假如她没有提起托莱亚迟到的事情,那么,就该轮到他们议论了。"哈哈,那个爱游荡的小家伙一定是碰到什么麻烦了!他竟然能够忘记自己的亲戚,忘记自己的胡言乱语,还有那些所谓的优雅和气质。这对他可没有什么好处。他们要开始审查他了——他在国外的亲戚,他的资产阶级家庭背景,当然还包括这个大话连篇的家伙现在的生活。至于他的道德问题,我们这个同事的小毛病我们太了解了。我们知道法律惩处他的那些事情。法律，绝对是！"当然，这是提提的一番话，黏糊糊的，不透明。这家伙戴着一副精美的银丝边眼镜，一张骨感十足的脸庞，对目前的话题感到十分激动。大家都叫他瓶塞钻提提——但最终他还是敌不过胖子吉克·特奥多休。虽然吉克外表随和，沉默寡语，其实，他才是最危险的。这两个男人鼻子朝天，眼睛总喜欢盯着漂亮的小吉娜。不是因为他们不喜欢她，也不是因为他们对她有何抱怨。不是，这只能说明，那些生活在笼子里的人心胸狭窄，心术不正。"注意，218房间的客人下来的时候，叫我一声。33房间替我留到3点钟。不要派人去105房间，不需要做清洁。奥林匹亚送咖啡袋和健牌香烟来的时候，替我放在一边。不要问任何问题，也不用付钱。10点至11点，我在主任办公室。如果有人找，就说我在开会。除非是帕斯特拉默同志——不管他有什么事情，都务必在第一时间通知我，打这个电话就行。"工作日：适应必要的事务；折磨，污辱，更糟糕的是，含糊其词。一种开心、丑陋的推诿，因此，你可以吞下那堆粪便，忘却有谁在关注你如何将其消化——你脸上戴着满足的面具，因此，你忘记了提提、忘记了吉克、忘记了吉娜。

　　托莱亚走出浴室，躺在沙发上，手里拿着一本书。他为自己的角色做着准备，寻找那些不相干的话题，还有那些会让特兰齐特旅馆同事们愤怒的引文。或许，有人给特奥多休同志带来了一瓶威士忌。太完美了，嗨，吉克老头，一个同志给你留下了那个烟熏色的瓶子。或者，可能那个眼镜商瓶塞钻为某个领导准备好了一间房间。太完美了，12点钟他会来的，带着一位小巧玲珑、身穿红色丝质长裙的女士。太好了，没有人会打搅他们。很好，我们不会妨碍他们的——我们什么也没有看见什么也没有听见什么也不会说的。但是，我们要用泰伦斯、巴罗尼亚斯和奥托三世的经典语录把你们逼疯。圣徒，理想化的政治家。"反过来,他给罗马人展示了他神圣尊严的景象,让他们知道了他对独自一人生活在一间泥土和芦苇搭建的小棚子里的渴望。"神圣的预测,电椅,启示录……世界的黄昏……当然,还有爱:世间仁爱的统治,兄弟,亲爱的兄弟,持续一千年,一千零一年,我的爱人。

他的邻居加夫通已经进了浴室。他能够听见马太·加夫通的咳嗽声和抱怨声。"在广大游牧民族的巨大压力之下……人们只能身居罗马人之间,以寻求安全,甚至还包括食物……我们必须承认帝王们所具有的温良和智慧,他们接纳了那些游牧民族……历史学家如何看待野蛮人的不断渗透。"把这些背诵给野蛮人听吗?"果实,不是人。"格伯特老兄,那个亲爱的,这样说过。"大地的果实,没错,但不是人民"——这种格言警句瓶塞钻和吉娜应该会感兴趣,是的,或者,这些无关紧要的话语会给他们带来遐想的空间,的确是这样。格伯特老兄——亲爱的——脑子里装的都是些胡言乱语和离奇的故事。他丢下手中的书本,穿上那条黑色的灯芯绒裤子,还有那件黑色的衬衫:他的制服。他就是以这种形象出现在特兰齐特旅馆——身穿制服。换句话说,身穿出席葬礼的服饰。他有好几条黑裤子,十几件黑衬衫,有的是棉布的,有的是亚麻布的,有的是针织的,还有的是丝绸的,但全部都是黑色的。阿纳托尔·多米尼克·万恰·沃伊诺夫教授每天就是这副打扮去旅馆报到的。

他穿上黑色的行头,仿佛一层黑色的铠甲。没错,就是这样。至少,剩下的也只有这一层铠甲,他代表着公开的挑战。他没有为此而抱怨,当然没有!夜色消散了——这是一场真正意义上的胜利。日历上只有白天,一个接着一个。夜晚是一片没有任何形状的沼泽,空无一物,只是一个黑黢黢的大洞。感谢上帝,他再次逃过一劫。你永远也不可能保证自己可以顺利地到达黎明的彼岸。白天是多么的美妙,哇,是的。唐·多米尼克·万恰准备好了。故事再次拉开了序幕:刺耳的声音,白天的奇迹即将回归他的手中。一袭黑衣,修过的面庞,光秃秃的脑袋像极地的明月。双手插在口袋里,嘴巴紧紧抿着,口哨声飘荡而出。"虚幻本身是烈焰,现实只是白日做梦。能够在激情消失之前走进坟墓,这实属万幸。"——没错,来自欧里亚克的先生,您说的完全正确。干涩的额头,平整而结实,罗马参议员的额头。还有罗马式的秃头,罗马式的眼睛。他站在门口,准备出发。他从衣袋里掏出钥匙,还有一块红色的手帕。黑色的工作服,白色的休闲服,无论何时,手帕是必不可少的。红色是他的最爱。白色,黑色——有的时候是一块白色的,有的时候是一块黑色的。但是,5%是红色的,这是自然的要求。自然和审美:5%红色。他慢慢地擦拭着自己的秃顶。今天,他又迟到了。当他到达的时候,他们又会对他大喊大叫。更多的证据表明,一切都没有变,一切照旧,一切都各就各位。

各就各位,亲爱的,我们可以走了。我们走吧,我的爱人,我们又重新开始了。

门铃不断响起。不,不是门铃,是电话。他跌跌撞撞地穿行于桌子和椅子之间,他拿起了听筒。

"托马,我的名字叫托马……"

犹豫,接着,沉默。是的,他记得这个声音,他也记得这个人的名字,这个人曾经几次想跟他说话。这个叫托马的人,一个温文尔雅、行动迟缓的年轻人。这种人怎么能担任新的大楼经理呢!好像人们都不知道这些双料的雇员是些什么人,不知道他们为谁而效力。

一天上午,他突然出现在门口。一张十分体面的脸,一个悦耳的声音。你刚刚醒来,他就已经在你的房间里了——就像那些捣毁公寓,纵火烧死小猫的人。彬彬有礼,虚情假意——就是这副德行。即使你家里没有养小狗、小猫或是金丝雀,他的手已经朝你伸了过来。然而,他这次来是为了别的事情。"我可以进来吗?要不然,我再找其他时间跟你聊聊,行吗?"

这头猪!不过现在,他在电话里的付出和收获终于基本持平了。至少现在可以有一两天的缓冲时间。接下来,围困行动即将再次展开,这是不可避免的。为什么?他们最终为什么要这样做?就因为他和邻居们没有什么往来吗?或者,因为他违反了管理条例,没有出席居民大会,没有提前六个月交维修基金?不对,这些不是唯一的理由。肯定有其他原因。当然,一定有。很明显,跟一件小事有关系,星期六晚上,当那位一向谨慎的经理午夜时分返回家中时,他发现一楼的餐厅仍然灯火通明。他推开门,大厅里空荡荡的。他径直走向最后的一张桌子。你在这里干什么?没什么,到处看看。这是外国留学生的专用食堂,其他住户是不允许使用的,难道你不知道吗?我不知道,我也不想知道。这个时候没有人用餐,这里是空的。你到底在看什么?过去,他极力讨好教授,想跟他来一次长谈。但此时,他一改往日的口吻,声音干巴巴的,一副公事公办的样子,好像他是一个保安,给那个长期被监视的恶棍一个突然袭击。你说,你到底在看些什么?时间一分一秒过去,他的回答姗姗来迟。我在观察这个大厅。这里以前是一个酒吧——列夫琴科酒吧。战前战后它都在此营业。那个执法人员对自己听到的回答并不感觉意外。他拉过一把椅子,显然,他打算好好谈谈此事。然而,他傻眼了,因为那个住户已经站起身,看都没看他一眼,走了。

疑惑,回忆——万恰传奇故事中的幽灵,近来他们一直对他穷追不舍，数月以来，他一直在思索，这些幽灵一次又一次地召唤着他。现在，我们这个时代的小马屁精，这个经理同志，这个托马，该死的，谁知道他到底属于哪个级别。

他从桌子上那一摞卡片中抽出一张。卡瓦菲。"对于一些人而言，他们必须回答'是'或'不是'的那一天已经来到。"页码，画着圆圈的文字，箭头。他的名字，马尔库·万恰，划掉了，重新写，下划线。星期一，星期二，星期三——夜晚，他们的低语声，精神错乱，幽灵，反复无常的思绪。

托马的电话是一个玩笑，还是一次警告？记住，当你最不希望看见他时，他出现了，就像第一次那样。"他即刻就能看出谁在心里做好了说'是'的准备，就这样说出来了。"来自亚历山大的希腊人如此警告说。他把桌上的书本放到床头柜上，然后又将其拿开，放在收音机上，然后又放在沙发上。"参议院里为什么会有这种冷漠的态度？为什么参议员们无所事事，没有制定出任何法规呢？因为，今天，野蛮人要到了。"一片寂静。懒散的阴影藏匿在跳跃的光线之中，消瘦的脸庞悄然从肮脏、阴暗的街巷经过。大门似乎摇晃起来。一个年轻人，面色苍白，满头柔软的鬈发，长胡子，腼腆的笑容，眉角处一块疤痕，轻柔的嗓音。

"你知道，我叫托马。"

让他主动证实自己的身份，必须这样做。他手里握着一张四方形的褐红色纸片。

"别看了，那是我——一张老照片。"

年轻的雇佣军的那张照片能有多老呢？他一屁股坐在对面的那张扶手椅上，开始招供了：很有技巧，很谦卑，但回报甚少。

"我希望你没有生我的气。我只是想了解你。实际上，你很像我的一个叔父。我没有父亲，我是在孤儿院里长大的。"

把他赶出去？或者，假装睡觉，很简单，因为怠惰，因为厌恶，让这个家伙独自唱他的咏叹调吧！

"你知道，自从我开始负责这里的工作以来，我们不再付钱雇用外面的人，我们用实际居住在这里的人。"

细细的声音，有些害羞，又黄又小的牙齿，消瘦、无色的脸颊，夸张的小胡子，还有那块无处遁形的疤痕。

"我很想知道你的计划。我不会乘人之危，我只是想能够和你随时保持联系。"

照此看来，不过是一个追逐平庸战利品的怯懦钓取者罢了。托莱亚就是这样的人，只配得到这个三流探子的跟踪，不是吗？他感觉自己受到了侮辱——真的！一股令人作呕的味道填满了他的嘴巴和鼻孔。


站在阳台上，他能够看见那个空旷、黑暗的广场。偶尔，一抹亮光，路过的车辆发出的。午夜之后，死一般的寂静。大楼底层的列夫琴科酒吧40年前就不复存在了，被夜色吞没了。黑暗依旧蚕食着城市，一个10年，又一个10年，缓慢持续着——在这种黑暗中，万恰一家复活了，他们提出了古老的问题，几十年前的老问题。

是的，家人有可能回归的那两个场景，他已经十分熟悉，他数十次目睹并且注意到了这两个连续的片段。

第一个片段：8月末，战争期间。宁静的夜晚，炎热的天气令人窒息。万恰家的餐厅，白色的墙壁，高高的屋顶。一张长长的宴会桌，织花台布。八套闪闪发光的餐具，纵向两边各三套，两端各一套。晚宴的客人在他们的房间里已经待了几个小时了，他们一直在等候这家主人的出现。索尼娅和她那个瘸腿的巨人，了不起的马图斯，待在伴娘的更衣室里。托莱亚捧着收音机,全神贯注地收听伦敦的广播节目。米尔恰·克劳迪乌俯身凑到冷冰冰的阿斯特丽德的头旁边,核对着为婚礼所采购的物品。

迪达独自一人在餐厅里,她神色忧虑,一向极为守时的夫君今日为何一反常态迟迟未归呢?她很担心,害怕出什么事情,但她仍然没有勇气把前一天晚上目睹的事情说出来。现在,她等得万分焦虑,她准备把一切说出来——说什么呢?她能够把自己嫁给马尔库·万恰那段传奇般的往事告诉大伙儿吗?那个时候,他被安达鲁西安的鬼魂、沥青色的眼睛、白色大理石般的消瘦脸颊蒙蔽了双眼,他目瞪口呆,连话都说不出来。当那位身材苗条的年轻女子出现在现场的时候,尽管他早已是一名情场老手,但他仍然感觉束手无策,心灵遭遇到了无法补救的打击。接着,逃亡巴黎:阁楼,愚蠢的行为,贫困,图书馆,巴黎大学的博士学位,返回,第一个孩子出生,以及杰出的学者决定成为酒窖主人的那个时刻。是的,先生,哲学家马尔库·万恰决定投身于什么样的工作——那个严肃、高雅、善于调情的男人,突然之间所有的信念都动摇了——他说服自己的兄弟鲍勃·万恰匆匆抛下自己的医院,自己的诊所,自己的雇员,隐身于一个乡村的小医院中,那里四处飘雪,周围崇山峻岭。或许,这是一种保护……她应该让大家知道哲学家是怎样一心一意地忙于世俗的事情、忙于抚养后代吗?告诉大家他是如何任劳任怨地像奶妈似的照顾孩子,替他们洗洗涮涮,逗他们开心,但从不提及书本和自己心中的疑惑吗?她应该告诉他们她自己从某种意义上说一直是马尔库·万恰的一个孩子吗?

然而,这些事情能够跟谁说呢?最终,这些在其后的某个时间被现实的风暴所吞没了。必须让托莱亚安全,不能让他接触这些情感:

那次可怕的自行车事故之后，这个曾经有礼貌的少年发生了某种改变。那次意外事故造成的后果，无论万恰如何隐瞒，都无济于事。根本不可能隐瞒什么：一个在校学生骑自行车不小心撞倒了一个头脑不清、眼神不济的老妪，但是，法院在老太太亲属的干预下，判决孩子负担高额的赔偿费；马尔库因此不得已卖掉了自家刚刚购买的房子。她如何能隐瞒这些人人皆知的事情呢？她怎能用最近发生的事情所引起的恐慌徒增托莱亚的负担呢？因为，孩子可能会将其视为那场事故的延续。那场事故已经摧毁了家庭的平和气氛，并且预示着来年更大的灾难。

她也不能跟索尼娅说，女儿现在正沉浸在与亲爱的救世主马图斯梦幻般的恋爱之中。米尔恰是唯一可以倾诉的对象，她应该把头天晚上发生的事情告诉他——可能是前天晚上，她有些不太肯定，或者，接连两个晚上。是的，只有米尔恰可以明白，可以立刻采取某种具体的措施。她是不是应该让他知道：昨天晚上，那个名叫马尔库·万恰的男人，那个一向坚强，一向伶牙俐齿的男人，一夜之间就变老了？面色惨白，浑身无力。他那层完美的铠甲，他那游刃有余的手势，他那闪闪发光的眼睛，还有他那清澈的嗓音，这一切在两个星期前还是那么的熟悉，没有任何危险的先兆，但现在已荡然无存了。没错，两个星期前，他突然把一个新的雇员介绍给自己的妻子——一个让人疑心的"代理"，如果有这种事情的话，甚至可以说是一个合伙人，你不会明白，你也不会相信这些话出自万恰的口中。一个帮手，帮忙度过"眼前更加困难的时期"——这就是他的原话。他以前从来不会采用这种办法，因为，为一年一度的葡萄酒展销会而做的准备工作足以证明他驾驭一切细节的能力。两周前的那个奇怪的晚上，他把那个可疑的"合伙人"介绍给她——那人看上去更像是一个受雇于他人的密探或者保镖——即使在那个充满了不祥征兆的夜晚,他看上去仍旧没有什么变化:高高的额头,没有皱纹,神色自如,庄严,手势稳重。但是,那个时候,就是那个晚上,迪达发现了一摞没有开封的信件。她突然想起最近出现的一系列征兆:频繁的电话,陌生的声音,声称自己受到了伤害,因为没有被邀请出席展销会,或者,非常愤慨,因为你肮脏的生意太顺利了。用他们的话说,"你肮脏的生意在崇高的爱国主义时期竟然那么一帆风顺。"

接下来的十几天里,丈夫在库房忙碌,迪达则始终伴随在他的身边。她放弃了家务活儿,忽视了托莱亚,忘记了米尔恰的婚礼,对索尼娅的情感躁动也视而不见。她把一切抛至脑后,每时每刻陪伴在夫君左右,她想看看究竟发生了什么,她想弄清楚一切。昨天晚上,也可能是前天晚上,一个顾客,或是一个熟人,或是一个代理商,在某个时候出现了——不清楚具体是什么时候,不清楚那人是谁,也不清楚他心怀何种目的。迪达那时刚刚出门,最多一个小时后,当她回到家里的时候,万恰连自己的名字都不会签了。想象一下,他甚至不会写自己的名字!疑惑,恐惧,满头是汗,他看着眼前的一张纸,手中的笔迟迟落不下去。他不再记得自己的名字了。那时是晚上,天越来越黑了,马尔库·万恰已经变成了一个老头儿。

毕业于巴黎大学的著名哲学博士,决心成为一个默默无闻的葡萄酒批发代理商,以此度过暴风骤雨般的年月——这是一个不可或缺的行当,尤其是在艰难年代——他相信,他的兄弟在大山里可以存活下去,他在那里照料那些无名的病人,他会保护他们,因为他们需要他。但此时,甚至连他的兄弟也无法解释,他一向谨慎的策略为什么突然之间崩溃了。

一夜之间的变化,这个老人再也无法抵御那些不可避免的事情了，是这样吗？就因为他收到了某个卑鄙的信息？这个猜测走了，又回来——短暂的一闪念，仿佛烧红的针尖。没错，她应该把这一切都告诉米尔恰。

迪达慢慢转过身，眼睛离开窗子，看着面前的宴会桌。实际上，她慢慢地转过身，嘴巴有节奏地念叨着：是的，可以把这些告诉给米尔恰。令人无法置信的是，笑容荡漾在她的脸上，她笑起来像是一个头脑简单的傻瓜。她仿佛中了邪，一直痴痴地笑着。这么多不合时宜的回忆：失望和恐惧，此外，还有一种缺乏信心、听天由命的无可奈何，像空洞的安慰，缺少能量——笼罩在传奇的光环之下，秘密的白炽光，包围在保皇党的特殊氛围之中。在昨天之前，一切如故，她亲爱的夫君就是那个颇具魔法的保皇党，他可以成功地避开众人的视线，安全地生活。

经历了数小时的震惊和沉默，迪达·沃伊诺夫再一次面对灯火通明、喜气洋洋的餐厅。她的目光与米尔恰·克劳迪乌的目光相遇。很有可能，儿子已经默默地注意自己一段时间了。刚才，她用自己的掌心紧紧地握着窗框，紧紧地握着，因为这是她和现实世界之间最后的一种接触，而这种接触可以给她带来一丝安慰。儿子是一个秃顶的年轻人，粉红色的圆脸，长长的络腮胡子，从镜子的一角刚好可以看见他。短短的眉毛，沼泽般的大眼睛。没错，她记得这个男孩——一个干净、整齐的学生，不费吹灰之力就可以轻松获取大奖，而且，他还擅长体育。"我们杰出的米尔恰·克劳迪乌！想想看，夫人，他竟然偷了一个同学的钱包。我亲爱的夫人，很大一笔钱啊！简直让人无法置信。谁能想到呢？太不可思议了！"校长无法掩饰自己的惊讶。然而，杰出的米尔恰·克劳迪乌一刻也没有犹豫，直盯盯地看着校长的眼睛，微笑着承认了这一切。那些日子，家里并没有遭遇物质上的困难，托莱亚的自行车事件还没有发生。的确，他后来不得不利用课余时间做建筑绘图员，因为家里实在无力提供他的学费和开支。

是的，那天早上，当迪达的朋友，那个建筑师的夫人，带着母老虎般的眼睛下面深蓝色的粉彩突然闯进来时，出头的也是这个不肯认输的克劳迪乌。暴君！不管怎样安慰，她始终无法停止哭泣。亲爱的米尔恰·克劳迪乌，杰出的理工学院学生，她着实仰慕他，但他却再也不愿意见到她。实际上，他狠狠地揍了她一顿，一点也不夸张。这是发生在以前的事情，因为她不顾约定，到他各个朋友家去找他，甚至还去了酒吧和学校。没错，她控制不了自己。她不顾永远不要去找他的约定。但是，这个亲爱的爱人给了她一顿痛打，一句话未说，把她打翻在地。"痛打"，"重击"：奇怪的字眼从那张美丽的弧形嘴巴里飘出来，这个受人尊敬的女士虽然不习惯早起，但这一次，天刚亮她就急匆匆赶来，找到了罪犯的母亲。

神秘的儿子用一种陌生、搜索的眼神盯着自己的母亲。她应该把过去两周内发生的可疑事件告诉儿子吗？或者告诉那个冰美人阿斯特丽德？她们婆媳性格十分相像。迪达再一次慢慢地转过身，眼睛朝窗户的方向看去，把自己的背影留给了那个目击者。

她接受了那个身份，只是因为她亲爱的夫君想要孩子。的确，他对孩子非常用心，肯花时间在他们身上。当然，他对自己如花似玉的妻子也不敢怠慢，他迷恋她那双始终透着茫然和忧郁的眼睛。她虽然不积极，但还是给他生了三个孩子，然后，她和孩子们一起成长，而且，在某种意义上说，她成了马尔库·万恰先生家的老四。

万恰在哪里？他在哪里抛了锚？为什么会抛锚？能够在哪里找到他呢？天空此刻仿佛一扇窗户，覆盖着阴沉沉的云朵，那个久等的人儿迟迟没有出现。身后传来儿子忙碌的声音。迪达意识到,米尔恰·克劳迪乌正在换衣服,准备出门。他每天晚上都要和自己高贵的伙伴外出散步。她再一次傻傻地笑着,迷失在窗框之间的噩梦中。

当她再次回过身,面对着充满喜庆气氛的房间,时间很可能已经是两个星期之后了。一个欢庆的夜晚,这一次是星期六。欢宴的餐桌铺着织花台布。

第二个片段:餐桌的首位没有摆放任何碗碟。葬礼和婚礼都结束了。

告别晚宴,年轻的夫妇明天就要离开布加勒斯特了。新婚的妻子不喜欢巴尔干地区的小巴黎氛围,"这是一个酒鬼的市场,遍地垃圾和笑话。"这就是那位冰美人阿斯特丽德·万恰说的话。她说话虽然不留情面,但也中肯。她迫不及待地想回归到布拉索夫的文明中去。每逢提起布拉索夫,她总是喜欢使用喀琅施塔德这个德文名字。

厚重的沉寂。强烈而又冷酷的光线,水晶玻璃器皿,银质器皿,瓷器,死一般的寂静。地点、时间、行为的统一?你们每一个人都将背负又一个失败的印记,死去的人可能认为……又听见了他的声音。失败——也就是说,命运的不可避免性——他一直努力将其平息,将其收买,将其拖延。但是,迪达·沃伊诺夫偏离了自己思维的轨道。一具烧焦的雕塑;话语消失了。

几个人物,简短的故事,沸腾在历史炙热的大锅之中,沸腾在地球上杀戮的血流之中?为小学生阿纳托尔·多米尼克·万恰·沃伊诺夫准备的晚餐,他是一个懦弱的人,但却碰巧变成了囚犯。他吹着口哨,悠然自得地握着闪闪发亮的车把。突然,命运像那个愚蠢的黑乌鸦,一下把他击倒了。男孩继续吹着口哨,把少年时期的罪恶吹成了解不开的死结,直到后来,两个星期前,突如其来的打击使他不分昼夜走街串巷，忘记了睡眠，忘记了休息，也忘记了饭菜，他要找到目击证人，找到答案，他想从发生的事情中解脱出来。

　　再来说说美丽的姐姐索尼娅。她是列夫琴科酒吧的皇后，每天晚上都是众人瞩目的对象，求爱信、鲜花、名片，源源不断从各个桌子向她涌来。她是一个活泼、正派的姑娘，是酒吧里一种激动人心的诱惑。她甩动着黑色的发辫，时隐时现，爽朗的笑声，热情的舞步，直到黎明。那时，她就是一个书拉密①，回到家时，因为成功，也因为恐惧，她面色苍白，精疲力竭。

　　六个月前，马图斯登场了。这个腿有残疾、谈吐诙谐的家伙是一个对宗教持怀疑态度的传教士，是一个恐怖主义者，是一个酒鬼。他虽然温顺、和蔼，却胸怀执着的抱负。他的理想既体现了《圣经》中的隐喻，也表现出了一种世俗的魅力，一种压倒一切的实用主义精神。他对酒精表现出的那种孩子般的痴迷，以及他身上散发出的那种无法抗拒的男人味让幸福的小女孩彻底迷失了自己。她是这个受到指控的家庭里的一朵花，是美人中的美人，是天使，随时准备在新来者的火焰中烧焦自己的羽翼。

　　古老的瓷盘，重重的银刀叉，薄薄的水晶杯：这一切均是末日的装饰。因此，每一个人都必须记住——包括刚刚嫁入流浪的犹太家族的那个德国女人，也包括那个名叫马图斯的冒险家——他准备带着他的幻想，带着他的爱人，前往东方催人入睡的无尽乐土。他们都在这里，庆祝这顿葬礼般的散伙饭，见证这次欢乐的崩溃。他们倍感自豪，因为他们拥有这个时刻——这是我们所能争取到的，可怜的马尔库·万恰曾经这样想过。或许，失败的印记不仅仅烙印在那个刚刚

---

① 书拉密，《圣经·雅歌》中赞美的新娘。

离他们而去的魂灵身上，而且也深埋在所有人的心底。母亲，寡妇，婆婆，她失声了，什么也说不出，深陷在那血红色夜晚的麻木之中，深陷在一种等待已久的记忆缺失之中。

只有新郎异常活跃，他给厨师下达各种指令，他为妻子安排座位，他抚摸母亲的小手，他微笑着面对妹妹和弟弟，他小心翼翼地让自己的话语填满寂静的空气，他开心地、信心十足地告诉大家，他打算投奔布拉索夫那个知名的德国企业家岳父，他准备在那里安家（伟大的弗雷德里克·伍尔夫家族决定把整个一层楼给这对新婚夫妇居住）。此外，他也谈到了战争的进程、英国广播公司的评论、观察家的活动、军事管制、拜占庭式的秘密警察、俄罗斯严酷的冬天、流行于剧院里的有关爱情的传言、农村的饥荒、种族主义思想驱使的遣返活动、灯火管制、外交部门举行的宴会、元帅执政者的虚荣，等等，等等——工程师米尔恰·克劳迪乌·万恰·沃伊诺夫无所不晓。

晚餐在婚礼和葬礼之后举行。因为家庭新主人的努力和技巧，晚宴一直延续到天光大亮。他非常小心，没有提及那个空座位，没有提及大家心照不宣的内容。

一个空位置，一个残缺的场景。家庭聚会不顾艰难痛苦地进行着，一直持续到黎明。他们十分痛苦地聚集力量，以打破早就被打破了的东西。清晨，大街上。两对夫妇——阿斯特丽德·米尔恰·克劳迪乌·万恰夫妇和未来的索尼娅·马图斯·卡利诺夫斯基夫妇——站在潮湿的站台上，等候电车。通宵寻欢作乐的人们走出列夫琴科酒吧，礼节性地跟公主打招呼，她已经从他们的狐步舞曲和香槟酒会上消失了。这是一个肯定的征兆：新的一天的确降临了。

餐厅里，只剩下了母亲和弟弟，他们默默地注视着眼前杯盘狼藉的餐桌。

一个朦胧的时刻，蓝色的晨曦闯入位于底楼的列夫琴科酒吧。欢快、古老的列夫琴科疯人院也已消亡；它已经死了很多年了。

窗玻璃上挂满了露珠。电车启动了，沿着大街向前奔驰。单调、沉闷的运动。

灯光昏暗、摇摇欲坠的咖啡馆。那位行为怪异、身份显赫的度假者跷着二郎腿,他在等人。格子图案的外套敞开着,黑色的衬衫领口露出暗红色的丝巾。宽大的黑色太阳镜。身边的椅子上放着一件仿皮外衣和一把雨伞。椅子旁边竖立着一个小皮箱,上面贴满了五颜六色的标签——山区短期度假的开始,第一杯牛奶咖啡。哇!加了牛奶的咖啡。这在山区并没有什么稀奇的,那里盛产奶牛、牛奶、黄油,还有酸奶。你至少能够喝上一杯带牛奶的咖啡。或者说,起码是一杯没有牛奶的咖啡。不管怎样,一杯黑咖啡,那种标准的咖啡,那种咖啡替代品,原料是鹰嘴豆、大麦、玉米粉,或是其他什么东西。或许,一杯茶,至少是一杯茶。俄罗斯的、中国的、英国的——或许,起码是春黄菊、薄荷、椴树花,等等。

此处既没有糖果,也没有蛋糕,只有一排又一排的果酱和一袋袋同样破破烂烂的饼干。尽管如此,贵客也没有起身,没有大步流星地离开这家冒牌的小店。他没有索要意见簿,也没有要求见经理。抱歉,我们这里不供应茶水;抱歉,没有咖啡,也没有牛奶;抱歉,蛋糕已经卖完了;抱歉,我们这里不卖软饮料;抱歉,矿泉水脱销了;抱歉,非常抱歉。服务生俯身应答,脸上始终荡漾着热情的笑容。客人低头翻阅着那本装帧华丽的杂志,面对侍者反馈的每一条信息,每一次拒绝,他都十分礼貌地点着头,充分表现出他的绅士风度!镇定自若,尽情享受,一个来自殖民地的花花公子在短暂的时间内把风度和名望带给这个被人遗忘的度假胜地——喀尔巴阡山脉的明珠。

根据他身份证上的信息,这个名叫阿纳托尔·万恰的游客,是布加勒斯特特拉齐特旅馆的接待员。此刻，他面无表情，跷着二郎腿，在锡纳亚火车站附近的这家冒牌小店里待了近两个小时了，他在等待——等待什么？没人知晓。身边放着环球旅行者的行囊，面前是一本庸俗的彩色杂志。等待，等待什么？12点，正午，恰当的时间。他在度假：没有思想，没有记忆，什么都没有。他什么都不是，这正是他所追求的境界。

当12点来临之际——房间入住的时间，任何一个旅馆接待员都清楚——他应该立刻动身去旅店。他要用做作的嗓音报出预订房间的号码：326，然后上楼，洗澡，在接下来的几小时里，消失在史前的沉睡之中。第二天，星期二，将会像第一天这样，悄悄地逝去。电影、远足、睡觉，谁会管？星期三，天气将会转凉，乌云遮天。去书店逛逛。星期四，参观城堡，读读书，绕过乡间农舍，穿过小镇和公园，去一趟邮局。

山区的周日有其自身永恒的特点，它好像在取笑你，它傲慢地喘息，时光悄然离去，留下一种充满敌意、令人窒息的躁动。你可以像以往任何一天那样不紧不慢地收拾行装。你根本不知道要去何方；不知道火车开行的时间，也不知道前行的方向；仿佛在履行某种合约，你把自己完完全全地交给了空虚。

托莱亚·沃伊诺夫在山区只逗留了一个星期。迷茫、昏睡般的等待，不知道伊里娜这个名字对这种状态是否合适。

晴朗的天气。太阳驱散了雾霭。远方的树木清晰可见，彰显出往日的尊贵。旧时贵族的宅院虽说已经破旧、衰败，但依旧雄霸一方。此处的氛围——同样的面孔，无精打采、滞留在半空的手势！巨型的木桶盛装着变质的醋液、胡萝卜，以及粪便，包围着腐烂变质的昏睡。不，他过去一直无法接受这种状态，甚至在记忆中也没有它的地位——

不，一切都存在于另一个时刻。那是5月，是另一个时刻，没错，是另一个时刻，很久以前，仿佛昨日。

伊里娜的笑声。半夜醒来，在度假小屋外的露台上——满地银光。沉默，长时间的沉默，直到他的喉舌因为等待而变得干燥不已。一天下午，沿着弯曲的沥青马路朝城里走去……双手举起，伸向那人的肩膀。

时间的长河滚滚向前，但他却并没有忘记这件事情。一个混乱的时刻，在大街上，柏油马路蜿蜒着通向城里——就是在那里，他们投入了对方的怀抱之中。接下来的局面有些令人不安，仿佛那个下午被拦腰斩断，悬挂在无聊的时光边缘。一种厚重的沉寂，一种使人厌恶的沉寂，把你从头到脚淹没在它那绿色的泥浆之中。你开始摇摆，某个地方传来了可疑的砰砰声，是那些看不见的蜥蜴发出的。几个少年吹着口哨，匆匆走过——当时的情形就是这样——滑稽可笑的事件中无法抹去的一个片段。他们继续无声地摇摆，好像体弱多病的老者，依旧童心未泯。

伊里娜让他等在门口，自己走进了那家食品店。马路开始拐弯，城市就在身后。就在那个地方，发生了那件微不足道的事情，他似乎醒了。他当时的确转过身子——嗨，我帮你拿一个，你看，你有两个袋子——面对伊里娜，接过她左手拿着的那个塑料袋，把她右手里的那个也拿过来了。他们俩肩并着肩，一言不发，继续赶路。他们来到伊里娜住的小屋，那栋房子虽说不大，但很漂亮，屋顶是用砖瓦砌成的。他们沿着阶梯走到门口，然后进入客厅。伊里娜脱下斗篷：她下身穿着一条紧身牛仔裤，上身一件宽大的白色毛衣，很厚实的羊毛。她一只手握着一瓶红酒，另一只手拿着一个绘有蓝色小花图案的玻璃杯，还有一只古朴的茶缸。

"住在这所房子里的只有两个人,而且他们也很少回来。他们城里有亲戚,大部分时间都待在那里。"

她往茶杯里倒了半杯酒。酒精下肚,他立时感觉四肢充满了令人兴奋的能量和热力。在某个时刻,他弯腰从地板上拿起酒瓶,把空空如也的茶杯倒扣在上面。他碰了碰她的胳膊肘,把它捧在自己的手心里:我们上楼去吧。不,不,也许,伊里娜在敷衍他。他轻轻地拉了她一下,她已经站在楼梯口了;他们上楼去了。楼上的房间很小,室内有一张小床,像学校里的那种,一个水池,屋顶有一扇很大的窗户,月光从那里泻进屋内。

他有些迫不及待,动作笨拙地一把把她拉到自己的面前。我自己脱吧——牛仔裤滑落下来,接着是那件像猫咪皮一样的白色毛衫。伊里娜身上穿着长长的内衣。她身材瘦小,皮肤光滑——不是这样,让我来——胴体滚烫。他很快就迷失在她娇小的身体里,月光发出邪恶的光芒,给他带来触电的感觉。害羞眩晕局促。伊里娜点燃了第二支香烟,头搁在自己的腿上,腿上半遮着一条厚厚的毯子。他的目光飘移。后来,他找到了答案:他当晚离开。他必须整理自己的行装,赶上那趟9点30分的火车。伊里娜已经悄悄地离开了那张凌乱不堪的床铺。

你没有必要跟我走。实际上,我想出去走走,呼吸一下新鲜空气;这并不意味着我想和你一起走。假如你想和我一起走,我并不介意。不管怎样,我想知道你的地址。身后传来衣物的婆娑声,扔了,拾起来,又扔了。他们经过那家为游客开设的旅馆,去拿他的东西。火车的车门打开了,他们在门前像老同学那样吻别。伊里娜递给他一个红色纸片:她的地址。她发出爽朗的笑声;一绺头发在她额前跳动,很是别扭。她的嘴唇干裂、苍白。火车开动了。

托莱亚独自一人待在房内,不愿意再次回味自己的失败经历。跟所有的女人在一起都是如此：第一次，无论发生怎样的事情，总是那么仓促，感觉不安全，匆匆撤离。他进入她的体内——很短的时间。交配体操，一种表演，出生率上升的原因？异性的魅力，令人捉摸不透——如果幸运，你可以从中获取快捷、暴力的火焰？一种突如其来的重新发现，一种突如其来的拒绝，没错，就是这样，一种释放——他宁愿记忆空白。不，他不想记住那种情感，那种窘迫，那种无助。不，对那种复杂的情形，他不再渴望！

回忆并不困难。很久以前，他第一次遇见伊里娜，那是在外省，在他家乡的小镇里。这里有很多来自布加勒斯特的年轻人，工程师、建筑师、医生。他们被派遣到这里，参与这个历史古城的现代化建设。

最初，伊里娜做过一段时间技术绘图工作，后来，又做过橱窗布置，做过幼儿园教师，她一直在等待，等待能够被批准参加建筑学校的期末考试，因为她在毕业前夕意外地被那所学校开除了。年轻的中学老师万恰身边有一群追随者，她也是其中一员。未来的重要角色托莱亚那时已经是一个人物了。怎么会呢！大伙儿知道，他是一名教授，他经常发脾气，情绪急躁。他变着花样不断完善自己的杂耍技艺、轻浮的玩笑和文字游戏，以及那些没有恶意的插科打诨和即兴的吹毛求疵。

一天，他在大街上遇见她：伊里娜，你好吗？你是叫伊里娜吗？对，教授，真没想到你还记得我的名字。这个差一点就可以成为建筑师的年轻女人，伊里娜·伊拉，跟着他走了一会儿，时间足够长，左边的一条大街，走上第二条大街时已是怒火中烧。年轻的中学老师阿纳托尔·多米尼克·万恰·沃伊诺夫——外省叛逆分子的领军人物，自以为高人一等，绝对是小镇里的一个文化怪物！他比身边的那些追随者年长不到10岁，那些人大都是他从前的学生，跟在他的左右，被他的戏法所吸引。那些学校的小学生、大学生、工程师、医生，围绕在那些唱片杂志录音带谜语酒瓶和香烟周围，中间是那个令人称奇的托莱亚，他扮演的角色是一个高雅、腻烦的小丑，精通多种语言，声音尖厉刺耳。他甚至还说俄语，他在中学还教这门课程：那种语言，从他口中说出，令人感觉厌恶和压抑。那种语言，通过他的做作表演，通过他龇牙咧嘴的演绎，成为一种刺激，一种难得的怪腔。他们见过几次，大部分时间默默不语，偶尔心中会产生某种预感，因此，故意疏远对方。就这样，他们若即若离，但过了半年之后，她突然离开了。尽管如此，他们仍然保持书信往来，有时他还去布加勒斯特看望她。

这是10月的中旬：伊拉穿着一件新外套，很厚实，蓝色的，骆驼毛。城市展露出自己孩子般的一面，天真烂漫、色彩斑斓。街灯、糖果、杉树——他们在街上兴奋地推来搡去，雪花落下，美丽的风景恍如假日旅游的照片。大街小巷充满了明亮、欢快的光亮。当他们来到她家时，伊里娜邀请他进去。我们上去吧，我姐姐不在家，我父亲也不在。他一个月前离开了，永远地离开了，在我母亲葬礼之后。我们有时还能收到他的明信片和短信——他又回来了，带着那个很久以前就在一起同居的女人。

他们一起听音乐，一起喝酒——那种模糊的感觉，一种眩晕，在那个重逢的美丽夜晚。除了沉默和躲避，没有别的。田园诗般的冬季画卷，廉价、难得的欢宴？难道她惊恐的目光使他胆怯？他只是推迟了他们之间的接触。后来，在某个时刻，他们之间出现了一种对称的画面：伊拉荡着秋千，流连在夏季。兴奋而幸福。那些孩童时代的插曲，愚蠢至极。再一次，充满激情的眼神，带来无限的遐想。再一次，实际上，躲开了触摸的机会。

过多的希望，过长的序曲，他害怕了？

一次，他接到了伊拉的简短召唤。她现在已经是建筑师了，在布拉索夫的豪华新车站工地工作。跟我一起去海边，两个星期。胆小鬼没有答复，但他知道他不可能长期躲避她。秋天到了，他忍耐不住了，心一横，不计后果地给她打了个电话。接电话的是她妹妹，工程师索尔维亚·伊莎贝拉：伊拉结婚了。什么时候？如何？为什么——咳，一切来得太突然，仿佛她想摆脱某个追求她的人。她一个女朋友的朋友伯纳采亚努博士向她求婚。她彻夜未眠，辗转反侧，紧张不已。早上，她给出了肯定的答复。他们离开了布加勒斯特，但经常回来。我会把你的口信转给她。砰，电话放下了。

吉克·特奥多休同志的话是对的：山区的春天可以使你春心荡漾，但山区的春天也会毁了你，千万别忘了。真是太好了，他直到5月才开始等待，那时，月亮女神迈开双脚，踏出一道崭新的金光；荆棘刺入太深，你再也不可能将其拔出。教授，你提前结束了假期，实在是明智之举。5月的春光将把你俘获，将把你困在情欲的泥沼之中。就在那里，在那条通往城里的公路拐弯处，不知为何，你将遭遇海市蜃楼般的幻觉……在那一天，很久以前，你走上木楼梯，手心捧着她瘦弱的胳膊肘。浓密的黄昏，月光爬上窗户，仓促的接触，灯光忽明忽暗，快镜头，强电压，灾难。浪漫的场景，只适合闹剧。浪漫的闹剧，就这些：冗长的赘述，无尽的叹息，病态的情感。

光阴弄人，他们终于再次相遇。一个寒冷的雨天，暮色时分。你以为这次还能躲吗？火车、地址、幻影，这一切将变得混乱，你还会再次拖延吗？但是，几个月过后，仅仅是为了追求刺激，他按响了门铃，就是那个在车站她递给他的地址。

"我那时以为你是不会来的……"实际上，他曾经有意躲避，绕着房子转了好几个圈，以此拖延时间。"你把雨衣脱下来吧，你不会一直这样站在房间的中间，是吗？"公寓刚刚粉刷过，装修工程还没有彻底结束。他们来到房前的坡地上,站在那棵老树下。他们相拥在一起,但她害怕地从他的怀抱中挣脱出来。他们回到空无一人的房内,面对面地坐下来,四目相对。她生着一对绿色的眼睛,嘴唇厚实、干裂,声音嘶哑。当他们互相对望的时候,她的眼睛蒙眬、膨胀、疲倦,一种痛苦的呆滞神情。她的小手开始触摸他。她犹豫了片刻之后,把手伸进了他的上衣。她默不作声,双手一直在颤抖。她的双眼继续向更深的地方探索,她痛苦,她在燃烧。他依旧有时间打量白色的窗框,打量那只酒杯:厚实的水晶酒杯因为浓厚、静止的葡萄酒而变得红彤彤的。接着,燃烧——也许是别的什么,一种昏厥。她的小手继续下滑,到达了火焰的中心。血流奔放,像一只激战的公羊,疯狂而愤怒地喷薄欲出。震颤、恍惚、嘴唇、胸脯、挣扎的双手——血液猛烈地撞击,一次又一次,一次比一次深。她从前亲吻过别人吗?她亲吻过别的男人吗?能量完全集中,仿佛世界诞生的那一刻……奇迹,重生的奇迹终于发生了。

教授,一种暗藏的力量,一种无与伦比、聚合在一起的激情,就是这样。无法抵御,摄人魂魄。他们搂抱着,一路喘息进入卧室。欲望的苦痛把他带进她的体内,越来越深,双手搂抱着对方,越来越紧。哭泣,她的脸失去了形状。她用自己的双手遮住他的眼睛,不准他看她。"别看我,别看。"然而,他看见了,他继续看她,眼泪沿着她苍白的小脸往下淌。他在她的上面,在她的里面,发了狂似的搂抱着,但他仍然能够看见她的眼泪顺着脸颊不停地向下流,流向她干裂的嘴唇。她无意识地嘟囔着:"别,别看我——请别看我。"她紧紧抱着他,陶醉在喜悦和恐惧之中。床单下的男女浑身赤裸,相互拥抱着,久久不愿分开。"不,他们不能把这种权利从我们这里抢走,"伊里娜的声音低沉,有些飘忽不定,但却十分坚定,"他们不能这样做,这是我们的所有——我们的唯一。"她躺在那里，声音时断时续，一边说一边轻轻地抽泣着。她既感觉悲伤，又感觉快乐，细长的红棕色头发凌乱地散落在枕头上。"我知道，你……"她希望他继续。因为某种缘故，他过去一直在躲避她，但最终还是没有成功。

她的双手颤抖着在他身上游走。他感觉有一种触电的感觉，血液再一次咆哮，衣服伴着褶皱的床单在空中飞舞。她把他拉进自己的体内，深一点，再深一点。她一边抽泣一边断断续续地说，"别，别看我，请别看我。"她的身体因情欲而战栗，她的脸上泪水点点，她似乎得到了灵魂的拯救。"你终于来了……"几天后，当她打开家门时，她大笑着这样说。话音刚落，她一把把他拉到自己身边，拉进自己体内，一点点靠近她欲望的终点。"别看我，别。"她张大嘴巴，大声喘息着。现在，他们疯狂、毫无章法的拥抱愈合了她的伤痛，也使他焕发了斗志，虽说感觉害怕，但他也得到了安慰。在某一刻，他有些恐惧，试图使自己冷静下来。她刚刚结束了自己的旅行，他也离开了一段时间。她病了，他要去度假——种种借口，想避免这种过频的交往，想冷静，想暂停这种关系。

暮色稀薄而狰狞。瓢泼大雨。他在大街上梦游，不知往何处去。他没有带雨伞，雨水冲刷着他的额头和脖颈。他浑身湿漉漉的，包裹在水中。街巷空无一人。他清醒过来，在人行道上的一棵树下停住脚步，眺望前方的阶梯。一分钟，五分钟，十分钟——伊拉出现了。她站在护栏前，一脸的惊讶。她往街上看去，看见了那个奇怪的人影，一切都明白了。他们俩都明白了。他推开了铁门，走了上去。门口，伊拉身上穿着一件厚实的白色长上衣，此刻她欲火中烧。

她娇小、紧张的身体开始扭动。"我感觉到了，我知道你肯定在外面……"孩子般的歇斯底里，孩子般的绝望。异教徒的仪式重新开始,但这一次却更加的疯狂。她把床单扔到一边,可怜的棉布扭曲、凌乱,无助地躺在那张小床的床脚处,仿佛悬挂在一根简陋的船桅上。"我要走了,我必须走了。就现在,马上。"他不断重复着这几句话,像一个机器人。"我必须走,就现在,马上。没有其他选择。"她充耳不闻,不予作答。他急忙穿上衣服,这样,他们就没有时间交换意见了。她坐在那个窄小的床上,一动不动,甚至没有抬眼看他。门开了。他再一次来到院子里,来到大街上,来到雨中。他缩成一团,把湿漉漉的衣领竖起来。他下意识地抬起手,看了一眼手腕上的表。他看着表盘,看着正在转圈的分针。半个小时!这就是全部:半个小时,一种永恒。他再次躲在人行道上的一棵树下,看着街对面的阶梯,他刚才就在那里,似乎过去一千年了。在夜晚的雨雾中,他能够听见路人匆忙的脚步声,听见他们说话的声音。人们相互交换着位置,快步赶往自家的小屋。持续了一天的化装舞会使他们筋疲力尽。

如果相对被动的万恰·沃伊诺夫把自己的臭氧填充时间推迟至5月,就像聪明的吉克建议的那样,那么,发生的一切是否会拥有另一个名称呢?谁也说不准。

"我生命中的一些说不清楚的片段不断地困扰我,虽然我并没有那种感觉,但它们让我产生了一种负罪感。我曾经几次回到大学继续学业,但我的档案中又会出现新的内容,他们又会把我开除。我终于等到快要毕业的时候,但再一次……当我第二次婚姻解体之后,我真的无法再振作了。我经历了失败的一刻,我突然把自己的愤怒抛向外面的世界,抛向那些始终监视我,不断把我推向边缘的人。交出那份原件,对我而言,并不是一个聪明的举动。其实,那实在太冒险了。我甚至会为此丢掉性命。然后,在毁灭的前夕,有人向我伸出了一只手——或者说,一只爪子。我紧紧抓住它,我惊愕,我恼怒,我发狂。

这是波佩斯库同志。奥列斯特·波佩斯库同志救了我,他甚至主动帮我找了份工作,我因此有了收入。"

　　黑暗中,她的身体绷得紧紧的。她的手滑过去,碰到了桌边,碰到了床沿。这是一种她无法言表的混乱和危险。她身体紧张,精力集中。她伸出双手,手指轻轻地滑过男人的脸颊、胸脯和下身。话语抖动着加快了速度,动作也随之越来越快。最后,他们重新交融在一起,身体抖动着,眼泪随着一次次的高潮而自然落下。"别看我,请千万别。"拥抱,像一只染红了的爪子。呜咽,随后则是断断续续的话语。"他们不能剥夺我们的这种快乐。不可以。伟大而野蛮的举动,无法解释的举动。"没错,野蛮,还有脆弱,贯穿在痛苦和快乐的抽泣之中。

　　声音断了,他们太激动了。过了一会儿,又开始了,堕落而恐惧地扭结在一起。

　　"远离那些危险,再也不回头了。我又一次临近毕业的关头,这已经是第三次了。我向我的朋友亚努利讨教。我跟你提到过他,不是吗?一个颇具传奇色彩的希腊人。这个纯粹、狂热的,还没有被社会渣滓影响的英雄。他们把他的传奇故事以很低的价格进行买卖。这是一个叛逆分子、一个烈士的生平故事,跟通常那些进取者不同。很难说清楚,哪一种假面具更适合他:机会主义分子,还是真正拥有信念的人。不管怎么说,他仍然可以动用一些关系来帮助我。我又一次去了外省,在那里待了一阵子,一直到夏天结束。我知道,我的档案将永远伴随在我的左右,像天主教的教规——只有死亡才能把我和它分开。我想回来,但我却没有办法。因此,我又一次认定自己是一个叛逆者,我又一次爆发了。他们第二次警告我,让我知道自己行为的后果。接着,奥列斯特·波佩斯库同志主动要求帮我的忙,我接受了。带着一种病态的愤怒,我决定报复自己。"

城市死气沉沉。台阶上面那棵婆娑的小树提醒我们说，藏匿是没有用的。到处都有证人，到处都有替代。奥列斯特同志手下的那些同志，他们的手可以触及任何一个角落。他们无形的网络甚至已经渗透到了此处，连我们在这张床上得到的那种非法的快乐也在他们的掌握之中。

伊里娜趴在床边，伸手拿过那盒香烟。她点燃了一支，然后把那个小孩子用的小枕头放在自己的脑袋下面。她修长、几近透明的手指捏挤着香烟，直到触及正在燃烧的那一端。"他在我身上找到了一种疗法，一个梦想，一种依恋——波佩斯库同志就是这样说的。他做好了准备，只要我喜欢，他可以任由我使唤。他自己是一个暴君——喜怒无常，有极强的占有欲。他没帮上我什么忙，真的，没有。或者说，他只给了我一个分支机构。这是他自己的一个小王国，是共和国无数个大小王国中的一个。那是一个什么样的组织啊！那个协会！一个地下的协会，一个还没有发展完善的协会，一个暗藏玄机的协会。那个聋哑人的协会！假如我不了解内情，表面上看，那可能只是一个平常的公司。但是，在它的后面，在它的下面，在它的上面，有一个四通八达的网状系统。这个系统代表了一切。公司，目标，结构——这些都不重要，甚至在这样一个奇怪的公司里，也是如此。重要的是它和整个体系之间的联系。这恰好证明了一个事实：奥列斯特·波佩斯库同志实际上比他公开的职位更加重要；这个公司跟它自己的奇特简介相距甚远，实际上，它更加狡诈。我没有逃离这种残酷的考验，相反，我留下来了，我希望能够尽早看到自己的毁灭。我们永远也不可能知道自己究竟能够吞下多大剂量的毒药。"

她完全沉醉在噩梦之中，但表面上却依然平静，仿佛台词和角色经历了数次的排演，她此刻已经不需要别人的参与了。

"实际上，他甚至想和他老婆离婚。那个怪异的组织中没有人知道这件事。但是,我的家人知道。后来,我父亲给了我一样最后的武器。他们俩很熟——因此,我有权利拒绝他。我有了一个貌似可行的计划,换句话说,我给了他一个惊讶。我跟他说,不管是否合法,我都不同意'永远'跟他在一起。不是因为年龄的差别,也不是因为我不喜欢他。当然,这些都是重要的原因,但是,在我们玄机重重的小游戏中,这些都有可能被忽视。不,我想要说明的是,我听说了他在战争期间所从事的勾当。这一切对他而言简直就是晴天霹雳,没有出乎我的意料,但又超出了我的意料。他感到震惊,他知道我是通过何种渠道了解到这一天大的秘密!处在囚禁中的人,在装出一副与时俱进的模样之前,他已经开始了另一个行动——把自己的命运和那个只为自己考虑的人捆绑在一起。替身,就像面包的替代品,衣服的替代品,或是书本的替代品一样,绝不是今天或是昨天才有的新生事物。"

她不抽烟了。矛盾的是,她的激动情绪也平息了。这种极度的情感并非源于她对往事的追忆——不是。仿佛那种莫名的恐慌,那种挥之不去的巨大恐慌,在她的叙述中渐渐消失了。隐藏在她心底的那份脆弱始终遭遇到一种威胁,这种威胁至今仍然存在,这种威胁究竟是什么,她说不清楚;然而,一旦这种威胁有了具体的内容,它似乎更加容易对付了。

好比现实,无论显得有多么可怕,比起你想象中的恐惧,你预料中的恐惧,要更加温和,更加容易解决。

"在集中营,因为他们都是战俘——反苏战争中的战俘——每天他们可以得到一片涂抹着两小块果酱的面包。他被选中了,离开了牢房,负责监管每天的食品分配。咳,父亲发现他对我如此狂热,最终把事情的全部向我和盘托出,以此作为对他的最后通牒——当然,这样做很危险,任何跟他有关的事情都很危险。他这个人从头到脚卑鄙阴暗，始终戴着假面具。战后，他平步青云——最初的几年里尤为抢眼，父亲因此对他敬而远之。现在，相比较之下，他的地位低了许多。他之所以还是这么重要，主要因为他背后的那些特殊关系，新的，旧的，都是他在协会里建立起来的。

"因此，不管怎样，他那时专门负责集中营里的食品分配。他从非法交易中扣除关税，这样，他和那几个家伙才能生存下来。"

她把手从床单下面拿出来，伸向他。她两只手相互平衡着伸过来，纤细、放松、苍白、孩子般的手。热情似火的夜晚，难以入睡的夜晚，双手寻找着安慰。一双饥渴的绿眼睛，寻寻觅觅，越发暗淡，它们同样在寻找安慰。床单皱了，她的嘴唇也因为缺乏希望而出现了褶皱。床单和被褥被扔到一边，他们再次拥抱在一起——自我放纵，热泪满眶。

过了许久，夜幕降临了，她恢复了自己那种深沉、忧郁的嗓音。

"他这个人一开始就诡计多端，这个人类的渣滓。他把邪恶当成生存的机会。因此说，我朝着他的痛处狠狠地给了他一击。但是，他接受了我的打击，依旧春风得意，和我们所有人一样，对生活充满了憧憬，怪不怪？他们一而再，再而三地想向我们证明什么呢？证明我们的邪恶，我们的背叛，还是我们薄弱的意志？证明我们终究还是一群圣徒——这就是我们一直想证明的吗？被追杀的叛逆者，充满幻想的学徒！在苦海里垂死挣扎的病人？"

夜里，她的身体再一次扭动起来，嘴里发出那种无助的哭声。但是，如果她本人失去了清醒的意识……那会怎么样呢？也许，她也是……他离开了她的家，但最后那一串话语给他带来了无限的压力。在苦海里垂死挣扎的病人。教授，以后有的是时间在脑子里好好回味一下这些话。每一年的 5 月都会用不同的方式迫使那些没有确切答案的问题屈服,我们这个没有确切答案的时代也同样会就范。你必须有足够的耐心,教授,去研究你的疑惑;你不能感觉厌倦!或者说,厌倦——最糟糕的打击,你喜欢这样说——可能已经消失了。你会不断遭遇新的问题,新的陷阱;各种事件会接踵而至,它们的数量甚至会成倍地增长;如果你有耐心,你定会有所回报。

假如你当时没有找到一列合适的火车带你去逃生,可能这个片段已经拥有了一个名称,一个方向。但是,你还是需要有耐心和好奇心,需要有一种谦卑的态度,教授。不仅仅是在交谈的过程中保持谦卑的态度,教授,而且在交谈所带来的危险面前也需谦恭。

你可能还没有厌倦交谈中的切分音符和陷阱。你可能已经发现,新的一天带来了相同的一张脸——那个称作奥列斯特的脸,皱巴巴的,像一坨灰泥——同一个幽灵静悄悄地守候在日历的每一个角落,不断地提醒你,要你记住一个事实:你苟活在那个洞穴里。

教授,你知道,时间淡化了你心中所有的迷恋。甚至连奥列斯特·波佩斯库同志在时间的巨大能量下也变得疲倦了:激情的火苗不再燃烧,而仇恨之心却变成了一种常规,一种保全自己的面子所必需的模仿。

"你问我为什么不改行,不另找一份工作,不离开此地。当然,这并不是不可能的。现在的情形和50年代不同了。是的,我可以重新找一份工作。即使他命令他大批的手下继续跟踪我,即使他再狡猾,再有报复心,也无济于事。但是,我也有权利等到这出剧结束——现在,一切还不明朗,只露出了一些蛛丝马迹。等待某种真实、具体的细节——可以帮助你发散更具有建设性的思维!我发现,如果我有一个详细的目标,我会更加有效地追踪堕落的轨迹。然后,我就有了有血有肉的东西,它将是直接的、可以接近的。更重要的是,它是模棱两可的。这难道也是体验万丈深渊的机会吗？在这种模棱两可的状态中，我们成了同谋，这种状态本身既是一面镜子，也是一个陷阱吗？啊，上帝！把我们拱手交给内疚、绝望和我们自身过度的软弱——摧毁我们，摧毁我们——这样就可以达到警告和侮辱我们的目的吗？"

教授，你知道，我们这一代人都惧怕谈论恐惧和猜忌。但是，并不避讳烦闷，因为这是你熟悉的，也是每一天的代表。同样，你也会发现它们那痛苦的渗透，它们的名字是伊里娜。用你朋友马尔加的话来说，女人可以不断提醒你回忆起某些迟到的东西，某些让你伤痛的东西。吸血鬼、贪婪的魔爪、镣铐、捕蝇器、链条、结婚戒指——你过去经常教育你那些年轻的伙伴，提醒他们注意未来的女性伴侣，这你应该记得。教授，没有任何预防措施吗？疑虑包围着你，而且，它也将被人利用来惩罚你的粗野无礼。你难道没有采取任何相关的防范措施吗？你目中无人，你一贯使用嘲讽的手段来表明自己无所畏惧的精神，但实际上，比这更加行之有效的战术还有许多。在这个潮湿的夜晚，在这次超短期假日即将结束的时刻，在这个灰尘密布的火车车厢里，你仍然死守着自己古老的做法。高傲、怨恨、烟斗、丝绸小包，你的气质，你的优雅，你周围那些卑微的旅伴——同样古老的化装舞会。

瞧，跟伯纳采亚努先生离婚之后，跟老欧塞比乌离婚之后，在两次离婚事件之间，在两次结婚典礼之间，鬼魂伊里娜再度出现了。她越走越近，距离非常近了，但你始终无法靠近她，如同我们的马尔加医生始终希望的那样。她那张冷酷、柔美的脸散发着一种动能，最终你会投身其中，按照马尔加的观点，你的病甚至会得到治愈。再一次聆听另一个世纪的回音，再一次感受那种痛苦，就像那个时候你从闪闪发亮的自行车上一头栽倒在地一样。

教授，耳畔响起真理的节奏，你永远都不可能将其摆脱。也许，伊里娜可以帮助你重新认识它。而且，还可以帮助你摆脱你到目前为止长期戴在脸上的那个蹩脚演员的假面具。现在，老马尔库·万恰找到了你，他一夜又一夜地召唤你，召唤你前去见他，去赋予他新的生命，而你却仍然躲藏在那个假面具的后面。

昂首、挺胸、目空一切。马路之星，高高在上，心中没有观众的地位。白色的衬衫，领口敞开，露出里面的红色丝巾。街边的万千景象，橱窗里的各色陈列，最为抢眼的还是那颗白天出没的五彩彗星：显赫的步行者，合格的骗子。这些角色对于有备而来的担纲者而言是有回报的。闲聊、背后诽谤、玩笑、卖弄学问的引经据典和打诨插科。脚下的步子轻松、飘逸，但永远是那么的谨慎。长毛绒的鞋子，厚实的鞋底，穿着这种鞋子走路很是舒服，而且，步子也十分稳健。脚尖向外撇，鸭子般的宽脚丫，富有弹性，懒懒散散地、不紧不慢地，落下、抬起，一只脚跟着另一只脚，一步一步向前走。

形态怪异，步履蹒跚，的确像一只鸭子。自由了，万岁！我是多么的自由！我在乎什么？不，不，不。我亲爱的，再也不会这么忙碌。自由了，先生，因为我们不想让自己被吞噬。嗯，我们面对的是不公正的待遇，我们无路可逃。然而，这并不能使我们气馁。不，不，不。厌倦转变成怒气，不？给我打电话，亲爱的，捉弄他们，亲爱的，再见，很快再见，任何时候，当然，当然，任何时候，随时，没问题。

但是，眼睛依旧警觉。水汪汪的，没有一丝色彩。突然，变绿，变灰，变蓝。睫毛快速地一眨一眨。一个画面，又一个画面，速度极快地更替着。他看见他们了，哇！他看见了，十分清楚。他埋伏在那里，心中充满渴望：他突然开始把他们的脸庞记录在胶片上，制成故事。他们在空气中，在天上，他们隐身于街巷的阴影之中。大街梦幻般地滚过,像闪闪发光的客迈拉①,你随着它疯狂地移动,但它却根本没有挪动。在这里,一切仿佛都那么真实,都距离你那么近,你可以动用自己的触觉、味觉和视觉,你可以将它们揉皱,这些碎片;你可以粉碎一切,一个不剩。你紧咬牙关,找寻快乐,燃烧快乐:灰烬、尘埃、空气、马戏团,仿佛一切都是真实的。哇!假如每一个人,每一样东西,他们都真实地存在,假如,假如,假如。包括魔术师、金属线、假面具和哑剧。这个愤世嫉俗的人,这个傲慢的弄臣,这个不动声色的贪吃者,他的脑袋肥大、光亮,像罗马执政官的脑袋,就是这个人,他一口吞下了刀剑和灾难。真希望他们都存在,假如,假如,假如,假如他和他们现在都存在,当他看见他们时,再次看见他们时,梦见他们时,这不是他的本意,但事情通常就是这样,总是这样,任何时候,任何时刻,厌倦一转身就变成了愤怒,不是吗?没错,他看见他们了,看见了所有的人。

这是第一个:电工从电线杆上跌落下来。薄薄的嘴唇,红红的眼睛,草黄色的额头。水手的马甲。粗大的手指透着淡淡的蓝色。捕捉水蛭的猎手。这是他给他们的命名:水蛭。一种古老的疗法,让血液得以循环。大街、公园、影院、博物馆、游泳池,任何地方都是他收集水蛭的场所。他极其礼貌地用自己的那辆 Taunus 老破车运送它们。突然,在一个意想不到的交通灯前,他紧急刹车。眼对眼地交流。没有任何提醒,简洁而直接:好吧,我把它交给你,你会因此而幸福的。到我家去吧——我要管你个够,让你开心,你会像个疯婆子一样抓着我不放。你们都是这个样子,疯狂。他们没有抵制——三个人中,有一个上钩了。打那以后,真正的疯狂开始了——写信,打电话,威胁,

---

①客迈拉,希腊神话中狮头、羊身、蛇尾的吐火女怪。——中译者注

号叫：你不能延长这种疯狂，老板，病人的故事就此结束，你不能这样做，他妈的，爱人是野兽，水蛭是野兽，我们的洋娃娃也不例外，也是野兽。

接下来的一个：改变了信仰的僧侣。长长的白色胡须，苍白、深陷的脸颊。手指细长，皮肤透亮，脸上挂着那种过时的、善解人意的微笑。"以约瑟夫·维萨里奥诺维奇、神圣的斯大林的名义，阿门。"他们试图对他进行解释，但没有任何效果，他们只好给他服药。历史上最伟大的战略家，孩子们最好的朋友，科学和魔法艺术的天才，最受人拥戴的凡人，他不在了——像其他的凡夫俗子那样，他也吹灯拔蜡了。对于这个事实，僧侣无法接受。他30年前被捕的时候，万民之父斯大林不分昼夜守候在克里姆林宫灯火通明的讲坛前，所有人的命运都掌握在他的手里。他们逮捕了这个可怜的修士，理由是他拒绝改变对来生的看法。他们不断地折磨他，后来，他突然开始无休止地祷告——向克里姆林宫的圣约瑟夫祈祷。如今，谁也无法让他相信，圣约瑟夫·维萨里奥诺维奇真的已经消失了，而且，他的名字也已经成了禁忌语，如果在公开场合提到这个名字，那将是一件非常危险的事情。尽管如此，斯大林的巨大身影依旧捍卫着这个洞窟，依旧激励着这里的聋哑人。今天，修士嘴里还在喃喃祷告，还在以圣父、圣子、圣灵的名义画着十字。面对他人提供的每一条信息、每一个建议，面对医生的每一次注射，他总是怀疑地点着头。他有时看上去似乎被那些好心人的执着所打动。他诡秘地一笑，低头看着自己整洁的胡须，喃喃自语："名字有什么关系？名字有什么关系呢？"接着，他双膝跪地，脸上现出恐惧和内疚的表情。阿门，他渴望得到宽恕，并且恳请已故的伟人庇护他，阿门。

第三个是她：高雅，十足的法国派头，脸上的脂粉使人联想起卡罗尔二世时期的娼妓。这个女人是布加勒斯特——昔日的小巴黎——花花世界的大美人。她虽说身体瘦弱，但极具异国风姿。这位往日的贵妇人，面对各种盘问，难以招架。她眼含泪水，抽泣着指责她的前夫——前任首席国际大律师，并在他被控的各项罪名之下签上自己的名字。现在，那位可怜的家伙死于狱中已有数年，但她从未停止撰写讨伐他的檄文，她对他的指责比往日更加疯狂。

下一位：一双睡眼惺忪的大眼睛，黑色的长发编成粗粗的辫子，修女的习惯。女花童，舞蹈家，纺纱工，这位漂亮的吉卜赛女郎能做些什么呢？她绝不可能成为工程师！电子系的大四学生，街坊邻里的骄傲，活泼、美丽、圣洁，嫁给一位已经成为工程师的大学同学，但他却被派往叙利亚工作两年。在此期间，她强忍泪水，苦苦等待，渴望再次见到他：哭诉、低语、大叫。肥胖、饶舌的夫君在审讯面前败下阵来，他开玩笑地承认了自己轻率的举动。孤独的两年，猜猜他做了什么？他不是太监，他是男人，没错，他和其他男人没有两样。震惊、医院、注射、离婚、医院：按照小个子医生马尔加的说法，她没有康复的机会。在一两个月里，她和一两个男人有染，但持续的时间都很短暂。她只是一块被揉皱了的破布，可怜的人儿，这是精神病院里那位伟大医生的描述。

下一位：身材矮小、肥胖的农民，具体年龄不详。他们强行夺走他的土地，逼迫他加入合作农场，但他拒绝在除自己土地之外的任何土地上干活。50年代所有的监牢都留下了他的痕迹，但他做的唯一一件事就是重复那个名字：洛阿娜，洛阿娜，这是他最心爱的母牛的名字。

看看这一位：爱唠叨的老妇人。身材瘦小、举止笨拙、性情忧郁。因为害怕，说起话来结结巴巴。她语无伦次，令人生厌。医生，我的婚姻过去非常美满；困难让我们走到了一起——战争，他的脚伤，法西斯恐怖，一切，饥饿，疾病，战后的仇恨心理，这一切加强了我们之间的连接。接着，逮捕，他们带走了我们的几个儿子。突然之间他崩溃了。大山一般的男人被压垮了——就是这样，你根本没有时间恢复你的理智。我再也不是往日的模样了，医生，我无法正常思考，我无法使自己安静下来。

现在这一位：温柔、诙谐的巨人，没有记忆，没有情感。他欢快地、令人难以理解地出没在大街小巷、公园以及其他公共场所，不仅散播滑稽可笑的故事，还经常提出问题；他不时发出洪钟般的笑声，但却一脸的漠然。他的举止和医生的诊断相吻合：有暴力倾向的欣快症。这几个红色大字就写在他脖颈上挂着的那块牌子上。

末了，最后一位病人的影子。腼腆、脆弱的少年，深陷在书本的世界里，是千年以前托莱亚的完美翻版。经历了一系列事件之后，他无法使自己镇定：自行车的事故，哲学家酒商马尔库·万恰的失踪，那场造成一名老妪身亡的交通事故的庭审。还有，他被迫离开了自己的教师岗位。飞逝而去的光阴将各种审判、惩罚和厌倦猛然撞合在一起。

他们都在这里：大型闹剧中形形色色的群众演员。男人、女人、孩子、士兵、教士、流浪汉、农民、娼妓、部长、掘墓人、工程师、诗人，各色各样的替代和面具，伟大、无声的无敌舰队，病人，正常状态的最后残余，命运的突变除去了他们的面具，他们无法保持冷漠，他们拒绝健康、漠然和正常。

怎样才能辨认出他们？他们从你身边经过，来的来，去的去，总是那么步履匆匆，低头看着脚下的路，脸上的面具显示出他们是一群疲惫不堪的孩子。

一个春天的下午，空气中飘动着躁动和不安。街上的行人面带微笑，那是一种孩子般的笑容，他在候诊室遇见的那些等待真理的病人脸上就带着这种特有的笑容。他们是些特殊的传染病患者，或者是些疯子，是诞生于大灾难之中的潇洒狂人，是社会的中坚，是最后一批正常的骑士，这是马尔加医生的话。正常状态下复杂的密码，噩梦，头痛，幻觉，眼泪，昏厥；所有这一切，疯子坚持认为，他恰巧就是治愈癫狂的良药。

我怎样才能辨认出他们，拦住他们的路，跟他们回家，这样，至少在那一个夜晚，我属于他们，我和他们在一起——我可以用这种方式收集他们，一个又一个，我们可以把命令传递给每一个人：今天晚上，我们的晚上！我们的夜晚：大家的声音汇集成呻吟，继而变成怒吼——歇斯底里，大笑，我们的笑声，我们无边的怒吼，连天空也容纳不下。我们卑微、自豪、无药可救的团结：正常的人！就是这样，最后一批病态的人，他们的尊贵使他们有能力记录世界的混乱，记录牙齿的撕咬，而那些拼命维持那出还没有结局的游戏的节奏的人是不了解这些的。马尔加朋友把自己的时间浪费在我们这些废人身上，这是一个精神分裂的星球，而我们是这个星球上的精神分裂症孤儿。假如他想到这一点，他——托莱亚，精神分裂症孤儿，和当年的马尔库·万恰年纪相仿，天上的上帝在40年前一个春天的夜晚带走了他。突然，他开始漫无目的地到处乱逛，走过大街，穿过田野；父亲被杀害了，还是自己结果了性命——再也没有人了解真相了吗？——就在那个漆黑的夜里，在那个催人入睡的春天。

自杀，或是他杀，有谁能说得清楚呢？除了对阿根廷的哥哥之外，真相还有什么意义吗？哥哥没有跑得太远，随时可以联络到他。他思乡心切，年老体衰，无论怎样，那一幕始终在他脑海中闪现：他们的父亲死在一座被恐怖吞噬的小镇里，尸首漂浮在污水之中。就这样，瘫痪在床的阿根廷哥哥始终沉浸在对往日的追忆中：那时，他独自一人去买婚礼用的白手套，而与此同时，他父亲的尸体像一件礼物，随着城市的废物一起漂向等候在污水口打捞垃圾的工人。

假如，在这个年轻的春天的夜晚，他准备去召集所有患病的兄弟——几百，几千，成千上万——每个人都手持火把，聚集在坡地上。那块坡地守护着排水沟槽一路通向冰冷的黑河，他可以在瞬间打量一下到场的每一个人，几百，几千，每一个人看上几秒钟，就一会儿。最后，他可以在他们中间辨认出很久以前的那一个——没错，他肯定会记得那一个人。时间，运动在其自身的隧道里，不断复制这样的印记，达到了近乎完美的程度。人类受苦的历程自然也在重复这种特征。

他肯定能认出40年前的马尔库·万恰。这个老人像一个受了惊吓，被噩梦围困的孩子，在他的脸上，托莱亚肯定能读出那份警示。他可以仔细打量他，因为，40年前，他没有时间这样做，甚至没有时间提醒他——提醒他什么呢？不，我不会给他任何警示，我只想审视自己仓促开始的行动，只想研究自己的初步计划。一场真正的调查即将拉开帷幕，它带来的刺激可以接近，或者说，可以逾越那道致命的门槛，这样，克劳迪乌兄长就会发现，他用金钱雇用的奴隶办起事情来是多么小心谨慎，那些可怜的比索越过两个大洋，跨过20片水域，经历了两百只手的揉搓，最终来到了那个冒牌的账户上，因为，阿纳托尔一向不走运，他痴痴癫癫，身无分文，他跟自己狂癫的祖国一样，没有存款，没有运气。

离开林荫大道向右拐弯，然后再向右。一条僻静的交叉路。树木，蚊虫无声地鸣叫，树影婆娑，一片寂静。沉重的铁门，庄严的阶梯。一栋极具王子风范的建筑，门闩，尖顶拱，石材，木材，钢材，简朴的窗户，柱子，枝形吊灯，当然，我们熟悉这些装饰。大门上有马尔加医生的名字。他按响了门铃。热尼大婶已经站在门里面了吗？她过去是医生的病人，现在是他的护士。她像往常那样已经等候在大门的另一侧了吗？

"大婶，我给你带来了鲜花。黄色的康乃馨。我没有买到玫瑰。因为，你知道，这个国家很难买到花，都留给英雄了。"

"哇，谢谢。只有你能让我黑色的灵魂延续。"她肯定会一而再，再而三地把自己的手掌在蓝色的短裤上擦拭。突然，她弯下腰，亲吻着慈善家的手。

"你在干什么？我告诉过你，我不是教皇。好了，快，别这样了。我们一起唱那首歌吧。你说，它撕碎了你的心，然后又让它重新愈合。"年轻的绅士阿纳托尔一定会使劲儿地盯着老热尼看，这样，他会永远记住她那双没有眼窝的黑眼睛，记住她苍白、浮肿的脸颊，以及她那双关节突出的手。那双手始终在抖动，仿佛她感觉寒冷似的。"我们走吧，甲亢夫人，别像傻瓜那样大笑。我们唱歌吧，你的灵魂会安息。帕金森夫人，当你放声大笑的时候，千万别用手捂着嘴巴。你笑的时候，不要脸红——你的牙齿没有问题。你可能有缺牙，但那不是你要掩盖的东西。你的这个习惯是剥削阶级强迫你养成的——你知道，他们还没有消亡，还早呢。"年轻的绅士阿纳托尔会一屁股坐在地毯上，热尼大婶坐在扶手椅上，双目紧闭。哇，亲爱的约翰尼，歌曲开始了。

一种细细的嗓音，一个虚弱的孩子，一个几乎无法察觉的痕迹，就掩藏在浓密的眼睫毛下。

哇，亲爱的约翰尼，
我希望能把你的名字播种

她粗糙的大手抚摸着孤儿光秃秃的头顶。慢慢地，她的嗓音抬高了，慢慢地，歌曲的泪珠一颗颗落了下来：哇，亲爱的约翰尼，我希望能把你的名字播种在每一个花园……每一个花园……这样，芬芳的花香……深入每个貌美女子的心扉。唱啊，唱啊，像往常一样，场面失去了控制。托莱亚一跃而起，高声喊叫摇滚！摇滚！再次摇滚！他身体扭动，头晕目眩，大喊大叫，直到他把病人拽进了厨房——正确，让我看看肉末烧茄子！"正确，让我看看肉末烧茄子！那不是胡椒，那是些绿色的安眠药片。有的用来做梦，有的用来安乐死。别担心，我全都知道。"摇滚，摇滚，再次摇滚，结果是，盘子，叉子，碟子，罐子，以及满是药品、香料、糖浆的桌子也随之抖动起来，为了大家最伟大的苦难而摇动，疯狂的程度可以跟魔鬼的乐园相提并论，因为，这就是我的命运，甜心，多亏了医生的怜悯我才因此获得了内心的平静，愿上帝保佑他的灵魂。

什么也听不见，没有一点儿声响。仿佛屋里没有人，甚至连那个充当女管家的病人也不在。因此，阿纳托尔·万恰·沃伊诺夫先生再一次按响了门铃，门铃响了很久。

门打开了一半，慢慢地，极其谨慎地。来开门的不是热尼——这不是她的风格。不，当然，不是热尼。这是一个和她身份相同的男人，一个行动懒散的病人，一个腼腆、苍白的老年人。布满灰尘的制服，态度和蔼的服务员，眼睛近视，跟家里饲养的青蛙极为相像。

"啊，是你啊。快，请进。医生还没有到。但是马尔加很快就来了。你可以等一等。"

他用手指弹了一下开关，枝形吊灯的光芒照耀着每一个角落。

啊，已经是晚上了！好像今天不是春天，而是深秋，因为在秋天，天黑得早,夜幕急不可待地想把你一口吞下去。

多米尼克先生懒懒地靠在真皮椅子的靠背上。他把自己光秃秃的脑袋转向堆满了书籍的书架,小桌子、高椅子、办公室,还有扶手椅——房间除了容纳这一切东西之外,还有来回走动的空间,就好像是一间空空的接待室。

男服务员又出现了,他推着一个小车,上面的一只瓶子和杯子微微抖动——叮当!

"哇,但是,你知道的,我不喝酒。"

服务员瓦西里没有做出任何方式的反应。也许,他笑了,笑得像个白痴。他笑了!你听见了吗?但是,实际上,他根本没有笑,他怎么能笑呢?毕竟,什么都看不见。他那张闪光的黄脸上发出一丝气息——几乎无法察觉的、非常狡诈的怀疑和嘲讽。好像他只是在心里笑,一种满足的开怀大笑,但外表却没有任何破绽。真的,脸上什么表情都没有,他甚至没有说一个字。他叫瓦西里,大家都称呼他巴济尔——没有比他更笨的。托莱亚猜测到,也许他干了什么坏事,谁知道是怎么回事呢?这种笑意味着什么——我们现在并不在马戏团里,是吗?马尔加医生经常说,别让我逮着你调皮捣蛋,或是找别人的碴儿,这与你的地位不符,瓦西里,你是个举足轻重的人物,是另一个世界的高级官员,那是一个你在我们这里看不见的地方。你必须尊重你的地位,不要向任何人类的东西妥协——你是一尊雕塑,经过完美的训练,知道应该为自己的使命争光,只有这样,这样就够了。服务员瓦西里回来的时候,的的确确又聋又哑,走起路来蹑手蹑脚。小推车上有一瓶柯罗维希白兰地和一个酒杯,旁边还有一摞外刊,闪闪发亮:《花花公子》《快报周刊》《巴黎竞赛画报》。瞧,罗密·施耐德失去了心爱的儿子。想想看,她竟然也有一个儿子,她也遭遇了普通人的悲剧，你会相信吗？嗨，瓦西里，你知道自己该干什么，我要向你致敬，你快过来，我要握握你的爪子。

但是，瓦西里已经消失得无影无踪。他的身份要求他这样做——小心谨慎到了完美无缺的地步。这个傻瓜！他不想回答，精神分裂症病人不想回答。那个假正经的医生，他有着一颗金子般的心，他把病人训练成了这等模样。你会相信吗？这个国家即将死于饥饿，死于恐惧，死于寒冷和黑暗，但是，假正经医生的家里却是灯火通明，像王宫一般气派。这里什么都有，我们甚至可以阅读外国报刊，而且，招待我们的都是些装扮成服务员的病人。不管怎样，这是病人的职责——他们负责给你拿来他们自己并不拥有的东西：柯罗维希白兰地，《花花公子》杂志，以及我们日常享用的奶酪；他们负责一切事物，这样，假正经医生就情绪高涨，就会给他们分发药片，给他们颁发伤残证和养老金。巴济尔先生，我知道你享有残疾人津贴，别抵赖，我什么都知道。我知道，你脑袋里有一两颗螺丝松动了，但是，除去这一点，你很健康。如果你去别的科室接受检查，你应该完全没有问题。快过来，让我握一握你的爪子。

多米尼克先生有没有站起身，并且伸出了自己的手？时间一分一秒地流逝。谁也不知道他到底有没有站起来。

"但是，在这座宫殿里，当然需要很长时间才会有人来开门！"

门铃持续响着，谁也不知道它究竟响了多长时间，叮咚叮咚，口哨般的声响，细细的，飘荡在空气中。

马尔加医生柔软的手掌拍了拍客人的肩膀。医生的脸上有一种责备的表情。他的眼睛里究竟为何有那种狡诈的神情？啊，对了，因为那个酒瓶。一个男人会做些什么？在这片沙漠里，没有人跟你说一个字，只有那个可怜的法国佬柯罗维希先生同情这个情绪低落的孩子托莱亚。

"你来了很久了吗?"

谁在问谁?看起来,问问题的是医生,但是,并不确定。托莱亚似乎也在嘀咕什么,他有些吃惊,眼前的马尔加穿着他那件红色的真丝上衣,嘴巴里叼着一只粗大的烟斗。看样子,他一直都在家里,就站在那张真皮椅子旁边,满怀兴趣地看着眼前的陌生人。这是一种拙劣的模仿,一次拙劣的表演。这个假正经的医生想模仿他的病人,但没有成功。他的所作所为像是一个初学者,没有什么可炫耀的。对于精神病患者而言,这是一种侮辱。真的,一种他们不应该遭遇的羞辱。

"托莱亚,你来了很久了吗?我记得刚才问过你什么。"

没有,他刚刚才到,但是,如何回答这个白痴般的问题呢?此时,小疯子博士正在根据瓶子里的液体计算时间,好像柯罗维希朋友就是一个沙漏!

就这样,多米尼克先生忘了回答问题了。他满脑子都在盘算自己的事情,他要设法让医生先说出那些他不得不说的内容,然后,就轮到他自己了。

"托莱亚,怎么回事啊?这可不是我们事先说好的。你知道,这不是葡萄酒。我不断地提醒那个傻瓜,只能把葡萄酒拿给客人。但是,我不知道为什么,每次你来,他都会把瓶子弄错。"

照他的话看,瓦西里这样做完全是他个人的问题!每一次的场面都是相同的,这些你太了解了。你已经完完全全地教会他如何把那瓶该死的刷锅水倒进我的喉咙。这肯定是迈塔克瑟白兰地,没错,因为,相比较而言,轩尼诗和柯罗维希两位先生更加老到,外表更加谦和,不像那个新古典派的粗野女人。没错,现在,我敢肯定,是那个娼妇迈塔克瑟。你甚至装出一副吃惊的模样,一种慈父般的神态,你可以证明自己是精神病人。像往常一样,你装出一副吃惊的模样,好像我看不穿你的小把戏似的。

就这样,多米尼克先生拖延了许久才开始回答问题。这可不是他的一贯作风。不是,这一次,托莱亚回答问题的时候像一只小绵羊,一定是出什么事情了,你会相信的。

"好吧,现在,你太……我有各种各样的问题要问。好像你不知道似的!"

听到这话,马尔加医生立刻拉过一张板凳,放在托莱亚先生的椅子旁边。他凑近他,像一位母亲,一位真正的母亲——医生一贯都这样。的的确确像这个样子,始终如一。

"怎么了,托莱亚?出什么事了?"

当然!"怎么了,托莱亚?出什么事了?"他每次都用这样的甜言蜜语应付他。现在,像以往一样,魔术师梅林开始沸腾了。"究竟怎么了?!发生什么事情了?!你怎么像一个满口疯话的老太太,你就是这个样子。你知道,你让我厌倦,厌倦得快让我发疯了!"这些就是通常从他嘴里冲出来的话,每当他回答马尔加医生的开场问题时,他使用的都是完全相同的字和词。但是,他的回答来得太慢了,这一次的爆发明显延迟了。

"嘿,怎么了……到底怎么了……打住。对了,巴济尔去哪儿了?谁把迈塔克瑟这个娼妇拿到这儿来的?"

事情就是这样发生的。托莱亚先生完全被击败了。这一次,真正糟糕的事情已经使你情绪大振:太好了,医生给了你一些烈酒,马尔加医生给了你力量,他像往常一样把一切都打点得妥妥当当——酒瓶,酒杯,杂志,甜言蜜语。一切都在他的掌控之中,医生什么都知道。

人称托莱亚的阿纳托尔·多米尼克闷闷不乐地看着那只瓶子。

呜！金属的瓶盖理智地躺在瓶子的旁边。多米尼克先生冲着它皱了皱眉，从扶手椅上微微欠起身，小心翼翼地拿起瓶子。他用右手把里面的液体往左手的掌心里倒了一些，然后将瓶子放回原处。接着，他把左手里的液体倒进右手，然后抬起双手，揉搓着自己光秃秃的脑袋。没错，他把烈酒倒在头顶上，然后开始用双手揉搓，先是左边，然后是右边。

"很好。都过去了……"说着，他把瓶盖盖好。

他精神恍惚地再一次打量着那只瓶子。瓶底还残存着少许液体。

"我能做些什么？你知道，我是不喝酒的。即使你把我剁成碎片，我也决不碰那玩意儿。除非我来这儿是为了见叔叔，除非我在抢救室里。你必须承认，这样的场合是很难得的，百年一遇，或许要等到20世纪末吧。世界的末日——也就是说，世界的开端；这是一个铁一般的世纪，严厉、充满着毒素；这是一个铅一般的世纪，邪恶在肆虐；这是一个黑暗的世纪，伟大作家的离世使它顿失光芒。亲爱的兄弟，世界就是这样。"

他把手伸进天鹅绒裤子的裤兜里，摸索了一下，拿出一个纸团——一张闪光的薄纸被揉成了一个纸球——并将它递给马尔加。但是，马尔加没有注意到这一举动，或者说，他根本就不愿意搭理他，因为他还在继续擦拭着他的眼镜。托莱亚神情严肃地把那团纸放在桌子上，放在那只酒杯的旁边。

"这里有一股什么味道？天哪，究竟是什么气味？可能那个老太婆又在做肉末烧茄子了。"

"这里没有什么气味。你的想象力太丰富了。"

"你这话什么意思？这种味道足以让人昏过去。这个老太婆一定是往锅里放了些番茄汁。我上次告诉过她不要再这样做了，千万不要在肉末烧茄子里面再加番茄汁。"

"你在说胡话。哪里有什么肉末烧茄子。再说,热尼今天不在,她必须住院。当春天到来的时候,这是不可避免的事情。她的病总是在春天发作。我昨天收她住院了。"

"啊,这就对了。你把她关起来了。很好。但是,为什么巴济尔还在这里?"

"巴济尔正在洗澡。他头疼,说话也开始结巴了。这可不是什么好的迹象。你知道他喊叫起来是什么样子;有时会发作。洗个澡对他有好处。"

"他真的在洗澡吗?在那个假正经的浴缸里吗?不对,我肯定听见什么声音了。告诉我实情吧:他真的在使用那个伟大医生的澡盆吗?你是教皇的使者吗?是红十字的使节吗?或者,你代表的是绿色新月组织,还是那个被称为弱者慈善会的联合组织?马尔加医生,你是拉比,还是拉比的儿子?你不是曾经说过,你们心理医生就像拉比吗?马尔加大叔,也许,你是一个佛教徒,对吗?你是道学家,对吗?没错,你肯定是道家,或是禅宗,或是瑜伽——你到底是谁?我敢打赌,你是一个泥瓦匠——是吗?是的,詹姆士·梅森,你是那个乔装打扮的杀手,你把自己装扮成生活在麻风病人中的圣母。"

"你不了解瓦西里。他是这个世界上最爱干净的人。他擦洗浴室的时候十分仔细,一厘米一厘米地擦——然后,他也会喝点酒。"

"当然,他还会试着吃一点磺胺药。别逗了,老头儿,告诉我:他们最终剥夺了你行医的权利,不是吗?他们终于明白了,他们肯定已经明白了——那些骗术臭气熏天、恶劣至极!我知道,慈善家跟所有的骗子没有两样。但是,他们已经夺走了你的什么东西,你就承认了吧,夺走了你用来听病人打嗝儿的那个东西,还有那些关于骗术、催眠和剖腹的论文。他们把你从那些东西中解放出来了，不是吗？瞧，我来这儿已经一个小时了，一个小时都多了。电话出故障了，先生，电话坏了。大叔，告解室外面已经没有人排队了，病人们都走了，你的魔术戏法被抢走了。快点，勇敢一点，说出来吧。"

"但是，电话还在工作啊。你听，电话响了。他们还没有找到我。"

电话真的响了，不难猜想下面的交谈。

"是的，老伙计，检查报告我已经看过了。别担心，一切正常。"或者："当然，夫人，那些都是治疗带来的副作用，属于正常反应，你会明白的。"或者："工程师同志，为什么哭啊？你完全正常。到我这儿来一下，我们一起讨论讨论。可以采取些措施——当然，很有效。"诸如此类：糖果，安眠药，熏蒸，重要的是耐心。

"当然了，夫人。不，不麻烦。是的，我昨天又跟他说过了，我请他过一个月后来检查——一个月后。很简单，这是一种刺激，是某种过敏反应。当然，需要服药。没错，你可以晚上打电话过来——晚上什么时候都可以。"

大胡子马尔加忽地一下转过身来，他身上的红衣服也随即旋转起来。他面对着酒精作用下的托莱亚。但此时，电话又响了。

"说话啊！别傻了，我知道你会打电话来。交换着用——按我处方上写的，交换着用。我向你保证，上校同志，上面有我的签名，绝对没问题。我们会有好消息的，很好。"

矮胖的医生再一次用衬衣的下摆擦了擦眼镜，然后回到自己的座位上。现在，可以看清他的眼睛了：清澈的大眼睛，蓝色的，一只是真的，一只是假的——你根本区分不出来。接着，又看不见他的眼睛了，因为他重新把那副茶色的太阳镜架在了鼻梁上。

"托莱亚，你留下吃晚饭吧。我们可以再聊一会儿。"

"如果你能记得那天邀请的人是谁。"

"你又来了。已经过去差不多40年了,托莱亚!即使我智力正常,我也有遗忘的权利吧。不幸的是,我并不是一个完全正常的人。你知道,这份工作毁了我。"

"别找借口,我受够了。至少告诉我一个——一个目击证人,就一个。我没有任何恶意。这只是我的一个嗜好——用你的话说,小孩子的作为。但是,我真的想再见到他们。尤其是其中的一个人,你清楚是哪一个。我就是想见见他。否则,我会烦闷而死的。我无法容忍春天这份田园般的无聊。我告诉你,如果你不告诉我,我会死的。"

人称托莱亚的阿纳托尔·多米尼克先生俯身向前,从桌上拿起那个纸团。他走上前,好像要把这张纸递给医生——把信给他。医生没有注意到他的动作,肯定是因为那只人工眼睛的缘故。多米尼克把纸团抹平,好像准备读出上面的内容。一封信,就是一封信,他试图把信的内容做一个小结。

当医生留意到这一新情况的时候,他不禁倒吸了一口气。

"很好。我能说什么?在世界危机中心,你是唯一一个身价上升的人。也许,你的兄长克劳迪乌一直在思念他的小弟弟。金钱代表着感情,这你是知道的。他肯定一直挂念着你。他是一个非常脆弱的人,也是一个非常敏感的人。作为一个职业医生,我可以告诉你,金钱证实了我的判断。"

"我还是不相信。实际上,在我看见那些钱之前,我是不会相信的。我了解我亲爱的哥哥。"托莱亚嘟囔着说道。他从另一个口袋里掏出一个皱巴巴的信封,这个信封上盖着好多个邮戳。他把信封放在桌上,紧挨着那只酒瓶,但是,他的手碰到了那个纸团,纸团掉在地上,就掉在板凳腿的边上。多米尼克先生心不在焉地四下看了看:高大而狭窄的窗子，像城堡，靠墙一字摆放的书架，大厅中央一个巨大的台灯，方形玻璃镶拼的房顶，方格图案的地板。

马尔加医生默不作声地站在窗前。托莱亚没有看见他，或者说，再也看不见他了。同样，他也看不见巴济尔。医生默默无语，只是一个劲儿地抽着嘴里的烟斗，烟斗发出亮光。多米尼克先生没有看见他。巴济尔已经复活了，仿佛一尊立于门前的雕塑——托莱亚先生没有看见他。死一般的寂静，谁也不说话。信里肯定有什么悲戚的消息，有某种回忆，或是辛酸，谁知道呢。

他们各自看着不同的地方，仿佛他们并不在同一个房间里。主人轻轻地叹了一口气，但托莱亚不可能注意到。男服务员消失了，他根本不曾出现过。既然谁也没有看见他，他怎么可能到房间里来过呢？托莱亚酩酊大醉，仿佛瞬间失去了所有的智慧。他眼睛瞪得大大的，嘴巴也张得大大的，看上去可能已经失去了知觉。但是，当马尔加把手伸到他的腋窝下，准备抱他起来的时候，他的身体颤抖起来。他聚精会神地盯着医生，目光空洞。马尔加站在他的身后，双手抓住他的肩膀，轻轻地推着他朝大厅的尽头走去。那里有两级台阶——类似乐队的指挥台，在屋顶灯光的照耀下，仿佛一个大舞台。就在那儿，晚餐即将开始。他们一起坐下，坐在两张高靠背的椅子上，坐在长方形餐桌的两端。

中央的枝形吊灯灭了，消失在黑暗中。房间的这个角落很舒服，只有一盏白色的球灯，像探照灯，它的光芒照耀着白色的桌布。银质的餐具，餐巾，大玻璃杯，小玻璃杯，微微发出清脆的响声，小盘子，大盘子，深盘子——好像托莱亚也在吃着什么。

盘子不时地换着，菜也是上了一道又一道。瓦西里从椅子边上捡起掉落的餐巾。托莱亚挺直了身体。瓦西里把餐巾铺在他的腿上。5

分钟，10分钟，永恒，公元1000年。然而，托莱亚似乎真的大口吃下了什么。瓦西里又一次弯下腰，捡起餐巾。他把餐巾甩了甩，然后展开。多米尼克先生身体笔直，餐巾重新回到他的腿上。不知何处传来了音乐的旋律。餐巾掉了，又被放回原处。汤碗消失了，牛排出现了——也许不是牛排，也许牛排并不重要。又一道菜上来了，白色的餐巾再次出现。

托莱亚一言不发。他没有喝酒，他牢牢地管住自己的嘴巴。他似乎并不在听医生讲述那些老套的故事，他根本就不在听。即使当他最后终于加入对话中的时候，他还是有些心不在焉。

"你看，果然是肉末烧茄子。巴济尔这条老狗！他放了番茄汁，但味道还可以。这个傻瓜还能想出这样的办法。"

"瓦西里的厨艺超一流。但是，热尼不给他机会。你应该看看他是怎样熨烫衣服的。非常特别——就像女王宫廷里的英国女人。他下厨的时候，做的饭菜非常完美。但是，这对他而言，疗效并不显著，不如热尼。但我相信，这对他还是有好处的。我告诉你，干家务活儿可以避免他胡思乱想，可以让他情绪平稳。"

"当然，不要提小费的事情。"

多米尼克先生举起手中装满红葡萄酒的酒杯。他把酒杯放到嘴边，但随即又改变了主意。"我在度假。我不知道你是否知道。我得到了一次短暂的假期，但可以延长。"

"你在电话里告诉我了。你也离开了一段时间，不是吗？"

"但我很快就回来了。你再也不可能找到合适的地方了。肮脏，冰冷的食物，就连这个也买不到；即使能够买到，价格也是高得离谱。不管走到哪里，都可以看到排着长队的人流。街上没有路灯，室内没有取暖设备。到处是巡逻队——带枪的巡逻兵，就像那个年代，你知道的……因此,我回来了,回家来享受生活。至少,在这里,花费少些——寻找那个冒牌的摄影师。或许,你可以把他的地址给我;我找不到他。你以前曾经跟我提到过他,但你可能随即又后悔了,后悔没有管住自己的嘴巴。你后悔了,所以,打那以后,你没有再说起过此事。你知道我肯定找不到他。"

"你又想起此事了,是吗?才过了两三年,你又想起那些胡言乱语了。你感觉无聊,这我知道。这就是你的问题所在:厌倦。看在上帝的分儿上,你到底想干吗?再去看看那些化石?什么也没有——这就是它们现在的状况。灰烬,泥土,地下的洞穴。那些幸存下来的人已经一只脚迈进了天堂。看看我。"

老马尔加哈哈大笑起来,他们俩都笑了。托莱亚在他的身后打了个手势,手指着电车站的方向:"读一读那封信吧。你会发现,这不仅仅是无聊的问题,也不是胡思乱想的问题,当然,无论如何我们也不应该忽视这些现象。看看最后的这一封信。我知道,他肯定会抽出时间来的,因为,他的记忆迟早会恢复的。他的记忆需要添加盐、毒药以及死亡的各种香料,在如今,瘫痪麻痹的状态依赖这些而存在,这样,它才能被唤醒,才能恢复新鲜。正因为如此,医生,他付给我可兑换的钞票。这就是我度假的缘由。有人付钱给我。一年前他给我的救济实际上只是预付款,我能感觉得出来,他心里有秘密。"

医生站起身,把餐巾放在盘子边上,对着病人微微一笑。他掐灭了香烟,双手背在身后,在房间里来回走了几步。接着,他走到小桌前,在那里,他可以看见地板上的那个纸球和信封——在看,又不在看。

"别夸大事实。自从他了解到审判的事情之后,他就开始给你寄钱,好多年了。或者说,自从他知道你遭遇到问题的那一刻起,否则,你的生活根本过不下去。虽然钱不多,当然,但是,这么多年过去了,加在一块儿也是一笔不小的数目。你从来没有回过他的信,托莱亚,是吗?你从未向他表达过谢意,从未给他写过一个字。照此看来,除非这也是你的一个计谋,否则,你应该给他一个承诺。这样做对你来说可能也有好处。你可以让自己的思想远离日常的烦扰。"

"这是什么音乐?医生!什么磁带!"

"咳,不管怎么说,这是你嫂嫂写来的信。你无法得知这封信是谁炮制的。假如你不喜欢,你就不用回复了,这是你一贯的作风。即使这次汇来的钱款数额巨大,在金钱和病人的需求之间并不存在必然的联系。你知道,这更像是一个建议。他并不是真的对你提出了什么要求。"

"这盒美妙的磁带是谁给你的,先生?这真的是与众不同!"

"科科给我的,外科的一个同事,去古巴旅游时带回来的。"

"古巴?你在说什么?这盒带子太棒了。老伙计,公元3000年的音乐,第四个千禧年的音乐。真是个挑盒式磁带的能手。"

"当然,科科很懂的。古巴人也创造了一些不错的音乐。你知道,死亡跟音乐一样,无处不在。"

"瞧,到头了。翻一面,好吗?"

"我想说,你应该接受这个挑战——不管这个挑战是不是米尔恰·克劳迪乌给你提出的。接受它——但是,别指望我。也许,生活在那里的那些人也是些流亡者,他们的心理不甚健康,你知道是怎么一回事。但是,不管怎样,最终你也不会失去什么的。如果它能让你开心,你就继续;让自己的精力转向其他事情也是一个不错的主意。可是,话又说回来,我帮不上你的忙。这一点我们都必须清楚。加夫通可以——他满肚子故事,正巴不得有人听他唠叨呢。他在报社工作过,有一些人脉关系——这些正是你缺乏的。"

"你说得不对,我有能力!"托莱亚先生咆哮了。他此时正在整理新的磁带,眼睛盯着录音机控制键盘上的那个红灯。接下来,时间的概念变得模糊不清了:医生不知什么时候蒸发了,音乐已近尾声,户外的灯光越来越暗,钟敲了一次又一次,谁也没有听见……你瞧,巴济尔先生,我们有事情要办。今天晚上……托莱亚先生在瓦西里的耳边轻声说,再过两个,或是九个小时,当他们肩并肩躺在地板上醒过来时,他们相互仔细地打量着对方,像两个老人那样相互点着头,一会儿是你,一会儿是他,好像在继续一个开始于过去的对话。

瓦西里朋友保持沉默,他看着周围。服从,他对每一个人都很耐心。

"我们这些病人说好了在那个河口聚集——就靠近那个贫困的村子。距离大概 20 公里,污水就是在那里倾倒进河流的。他们今天晚上都会来,你会看见……

"我已经痊愈了,托莱亚先生。这是医生说的。我不再是病人了。他说,你比许多人都健康。瓦西里,你比我还要健康。他就是这样说的,马尔加医生这样说的。"

"非常正确。你可以相信他的话。"

"是的。我的肾脏,我的眼睛,还有我的心脏。尤其是我的心脏,功能非常正常,但可怜的马尔加,他的心脏也不太……"

"你晚上让他吃得太多了。早晚有一天,他的心脏会承受不了的。"

"先生,只是在你来的时候才这样。不管怎么说,这样下去结果不会好。托莱亚先生,你不懂得如何饮酒。这些可是烈性酒。就算我很健康,我也没有勇气……"

"怎么回事,瓦西里?毕竟,你是一个健康的人——你跟医生不一样。"

"是的,不一样。你知道医生怎么说的?他说,要是那个同志跟你一样健康就好了——你知道他指的是谁！胡言乱语同志，这是马尔加医生给他起的外号。"

"不，我不知道。上帝保佑，我要知道就好了。那个假正经的家伙是怎么说的？他怎么敢这样说……我们知道是谁……他怎么敢？还有你，瓦西里，你怎么敢和那个我们认识的人相提并论？你难道没有一点自尊了吗？对我们这个可怜的国家没有任何敬意了吗？"

"没错，医生就是这样说的。如果那个人和我一样健康，我们就会更加更加更加……怎么说呢？就会更加幸福。但是，别再这样嚷嚷了，不允许这样。你知道，这是不允许的；再说，这对你也没有什么好处，真的。"

"先生，我一点儿错也没有。我想要的就是参加你们的聚会。聆听你们所有人的谈话。听听你们说些什么。因为，现在有人在重复这些，你必须知道。你是一个有头脑的家伙，瓦西里，你可以发觉，一切都在重复，不是吗？但是，让我告诉你实情吧。我只告诉你一个人。事实是，我不在乎。我真的不在乎！我丝毫不需要考虑，这就是我。我什么都不知道。所有的一切都让我寒心，都过去了。那是我的秘密，巴济尔，我脸皮很厚，我泰然处之。你听见了吗？厚脸皮，轻浮。这就是我的秘密。"

托莱亚先生似乎很反感他正在说的一番话——这意味着，他很清醒。他说话的时候，口气中流露着一种蔑视。他的话语一串一串地从嘴里跑出来，仿佛它们都是些剩饭、剩菜，和体内剩余的其他物质不同。

"叫我幸运的卢加吧，瓦西里，你可以用这种方式娇惯我。我允许你今天晚上这样称呼我。在我们班上，他们过去喜欢高声喊叫，喜欢跳波列罗舞。他们总拿我开玩笑——用你的话说，诋毁我。他们不停地吹气球，能吹多大就吹多大。当我抬腿准备跨进热气球下面的篮子时，噗的一声……气球撒气了。当我准备进入气球的时候，噗……他们对我嗤之以鼻，他们嘲笑我，不仅借助他们的嘴巴，还有他们的眼睛。这是我们国人的惯常做法。"

他在自吹自擂，托莱亚先生经常这样。他生来就是这种人。他的服饰，他的闲聊，他的突发奇想，还有他的故事，一切都是为了炫耀，让别人知道他是一个多么了不起的人。然而，他突然意识到，假如他继续这样口无遮拦——仇恨满腔，下嘴唇上翻——那么，这意味着……

他突然陷入了沉默。突然不说话了，脸像柠檬一样黄。他看上去就是这个样子。一旦噩梦袭来，他对什么都丧失了兴趣。他对一切都没有了胃口，很简单——没有什么可做的。

傻瓜瓦西里在衣帽间外面的走廊里停下脚步。他停下来了，像橱窗里的模特。一动不动。托莱亚感觉到了。他虽然没有走动，没有四处张望，但他已经感觉到瓦西里不在屋内，不在他的附近；他感觉到那家伙已经溜走了，感觉他像一尊雕塑，像一个人体模特。

瓦西里背对着门，托莱亚想转过去，看看他。他想转个圈，看看他。他不在乎：万恰先生什么也不在乎，什么人也不在乎。但是，他感觉自己非常想转个圈，瞧一瞧那位站在门口一动不动的家伙；厌倦地打量一下那个傻瓜瓦西里。他不能，不能转过身：他浑身瘫软，动弹不得。因为恐惧，害怕自己被变成石头？或许。唯一的亮光来自盒式收录机上的那个小灯。托莱亚本来可以转过身去的，没有危险，他没有理由害怕瓦西里。然而，他始终迈不开步子，即使他听见了由远而近的脚步声，他还是动弹不了。他没有动——他的脚步听上去是多么的庄严，这个狡猾的奴仆，这个患精神分裂症的家伙！检察官迈着惩罚性的步子。像一个严厉、不肯妥协的父亲——他死去的老父亲——那个疯子就这样走过来了。

瓦西里在托莱亚的身后站住了，他紧紧贴着阿纳托尔·多米尼克·万恰·沃伊诺夫教授微微弯曲的脊梁骨。

橱柜上的几扇门终于安静下来。世界也停住了呼吸。末日：公元1000年。笨蛋阿纳托尔·万恰害怕地向后退去，仿佛已经失去了自己所有的元气。这种状态持续了很久，很短——时间无法准确计算。瓦西里溜到一边，在托莱亚先生面前故作镇定。教授脸色苍白，眼珠突出，但什么也没有看见。托莱亚先生甚至没有力气去看，去号，没有力气抬起双手，赶走眼前的魔影。他什么也没有做，只是看着伟大的巴济尔。托莱亚面色惨白，但他意识清醒。他没有醉，他脸上仍旧是往日的那种讥讽的表情。尽管如此，他的脸像白纸一样，没有一丝血色。可怜的托莱亚瞪着婴孩般的眼睛，目不转睛地看着，但什么也没看见。

瓦西里穿着医生的褐色外套，这是一件套袖大衣，英国进口的。脖子里围着黄色的丝巾，头上是一顶黑色的礼帽，手上戴着一副有绒毛的长筒手套。每逢马尔加医生出席重要场合的时候，他都是这身打扮。长毛绒大衣的胸前有一个口袋，就在左边衣领的下方，里面什么也没有，只有那块浆洗得干干净净的白色手帕，十分挺括，它属于精神病医院的那个假正经的医生。

简直和医生一模一样！伟大的巴济尔和那个矮胖的小个子医生完全相似。他在微笑，撒旦！那个笨学生脸上的笑容足以让你的血液停止流动，别提了。他满嘴的大黄牙，完美之极。巴济尔先生离开了大厅，真的像个大人物一样，虽然面带笑容，但脸上却显出一种不屑一顾的神情。

托莱亚双手捂住眼睛，脑袋极度倦怠地耷拉在胸前。

……街上连个鬼影子都没有。走了很久才来到野外。无尽的时刻，无法度量的时刻。在村边的那个小木桥上,瓦西里停住脚步。他整了整头上的帽子——简直让人无法相信!他整了整帽子。皎洁的月光泛着一抹金色,瓦西里·"肉末烧茄子"先生面色苍白,目光敏锐,仿佛他正在扮演一个与他自身所具有的崇高魔法不甚相称的角色。再走一步,前方就是河口处的水泥坡面。等待他的是一排排的人群,迎接他的是他们手中高举的火把。细细长长的火把——实际上可能就是些蜡烛,但看上去像火把。

瓦西里微笑着。当他从打头儿的那个人手中接过蜡烛的时候,他笑了。他拿着蜡烛,口中的气息朝它飘去。年长的病人孩童般的脸庞突然消失了,随之而去的还有火焰。瓦西里先生微笑着朝下一个走去。一个虔诚的神经衰弱者,衣冠不整,头发凌乱。他也把他自己的蜡烛吹灭了。接着,下一个:那个胖女人,绿色的头发,眼睛里流露出魔鬼的神情。再下一个,再下一个。现在,站在面前的是一个男孩,他双手颤抖,身体抖动,浑身无力,当瓦西里准备吹灭他手中的蜡烛时,所有的蜡烛一下子灭了,仿佛有人发布了一个信号。

仿佛有人发布了一个信号,长长的队伍,一眼望不到头,每一个人——密集的长队延伸至远方——都消失了。瓦西里先生独自一人伫立在那里,手里仍旧拿着火把。他满意地笑了。他放下手臂,火把挨着身上那件套袖大衣的下摆。一片寂静,完美的夜晚。再一次听见了生锈的橱门发出的那种令人生厌的咯吱声。衣服开始燃烧,火苗从下摆处直往上蹿,接着,手套也着了,再后来是那条黄色的丝巾。当音乐和手鼓响起的时候,笑容依然停留在他的嘴唇上。

傻瓜托莱亚浑身瘫软,谁也不能让音乐停下来。烟雾,极具吸引力的幽灵,燃烧的气味,灰烬的味道。只有托莱亚看见了这一切。他孤身一人,像一具死尸,孤苦伶仃,他甚至连眨眼的力气都没有。

105

室内的灯光变成了紫色，不自然，充满了敌意。

他关上灯，离开窗台。房间似乎一下子平和了许多，半明半暗的光线十分柔和，既引诱着内部的阴郁，又诱惑着户外的光芒，仿佛暗地里串通好了。

在某个时刻——究竟是什么时候？——模糊的黑影悄悄地进入到门里。

"是我，托马，我们认识的。希望没有打搅你。"

熟悉的声音：训练有素，礼貌有加。探子的声音，夜晚的声音。

"你在看书吗？什么书？啊，是报纸。那个老妪的事，小猫，还有大火。你对此感兴趣，是吗？真的吗？我们约好今天见面的——你没有忘吧。我只有几分钟的时间。我不会强占你的时间——我发誓。"

教授不敢肯定，接下来的回复是否出自自己的声音。

"还是关于亚努利，是吗？你想了解他的事情，对吗？告诉你，我不认识他。没错，我知道，他跟伊里娜关系不错。是的，是，伊里娜·拉多维奇。但他们之间不是那种……不是，据我所知，他们只是朋友。我听说过他，许多人都听说过他。但是，我个人跟他没有任何关系。我能告诉你的也只有那些人人皆知的事情，没有什么重要性。亚努利传奇般的故事，家喻户晓，妇孺皆知。"

万恰先生扭动了一下身体，他在找烟，但没有找着。房间飘浮在灰暗的雾霭中，他甚至不知道该说些什么。

"一个离群索居的人，跟以前完全不同了。大家都这样议论。"

"我听说，他非常不善于交际。还有，他病了，病得很重——大家说的。他现在十分衰老,体弱多病。他有家,有各种烦扰……"

"没错,他的确有家庭。你了解他夫人吗?"

"不,一点儿也不熟悉。"回答非常迅速。

"绝对不了解?"

"我只在街上见过她几次,但我们从来没有说过话。"

"当然,当然。他们还有一个儿子,是吗?我的意思是,一个小伙子,已经上大学了。"

"他不是亚努利的孩子。他是他母亲的拖油瓶。那其实算不上一次婚姻,但这并不重要——不管怎么说,是他母亲跟别人生的孩子。"

"我们知道,这不重要。照你这么说,这个英雄已经被淘汰了?这是你的看法吗?"

"我没有任何个人看法。我不认识他。不管怎样,你知道得比我多。他是你心目中的典型英雄。一个革命家!你肯定比我更了解他。他代表着——不对?——象征着……"

"你看,我们说到一起了。我可以告诉你,你的话触及了要害。像他这样的人还会吸引别人的注意吗?你这样想吗,嗯?但是,危险还是有的。不是那些站在街角发泄不满的人,而是那些制造威胁的有头有脸的人物,我可以告诉你。那都是过去的说法了!斗争中的英雄们,当然——翻天覆地的运动需要他们。但是,接下来是什么呢?他们需要了解现实,了解具体的世界——这些都是相互关联的。理想驱使下的预言变成了,变成了——你知道我想说什么。他们站在谁那一边,或者说,他们希望站在哪一边,我告诉你吧,这一切都不再重要。魔鬼在哪里?在那些冥顽不化的僧侣当中,这些人的眼睛只盯着他们迷恋的东西。或者,存在于他们的对立面,那些识时务的大众,那些冷漠的玩笑者,不是吗?"

"我怎么会知道。我又不是神学家,也不是心理学家,更不是思想家。我是个跛子,亲爱的巡警,我是跛子中的跛子。让我睡觉——我要安静,我要睡觉。"

"亚努利同志也是谁的替代吗?是神话,幻想,乌托邦?或者,一团谜,一场阴谋?到底亚努利的传奇故事替代的是什么?为什么今天还在兜售?这个世界的人都哑巴了吗?它能卖到很高的价格吗?市场的需求量仍然很大吗?"

"我不知道,我不知道你到底想知道些什么。"

"那些有信仰的人,那些固执、不愿意改变的人——他们是真正的危险吗?还是那些伸长了脖子旁观的人?"

"危险,对谁而言?"

"你总是回避问题。我知道,你非常明白我的意思。你知道我们的兴趣所在,你十分明白我们为什么想知道你的看法。亚努利同志还能回到原来的状态吗?我的意思是,他可能加入另一个阵营中去吗?我告诉你,实际上,所有那些发起动乱的人,那些脑袋有毛病的人,他们根本没有改变。都灰心丧气了!这是辨认他们的标准。灰心丧气,精神分裂。对权力的贪恋!可以从催眠曲里为他们找到合适的名字。但是,我们还是换个角度分析一下吧。我们说说你。你内心有理想主义观念吗?一种叛逆精神,一种完全的信仰?换个说法,你会参加斗争吗?"

"我并不具备足够的品德,或者说,我缺乏足够的——缺点。我喜欢沉思,喜欢独处,喜欢我行我素,而且,而且——咳,我并不贪恋那种荣耀——"

"那么,你属于反对派吗?一切都不能对你构成任何影响吗?你属于那种吹着口哨,四处游荡的狡猾分子吗?"

"绝对不是。我只是不完全具备——"

"算了,你是想说,每一个人都具备一种品质,但只是一点点儿。人和人是不同的,经常是处于对立面的,事情应该就是这样——但是,从潜在的意义上说,每一个人心里都同时存在着其他人。我猜想,这就是说,在某个特定的环境下,他可能会变成,哪怕只是在短期内,他可能变成——"

"打住,我可没有这样说过。我从来都没有说过这样的话——别到处去嚷嚷说这是我的观点。谁让你这样说的,嗯?"

他快要叫喊了,但他的嗓门却提前失了声。问题也随之停止了。沉寂的时间越来越长,简直让人生厌。他等待着折磨再次开始,但是,停顿仍在延续。沉寂变成了厌倦,变成了昏昏欲睡。他本应该把灯打开,但他却没有足够的力气。

黎明时分,他精疲力竭。见面时需要注意的问题——这就是我苦苦寻觅的吗?他们将如何,我又将如何,遭遇死神?谁将幸免?通往未来的道路,换句话说,通往死亡的道路,会是怎样的?我们不是神仙,我们也没有来生。这是一个没有神仙,没有来生的时代吗?过去的、我们的父辈,还有假设的,这些如何再次聚首?也就是说,未来;也就是说,死亡。他喃喃自语,一刻也不停,仿佛自己已经衰老。他面色苍白、憔悴,失眠耗尽了他的能量。

一个自傲的傻瓜,这就是他的写照。在一个满是替代的世界里,他也是替代。但是,他是一个不切实际的怪人,如果他抽出鞭子,误打误撞,打破了玻璃,那他大概也能弄响警报器。我们的托莱亚就擅长这一手。虽然不是有意的,但愚蠢的恶作剧可能也会引发困难、背叛,以及启示。小丑可能会唤醒沉睡的生灵。我们把他推向黑暗的深渊,直到他开始拼命挣扎,高声喊叫,像一个疯子。气泡,漩涡,火星。也许，错误可以诱发行动的开始。长期以来，他一直在苦苦寻觅那种可以让机器运转起来的震动。

那天早上，谋划已久的行动终于开始了。他看上去很年轻，超出了行动所需求的条件。曾经当过老师的托莱亚·沃伊诺夫自愿把自己当作诱饵，当作扳机，当作傻瓜，不管怎样，他看上去依旧青春焕发。年轻的阿纳托尔精心打扮了一番，这样，他的外表既符合年轻人的时尚，又迎合了这个季节的特点。

教授，这是一次挑战，是一次挑战！以证明，即使从表面上看，一切都被摧毁了，没有特权的弱势群体仍然有机会。我想证明这一点，我发誓我可以做到。我要设置一个小小的障碍，一个有毒的小障碍。或许，我会击中怪兽的中心。或许，我可以把那个胡言乱语的家伙，那个独眼巨人库克罗普斯的眼睛弄瞎。或许，我可以用我的那朵小花毒死歌利亚[①]。他举起空空的酒杯，仿佛要干一杯。他手里的香烟烫伤了他的手指。但是，他再一次崩溃了——失去了知觉，疲惫不堪。房间里的影子和他的思想，以及流失的光阴又一次交织在一起，又一个黄昏来临了。他很想舒展肢体，在沙发上休息一会儿，但是，不，躺在沙发上没有什么好处，那个探子托马会不请自来的。还是这样好，站立在地板上，站在夜色朦胧的窗前。或者，坐在椅子上，或许坐在那里。你可以使劲儿地抓着扶手，勒紧腰带，让自己的脊梁骨贴在椅子背上，这样，你就不会那么容易被别人拽起来了。没错，好主意。他的眼睛闭上，又睁开。天越来越黑了。他闭上眼睛，过去的一幕突然之间清晰可见——背景是那间庄严而奢华的庭审大厅。模范文化和残疾人教育委员会。精神障碍难民委员会。

---

[①]歌利亚，《圣经·旧约》中记载的非利士族巨人，为大卫所杀。

思想安全办公室。五六个油头粉面的男人。那个坐在桌子首位的人抬起一只白皙、满是雀斑的小手，梳理了一下自己稀疏的头发，然后，他打开卷宗，又合上卷宗。跟其他人一样，他面前摆放着两个卷宗：一个红的，一个绿的。现在，他翻开一个，合上另一个。他看了看自己的同事，那几个人重复着同样的动作。他们翻开红色的卷宗，里面装着厚厚的材料。他们依照最高长官的样子，仔细地翻阅着。当老板抬起眼睛时，他们也把头抬了起来。接着，他们翻开绿色的卷宗，那里面装着有关被告的背景材料，薄薄的纸片，上面都是密码，隐形的钢笔字，以及托马的汇报信件。他们默默地看着，相互对视了一下，扬了扬他们病态的眉毛，然后又相互对视了一下。眉梢处的疤痕发出淡淡的磷光。那个金发女郎迈着轻松的脚步进来了，她已有6个月的身孕，脸上泛着红晕。她把一小杯水放在桌子上，靠近那个读诉状读得满头大汗的年轻男人。他微微一笑："是的，好了……现在该看看其他材料了。"戴眼镜的那个男人已经翻到第一页尽头了。他喝了一口圣水，蓝色的薄嘴唇得到了湿润。当他手中的爱尔兰烟斗敲击在烟灰缸上时，那几个人同时把头抬了起来，视线离开了面前那些污渍斑斑的纸张。一时间，大家陷入了沉思。左边第一个人嘀咕了几句，其他人立刻聚精会神起来。"够了，我看得够多了。"那个胖胖的秃子重复着，表达出自己的观点。在他的对面，坐在最右边的那个人兴高采烈，满脸堆笑："是的，让他走吧——有多远就走多远。我们在天堂给他留一个机会，我们要肃清我们的领地。"现在，他们开始叽叽喳喳，交头接耳，兴奋地谈论着他们邻居的这桩案子。"把他从我们身边赶走，肮脏的豺狗。"——低低的附和声。首席位置上的那个人指甲在台板玻璃上弹了几下。"同意，让这个大麻烦滚走，带着他的疾病，还有他满脑子病态的想法。法律要求我们给他一个机会。因此，表决通过给他一个警告。警告他离开住的地方。"首席位置上的年轻检察官抬手扶了扶眼镜,继续低头看面前的指控材料。

听不见更多的讨论,他们的声音渐渐消失。那些戴着假面具的无尾两栖动物眨巴着眼睛,无声地闲扯着。能够看见的只有闪亮的白色面具,以及眉梢处的磷光。门口,被告托莱亚面色苍白,大汗淋漓。他不知道如何才能给自己在战场上找到一个恰当的位置,可以避免发出任何声响,可以不被发现。他在门口监视了一段时间了,但目前为止,没有人注意到他。他浑身冒冷汗,心脏因为内疚而怦怦直跳,双脚潮湿,双臂无力下垂。不,他即将被赶走,他那张惊恐万分、焦虑重重的陌生面孔并没有改变法官的决定。他们忙着起草遣送文件,他们异口同声,他们反反复复的低语又一次传到他的耳畔。"豺……豺狗。豺狗必须得走。"纸张发出婆娑的声响,折折叠叠,没完没了,起起伏伏。

陌生人双脚灌铅,和那张椅子一样,牢牢地钉在门口。他被完全掏空了。现在,他们的目光全都转到他的身上,但无济于事。他们蔑视地看着他,盯着他,他们的脸上显出一种厌倦的表情:他们不知疲倦地看着他。不,不对,他们厌倦了!突然,仿佛接到了指令,他们擦着自己的额头,擦着眉梢处发着磷光的疤痕,擦着他们散发臭气的假面具。他们感觉太热了!你瞧,春天的阳光使他们感觉困乏!他们遮盖住自己的眼窝,自己的眉毛,自己的疤痕。什么也看不见了。耀眼的阳光泻进斗室。

就这样,这个身心疲惫的男人在春季的萌动中,满身是汗地迎来了一个新的早晨。他长时间地揉搓自己的额头、太阳穴和眼睑,笨拙地甩开整个夜晚椅子对他手臂的束缚。

行动再也没有任何意义了。只是另一种虚荣,是他档案中的又一个黑色的印记。除了拘留所的高官之外,任何人都不可能有机会接近他的档案。在这个充斥着符号和替代的虚幻世界里,不可能有任何具体的行动。因此,托莱亚横下心来:再也不拖延了!因为:荒唐,徒劳,幼稚,难辞其咎,虚幻。因为,因为,因为……所以,一刻也不再拖延!

就在那时,就在那里,立即开始。尽管违反了自己的意愿!!早上开始——违反意愿,纵容姑息,他要复仇。

行动:就在那天早上。

他已经醒了很长时间了，但仍旧倦怠，提不起精神。他的眼睛睁开，又闭上。他伸手去拿那只并没有响的闹钟。当他触摸到钟表的边缘时，他的手一阵颤抖，随即无力地落在床单上。床上，皱巴巴的床单从床边上挂落下来，一直拖到地板上。他睡觉的时候身体一丝不挂，也没有盖被子。他记得，昨天夜里，他好像离开过房间，到门前的阶梯上呼吸新鲜空气。这是一个躁动不安的长夜，他一直纠缠在奇怪的梦境中，直到天亮，梦魇才随着黑暗悄然离去。此时，他感觉精疲力竭，行动迟缓。过了大约一个多小时之后，他才辨认出那张凌乱的桌子，敞开的窗户，还有他的那双拖鞋。最后，他走进卫生间，然后，瘫坐在那张带扶手的椅子里，在其他椅子的包围中前后摇晃着。他努力恢复自己的心智，但过程很是艰难：中断、拖延、再次开始。

桌上放着那只长方形的信封，上面贴着邮票，还盖着邮戳。他看了一眼，认出来了，他的思维似乎开始加速了。他很着急，没错，非常着急。突然，他开始疯狂地疾驰，然后"吱"的一声停了下来。在度假，是的，他在度假。然而，这个充满不确定因素的季节，一切都包围在淡淡的雾霭中，你能去哪里呢？一个小时之后，天气湿热难耐；再过三小时，冰冷的寒风呼啸而至。在安东家，在托尼家，没错，在马尔加医生的家里——置身于我们疯狂的同伴之中，总有一种东西使得你的血液加速流动。是的，在马尔加的家里，在巴济尔先生的家里，在老女佣肉末烧茄子的家里，任何东西，我都会发现一点儿。然而，我感觉自己刚刚去过，我大约三天前去过那里。我跟马尔加阁下提起过那封信，还谈到过来自阿根廷的小嫂嫂，以及以接待员万恰名义开立的外汇账户。没错，我可以肯定，我去过狂野卡巴莱<sup>①</sup>，我和大名鼎鼎的巴济尔·贝尔兹布勃，还有容光焕发的安杰利卡一起大跳死亡探戈，没错，没错，晚饭后开始，一直持续到深夜，实际上，一直持续到黎明。

行头已经放在椅子上了：红色的袜子，白色的套头衫，白色的天鹅绒裤子。

赤身裸体躺在沙发上，明星还在犹豫。一辆公交车驶过，窗户发出咯吱咯吱的声响。瞧，真实的世界依旧存在：真实的世界再次出现，一辆公交车刚好从窗前经过，窗户开始震颤。多米尼克先生正在接收信号，正在匆匆忙忙奔赴日常的嘈杂。10点差12分，人称托莱亚的房客阿纳托尔·多米尼克·万恰·沃伊诺夫离开了大楼。他两次原路返回，仿佛想迷惑跟踪他的人。他检查了一下水龙头，碗橱，窗户，煤气阀门——也许他只是在假装重新关闭这些东西。虽然他精神不集中，虽然他显得有些吹毛求疵，但他的举动却无懈可击。

他先是环顾左右，然后穿过马路。烟草店，乳品店，裁缝店。"都在这里，这么近。好像世界刚刚诞生。要是能够客观、历史地看待这些就好了。"他在路口拐弯，经过电车站，继续前行，来到一条小路上。

颇具东方风格的院落坐落在山坡上，已经显得有些破败。寂静像一个小矮人，穿行其间。偶尔可以看见绿色的枝条在院墙上一闪而过。圆形的小花园和成堆的垃圾比邻。一丛丛带刺的红玫瑰旁边就是一堆堆的破布、纸盒、塑料袋——它们之间的界限古老、浪漫，而且十分模糊。马路的左边是一栋可求得庇护的未完工的别墅。大门、廊柱、露台，象征了暴发户的得意和匆忙，体现了一种怀旧的风格，也暗示

---

① 卡巴莱，指有歌舞或滑稽短剧等表演助兴的餐馆或夜总会。

着各种成分的入侵，必须做好准备，随时向野蛮人、向堕落的形式，以及腐败的攻势做出让步……

他离开这条肮脏的小街，前往大都会教堂山。前方不远处是一个集市，听见了小贩们忙碌的叫喊声。再往前，利普斯卡尼大街。这里曾经是买卖人的乐园，现在一片寂静，在慵惘和灰尘间沉睡。他在约尼凯·斯塔夫罗波尔奥斯小教堂前逗留了片刻。教堂的正面焕发着巴洛克风格的热情，与内部的简陋、纯洁、几何图形的构造形成了鲜明的对比。他绕过大殿，在雅典娜神殿前停下了脚步。他凝神望着神殿的壁缘，雕刻装饰中的国王和皇后早已被人遗忘，但他们头上的王冠依旧辉煌灿烂。左边，一座新的建筑——白色的庞然大物。三年前地震时出土的贝壳，如今又被新的基础用土所填充。冷漠、回忆。新版的鸽子笼，多重限制下的实用主义。两个房间，一个厨房，一个卫生间。夫妇、孩子、冰箱、电视。为了维持生计，在蜂巢般的小窝里不断重复同样的努力……多米尼克·万恰先生任由自己的思绪翱翔在这种无聊的冥想之中，这是一种托词，他在准备应付各种意想不到的情况。"我感觉自己好像随时准备行凶杀人，或是在为生命中伟大的爱情做准备，或是在等待迟到的天启。"

这位举止怪异的行人不紧不慢地继续向前走着，一边走一边东张西望。春天的早上，温和的天气：你成为春天里一位谦逊的雇佣兵队长，你被迫离开了毫无生气的岗位，为的是眼前这份模糊的使命，这是命运的安排，这是粉色礼帽般巨大穹隆下的选择。你成为——最终，最终！——史诗的杠杆，或是，史诗的傀儡。砰！砰！

就这样，多米尼克·万恰沿着维多利亚大街闲逛着。他的步子不大，但却十分均匀。他的年纪在50岁上下，在特兰齐特旅馆以及一种经久不衰的狂欢节上当一名通晓多种语言的接待员。在这个温和的春天早晨，这位路人似乎没有特定的目标，甚至当他数次小心地把手伸进白色天鹅绒长裤的后裤兜里的时候，他也不清楚自己究竟在找寻什么。

他停下了脚步，一会儿的时间。没错，信封就在那个口袋里，他的确把它放在那里的。他站在原地，显得有些举棋不定，然后开始掉头往回走。显然，他改变了前进的方向。但是，刚刚走了几步，他又改变了主意。是的，他终于想起了一路上都在努力回忆的那句引文："只有那些不可更改、不可恢复至从前状态的东西才能构成一个真实的事件。"这的确是引文。他想不起这话是谁说的，但这并没有多大关系。对他而言，磨炼记忆的过程本身就让他感觉满足。

因此，早上的行动又重新开始了。不，它在继续。换句话说，它在接近真实。烟草店，乳品店，裁缝店，克莱亚·拉霍韦安，大都会山，利普斯卡尼大街，雅典娜神殿，斯特拉达·巴蒂斯特，斯特拉达·瓦西里·拉斯卡：现在，这位步行者正走进罗塞蒂广场。在准备穿越马路的时候，他再一次伸手在裤兜里搜索那个信封。不对，他不能走回头路，他似乎铁了心，要开始一场真正的行动。

在推开铁门之前，他先从口袋里掏出一块白色的大手帕，把脸上的汗水擦干净。当他把手中那块白色的绸布放回原处的时候，多米尼克·万恰那张光滑、结实的脸庞又一次从魔术师的方巾下显现，容光焕发——罗马执政官的脑袋，光秃秃的，仿佛刚刚从理发店出来。轮廓鲜明的额头，敏锐的双眼，造型完美的高鼻子，薄嘴唇。他似乎十分熟悉路线，迅速进门，傲慢、冷漠；决不给任何人留有审查你身份的时间。非常完美——门口站岗的人甚至没有来得及敬礼。

他沿着狭窄、弯曲、肮脏的楼梯慢慢向上走，来到一个黑暗的走廊里。透过一扇半开着的门，他发现，卫生间的一半堆放着一些木架和纸盒，看上去像是一个由几个家庭共同使用的私宅。他走进一间敞开的大房间，绕过一张铺着红色桌布的长方形桌子，进入一间相似的房间，这一间要小一些，但形状更圆一些。房内有四张桌子，相互间有些距离，在门的左边有一张打字员的工作台。是找奥列斯特·波佩斯库同志吗？那位满头金色鬈发的女子皮笑肉不笑地重复着这些话。波佩斯库同志在做报告，他的助理在参加一个工会组织会议。会议？哼！他们开的是什么样的会议？当然，我们不在场——但是，直言不讳是得不到支持的。万恰的眼睛瞪得很大，但他很快就恢复了镇定，他不想让别人发觉他吃惊的模样。

打字员的眼睛没有离开键盘，只是用手指了指窗户。是的，那里有一张椅子。他坐下来，打量着对面的男人。这是一个身材魁梧的家伙，黑头发，领结死死地勒在脖子里。

"你是为'残疾人年'来的……"

"嗯，我是想……"

"你必须先跟主任讨论一下。我没有权力告知你任何信息。如果她让我进去，并且告诉我说，嘿，老爷子——她就这样称呼我，老爷子；有时叫我约珀——同那位同志商量一下。假如她这样对我说，那么，自然——"

"那我就等等。我不着急。要等很久吗？"

"不好说。会议刚刚开始。可能不会太长。"

"你说他们在开会？他们能开什么会？"

"咳，通常主任说了算。主席和副主席——实际上，他们也和我们一样，你知道的。然而，我的意思是，这并不等于说，我们之间没有区别。我们都很团结——我们同实际上的成员反正都一样。"

他的样子看上去很像是工厂的工头，疲倦，但又不得不穿着西装，打着领带,处理这些不仅复杂而且还让他害怕的事情。

"你想看些什么吗?可以打发时间,这样你就不会闷了。这是我们的一些出版物,还有法规、法令。或许你会感兴趣的。"

托莱亚把那一堆东西放在自己的腿上,从中抽出一本小册子《章程》。"一个公共组织……存在的目的是培养民众,适应国家的政治、经济、社会以及文化生活;……适应建设任务……社会主义和共产主义……其成员是公民……生活在国家边境线之内,聋子、聋哑人,听力困难的人,听力丧失在40分贝以下的人……听力正常以及支持协会的公民们可以被吸纳为成员,比例不能超过百分之十。"

多米尼克·万恰抬头看着那位工作人员,对方一直在监视自己。他们相互看着对方的眼睛,仿佛在用某种特定的密码进行交流。来访者在座位上扭动了一下,感觉有些局促不安。对面的工作人员一改疲惫的模样——或者说,不像刚才那么惴惴不安了。此刻,办公室的职位在他脑海里不那么清晰了,他用怀疑的眼光审视着这位假装读报的人,仿佛他应该弄清楚,这位来客是否值得信任。

"人数增加了,"他嘀咕着,好像在自言自语,但他的眼睛仍旧十分警觉地看着面前的人。来访者低头看着手中的文件,那位向导继续低语道:"根据我们的记录,在过去的五年里,人数的增长超过了百分之三十。我们对未来十年所做的预测表明,增长的幅度将达到——"声音低沉,柔和——这是积极分子惯用的方式。

"选举和被选举的权利,参加讨论和提出建议的权利,"多米尼克读着手中的文件。文件上的字字句句在他眼前晃动起来。"协会是在集中制的基础上建立起来的。领导班子是从基层经过选举产生的,决定则自上而下得到贯彻。少数服从多数。假如做不到——"他抬起头,恰好与那双黑眼睛在空中相遇,那双眼睛正盯着他的秃脑袋——

119

黑色的眼睛，浓密的黑色眉毛拧在一起。多米尼克·万恰正视着它们。他的眼睛一眨不眨，他想努力看清楚黑发男人左边眼角上的那块伤疤。一个淡淡的疤痕，像抓伤，可能是某个符号，也可能只是抓痕——他怎么能辨别出来呢？

"假如违反章程，制裁的形式包括批评、指责、正式警告、监督，甚至开除。"黑发男人滔滔不绝地背诵着。他面对着多米尼克，嘴角露出一丝笑意。他在微笑！他为什么在笑，还龇着那几颗大黄牙？多米尼克再一次打量着那人的眉毛，看着那块被钉子戳伤，或是被刀片割伤，或是被蚊虫咬伤，或是什么其他原因造成的疤痕。他把手中的小册子放在一边，把最上面的那份简讯拿了起来。我们的生活：这是协会出版物的名称，几个红色的大字。

首页的顶端：全世界无产者，联合起来！《我们的生活》，协会委员会的喉舌。首页的标题：向敬爱的领袖致敬。赞美诗。正资产负债表，更加严厉的要求。中央委员会预备会议。他抬起头，那位工作人员脸上的笑容已经荡然无存。他低下头。"五年计划的结束标志着我们在建设多元文化社会，以及提高、改善劳动人民工作和生活方面又迈出了关键的一步。我们的领导层英明、睿智，我们的领袖为我们制定了宝贵的方针和政策，调动了人民的觉悟，同时也规划出了一个建设多元社会所必需的广阔而复杂的过程。人是这一举措的中心——他的诞生取决于造就人类性格多面性的条件，而这种多面性所代表的革命人道主义恰好是这个协会的特点。"

多米尼克抬起头，随即又低了下来，继续翻阅手中的简报。"本月的第四个星期日，我们举行国际聋人日的庆祝活动，对资产负债而言，这可是一个绝佳机会。所有会员都必须表现出更强的参与精神，必须果敢行动，以促进协会的生产能力，严肃组织纪律，改善工作方法和作风。最佳锁匠评选,最佳运动员评选,'祖国颂'征文评选,国际残疾人年。党和国家给予的关怀营造出我们工作、学习的良好氛围。足球比赛——沉默 C 队对抗沉默 P 队,机会难得,检验队员的技术和战术能力,以及他们的体能训练水平。职业训练结束之后,那个年轻人渴望参加夜校的课程学习。为了认可他的水平,也为了宣传他的榜样作用,他所在的地方组织决定吸纳他入党。索林竭尽全力,以确保自己在工作中的表现能够达到党组织对他的信任。"

多米尼克抬起头。工作人员的脸上荡漾着微笑,但他那双黑眼睛依旧一眨也不眨地盯着多米尼克。此外,盯着他的还有另外两双眼睛:坐在房间中央的那个人,蓝眼睛,头发蓬乱;他旁边的那个人,戴着一副眼镜,满脸怒气,嘴里叼着香烟。只有那位娇小可爱的打字员例外。她一刻也不停顿,一直在啪啪啪地打着什么。她所扮演的角色是掩盖室内的沉寂,和那几个什么也不做,只是瞪着眼睛监视来访者的家伙相互呼应。

"这不是一个普通的公共组织,任何一家老牌的集体企业——你知道我的意思吗?"声音低沉的向导重新开场了,老爷子同志或是约珀同志,别的同志怎样称呼他并不重要。"这是一个典型的例子,你明白吗?"他紧张地揉搓着自己的眉毛——同时用两只手揉搓自己那两道乱蓬蓬的眉毛。

"很多人,噢,太多了,可以借此机会学到一两样技能。我的意思是,他们应该向我们的会员学习。他们在工作的时候,任何事情都不可能分散他们的注意力。他们不闲聊,他们听不见其他声音,他们根本不去听。他们不能扯闲话,也不能讲笑话。同样,他们不会在任何小事情上浪费自己的时间。他们把自己所有的精力都放在工作上——他们手脚麻利,他们遵守纪律,他们忠心耿耿。最重要的是:忠心,这是最重要的一点。没有打闹,没有玩笑,没有任何的闲言碎语、表里不一、赌博,所有的恶习——"

他直盯盯地看着多米尼克的眼睛,他虽然面带微笑,但却十分冷峻,眼中充满了怀疑和指责的神情。他竟然在微笑!那种奇怪的笑容固定在他的嘴角上——严厉的笑容让他感觉恐惧。多米尼克再次低下头,看着手中的报纸。"号召各个支部开展社会主义竞赛活动。增强信念的阶段。劳动——颇具荣誉感的职责。纪律——尽可能多的纪律约束。"但是,他始终无法摆脱向导的声音。

"他们勤勤恳恳,非常勤劳。他们把自己的注意力都放在工作上,他们贯彻执行简报上的各项指示。他们按时上班,不完成分配给他们的工作绝不下班。在这个方面,我们有一个典型的事例。这是一个女同志,10年来一直担任兄弟船厂机械车间的主任。她给我们树立了一个光辉的榜样。我还能说些什么?"

其他人的脸上也烙着那种统一的虚假笑容吗?多米尼克正准备抬头观察,向导突然改变了以往的风格,抬高了说话的声音。

"啊,主任来了。行政局会议结束了。你可以和主任同志面谈了。"

打字员身边站立着一位身材矮小、衣着朴素的家庭妇女。厚实的灰色裙子,手工编织的蓝色毛衫。眼镜,长鼻子,稀疏、凌乱的头发。她伸出一只湿乎乎的小手,手指甲剪得秃秃的。

"不用说,你也是为新法而来的,这是国家的政策,我不能向你透露。"

她的声音沙哑、粗糙,但却透着一份镇定和疲惫。

"你知道,我只是想——"

"假如你想知道我个人的看法,我个人的,而不是官方的,因为在这里,我是一名雇员,代表的是整个协会。如果说,你想了解我作为一个普通人的看法,那好,跟我进来,我们可以讨论讨论。"

她邀请他进去。这是一间长方形的大办公室,一张长长的桌子靠墙放着,上面铺着红色的桌布,侧面放着大约10把椅子。房间的尽头有一张小小的写字台,堆满了书本,桌子的后面和前面各摆放着一把椅子。多米尼克不等邀请就匆忙坐了下来。那位妇女站立了片刻,仿佛想尽早结束这次访谈,但最终她也坐了下来。

"是的,残疾人年。我们刚刚得到通知,不再使用这种说法。当然,这是联合国的决定——联合国组织。但是,我们的领导层认为这个决定不甚妥当。根据指示,我们必须避免这种提法。我们报刊的编辑也出席了会议,相关的正式通知马上就到。这种说法不恰当:会引发过多的评论和推想。咳,就是这些。你就是为此而来的吧。我们的新法和这个什么年之间并不存在什么联系。咳,我们姑且称它为联合国年吧。说来话长了,我只能说,我个人,严格地从个人的角度出发,我作为一个普通的人,我认为,他们犯了一个错误。"

"你知道,夫人,我来这儿的真正目的是——"

当听到"夫人"一词时,她突然感觉既恼怒又荣幸。这个称呼完全出乎她的意料,她还没有习惯被别人称作"夫人"。正因为如此,她靠在椅子背上,放慢了独白的速度。

"没错,坦率地说,我个人认为,他们的决定是一个错误。全员集训年不应该被砍掉。我知道,执行的过程中会遇到困难:经济形势,这很自然。但是,即使减少学习年的活动次数,全员集训的时间也不能少。从实际意义上说,这意味着,我们的会员不能继续在更好的学校进修学习。他们在工厂也不可能有所进步。如果他们在学校学习的时间不够长,那他们就会停留在最初的工作岗位上。你知道,我们的薪酬是与岗位挂钩的。一切都取决于你所接受的教育。如果你在这方面有所欠缺，那么，无论你表现多么出色，你将停滞在最底层。想想看，我过去学的是园艺。现在的岗位却在这里。是同志们安排我在这里工作的。你明白是怎么一回事：职责就是职责。"

多米尼克聚精会神地看着她。主任夫人倍感荣幸，因为这位显赫的来访者给了她如此多的关注。

"很遗憾，奥列斯特·波佩斯库同志要离开这里了。你知道，他是我们的主席。他原本可以告诉你更多的内容。"

照她所说，高级裁缝奥列斯特·波佩斯库离开了他的领导岗位。他一定在那些权贵中间走动。预备役将军奥列斯特·波佩斯库同志！他的职业是裁缝——正如那些了解他的人所说，他的手艺非常了得——他在前线的时候弄坏了嗓子，同时也失去了其他一些品德，但却学会了如何不惜代价生存下来，不惜任何代价。后来，退伍之后，由于那些他曾经为之效劳的同志的帮助，他一升再升。预备役的将军！如果你翻看一下《我们的生活》，对于这位聋人部队的领军人物而言，没有丝毫的个人崇拜。他一定是一只狡猾的老狐狸，一个没有失去声音的傻瓜。实际上，什么也没有失去。一切都变了——象征，替代，看不见的联络网。

"你在想些什么？"花卉学家，园艺学家，轻轻地问道。

"啊，你看，我在考虑你告诉我的这些内容。波佩斯库同志——你说，那个波佩斯库同志能告诉我更多的——"

"咳，不一定。我也了解现在的形势。实际上，他没有时间过问所有的事务。不管怎样，他一方面在上面代表我们，另一方面负责向下传达我们必须贯彻的方针。他非常代表民意，要知道。最高领导对我们的主席评价甚高。我们刚才说到哪里了？啊，是的，减少学年的法规。嗯，这肯定是个问题。你知道，上面希望我们这个组织成为一个典范,我们也愿意得到各级领导的特别关注。我们定期将我们的情况和成果向上汇报,并且得到了上级领导的肯定。然而,尽管我们的会员非常理解我们,非常配合我们的工作,非常有组织纪律性,但是,必须要有一个最低限度——我该怎样表达呢?——最低程度的鼓励。你知道上个月发生在你们同事身上的事情。"

多米尼克虽然感觉惊讶,但仍旧保持镇定,没有发表任何意见。

"嗯,新闻记者就是这个样子。他们以为自己这一次钓到了一条大鱼。他们针对我们的活动,进行了大肆抨击,他们说:我们把接受教育的年限从10年降低至8年;我们不像其他国家那样拥有俱乐部、体育馆,以及带薪旅行;我们的会员晚间必须在协会大楼前,或是院子里集合。你已经看见了,那是一个多大的院子啊!那栋楼过去是贵族的宅院。会员们每天晚上聚集在院子里,使劲地踢那扇门,结果,门给踢坏了。这就是抗议吗?这种突然爆发的暴力行为就是抗议吗?没错,他们都很敏感。自然,他们希望开展更多的讨论,讨论他们自己的事情,讨论他们的成就和我们的组织。这是真的。但是,我们怎样才能把我们的特殊情形解释给那些新闻记者听呢?当然,我们有困难,我们进展不顺利。我们承办了世界杯,你知道,我们获得了冠军。但是,当我们必须出国参加比赛的时候,我们去不了,因为他们不给我们护照。的确,我们有困难,但是,我们没有必要为此挑起骚乱,给造谣诽谤者以可乘之机。记者们跳起来,给我们一击,这对他们其实并没什么好处。从一开始我就告诫他们:不要太激动,如果想让自己手中的稿件顺利见报,那就必须对所写内容三思。我就是这样对他们说的,比较笼统,没有涉及具体细节。我们的特殊地位,我们受到的特别关注,我们的责任,我们的模范形象!我警告了他们。最好闭嘴!事实证明了一切。他们写的东西一样也没有见报。一个字也没有!

尽管如此,那些未被刊登的文章在行政局对我们造成了极大的伤害。奥列斯特同志被叫到党的总部,受到了斥责。打那以后,我们召开了一系列的会议,因此,我们现在思想一片混乱。"

多米尼克·万恰听得太入神了,协会的执行书记打量着他那张毫无表情的脸。她盯着他的眼睛,他盯着她的眼睛。她的小手掠过前额,刚才的冗长解释使她感觉疲倦;而他则突然发了疯似的揉搓着自己的眉毛。这位举止怪异的绅士用两只手揉搓着自己的眉毛,他怎么了?

"我来的目的只是想麻烦问你几个——"

"抱歉,但我真的必须走了。已经两点了,我三点之前要赶回来。有几个同志要来,他们给我们带来了指示。要开始一次新的紧急行动,协会的每一个部门都要参与。社会主义道德和正义的准则要在每一个支部进行讨论,每一个成员都要参加——每一个组织,每一个成员,每一个级别。"

"讨论准则?但是大家——"这个不是记者的记者发现自己冒冒失失地抱怨起来。"实际上,实际上——"这个探子企图立即纠正自己,"实际上,我来的目的只是——"

"抱歉,我已经迟到了。"那位同志站起身,不耐烦地重复着,"你去找约内尔同志,告诉他是我让你去的。约内尔同志——协会刊物的编辑。走廊那头左转,出去到院子里。有一扇挂着一块绿色小门帘的大门,进去就行,他就在那里。他负责我们的刊物。他会给你几份报纸。你可以了解到我们的活动。那可是一份特殊的报纸,报亭里是买不到的,只供会员传阅。好吧,到院子里去吧,那边的小房间,约内尔同志在那里办公,他是编辑。伊里娜女士负责校样。你往走廊那边走,绿色的小门帘。约内尔同志是我们这里一个非常有经验的同志,他了解所有的情况。他会满足你的要求。"

她已经穿上了她那件破旧的褐色大衣,戴上了那顶羊毛帽子。

"你看,你必须意志坚强。我们的工作不简单,一点也不简单。我们的地位,我们的目标,我们的——没错,约内尔同志会告诉你一切。我得抓紧了,否则没有时间给女儿准备吃的。三点钟还要赶回来参加训练会议。"

她把一个大包往肩膀上一背,拽了拽脖子里的那条皱巴巴的绿色围巾,大踏步地走了出去。是的,主任同志匆匆忙忙地离开了。

万恰侦探走进大房间,微笑着跟约珀老爷子打了个招呼,随即朝走廊的尽头走去。他左转,来到了院子里。

他在一扇门前停住脚步,门上的玻璃被一小块绿窗帘遮掩着。他走进去,眼前是一个黑暗的小房间,里面摆放着两张写字台,天花板上的灯泡闪着微光。约内尔编辑面色苍白,身体蜷缩着,衣服上还沾了些纸屑。

"我刚刚和波佩斯库同志交谈过,她让我来找你……"

"波佩斯库是我们的主席,奥列斯特·波佩斯库同志是主席,主任同志名叫博卡。算了,告诉我,你有什么事情?"

"我想,你这里应该有协会成员的花名册。"

"我不负责档案。当然,我们有适当的记录。我们每一个会员都有档案。成千上万份档案——一个很特别的档案库。不对外开放。有特别授权的人才可能查阅这些文件。但是,如果是博卡同志派你来的——嗯。如果主任同志同意的话,那你就可以去查阅那些档案材料。在人事部,档案也存放在那里。每一个人的档案。成千上万份卷宗,全都整理得井井有条。不管你想找什么,你都能找到。"

万恰侦探不想放弃约内尔同志,他是他唯一的机会。

"我在找一个人。他大概60岁。摄影师。过去是摄影师。我听说他曾经干过摄影师，或许现在还在干这一行。奥克塔维安。一个老熟人，奥克塔维安，是的，他就叫这个名字。但我记不得他的姓氏。古舍，杜沙，武沙，珀普莎——我不肯定。但是，他的名字肯定是奥克塔维安。如果你有一份按职业排列的人员名单……"

"当然，我们有此类的名单，按照年龄、社会背景、职业、工作表现、教育程度、家庭生活、体育运动等分类的名单——没错，包括体育运动，这很重要。每一个方面都有所涉及。工作经历、参加任何组织和政治团体的背景，以及曾经接受过的军事训练、特殊训练、紧急训练、干预训练等。没错，我记得，我们这里是有一些摄影师。有几位还曾经在我们这里帮过忙。我比较熟悉他们。其他的摄影师可以在名单里查询——我的意思是，能找到他们的信息。"

就在这时，门开了。叹息声声，时光倒流。"哇，是你。""怎么会呢！""真没想到！"

就这样，来访者不再受制于那个百事通约内尔了。约内尔同志克制着只给了他仅剩的两期《我们的生活》。

"拿着，你会感兴趣的。拉多维奇夫人带你到楼上去了解你想知道的信息——我看出来了，你们俩认识。伊里娜，你一定要告诉约珀同志，秘书同志已经跟这位同志交谈过了。所以，约珀应该允许他查阅那些名单，就是那份按职业排列的名单，就那一份，仅此而已。没有必要查阅卷宗，就那一份职业名单。约珀会明白其中的道理。"

推搡，大笑，蹦跳。"太令人惊讶了，伊拉，真的是你吗？我都完全忘记了。你了解我这个人。""很正常，托莱亚，很正常。是的，我就在这个老鼠洞里，你都看到了。就在这个为老鼠准备的洞里，一个有毒的逼仄。"

就这样，万恰先生又回到了电车站。他有些不耐烦，等电车到站时，他上了车，在售票员身边的一个空座位上坐下来，打开手中的报纸。他翻阅着，奥克塔维安的幽灵没有出现，里面也没有奥列斯特·波佩斯库主席的名字，也没有伊里娜·拉多维奇的名字。伊拉在那个离奇怪异的协会里能做些什么呢？设计特殊的告示牌和海报？还是设计那些反映协会的成就和使命的图片展览？或者，为欢庆活动准备人体模型？为什么波佩斯库这个过去的仇人，这个将军同志，这个裁缝，他为什么在预备役部队里？她还没有摆脱他的控制吗？老奥克塔维安怎样了？在那些领导和先进工人的照片里，为什么没有他？为什么没有找到任何对他歌功颂德的文章？万恰先生一遍遍地读着，头俯在报纸上，其实此时他早就已经从电车上下来了。

照这样看，摄影师奥克塔维安并没有在显要位置露面。他更喜欢隐身于教派的成员之中。在这个模范组织中，周围有这么多模范成员，他肯定已经习惯了无声的威严。只有手势和暗语吗？他在实际生活中表现出的基本特性跟40年前完全相同吗？神秘、欺诈、孤僻、缺乏幽默？大发雷霆，只为这个肤浅、复杂、卑鄙的世界——这个世界到头来还在成功地维持着？满怀仇恨，只为那个窥视已久的美人，那种让他难堪的聪明才智，那种他并不相信的美德？准确地说，这个模范的协会对他而言是一个千载难逢的机会？一个绝佳的掩护？一个理想的途径，帮助他实现年轻时所孕育的罪恶理想？挫败的兵团？神秘和起誓，还有遭遇创伤的名利？

万恰先生把身体的重心从一只脚转移到另一只脚，眼睛不停地搜索着手中的报纸，但却一无所获。报纸上的措辞和现今全国各家报纸所用的典型言辞极为相似。可以说，几乎没有什么差别。难道这个特殊的组织表面上完全同化于周围的环境，并以此为幌子，掩盖它真实的地下运作？这种模范组织的地下温床已经初具规模，它可以逐渐完善党派的组织工作，并且不断挖掘它自身的干预潜能。肯定地说，这跟摄影师奥克塔维安的风格十分吻合。那么，其他人呢？他们如何接受和理解那些权威性的指示呢？那个肢体不全的组织仍然拥有什么深不可测的策略吗？或者，他们只是些模范的特工人员，他们始终追求眼前的目标，重局部，轻全盘呢？这是一个独立的组织，他们不可以偏离航线，不可以绕道而行；没有延迟，没有玩笑，没有中伤和辩论，也没有犹豫和彷徨，是这样吗？只有武断的命令和原始的行动吗？那么，如何解释节日的歌舞表演，以及对未来和理想的追求？如何解释他们眼前的基本需求？

唐·奥克塔维安应该解释一下他是如何变化的，或者，在那些变化发生的岁月里，他是如何度过的。他肯定愿意给我们提出一些建议，帮助我们应付将要到来的未来。尽可能少的交流：沉默，手势语，图片，以及充满比喻的想象。

但是，如何解释无法预测的反应，以及被压抑的本能呢？在一个失去控制的关头，出现了一个疯狂的任意局面，人们突然开始又蹦又跳，大喊大叫，他们要摧毁即将到来的一切吗？对于逝去的数个世纪，对于那些听力低于40分贝的人，应该给予建议，应该提出要求，应该实施对话吗？甚至那只是一种消遣，是法规中的一条错误条款。消遣，消遣，联络网，联络网，侦探万恰嘀咕着。他站在电话亭的前面，不断变化着身体的重心，从一只脚到另一只脚。

他怀疑地看着那份报纸，那上面有他记录的两个地址和电话号码。那些模范组织里的聋哑成员，他们如何在电话里交流呢？难道由他们的子女代替吗？奥克塔维安也有孩子吗？为了迎合行动计划的需要，他领养了一个孩子，这样一来，这个双重游戏就变得更加复杂了,是吗?

他走进电话亭,拨了一个号码。听筒里传来嘟嘟的声音。"可能我把号码弄错了,我昏了头了吗?难道我记的号码不是他的,而是她——拉多维奇夫人——的?她不再是夫人了,她又变成了伊里娜。伊里娜——又成了伊里娜。"

半个小时之后,侦探再次拨了那个号码。他手里的报纸不见了,肯定是弄丢了,但他仍然能够记得那个号码。是这样吗?托莱亚的记性跟他这个人一样。

韦图利亚·加夫通夫人不仅悄无声息，而且来无影去无踪。她的邻居万恰发现自己很难寻觅到这位女士的踪影。尽管如此，她的确存在。毫无疑问，她每时每刻无处不在。

这位身材娇小的女士神出鬼没，这已经成为她永恒的特点：费解而神秘。然而，当她最终出现的时候，她的言行举止似乎相悖于她身上所具有的魔法。一个完完全全的人，一个真实而平凡的人：加夫通博士夫人。她外表的平凡不仅没有削弱，反而大大增强了她芳踪难觅的那份神秘力量。这种力量弥散在涌动的沉寂和锅碗瓢盆的节奏声中。这种力量悄悄地渗透至家庭的每一个角落之中，并且不断地迁移——令人捉摸不透，令人无法与之抗衡。这是一种强大，然而又十分微弱的跳动——直到它突然爆发于水龙头汩汩的水流声中，爆发于暴风雨肆虐期间窗户的摇晃声中，爆发于炎炎夏季漫长午后升腾的疯狂情绪之中，爆发于杯中静止的红酒之中，爆发于大门突然开启之际，合着院墙歇斯底里的无声叹息，薄如蝉翼的蒲公英踏着甜蜜、虚无的舞步，一路旋转而来。

加夫通夫妇在洗手间里开始一天的活动了吗？这并不一定意味着多米尼克真的听见了胸针掉落在洗脸池里的声音，或是拖鞋敲击着瓷砖发出的木琴般的声响。这是一种属于非实体物质领域的音响吗？绝非如此！这是一个缺乏信心、骨瘦如柴的老者走路的声音，此外，还有毛巾相互的摩擦声，哼哼声，木梳、牙刷等洗漱用具发出的声音，以及刀片和镜子相撞的叮当声。这并不表明，他的夫人当时不在他的身边，或者，他的夫人刚才不在，等会儿也不在。

他的夫人以一种超常规的方法证明自己的存在。多米尼克捕捉到了她的存在，因为他听见门帘长时间发出微弱的咝咝声，一只被惊动的苍蝇嗡嗡地叫着，突如其来的晓风一阵抖动——这些都表明，每一个角落里都有她无声的喘息；那里，一种刺激，或是一种诡计和警示不断地飘出，非常有规律，好像睫毛莫名而费力地眨动……也许，的确，在那个阳光灿烂的星期二的早晨，韦图利亚夫人真的像往常那样问过以下的问题："教授把门关上了吗？"或者，"我想，我听见了钥匙的声音。教授出门了吗？"或者，诸如此类的问题。

但是，那些话语全都滞留在膨胀、寂静的空气中。它们并没有真正变成声音，它们不断聚集能量，它们的潜能延迟着。直到星期二，直到星期五……

没错，就是在星期五的上午，多米尼克回家取雨伞。下雨了，雨点又大又密，他从门口折回，准备进屋拿雨伞。就是在星期五的上午，他把钥匙插进锁眼，转动了一下，他想进去拿雨伞——就在那时，他听见了刺耳的声音，那些话语几天前就开始了。

就在星期五的上午，就在两次转动钥匙之间的间隙时刻，多米尼克先生听见了韦图利亚夫人惯常的话语。门锁结巴了，仿佛厌倦了这种同谋行为。"他走了。我想，教授已经出门了。"

这些话久久不肯离去，它们互相吸引，不断增长，构成了一个个新的组合。"他带那封信了吗？我想，教授把那封信一起带走了。"只要你愿意付出一切代价，那么，你可以弄明白这种双行诗句的意义。远在天边，还是近在眼前，很难说清楚。

从他沮丧的模样看，星期五那天，教授已经掌握了那封信。他以为自己可以听得懂锈迹斑斑的铁锁发出的号叫。他仔细审视着阴雨朦胧的灰色天空，沉寂在那里扎下了根，希望变得清晰可见。公寓楼的角落里有一根废弃的水管，那里成了街上流浪猫的避难所。在水管的一端，他看见了那种固定的磷光。那些猫科动物相互依偎，像一个水平塞子，堵住了金属水管的弯头。它们电光般的眼睛闪烁着寻觅、忧伤的光芒；它们充血的绿眼睛有节奏地舒张着，和韦图利亚夫人之间发生了极为短暂的交流。到处都是幻影，纸板一样薄的头颅，烟灰色的面孔。时光交替的莫名中断，被破坏的倦怠，被推迟的歇斯底里，假面具——很明显，如果你精力不集中，它们会把你带进绞肉机的刀片下。无论是在教授的写字台，教堂的讲坛，军营，办公室，壁龛，居民区，体育馆，演讲台，办公桌，还是在避难所，那些面具无处不在；它们出人意料，从你身边经过，发现你，把你拽进那场无法逃避的游戏之中。

尽管如此，不要害怕，多米尼克兄弟：除了已经掌握的信息之外，他们还能在你身上发现什么？跟那些更加无辜的人相比，你厚厚的档案并不算厚，你的遭遇也算不上是灭顶之灾。那些探子也在他人的监视之下：怀疑和恐惧诞生更多的怀疑和恐惧，但与此同时，它们也歪曲了它们的表现形式。

就加夫通夫妇而言，情况似乎并不那么复杂。假如你对居住在周围的人有足够的了解，恐惧也会随之消散，不是吗？腼腆的马太幻想实现全球的和谐，把自己的时间和精力投入公共卫生之中；他不断上书，希望政府能沿着正确的道路前进，希望年青的一代能够研习史学。年轻人如果不被日常所需所拖累，他们就应当对真理心怀渴求。那个水桶模样的韦图利亚，身体肥胖，面带微笑，满头花白的头发似乎打娘胎里出来就是如此。她左腿有轻微的残疾，她在家里教授法文、英文、德文课程，还教授钢琴和刺绣。就这样，过去的一切在脑中已经荡然无存。辞职前，她是一名实验室的助手。这是一个不显山不露水的工作，但她却行事谨慎、执着，利用工作之便打探周围发生的一切。最后，人们开始称呼她博士，不是嘲讽，而是尊称。

当加夫通家的那个房间空出来的时候，他们接纳了托莱亚。加夫通夫妇对这个头脑有毛病的阿纳托尔·多米尼克·万恰·沃伊诺夫已经十分了解了，难道他们在他身上还能有什么新的发现吗？不会。这个房客日常的一举一动，他站在接待员的桌子前面，面带微笑，自言自语。这一切都逃不过加夫通夫妇的眼睛。但是，谁也不知道他在什么时候假装非常随意地把那个全球通用的信封扔在了桌子上。

他的同事吉娜密切注视着教授那张毫无表情的脸，还有那块挂着打开那些罪恶房间的钥匙的木板。教授不时地转过身来对着这块板，仿佛他以前从未见过桌上这个显眼的物件。她喜欢在脑中揣测，这个爱做白日梦的调皮家伙是否真的在思考那个重要信封上的信息，那个贴了许多邮票，盖了许多邮戳的信封，或者，他是否真的没有意识到自己在匆忙之中把什么东西留在了一个公众视线可及的地方。幻觉、策略、昏睡——究竟是什么？谁知道呢。潮湿的早晨，疑虑重重；流浪猫拥挤在废弃的水管里，发出阵阵迷乱的警告；钥匙在生锈的锁眼里吱嘎作响……他的手表嘀嘀嗒嗒地转动，像一根针在刮擦什么东西。11点，的确，11点，4、5、6秒，数字在消失，瞧，18秒，随风而逝。瞧，时间在风中消散，30、31、32、39秒，消散，结束，一分钟融化了。

11点，2、3、4分。在这个逝去的时刻，在这个时刻，11点6分，1、3、4、14秒，马太先生的第一个时段即将结束——排队购买每天必需的面包。他已经去图书馆了吗？也许，正沉浸在"二战"的历史中，慢慢地前进，决心避免年轻好胜的时代所犯下的错误——匆忙和主观。

那么，他的好太太在干什么呢？或许，正准备迎接今天的第一批学生。自从退休之后，自命高尚的韦图利亚找到了一个赚钱的方法打发冬眠的时光。过去的同事从中拉线,她有机会教授阿拉伯留学生一些简单的语法规则,常用的对话,以及一些医学用语。这对她而言也是一种补偿,因为,在过去的岁月里,她默默地、顺从地服务于那些醉心于事业、金钱、社会地位的人。在她离开的时候,她为单位提供了一种可行的结清账目的方法。他们对她的行为既感觉高兴,又感觉惊讶。在他们看来,她很平静,整日在装有女士内衣的抽屉和泡菜坛子之间打盹儿。这么多年以来,他们不停地使唤她,逐渐地丧失了内疚感。优秀的老韦图利亚!现在,她给他们提供了一个机会,他们因此可以向她表现那份姗姗来迟的慷慨,还可以借此迅速原谅自己的罪恶。一个简单、行之有效的举动,不会妨碍任何人,但却造福于所有人。好像允许一个已经退休的看门人再次来到自己工作的场所,甚至,只要他愿意,他还可以在周末来上班,那时,整栋大楼都关闭了,在职的看门人也休息了。大伙儿没费什么周折就达成了一致:他们怎么能够拒绝腼腆的韦图利亚大婶呢?

就这样,大学的教授们给他们退休的同事介绍了一批又一批的阿拉伯留学生,他们在罗马尼亚语的学习上有困难,或者,他们的某些考试课程进展不顺利。当然,同事们建议她小心行事——这种建议出自那些骗子的口中,听上去像是笑话,因为,他们从事的勾当她实在是太了解了。小心谨慎是必须的,韦图利亚一向过分谨慎,她对此再明白不过了。

她决定免费授课,但是,即使如此,她仍旧感觉到闪电般的知名度会给自己带来危险。事情的进展将证明,一夜成名是不可避免的。她很耐心,教学方式也较为老套,对学生们表现出的无礼、懒惰和粗野,她视而不见。她对自己的外表始终格外留意,她精心呵护自己的头发,自己的双手,还有自己那张圆圆的脸庞。在学生们的心中,她就像一位大婶,跨越时空,跨越海洋,从他们遥远的故乡而来。虽说已经体态臃肿,但这个活力犹存的老太太迅速走红,为自己赢得了数量可观的学生。韦图利亚这个名字在最奇妙的语音系统中并不出众,但在阿拉伯留学生中却是响当当的。胆怯的学生突然间摆脱了轻度的迟钝,最终折服于这个镇定的家庭主妇。他们起初疑惑不解,他们感觉愤怒,他们冷嘲热讽,但现在,他们注意力越来越集中,越来越听话,越来越愿意对这个波澜不惊的家庭圣贤敞开心扉——自由、随意的公开表白显示出师生间突然产生的亲密关系。此刻,大婶总是喜欢摆弄餐具柜里的物件,心不在焉地、一瘸一拐地穿行于桌椅之间,仿佛从来不曾料想到,房间里还有一位没有离开的同学。然而,几个星期之后,女主人会引导大家重新回到那个仍旧没有答案的话题上,这实在是大家没有料想到的——这通常发生在解剖课或是动词词形变化法的课上。

哇,韦图利亚夫人收到了多少来自世界各地的明信片和感谢信啊!

她不接受金钱,也不拒绝善意的回报。可以变现的饰品,等价的交换使生存变得容易。孩童时期,韦图利亚不止一次地目睹上流社会的贵妇人所做的善举。经历了一系列的侮辱之后,她到达了退休的年纪。现在,传统的标准已经颠覆,人们变得残酷无情,一切都颠倒了,变得丑陋无比。但是,这个所谓的博士夫人根本没有放弃心中对上流社会的幻想,在依旧清晰的记忆刺激下,这些幻想引发了一连串慈善的回忆:有人从一个肮脏的口袋里掏出一支揉得皱巴巴的烟卷,而它(令人高兴的是)正是你所需要的;或者,一个廉价的药片,外面包裹着彩色的玻璃纸,像小孩子的糖果,如果没有它,你不可能撑到天黑!她通常对那些傲慢的售货员非常客气,尽管那些商店里空空如也;她能够容忍一个懒惰、无礼的打字员;或者,面对一个恶语相加的公交司机，面无表情，尽管他们随时都可以将你扔在大街上；或者，当她看见一个流着鼻涕的小男孩用他父亲的会员证，甚至用他自己的会员证谋取特权的时候，她会显露出某种怯态。因此说，她已经接受了那种狡诈的慈善行为，那些来自远方陌生地域的未来博士用他们匆忙、屈尊俯就的举动将这种行为进行了夸张的演绎。他们中途转机时在候机大厅得到的纪念品——香烟、晶体管收音机、饮料、袜子、录音磁带、巧克力——证实了一种宇宙的不可避免性：欺骗行为全球通用；愤怒会使礼物大为减色，愤怒只配得到冷漠、怀疑的微笑。替代品和国际大市场上的那些批量生产的廉价商品！韦图利亚夫人将如何把香烟放进嘴里……至于饮料，把朗姆酒一滴一滴掺进蛋糕的奶油馅儿里面，服用之后她也会头昏。但是，她无法拒绝摆弄那些纸盒、瓶子、漂亮罐子的乐趣。她的眼睛闪烁着内疚的光芒，仿佛那些五颜六色的物品是一道抵御乏味生活的屏障。感觉自信心增强了，感觉自己身份提高了——仿佛这些东西使她重新成为一个真正的人，仿佛这些愚蠢的东西可以保护她。当小孩子得到超越自己家庭条件的礼物时，他们抑制不住内心的惊讶，他们会产生类似的念头。

韦图利亚无法确定某个学生把一个闪光的香烟盒，或是一个大肚子咖啡罐放在桌上的那一刻。甚至当房间内只有她一个人的时候，她也尽量克制，在很长一段时间内，设法不去留意那个礼物。她一次次从那个诱人的东西旁边走过——直到她再也无法抵挡那份毒药，那种视而不见，那种毁灭。这种卑鄙的快感是她不愿意体验的，但又是她无法抗拒的。接着，无法避免的颤抖从头到脚经过：邪恶占据了上风，她将东西扔进餐具柜。

数日过去了。武器库的大门大开，它咧着嘴巴，吱吱嘎嘎，摇来晃去，嘎嘎吱吱，笑声中透着些许讥讽。罪犯激动地眨着眼睛，面对餐具柜里琳琅满目的小玩意儿,双脚连挪动的劲儿都没有了,布满皱褶的嘴唇因为那种白痴般的笑容而扭曲,因为那种急不可耐的心绪而干裂。她一头扎进罪恶的橱柜,她要将里面的内容进行彻底的分类和整理:这边架子上是健牌香烟,那边是橄榄油、化妆品、巧克力、咖啡和口香糖,各色各样的瓶子、罐子,还有盒子。她无须聆听身后的脚步声,因为她早就知道,她的马太已经进入了房间。当然,他总是默不作声地看着她,浑身冒汗。韦图利亚继续着自己的工作。后来,她终于直起腰,转过身子,面对着自己的夫君——他也是同样的姿势,脸上一副茫然的表情——把自己最平静的表情展现给他:光滑的前额。微笑小心翼翼地挂在她那圆润、祥和的脸颊上,"我们的确需要这些小玩意儿,马太。啊,亲爱的,它们来得太容易了!我们已经老了,如果不是这样,谁会理会我们呢?如果你给撒旦送上一包健牌香烟,那么,他会关照你一整年!还有热兹贝尔——一点擦脸的香粉就可以搞定。你等着瞧,她甚至还会给我送洗涤剂来。"

每逢这样的时刻,夫人嘴里说出的话语使他从头到脚产生一种羞耻的感觉,原本准备读给夫人听的请愿书也在手中瑟瑟发抖,仿佛他的文章突然被完全相反的口头陈述所取代。他每日在辞藻华丽的请愿书里反复重申的那些崇高准则有何意义?"我们的确需要这些小玩意儿,马太。我们都老了,我们没有孩子。我们万一生病了——但愿不要这样——怎么办?在我们这个时代,你们那些伟大的人道主义分子甚至不会准许我们踏进医院的大门。那个该死的医院里发生的那些事情,你都已经知道了。我们卫生间的喷头坏了怎么办?我们只能去找幕后的撒旦告终。如果我们手里有一包健牌香烟,我们就不用那么慌张了。现在,这些外国的洋垃圾可以帮助我们解决困难。"

亲爱的马太卷起睡衣的袖子。不,他不再是英雄,不再是那个年轻人——所有人中，为什么偏偏是他——不情愿地接受了自己老婆的姓氏，那个遭人唾弃的名字。这个名字属于那个反动的家庭，那个法西斯的家庭，那个剥削阶级的家庭！他，一个永远受到迫害的人，曾经拒绝了那些迫害他人的报复手段，甚至采用了那个上了黑名单的名字。他因为自己一时虚荣心作祟而付出了沉重的代价。不，即使他年迈体衰还仍旧怀抱自己的理想，但他不再是过去那个胆大妄为的人了。因此，他下定决心，彻底铁了心，重新拾起自己过时的理想，退隐书房。

大概过了一个小时，韦图利亚终于完成了自己的分类工作，她来到加夫通的书房里。她弯下腰，审视着散乱在书桌上的纸张。"火柴的质量改进之后不久，群众再次发出了不满的呼声。火柴头上的磷光物质还说得过去，但火柴盒上用来划火柴的那个部分过于狭窄，第一次使用就破了。这个问题我以前反映过。让人无法理解的是，批评的声音竟然那么微弱。火柴厂就其产品的质量问题应该采取一种更为负责的态度，而且，应该尊重自己所做出的承诺。"下面几行是空白，然后，另一封信的草稿。很明显，这封信更加重要，因为，几个开头都不理想，被统统删掉了。新的开头："我们参阅了你们3月份报纸上的那篇报道。接下来，让我们一起概括一下那个在自己公寓里饲养宠物的妇女所遭受的虐待。"

很难说清楚，他究竟听没听见她进门的脚步声。在这种时刻，多米尼克可以想象到，马太仍然站在窗前，没有回头，这种时刻与他们见面交谈的场景完全相同，他们各自保持着自己特有的策略。

多米尼克看起来并不了解那个隐形人韦图利亚上午的教学课是如何展开的。加夫通先生继续谈论第二次世界大战，但并没有暗示万恰家族的悲剧，也没有提及在那些暴风骤雨般的年月里发生在他身上的革命性的转变，尽管以上内容与此次的话题有着某种间接的关系。"要我把精力集中在日常的琐事上,这将毫无意义。在那些艰苦的日子里,人们的婚礼,或者,葬礼是如何举行的?那时,群众不信任的官话是如何渗透进老百姓的日常用语中的?这种细节性的内容,我根本记不住。但是,我所关注的那些事件发挥了决定性的作用,跟大街上芸芸众生的存活息息相关。因此,我们一起回忆一下入侵波兰前那几天发生的事情吧。"

有了这种熟悉的预告,你不可能长时间地在云层中翱翔。你被迫把目光转移至地球上的荒漠,你要观察,醉酒的蚂蚁忙忙碌碌,在它们当中,隐藏着一根顶端生锈的铜针;你要辨认出那个人的影子——我们这位满脸雀斑、骨瘦如柴的马太朋友本人——口若悬河,摇头晃脑,不远处就是那个冷漠的听众。

"你知道大概的情况。行动分为两个阶段:先是建议奥地利实行内部改革,据说,她并没有给予重视。驻扎在苏台德地区的德国人对捷克斯洛伐克提出了要求。接着,他们做出了一项决定,支持那些据说是受到捷克人压迫的斯洛伐克人。最后:最后的通牒。元首一贯采用这种步步紧逼的策略!"

听众试图堵住耳朵,再次离开大地,但没有成功。他总是像一只苍蝇,摔落下来,重重地落在大西洋邮轮的前面——加夫通那只46码的巨脚。

"教授,我们再把这些内容梳理一遍。英国大使内维尔·亨德森阁下8月29日得到那个小丑的召见。德国人要求在8月30日星期三之前接管但泽,以及相应的空中走廊。大使的电报到达伦敦的时间是8月29日22点25分。电文需要译码,接着,另一封电报发往驻华沙的英国大使。"

马太了解所有的内容。但是,加夫通同志的真正目的不在于此。

内维尔·亨德森阁下不是他想要谈论的主题。他很想证明自己参加反纳粹斗争时的那份纯粹的诚实之心。甚至当纳粹被击败之后,很有可能,这也是他同意从事他所做的那些事情的理由。这也是很好的解释,很好的借口,兄弟,亲爱的……

"8月30日,午夜前,内维尔·亨德森阁下向里宾特洛甫提出建议,应该把德国人的计划送交给波兰大使。毫无结果。接下来发生的事情,1939年8月31日,你大概知道。9点50分,内维尔·亨德森阁下打电话给法国驻柏林大使库龙德尔,提醒他留意形势的严峻。10点,收到巴黎的回复:波兰政府接受并且书面证实,它准备同德国政府进行直接会谈。此外,波兰承诺,在会谈期间,部队不进行任何调度和部署,但前提是,德方同意做出相同的保证。晚间9点,柏林电台播报了几条提议,说实话,听上去都非常合理。德国官方公报称,计划遭到了波兰人的拒绝。然而,波兰人根本没有看见过这些提议。"

演讲者竭尽全力,想得到听众的反应,但没有成功。星期五,11点,当托莱亚眼睛盯着面前的键盘,脑子里想着上次和邻居加夫通见面的情景时,特兰齐特旅馆接待处的同事吉娜此时也想研究教授脸上的表情,但遭遇的结果是相同的。马太什么信息也没有得到。侦探吉娜的那双执着的绿眼睛也同样一无所获。"你知道接下来发生的事情。但是,也许,你不知道8月末第一场快速对话是如何展开的。8月25日,希特勒会晤亨德森的时候,表面上镇定自若,但内心却十分忧郁。德国已经变成了一座兵营,对此,他很后悔。他是这样说的。他不想以一个战争贩子的身份走进历史。他是一个艺术家。他过去是,将来也有这样的愿望!他渴望摆脱这种政治生涯。"

"阿道夫先生是一名艺术家?绝对不是。小人物!艺术家是颇具教士风范的朱加施维利,而不是具画家气质的阿道夫。那个格鲁吉亚人明白模糊的力量,那种力量没有限度。他鼓励人民以此为行动的标准:朝任何目标努力,在种族、性别、信仰,或者其他诸如此类的方面,没有任何限制。他知道,如果一个受害者不是真正出自自愿,他可以成为一个屠夫,这是一种没有极限的游戏。如果你们那个笨蛋真的是一名艺术家,那他应该明白这个道理。假如他明白了,游戏就不是这个样子了。那个时候,那些精选出来的人所处的是何等进退维谷的困境啊!"

这一番话,托莱亚真的说出来了吗?他真的打断了邻居加夫通的演讲,或者,现在,当他回忆那天的情景时,他在脑中将其打断了吗?

"假如你们那个穷途潦倒的老家伙阿道夫给我们提供了改变肤色的无穷机会,那会发生怎样的事情呢?那么,你们将会看到进退两难的窘境,看到转换、过度高涨的热情,以及局面的彻底改变。这样,你们就会看到,我们的同类,那个人道主义者,当他急于保命的时候,他是一个多么高尚的野兽啊!也许,阿道夫能够在这场游戏中获胜——谁知道呢——假如他是一名艺术家的话。但是,不,他不理解自己难得的机会,不理解这个伟大的尝试。他不是艺术家,真的,他不是。他和那个来自格鲁吉亚的教士没有可比性。没有,相信我,马太。那个人是一个艺术家,对吧。他甚至知道如何利用他人的计谋,他可以把一切转化为对自己有利的条件:民族主义、国际主义、无神论、宗教,一切一切。马太,老伙计,看看周围。一个多么奇妙的结合啊!看看那些已经完成的复杂工作。睁开眼睛,好好看看吧。"

但是,托莱亚也许一直沉默不语。他不习惯破坏邻居加夫通从华丽的辞藻中获取的乐趣。他宁愿让自己的思绪在他乡翱翔。邻居马太不紧不慢地说着,不时地将自己的身体朝那个毫无表情的听众倾斜。他知道,托莱亚是不会打断他的。他已经习惯了他那种厌倦的微笑。

到目前为止的很长一段时间里,傲慢的旅馆接待员脸上的笑容没有展示任何新的内容;实际上,这对他毫无影响。加夫通先生的目标是某个想象中的听众,因此,他有时给人留下的印象是——想让任何一个友情听众留意到他优美的重音和各种演讲的方法——他不仅把自己当作一个演讲者,滔滔不绝地叙述他在图书馆里积累的事件,而且还把自己视为真实事件中的一个主角,甚至有可能是亨德森本人。没错,内维尔阁下,内维尔·亨德森阁下,是这样吧,不是吗?

"你认为我在研究那些年代的历史时太过主观了吗?咳,你错了,托莱亚,你错到家了。"

犹豫不决的停顿没有持续多久,当然,这只是一种修辞效果。

"我们为什么不能公开讨论过去发生的事情?这个国家为什么要掩盖这个话题?为什么在这里不可以?为什么不能谈论种族灭绝,不能谈论受害者——你知道我指的是什么。难道他们认为,如果给予我言论的自由,我不可能做到客观真实吗?咳,我可以告诉你,我可以做到!"现在,唯一要做的就是逼他说出每一条证据,使他变得更加客观。"有些证据我能够明白,那些——没错,我了解,但我考虑的并不仅仅是以下这个事实:起初,那个疯子利用1919年签署的那份令人蒙羞的和平条约,挑起了某种仇恨的情绪。甚至在纽伦堡也发生过同样的事情。你还记得约德尔,嗯?对人民和祖国的责任高于一切!他还补充说,但愿在未来幸福的时代里,这种责任可以被我们对人类的责任所取代。取代了吗?教科书和演说词中预言的那个幸福时代来到了吗?"突然,一个令人惊讶的崭新念头吸引了他的注意。"希特勒本人也认为自己是一个艺术家吗?如果是那样,他为什么不允许犹太人加入纳粹?那将是一种非常有意思的经历,不是吗?如果那样,剧情将会如何发展呢?请记住种族法出台前意大利和墨索里尼的表现：那时，谁在支持墨索里尼？不，不是我们的艺术家希特勒元首！实际上，他不可能同意进行那种尝试！否则，他一定会感觉衰弱，感觉自己遭人贬低。不，他的好奇心不够强，玩笑开得也不够大。"

就这样，这个念头最终也进入马太先生的大脑之中。他立刻兴奋起来。他迫不及待地说："你还记得哈特利·肖克罗斯爵士吗？他是参加审判的英国检察官，他说，这些审判历史上前所未有。为什么？他为什么这样说？对一场战争、一种思想体系的审判必须表明：一方面，有罪的一方要受到惩罚，另一方面，正义终究会战胜邪恶。它必须表达我们时代普通人的心声。你听见了吗？我们时代的普通人！你或许以为自己在上马克思列宁主义课程呢！咳，不对。想想看，说话的人是一个爵士。我们时代的普通人，朋友和敌人，我认为没有区别。这是哈特利·肖克罗斯爵士说的话。我们时代的普通人！目的是要让大家知道，他已经决定把个人置于国家之上。那么，普通人赞同这个观点吗？他能够把普通人置于国家之上吗？这就是他的希望吗？告诉我，告诉我你是怎样想的。这就是不允许我们公开谈论历史的原因吗？"当然，邻居万恰没有作答，他甚至没有听见这个极具挑战的问题。

爱唠叨的马太想表明，他始终在为正义而战，即使到了现在，他的斗志依旧没有丧失吗？他对历史的狂热延续至今，他的研究涉及所有被历史——不仅是昨天，还包括明天——淘汰的人物的命运？虽然他早已说服自己，未来的机遇并不取决于托莱亚·沃伊诺夫，但他还是不遗余力，希望他对自己的研究感兴趣，也希望得到他的认同。"你还记得那个在纽伦堡被宣告无罪的所谓的系统工程师吗？希特勒的极权主义是当代第一个独裁统治，这话就是那人说的。实际上，你知道，施佩尔对此也做出过解释。他争论说，独裁者不再需要品德优秀的人为其卖命。信息技术提供了用机械控制属下的方法，这样，他们只能顺从地执行命令。"

但是，托莱亚始终沉默不语，他在做梦，他在睡觉。他根本不愿意付出任何努力，让对方知道自己的存在。他确信，邻居加夫通的多语症最终将会把他带到那个禁止谈论的话题上。

"万恰先生，你说得对，卡罗尔二世带出国的绘画作品中的确有提香的一幅作品。当然，这跟其后发生的事件之间并不存在直接的联系。"

哇，是的，没错。你没有其他选择了，因为，你此时不再谈论内维尔爵士，哈特利爵士，不再谈论约德尔和施佩尔，你开始关注那些毫无希望的区域，关注它们极端晦涩的笑声和眼泪，连世界版图上都难觅它们的踪影。

"你知道，1940 年是预备阶段的一年。道德沦丧、腐败、蛊惑民心的政客。有关于国王宝座上的那位花花公子的趣闻逸事，不是吗？至少，从未来的悲剧角度看是这样的。根据列奥·巴克里的收藏目录，共有 41 幅绘画作品：大部分出自埃尔·格列柯之手，但也有韦罗内塞、卡拉瓦乔、凡·戴克，以及伦勃朗的作品。你说得没错，有一幅小型作品是提香的。《圣徒杰罗姆》，巴克里收藏目录，66 号。圣徒杰罗姆跪在地上，面前是一个悬挂在岩石上的十字架，身边有一顶主教的帽子和一本圣书。乌云密布的天空，陡峭的坡道，远方是蔚蓝的大海。这一刻似乎是肉体磨难的前奏。热那亚的巴尔比画廊里展出的是复制品，另一幅临摹作品收藏在卢浮宫……盗窃，毫无疑问，是皇室的盗窃。野蛮的前夜是伪装，是歪曲。尽管如此，这还是不能与其后发生的一切相提并论，它的作用只是铺平道路而已。接踵而来的癌症是无法察觉的。要是有行为的准则就好了，要是我们生活在另一个世界就好了——顺带说一下，你收到了一个信封……"

没错，就是这样。他最终还是无法逃避这个话题，他需要证实，那封信并不是凑巧由历史记录者本人——邻居加夫通——送交到收信人手里的。

多米尼克发现，通常，他的信件都是由邮递员，或是邻居从门底下塞进来的。这一次，信封却展示在大厅的桌子上。加夫通先生坦陈，这封信吸引了他的注意。"万恰先生，你的信来自一个很远很远的地方。"在这之前，那封信在桌子上已经搁置了好几天了，而且，加夫通也仔细察看了信封，但是，他的脸上却没有出现任何不自在的表情。考虑周到的邻居将那封信从门底下塞了进去。现在，他又想起来了，其实，他根本没有忘记这件事情。一连几天，他努力表现出一副不感兴趣的样子，他想控制自己不去查看那个信封，但最后证明没有用。这种策略失败了，亲爱的兄弟。在加夫通的苏醒室里，除了那些错综复杂的事实之外，还有你的生命，老吝啬鬼。这个来自阿根廷的信封就说明了一切，写信的人是你的哥哥，他希望摆脱我们地球的历史——极地扁平，感觉平淡。在那些岁月里，很多人像加夫通那样改变了自己的名字，不仅如此，他们还改变了自己的灵魂。那个时代一去不复返了？老兄，还有现在呢。没有过去，就没有现在，但是，我们只有现在。至于这个现在的过去——我们无法将其摆脱。这个信封说明了一切，这个优美的信封上面贴满了邮票，盖满了邮戳，它来自遥远的国度，它写在遥远的过去。现在，这里，此刻，无法避免。江湖骗子！废话连篇的家伙！他想让特兰齐特旅馆控制盘上的旋钮全部沉沉睡去。时间：11 点 51 分 13 秒。来自阿根廷的美丽信封，让人捉摸不透。好像他没有打量过那个信封，好像不是他把那个信封放在桌子上的，不是他将其置于众人的视线之内的。狡猾的同事吉娜转来转去，不小心碰到了登记簿，对不起，不小心碰到了小丑——触电般的感觉，对不起，亲爱的，多么柔弱、丝滑的胳膊肘，哇，对不起。错误，徒劳的接触。她那双挑衅、老练的眼睛：自然，它们会察觉到什么，会察觉到一切。没有机会，亲爱的猎手！你的猎物了解这场游戏，他玩得很开心。没有机会，没有机会：小丑身穿铠甲，他生活在月球上。

奥列斯特同志：

目前，无法跟情报员蘑菇接触，她患了流感，卧病在床。我想，这一次情况属实。我曾打电话给她，我的口吻十分严肃。我知道，她有些害怕。她想尽快和我碰头，想知道事情进展是否顺利。我们给她一个星期的时间，她到时应该可以康复。

昨天，我去了一趟协会的疗养院，去看望米哈伊叔叔。那个地方很适合他。正如你所说，这对我也有好处，我不需要天天照顾他。我知道，对我而言，在这个世界上，他是最重要的人。我知道，他才是我真正意义上的父亲。我对自己的亲生父亲没有任何印象，叔叔是我唯一的亲人。你还记得9年前的事情吗？那时，他经历了第一次脑部手术，但是，失败了。那个口齿不清的著名外科医生切断了他的脑神经，灾难就此开始了。欣快症！欣快症，喜欢使用双关语——那些愚蠢的医生就是这样描述这种疾患的，而且，情况也的确如此。持续的兴奋，记忆的全部缺失。一种特殊的环状构造——只需用手术刀轻轻一碰，我们就飘飘然，走进了天堂，就像未来世界的人类一样……他整日流连在大街小巷，什么人都可以成为他交谈的对象。他什么地方都去：影院、商店、消防站、公共浴室、发廊，没有他去不了的地方。大家都认识他——一个明星，就这么简单！他没有防范意识，没有情感，没有感觉，因为，他瞬间就会忘记刚刚去过的地方，刚刚说过的话。玩笑、滑稽的故事，但有时也讲粗话，为此，他也付出过代价。当然，他始终很放松，谁也不会知道他是个病人。了解他的只有认识他很久的人，他们已经习惯了他的体能，他的智慧，以及他与生俱来的严肃。

你说得对，他需要得到一种特殊的保护，只有那些特殊的权力部门才可以做到。我在他第二次手术之后才认识到这一点。这次手术非但没有纠正第一次手术的错误，反而加重了他听说能力的障碍。现在，你知道，欣快症简直让他感觉窒息。昨天，我观察了他将近两个小时，跟他在一起的都是协会的退休人员，以及病人。我努力说服他，想让他知道，他的名字是托马，不是托梅斯库，他总是用这个名字把自己介绍给他人。我一次次地重复他的名字，米哈伊·托马，重复他兄弟的名字，奥雷尔·托马，还重复我自己的名字：托马·A.托马。没有用。当护士们最终同意改口称呼他托梅斯库的时候，他改变了主意。他结结巴巴地嘟囔个不停，汤姆，汤姆——就像这个样子，美国口音。汤姆，汤姆，一直说到我妥协为止：汤姆·托梅斯库。我再次对你表示感谢。协会的疗养院虽然条件一般，但却可以保障良好的秩序，严格的纪律，谦逊，以及冷漠——没错，这些我都了解。但是，像他这样的病人，一旦病情暴发，不能听之任之——这我也明白。只有儿子才能够明白，只有像我这样的继子才可以明白。你必须意识到，我能够控制他。坚强的毅力，强大的洞察力，我知道——也就是说，在工作中保持清醒的头脑。

关于自恋狂的报告，我下次给你。我的思绪仍旧没有脱离协会的疗养院。我无法立刻返回到日常的事务中来。

黑黢黢的窗户。雨已经下了一整夜了。懒散的时刻。瞌睡，暴戾。倦怠的情绪持续向四周蔓延。拖延使得愤怒的心情久久不能平息。

"瓦西利克同志，我问过你什么？"

冷漠的老板吉克，跟在休息日一样阴沉诡秘。他是一头生长在家禽中的猪，不会对别人造成伤害；你甚至不敢肯定，他不是一只公猫，或者不是一条面貌丑陋的母狗。直到令人眩晕的一天，他突然变成了一头野猪，他的皮肤在接缝处崩裂，那张充满剧毒和粪便的脸——粗糙、腐烂——燃起了大火。

"瓦西利克同志，我们唯一一次，也是最后一次做出的规定是什么？"

假如他使用的称呼不是女性的瓦西莉察，而是男性的瓦西利克，那就不是好事了！

可怜的女人手里拿着托盘，站在房间的中央。她在等待前进的命令。她刚才进来的时候，双手端着那只托盘，轻松、愉快，在每个人面前放上一小套带茶托的茶杯。第一杯是给特奥多休先生，吉克·特奥多休先生，他们的头儿。然后，在同一张桌子上，就在老板的茶杯旁边，是一杯为提提同志准备的咖啡。这是她每天必做的工作。接着，轮到接待处的吉娜小姐。然后是教授，茶杯放在扶手椅前面的小板凳上。他低着他那颗光秃秃的脑袋，眼睛仍然盯着那几份周报，法文的、德文的，还是其他什么语言的，两条细长难看的腿一动也不动。从这个角度说，她真的是恪尽职守，始终如一。教授没有抬头，眼睛仍然停留在那本彩色的杂志上，但他已经慢慢地将一只手放进了裤兜。他拿出一张纸币，轻轻将其抹平，然后把这张10列伊的纸币作为小费塞进了她蓝色工作服的衣袋里。一切都合情合理。那个胖子心里在想什么？大家的特奥多休先生！实际上，他认识她，他们过去是邻居，当吉克的老婆奥尔坦萨因为从医院里拿了大量的药品私自出售而惹祸上身的时候，她的侄女斯泰卢察帮助过他。那次调查牵扯了许多人，涉及多种药品。要不是斯泰卢察的帮助，要不是她在恰当的时机联络到恰当的人士，奥尔坦萨夫人和吉克先生再也不会享受到仆人端茶送水的待遇了。为了特奥多休先生，或是为了提提先生，她还有什么事情没有做呢？她跑了多少路，排了多少队，隐瞒了多少秘密！瓦西莉察就是这样的人：就是把她剁成碎片，她也决不会吐露半个字！你无法了解事情怎么会是这样：那些人可以把身边的一切打理好，他们永远高高在上，决胜千里。最好是充耳不闻，视而不见——然而，瞧一瞧，突然之间他脑子里闪现了什么！仿佛他从来没有看见教授每天早上给她小费似的。只有经过瓦西莉察的手，大家才能喝到这种滚热、浓稠、香气四溢的咖啡。不管怎么说，教授就是这个样子。尽管特奥多休同志故意抬高嗓门，想让每一个人都听见，今天我埋单，管够，特奥多休同志不断重复这句话，但毫无意义。教授就是喜欢这样做。不管你对他说些什么，他总是跟着自己的感觉走。这是他的风格，慷慨大方。虽说他其实并不富有，但他却像一个穿着银色袜子的绅士，派头十足地递上小费。他怎么能够做到这一点呢？他每天都会给她小费，3列伊，5列伊，10列伊——是的，有时的确给10列伊，仿佛连他自己都不知道在做什么。这可是千真万确的事情。同样真实的事情还有，每个星期，她都会为他准备一个信封，里面装着咖啡豆，让托莱亚带回家。这些咖啡豆是她自己配给的一部分，万恰先生星期五单独为此付钱。这些日子里，咖啡像金子一样稀罕。瓦西莉察自己想办法省下一些，因为她自己已经不再喝咖啡了。每一天省下一两杯——她至少有这么多配给，她就是这样存下来的。到现在已经三年了，医生不允许她喝咖啡，那个墨守成规的老家伙。刚开始的时候，她几乎动弹不了，像喝醉了酒的酒鬼，只要能够闻一闻有钱人的咖啡发出的味道，对她而言也已经不错了。否则，她连路都走不动。

"你今天什么时候到这儿的？"

那个老稻草人还是没有放弃。他让她一直站在那儿，站在房间的中央，手里拿着托盘，听他的严厉斥责。其他人呢？一言不发：那些傀儡什么也没有看见，什么也没有听见，什么声音也没有出。那个没有骨气的马屁精提提，干着那份肮脏的勾当，用吉娜的话说，那个小个子老头儿，那个四只眼的家伙，密切注意他人的言行，然后将其汇报给那些给他这份工作的人。那只小猫咪，鼻子向外喷着热气，当然，她的喉咙里发着低低的呼噜声，同时还不停地揉搓着自己腮帮子两边的胡须。她不会说什么的，这个游手好闲的人只想得到别人的抚摸，只想在自己的毛皮下面为自己找到一个舒服的隐蔽之处，那是一个温暖的地方，某只流浪猫会来怜悯她。至于教授，他可是一个名副其实的疯子。他可以突然来一个可笑的转身，扔掉手中的杯子，把你吓得灵魂出窍。他肯定跟上面有关系，经常出乎你的意料，恶作剧般地捉弄你。当他脾气发作的时候，他可是什么事情都做得出来。

"我离开家的时候，天还黑着呢。你知道，是4点钟，一点亮光都没有。"

"我没有问你什么时候离开的。我问你什么时候开始工作的。"

告诉特奥多休先生，你，瓦西莉察，一块他用来擦地板的抹布，你是准时到达这里的。你是按照法律规定的时间到达的。你，瓦西莉察，一块抹布，你还有资格谈论法律制定的时间！你对那个剪羊毛的人解

153

释吧，他会把你的肠子掏出来当吊袜带，他正等着你这样说呢，他因此可以找到理由跟在老板身后狐假虎威一番。

"咳，地铁早班车开始运行的时候，电车还没有开始。我是坐公共汽车来的，路上转了三次车。我以前就跟你说过，我受够了。"

"你中间还下来喝了牛奶，你的包里还有两个牛奶瓶。我告诉你到这里来喝牛奶，就在那个角落里。"

"我和努蒂卡吵了一架，那个女人是这儿负责牛奶的，现在她再也不会留牛奶给我了。我到的时候，一滴牛奶也没有了。她说，她问你要一些香烟，健牌的，她要送给她的一个医生。你知道，她身体不好，而且生活也很拮据。她经常去看妇科。咳，你没有答应她的要求，她就拿我出气。"我明白你的意思了，你这条肮脏的小狗。你知道我谈论的是什么样的妇科病，因为你也把你的爪子伸向了可怜的努蒂卡，不是吗？没错，我以前一个字都没有提过，我一直像老鼠一样安静，这样，你那个老婆，奥尔坦萨，蛇蝎心肠的女人，因此才没有察觉。

"我对你和努蒂卡之间的关系没有任何兴趣。我没有对你提过分的要求，瓦西莉察同志。只是几件再普通不过的事情。"

同志，你听见了吗？你一提到他的那个姘妇，你突然之间也变成了同志，就像在法庭上一样。

打工者瓦西利克·瓦西莉察，大家都叫她维利，拽了拽自己的围巾。她垂下自己的右手——那只拿着托盘的手——垂到她身上穿的那件洗得发白的宽大工作服的下摆处，她用左手把围巾拉平。她抬起头：小脸庞，卷头发。她那两只又长又大的手垂放在瘦小、弯曲的身体两侧。尖锐的眼神，宽大、结实的嘴巴，参差不齐的牙齿，小小的，但却很白。她直盯盯地看着老板特奥多休的眼睛。

"瓦西莉察同志，我的要求很简单。接待处，还有，这里，我的办公室里，必须和药房一样干净。打扫卫生，准备咖啡。就这么多。你知道，这并不过分。达不到这个要求，我无法接受。我没有向你要求别的什么，但我什么都知道，你不用担心。我知道你和我们的客人都谈了些什么。你让那些来自图尔恰的游客给你带鱼，或者让来自奥迪的人给你儿子带一件羊皮外套，因为，你那个一事无成的儿子如果不打扮得像阿兰·德龙的话……那他的样子就太奇怪了。你利用我们的关系，我们的名望，还有旅馆的大名，这些我全都知道。我知道你是如何从杂货店骗取棉花的，知道你那个在食品店的朋友斯泰利克为什么把最好的奶酪卖给你，而在那些时候，市面上一连数月连奶酪的影子都看不见。我知道当人们问起这里的事情时你是如何回答的。谎言，瓦西莉察同志。夸大事实，高谈阔论，瓦西莉察同志。你说得太多了，你说了你不应该说的话。但是，你知道，到头来一切都会栽在我的手里，我告诉你，你也不例外。至于健牌香烟，别再提它了。我不管你是怎样打扫房间的，我不管你是怎样处理肥皂和洗涤剂的。我也不管是谁给了你那些健牌香烟，为什么要给你。我不问你，因为我什么都知道。"

哇，不！你这一次太过分了，你这个卑鄙的小人。一定是这种倒霉的天气把你逼疯了。你那张臭嘴毒害你，肥胖的马屁精，你的灵魂已经彻底发黑了。你肯定不会同意将它一口吞下，你这个圆滑的马屁精……瓦西利克·瓦西莉察已经撤退了，消失了，心怀愤怒，心怀不断升级的仇恨，满腹愤恨，完美的隔音设备，什么都听不见了。

与此同时，瓶塞钻提提已经放弃了窗边的风景。他身体靠着墙壁，扶了扶自己的金丝眼镜。这个警察队伍中的卑鄙小人看上去像一个擅长讽刺挖苦的牛津学监。他神情严肃，眼睛看着同事吉娜。她正忙着整理自己的工作服，但始终达不到理想的境界。然后，他朝老吉克走去。吉克看看提提同志，又看看教授，然后说，"过来，亲爱的，我们把名单草拟一下。"

不，教授根本没有意识到，这些具有魔力的词语已经发出来了。他也没有发现，这些词语还伴随着一个诡秘的眨眼。这可是一个常见的举动，当问题涉及这个来自外星球的人的时候，眼睛，或是眉毛，都会发生这样的抽搐。他的双腿搁在扶手椅子前面的板凳上，他心不在焉，自以为是，只是偶尔屈尊喝一小口美味的维利咖啡，其他时间都埋头于那堆杂志，《世界》《比赛》《小说观察》，教授不去理会周围发生的事情。

"癌症，皮肤癌，同志们，这里边就是这样说的。眉角附近一个小小的粉色疤痕，像出疹子留下的印记。趁着还处于初期阶段，抓紧时间检查！否则，它将会是致命的，五代人啊。"从世界各地来的杂志后面传来了那个熟悉的声音。"五代人，你们听见了吗？致命的，听见了吗？一场灾难，听见了吗？"提提·门迪策眉头紧锁，不耐烦地挠了挠自己的眉毛。他此刻已经坐在老板旁边的椅子上，啜了一口咖啡，从包盖的反面拿出一支笔，准备在接听电话之前列出急需要做的那些事情。

"是的，亲爱的。"仆人提提·门迪策嘴巴重复着老板吉克·特奥多休的话，脸上也模仿着老板脸上那副嘲讽的神情。此时，托莱亚再也不能熟视无睹了，他不能小看这个联盟。

当然，亲爱的一词具有某种讽刺的意味。难道这是他们给他的一种信号？刚才那场同瓦西莉察的闹剧不仅仅是针对可怜的维利咖啡的？他们知道，托莱亚的反应是无法预测的。他可能会沉默不语，装作十分忙碌的样子，仿佛周围的一切他都不会留意。或者，有时，受到伤害的虚荣心会使他发起攻击。或者，很简单，他会发表最奇特的演讲，那些演讲跟周围的环境没有任何关联。"那些可怜的人儿是怎样迎接那些攻占达豪集中营，马伊达尼克集中营，或者奥斯威辛集中营的救星的？把他们看作上帝！但是，打那以后，他们怎样看待他们？把他们看作大脑迟钝的动物？他们知道什么？只有我们才知道什么是生活：痛苦和磨难！我们被人毒打，被人唾弃，被人灼烧。我们被迫吃下自己的粪便，被迫挖掘自己的坟墓，甚至为了一点面包屑，被迫放弃自己的父母。为了博取屠夫的笑容，我们背叛朋友，我们在杀手面前舞蹈，我们跪地求饶。这些幸福、正常、坦率的人知道些什么？他们不严肃，他们太自由了，太随便了。灾难，苦难，恐惧——这些是严肃的，非常严肃。换句话说，非常令人厌倦！自由显得过于轻松，过于幼稚。只能欺骗傻瓜、孩子、小丑，还有那些喜欢到处闲逛的人。"

他会突然滔滔不绝地对旅馆的同志们唱出这个咏叹调吗？对观众而言，十分合适。因为，大家已经掌握了忍耐的战术，已经学会如何容忍苦难、恐惧、怀疑，以及堕落的倦怠带来的迟钝。中毒，类似野蛮人的倦怠，屈从的倦怠，背叛的倦怠，无精打采的倦怠，甚至还有恐惧的倦怠，没错，是的。你曾经目睹过独裁者和孩童之间的谈话吗？别扭，愚蠢。仿佛他面对的是士兵，仿佛他在主持一场天界的审判。严肃的话语，是抢着刀斧说出来的。一个孤寂而严肃的男人——绝对严肃。自由对他而言是一个笑话。一种流氓作为，一种针对他的狡猾手段，这个可怜的囚犯。因此说，独裁统治下的无聊论谈已经失去了以往的意义。它变成了挑衅，变成了新生。幽默的迟钝，必要的迟钝。自由的模仿，是的，因为模仿也是——是的，是，当一切都失去的时候，只有模仿——

小小的怀疑，小小的背后中伤，小小的欺骗。小小的、枯萎的、被粉碎的灵魂干出了小小的不忠不义的勾当？倦怠！倦怠！幽灵肆虐，幽灵吞噬着整个世界！忧伤的人民！倦怠，兄弟，爱人，亲爱的。

梦呓，至少听起来是这样。他全然不在乎。长篇大论源源不断地从多米尼克·万恰口中涌出，他好像在跟过去学校的同事进行一场辩论赛，好像他不知道自己此刻在特兰齐特旅馆的接待处，这里，吉克和他手中的玩偶瓦西利克的片段刚刚告一段落。

接着，你第一千万次地问自己：是谁怀抱着婴儿多米尼克，确保他不会摔到？为了那么一件捕风捉影的事情，他被迫离开教师的岗位；他得到别人的帮助，找到了这份旅馆的工作——至少他的脑袋还在肩膀上，他没有落入圈套，他在工作中倾注了某种热情。见鬼去吧！他关心的是如何炫耀自己的伟大。让那些傻瓜知道，在狗窝里，你也可以这么出色，这么自由，因为，50年代已经一去不复返了。我们正经历又一个30年的战争，我们已经习惯了每天所处的困境，习惯了每天所食用的面包。特奥多休和瓦西莉察同志之间的对话，他听得已经足够多了，已经习以为常了。他在不断重复的那些神圣词语当中捕捉到了讥讽的味道。亲爱的！亲爱的！吉克·特奥多休先生，你听见了吗？是吉克·特奥多休"先生"接管了你们的表达方法吗？！兄弟，爱人，亲爱的。纯粹是嘲讽？影射他可疑的道德观念吗？哇，不仅仅是可疑！可耻的罪行——道德败坏的教授被赶下讲台？他不在乎。接待员托莱亚·沃伊诺夫甚至对那些恶毒的警告充耳不闻。

那个古怪的家伙继续着他的胡言疯语。又到了公元1000年。启示录。现在是关于塔西佗的演讲，现在是关于希特勒的，现在是关于早期基督徒的，现在是关于杰出的奥托三世，"在希腊出生，在罗马崛起。"那个爱空想的皇帝身边有一个什么样的顾问啊！"不切实际的格伯特！他梦想拥有一个世界级的王国，梦想实现全世界的统一。"

他们在听，他们不在听：对他而言，这不再重要，不是吗？这个隐形的臭虫当然继续自己的工作。它的话清晰可辨，像铜钟一般四下传散："神圣的格伯特预见到了这一伟大的时刻。不是仅仅用武力控制人民，也不是仅仅依靠聪明和才智。人类灵魂的深处同时也渴望一种别的东西。"

"快点，我们把要做的事情写下来吧，亲爱的，"吉克·特奥多休大叔说道。今天是星期三，外面正下着雨。门迪策同志和特奥多休同志俨然是优秀的经理埋头准备要事清单。1980年，耻辱的一年——本世纪的错误，以及尊贵的客人所犯下的错误充斥着日历上的每一个日子。你应该尽早制订出战争的计划。否则，你会失去大好的时机，胜利可是拖延不得的。他们的眼睛闪闪发亮。那些老到的江湖骗子，他们眼睛里闪烁的不仅仅是对成功的渴望，还有一份傲慢。

"给佛勒杜茨打个电话。他的女儿——穿裘皮大衣的那个——昨天试图和你联系。"现在是4月，上午11点，最理想的生物节律，一个极好的星期五上午，已经星期五了，伴随着光阴和话语的追逐。就这样，吉克·特奥多休大叔立刻拿起了话筒，是提提同志转过来的。他打电话给利利亚娜，佛勒杜茨同志的女儿，在一家特别的军需库工作。佛勒杜茨同志——特别服务部的主任——是斯马兰达的连襟，此人负责的那家特别商铺是专门为特殊人士服务的。他和那家特别医院的护士长奥尔坦萨·特奥多休关系不一般。指令发挥了效果。他们做出了确切的安排：她应该何时到达，如何到达，需要携带什么物品，多少、何地、什么。他们的安排准确无误。名词和动词，准确的排列次序，一次又一次击中了关键。

神志不清的时刻，衰老，沉睡。此时，瓶塞钻提提同志喜欢解开领口的扣子，松开腰间的皮带。他虽然一贯寡言少语，但是，当他一眼瞥见那个小丑的时候，谎言便从他的鼻孔中鱼贯而出。

"你在说什么,亲爱的?你说的那个希特勒是个天才?如你所说,那朵疯狂的火花使每一个人都失去了理智?你在跟我们大家讲述入侵波兰的事件……"

无理的挑战!奉承,当然。这样,教授会发出文雅的诅咒,然后突然打开吉娜桌子上的晶体管收音机,把声音调至最高,超高的分贝,摇滚,摇滚,再摇滚。或者,去吧……请原谅,很自然,他要宣布一项重要的事情:如厕……随后,他返回办公室,感觉十分轻松,开心地告诉懒散的吉娜他是如何对付那个刚才困扰他的麻烦,相比较而言,那可是最要紧的。"医生们,你们听见了吗?就把我交给那些白痴吧。你把100列伊塞进他们的嘴巴,把一条健牌香烟放在他们的双乳之间,然后,让他们在你身上做那些肮脏的试验。他们倒霉运了。商人,没有例外,全都是些携带病菌的苍蝇。我的一个朋友是一个医生。他有的时候扮傻瓜,有的时候扮圣人。他喜欢说大话,喜欢玩诸如此类的把戏,但我说不出具体的名称。他不收钱,甚至连礼品也不收,但是,他让反应迟缓的热尼负责卫生和厨房事务,让那个有着金子般童心的老斯菲尔·巴济尔担任英国王室的男仆一职。医生让病人伺候他,因为这样做对他们有好处。这是一种试验,你听见了吗?分析和推断:他的大脑上了卷发夹子,他的听诊器放在病人的口袋上。他们的分析:辩证唯物主义。干净的唯物主义,肮脏的辩证法,伟人马克思过去经常这样说。"

但是,不对——等等。户外,阳光明媚:现在是4月,可能是13号,也可能是23号。这一天让他回想起一个女孩,一所学校,还有一辆自行车。因此,没有愤怒,什么都没有。会多种语言的接待员情绪很好,将礼貌地解答任何问题,不管问题会多么的无礼。

"瓶塞钻,如果我的话能够使你开心,我可以再说一遍。这是一个铁一般的世纪,严厉、充满着毒素;这是一个铅一般的世纪,邪恶在肆虐;这是一个黑暗的世纪,伟大作家的离世使它顿失光芒。这就是公元 1000 年。启示录。所以,希特勒。世界的黄昏。末日?对于大众而言。人类没有能力准确预言世界的结束。如果这能够保持一份宗教的神秘,教会本身也会承认这种观点。那么,政治呢?咳,我们再次投降。"

当他称呼他瓶塞钻——他一贯这样叫他——的时候,门迪策同志气得满脸通红。他——提提同志——决不会在自己的旧伤口上洒一滴酒,难道会容忍这种事情的发生吗?

"我可以重复一遍,亲爱的。为了你的缘故,瓶塞钻,我可以在任何时间,任何地点,不断地重复。"

教授从隔板后面抬起眼睛,调整了一下黑色衬衫衣领下面的深红色丝织领带,优雅地在粉色的吉娜身边踱着步子,轻轻摸一下她的脸颊,和小小的双下巴,然后,消失在那块上面写有接待处几个烫金英文大字的隔板后面。他没有像人们希望的那样,朝观众鞠个躬,而是一屁股坐在靠窗的那把椅子上。

他模仿美国人,把两只脚跷在那张小圆桌上,然后,像牧师那样,掌心向上,抬起双臂——没错,牧师们经常这样——一个没有任何政治信仰的打工者,穿着黑色的制服,一颗罗马执政官的头颅,秃顶,坚定,流放于一群流氓恶棍之中。好吧,愿意为你效劳:我们的主任,我们的客人,我们的主人。

"正如你们所知道的,尊敬的同事们,在 1934 年,德国和波兰签署了一项十年互不侵犯条约。不能拒绝三千五百万公民去海边,让我们两个国家和平共处,独裁者说。1939 年 1 月,元首厚颜无耻地宣布,德国和波兰之间的友谊对欧洲日益松懈的政治生活起到了一个推波助澜的作用。同年8月28日，他开始对英国大使吼叫道：我要消灭波兰。你们真的想让我们重申我们的立场吗？亲爱的，伪学者，这些内容你感兴趣吗？"

万恰先生的话是说给瓶塞钻听的，但他并没有把头朝他的方向转过去，而是采用一贯的方法继续往下说。其实，他需要一个中间人。因此，他不时地凝神望着女巫吉娜那双闪烁着绿色光芒的黑眼睛。

"很好。照此看来，你喜欢听暴君的故事，很有意思，是吧——也就是说，他们都是些智力迟钝的孩子，他们缺乏理性，需要灵感。他们喜欢独处，他们的逻辑通常自相矛盾。很好。英国大使只有几秒钟的考虑时间。他问：你们准备和波兰人谈判商议人口转移问题吗？那个空想家如何回答？当然，以问作答。为了表明诚意，英国会迅速做出回应，同意送几个殖民地给德国吗？"

老板吉克伸开双腿，面对着大门，咧嘴笑着。瓶塞钻先生眼睛瞪着天花板。淫荡的吉娜不停地摆弄工作服的扣子，系上，解开，再系上，再解开。

小丑突然站起身，他感觉厌倦了，再也不想背诵亨德森的作品了。

他只是再也没有这种心情了——原因就这么简单。一个突然之间老去的滑稽角色，身上穿着黑色的工作服。一个疲倦、满是皱纹的面具。此刻，他认为地球没有完成自己应该完成的围绕轴心旋转的运动。天空，淡淡的绿色，精工表椭圆形的表盘显示：1点24分14秒。一刻钟还没有过！1点24分14秒，消失了，随风而逝，15、16、17、18秒，催眠术士宣布最后的结局。"就这些，亲爱的。"他面带讥讽，给观众鞠了一躬。"再见！我没有什么可说的了。"他甚至忘记摘下挂在钩子上的背包。他对八小时工作制非常在乎，这可是全世界劳动者苦苦奋斗的目标啊。他最后一次舞动着手臂，对大家起立欢送表示感谢。

"再见，我的爱人。"当然，他们已经见怪不怪了。他让大伙儿厌烦，他逗大伙儿开心，他侮辱他们，向他们挑衅，激怒他们。这一切，他们全都忍了，因为，他们也不明白是何缘故，他们感觉得出，比他们地位更高的人都可以容忍他。

就这样，愚人国的骑士被迫离开了自己的教师岗位，他再也不能腐蚀我们胸怀建设热情的年轻纯洁的一代。他本来要被送往监狱，但是——谁也不知道是什么原因——在最后一刻，被人救了，甚至被带回到首都。你会相信吗？他重新找到了工作，大概是这样。重新找到了工作，当然，从事一些棘手的事情，诸如此类的吧。在我们这个多方面受监视的社会里，任何一个没有文化的老太婆都知道这些。但是，这个怪物表现出一种让人无法理解的野蛮！仿佛他的职责跟大家的事情无关，仿佛分配给他任务的那个人比他的同事们的职位都要高，仿佛那个与他们大家息息相关的狗屁组织——探听—报告网络——根本不关他的事。

这实在令他们气愤，不仅如此，也让他们感觉害怕。怀疑，融入了神秘的色彩，使他们的反应变得迟钝。他们真希望把他一脚踢开，让他滚得远远的。他的疯狂是一个陷阱，他们肯定，他们永远都不会知道他们应该装出一副逗乐还是怀疑的表情。他提到独裁者，好像这是世界上最自然的事情。他接着探讨平庸、欺骗、狂热，以及——非常突然，他不断地触及——阿根廷这个老话题。当然，还有家庭占星术。他随意地聊他的兄长，说他跑到布宜诺斯艾利斯去了，在那里发了财，衰老了，还说到和那个遥远国度之间令人讨厌的政治上的相似。他总是满脸厌恶的表情，嘴里吐出一连串的话，好像都是来自天上的圣旨，可怜的凡人根本不允许涉足。

阿根廷世界杯结束之后很久，老吉克还是紧紧咬住那个话题不放。

163

"你说,他们都是西班牙男人和印第安——也就是说,当地——女人的后代,但是,我的天哪!他们看上去和我们一样,我一直都在看电视,看得很仔细。他们的长相和我们一样。"

"咳,他们是我们的拉丁近亲,亲爱的。"托莱亚喋喋不休,但他的秃脑袋始终没有离开账簿,好像他一整天什么事情也没有做,就忙着翻新旅店的账册了。尽管如此,他早就做好了准备,一旦演讲开始,一连串的话语就会喷薄而出。"征服者和当地的女人生育了后代。没错,对时空的贪婪在女人的肚子里得到了回报。那个对任何事情都不屑一顾的独处者。当地的娼妓,高级交际花,甚至还有情妇。在拉美国家,妓院一直是一种经久不衰的古典机构。"

著名的教授没有抬起自己胡须稀疏的下巴,他的眼睛仍旧盯着账簿。他的上司吉克眼珠外突,仿佛看见了一只狗熊。"白人带来了堕落和残暴。西班牙妻子和梅斯蒂索混血情妇同住在一个屋檐下,婚生子女和私生子共处一室。结果呢?梅斯蒂索人感觉自己遭遇了骗术,感觉自己的身份有所降低,因此,他根本不知道同情为何物。他将爱情视为一种屈辱,一种弱点。老吉克,那些妓院历来是独处的最佳场所。唐·埃斯特拉达流连在野外的大草原上……但是,我告诉过你,那个老人撰写的有关探戈的内容,那是一种腰部以下的舞蹈。"——哇,他说话的时候好像手里捧着一本书,先生。

老吉克面带微笑。他的情绪很好,很不好。他很喜欢这个游戏。他甚至跳到小丑的面前,目的是激怒他。"照你的意思,狂欢节就是庆祝苦恼的节日。你说过的,沮丧的快乐。他们对欢庆的需求是他们本身的病态表现,欢庆是沮丧的假面具。这难道不是你说的吗?敌对的欢喜,掺杂着仇恨。"老吉克并没有停下,他不想听对方的反应。他继续冲锋,甚至不给托莱亚喘息的时间。"你说过,这表现在政治和体育方面。闹剧——所有的独裁者,足球运动员,以及军事政变。这是一个充满戏剧色彩的民族,旧时的阿根廷——马丁内斯·唐·埃斯特拉达。用你的话说,那是掩盖无能的面具。玩笑,一流的玩笑,流传了许多年,永远不会消退。玩笑掩盖了痛苦,之所以痛苦,是因为你没有达到你预期的目标。这难道不是你说过的吗?但是体育运动是怎么回事?它跟政治之间有什么关系?"

万恰先生根本没有理会这个问题,对他而言,对方的话似乎一个耳朵进,一个耳朵出了。他没有停下手中那些看上去令他忙个不停的活儿,他在假装填写账册,整理桌上的房间钥匙,读报纸,挖鼻子。周围发生的事情对他丝毫没有影响,但回答却从他的嘴里突然飘出:"一个黑暗、古老的世界,不断播种着另外的东西。白人和印第安人之间的界限已经模糊,上百年以来,一直保持这种状态。粗鲁、乖戾,很难说——好像愚昧粗鲁的阶层。吹牛皮的人!好吹牛的人天生就对戏剧很有感觉。"

他在描述一个夸夸其谈的家伙——很难相信自己的耳朵。他——托莱亚——竟然在议论好吹牛的人!好像在撰写博士论文,他在描述吹牛者的尊容是何等模样,足以让你智慧尽失。当然,听众突然放大的瞳孔并没有吓倒他。"没错,先天固有的感觉,戏院,狂欢,马戏,沮丧。政客和军人生活在同一个世界。当然,还有足球。一种永远处于等待过程中的生活,亲爱的。当你的一生都在等待的时候,即兴的表演就像一种灵魂的拯救。"

这种演讲持续了数周,数月,直到这个主题没话可说了,直到老吉克的承受能力有所改进,他不再问任何问题,直到像鞭炮一样的托莱亚已经完完全全忘记了这个系列的演讲。但是,不对,当谁都没有想到的时候——一道闪电,砰!万恰教授坚持给出最后的结论。一天早上，大家沉浸在幸福的新话题里：保加利亚拖鞋，全城的居民一连排了数小时的队伍，争相购买，为来年冬天做好准备。吉娜买到了5双，除自己之外，还有姐姐，母亲，嫂子，以及小外甥。非常不错，很暖和，带毛边的，在明年严酷的冬天里，它们一定能够创造奇迹。绝不可能，瓶塞钻反驳说，拖鞋散发出的难闻气味足以让你昏死过去。阿纳托尔·多米尼克·万恰·沃伊诺夫似乎一直在密切关注大家的学术讨论，但是，谁也不知道当他开始发言时脑子里是否已经想好了，反正，突然之间，过去的老话题又复苏了。

"即兴表演就等于灵魂的拯救，我过去说过。不仅仅是注意力的转移——是灵魂的拯救。嗯，拖鞋，没错。即兴——就像阿根廷人。制服，条纹布，马戏。正如我所说的，他们冲动，精明。他们很快就会赶上。软弱、饶舌。愚蠢的骄傲，庄严，蛊惑民心，但同时兼备诡诈的男人气质。你的足球，吉克，老伙计，你的即兴发挥刚好可以释放压力。"

老吉克没有回应。其他人沉默不语，他们对刚刚听到的一番话感觉十分惊讶。

"顺带说一下，你发现眼睛旁边的那道皱纹了吗？那条皱纹。我指的是那个疤痕。一个小小的标记，眼角处。老吉克，你辨认出自己的印记了吗？你有没有用自己的手指摸一摸那个几乎看不出来的印记呢？"

然而，吉克不知道该说什么好，他还没有时间使自己镇定下来，话题却又朝着另一个方向奔去。说话的人越来越激动。"瓦西莉察在哪里？我找了她三天了。我的意思是，我找的实际上不是她，而是我那只装咖啡的包。也许，小费不再使她心动了。难道她再也不准备用25列伊的小费遮盖自己的屁股了吗？她已经决定把自己的屁股暴露在圣女面前了吗？而我却得不到一点咖啡。这个懒惰的闲人突然害怕被检举吗？嗯，偷盗也有其自身的风险和操作规范。它需要尊严和某种程度的认真。你还能相信人们为窃贼说的好话吗？世界正朝着边缘迈进，一定是这样。上帝，那个寄生虫能去往何处呢？"

教授真的不愿意失去他的听众。当他察觉他们的注意力有所懈怠的时候，他一定会展开一轮新的攻势，以此调动他们的情绪。可怜的瓦西莉察，竟然这样侮辱她。就连吉克同志也没有如此不知羞耻地发泄过。他们全都明白，他们假装自己像以往一样没有注意到这件小事。不管怎么说，瓦西莉察也是人，在生活中她也被迫略施小计。虽说感觉很不自在，但她还是会接受那个小丑当着众人的面扔过来的极富挑衅的小费。即使她自己不喝咖啡，但瓦西莉察每天仍旧从大家的份额中取出一份，也就是几调羹。用这种方法，一个星期下来，她可以为托莱亚攒到一整袋，托莱亚分批付钱给她。但是，当着大家的面谈论此事，用这种方法？滔滔不绝地演讲，这样，你至少可以看到，在那个装腔作势的家伙面前，他们脸上的表情是何等的难看。真想抓住他的鼻子，拽着他原地转圈，一直转到他再也受不了为止。上面有人保护他——否则他不可能……他的档案里有那么多的污点，他本人那么粗鲁，总是喜欢吹牛。子弹从未击中他，他可以吞下毒药，然后径直去跳查尔斯顿舞。最好离他远一点儿，回过头吐一口唾沫，避免魔鬼上身。

但愿可怜的瓦西莉察那个时候没有从接待处门口经过！这一可能性使听众目瞪口呆。你已经发现了自己一直在寻找的东西！她来了，被撒旦那条无形的黑蛇扛在肩膀上；她来了，推开门进来了。

"亲爱的夫人，你星期三忘记把我的小包给我了。我的燃料已经用光了。能源危机！因此，转过身去，把它拿来！变出你的小包来。"

167

小小包，小小包，你要把我留给谁？奇怪的小鱼开始哼哼了。突然，你发现他变了一个人：他把一切都忘了。他勇敢，他礼貌，好像他真的丢了他的玻璃弹球。

他从跳板上一跃而起，落在算命者的面前。美人把宝贝藏在双乳之间，这是流浪的吉卜赛人教给她的方法，使它保持温热。

"照这样看，你住在布里巴萨广场，对吗？"

侍女知道他在开玩笑，在影射那个传说中的吉卜赛上尉，因此，她并没有气恼。古老部落的尊严已经教会了她如何控制自己的情绪，女王是不可冒犯的。她抬起一头黑发的脑袋，眼睛离开桌上的账册，给特兰齐特旅馆接待处的同事们一个浅浅的、老式的微笑。红红的嘴唇，珐琅色的钥匙板，完美、雪白。她纤细的小手滑过工作服中央的皱褶，又长又细的手指，脆弱的小关节，深陷的眼睛，无尽的黑夜。苗条的小鸟，煽情的折痕。不，她没有理由感觉羞耻。部落因她而自豪，看看她是如何抬起自己闪闪发光的古铜色脖颈，昼伏夜出的羽毛是如何在风中摇摆的。

"你能到我家来一趟吗，亲爱的？"

"那儿附近有一所特殊的学校。你知道的，不是吗？"

"也许吧。我通常不太关心学校。"

"在公寓楼之间，从十字路口，一直到一个广场。一条没有铺设地砖的小路，还是个建设工地，他们告诉我的。一个大型超市，一个苏打水灌装厂。右边的那一片是一个变电站。再往前是一条林荫大道，走到头就是学校。"

"好吧，我明白了，这一切你都清楚。一个整天关着大门的大型超级市场。旁边是苏打水装瓶站。你在那里就能看见学校。排队买汽水的人们一直排到大街的一角。你从那里过马路，左边第一个路口拐弯,一直走到居民小区的尽头。那里还是可以看见塔吊的。成堆的砖头,混凝土块。你穿过土路,走到倒数第二栋楼,四层。你肯定能找到。阳台上有好多花。人们还在楼房的正面墙上画了好多花,因为有些涂料已经剥离了,外墙有些地方坑坑洼洼的。我的那些流浪朋友都喜欢花。我就住在那里,二楼。不用跟别人打听。大家都喜欢聚在楼前。他们会首先问你找谁。他们会浩浩荡荡地护送你到门口。或者,如果刚巧是他们开心的日子,他们会在入口处高声喊叫:'嘿,吉诺,吉诺,到窗口来!你的王子来了。'你不会迷路的,别担心!"

伟大的小丑——万恰先生——根本没有弄明白这个玩笑中的含义。他想展开一番严肃的对话,他需要别人的建议。

"你知道,在学校旁边,在那些老式大楼里,有个朋友。或者说,不是朋友。一个熟人,我哥哥以前的熟人。"教授一连数日把自己的脑袋贴近漂亮吉娜的玉耳旁。她的家就在一个老社区里,她对如何适应那里的生活有自己的经验。你可以从她那里得到一些有用的建议,不是吗?的确,即使任何不太可能的变化确实发生在他这个傻瓜身上,他的同事也不会惊讶的。任何事情都不会让她感觉惊讶。她很快就适应了他硬塞给她的新角色,化身离奇故事中的知心女友,给他提供建议。他们突然之间变成了一个地下教派中的一对恋人,一天到晚黏在一起,耳鬓厮磨,十分开心……亲爱的,蛇一样修长的蓝色手指在半敞半遮的工作服上的纽扣周围游走,那个学者兄弟不停地从口袋里抽出具有魔法的纸张,他想找人揭开其中的秘密。

"心智的滞后发展,表面、局限的判断标准。模仿和手势语筑起了铜墙铁壁。语言的缺陷凸显出它自身的不可变更性和相反的表现形式——嫉妒、妒忌、固执的行为。然而,如果把这些和严格、简单的规章制度划分在一起的话,有缺陷的东西可能会展现出顺从的优良品性。"

狡猾的吉娜坐在那里,她张开嘴巴,心不在焉地重复着她听到的话。她好像在排练一出戏剧,或是在准备长途跋涉,进入被火星人占领的丛林。"指令必须遵从交流的常规方法。说话的时候,语速不能有任何的降低,必须保证在距离 $0.5 \sim 1.5$ 米的地方能够听见,说话者所处的位置应该有良好的照明。说话者的嘴巴应该低于听者的眼睛。他嘴里不能叼香烟,也不能嚼口香糖。不允许戴墨镜,说话的时候不允许把头扭向一边。他应该使用简单、重复性的句子,不应该表现出不耐烦,应该执着,保持幽默感。最大的困难来自于动词。"在这期间,吉娜有好几次把注意力转回到其他几个相当模糊的篇章;之后,他们将一起讨论舞台的指令。他们没有意识到,周围其他人的耳朵已经越伸越长,大伙儿想知道他们之间这种奇特的默契暗示着什么。此外,他们俩也没有注意到瓶塞钻的眉毛激动地上下跳跃,吉克大叔的眼睛不断地向外突,仿佛看见了一个鬼。"触觉记忆。在睡梦之中,个人的某些需求得到了满足。梦幻,既是通往无意识的道路,也是无意识的表达手段,可以用来作为一种诱惑的力量——在组织内部起团结作用,指挥大家发挥更大的效率。换句话说,使大家更加遵从组织的秘密,更加坚定对目标的信念,更加坚决地执行命令,更加统一地参与行动。"

这是通灵学中的指示吗?很显然,万恰兄弟和亲爱的姑娘正在学习适用于未来某个组织的合作规程,为遭遇外星生物,或是地下生灵做准备。如果没有某些特定的知识,这些怪物你是看不见的。虽然四面楚歌,但万恰先生似乎没有意识到危险。他没有时间理会那些人,他们因为恐惧而聚在一起,这样,他们的思想在事件最终发生之前是不可能被别人破译的;他也没有时间理会那些脸上,或是票夹上刻着会员身份的家伙。其实,当你获得了傻瓜的地位,当你能够表现出怪异的行为——最怪异的,准确地说,当属他的特殊地位,因为其他人都可以容忍他,挑逗,冷静,无礼的举动,这一切都具有了保护的意义。能够让黑暗势力低头——他已经逐渐让周围的人相信了自己的能耐。

因此说,多一点愚蠢的行为也不会再有任何的意义了。他们知道,多米尼克兄弟无法忍受无所事事。这是他最仇恨的事情。当吉娜得知她的同事突然决定要去寻访过去的一个老邻居,或是一个老同事,或是他在阿根廷的那个哥哥的朋友,她不敢表露出任何吃惊的神情。同样,当他详细地跟她讲述加夫通和马尔加的时候,尽管她意识到,这个令他极度感兴趣的黑暗故事根本不可以跟工作中的同事提起,但她还是装出一副若无其事的样子。

讲给一个同事,一些同事听。

托莱亚当着吉克和瓶塞钻的面,滔滔不绝地讲述着他跟阿根廷的家人,以及所有其他人之间的通信往来。最后,有人可能会问,公开那些原本应该隐藏起来的事情,这种危险的炫耀难道也是一种策略?他的手段变化无常,他把那些的确令人烦恼的事实全部加以公开,目的就是在它们的后面加上一个问号。用一种即兴的手段将它们暴露出来,并且反复强调,这显得有些令人生疑,令人难以置信,令人感觉不太真实。傻瓜托莱亚,粗心大意的托莱亚,这就是你行动的依据吗?坚持要通过"模仿和手势语"恢复自己,从一张不会说话的照片开始,从一件发生在过去十分复杂的事情说起,如果请加夫通和马尔加来担任叙述者的话,他们的版本可能会更加连贯,或许?当她听你演讲的时候,她看上去十分佩服男友的能力?一个神秘的小姐姐,随时准备用她游牧祖先传下来的轮回思想帮助你解开残疾人的妖术?不管怎样,好像你不能凭借自己的力量找到那扇大门,门里面藏着逃亡者的宝贝——一个隐藏于城中吉卜赛人聚集地的逃犯,位于超级市场的右边,前面是一个苏打水装瓶站,一种虚构的地形,十分模糊,仿佛存在于特兰齐特旅馆观察哨卡上的同事吉娜双乳之间的宝贝贝壳里。因此,在一步之外的真实世界里,你无法区别什么是编造的事实,什么是看似谎言的错误?!阴影,磁性的事件,精神紧张的偏离,乱七八糟的密码,北极的幻觉。很简单,他已经消失了!那个托钵僧突然没了踪影,带走了那些问题,那些答案,带走了一切。关于残疾这个主题,经历了那么多次微妙的介绍性的讲座之后,嫌疑人失踪了。病了,你听见了吗?万恰教授病了?!仿佛黑暗王子要感冒了似的——可怜的人儿!——他的身体包裹着滚烫的大麻叶,他爬到床上,这样,他——一个孤儿——也可以让自己的身体温暖起来。医生开了一桶颠茄茶和骨头渣子,他每喝一口,就朝嘴里扔一片阿司匹林。

谁也没有料到,他竟然消失了!疾病,草药,想象一下。但是,几天之后,他又回来了:干干净净的,脸色苍白,两颊发红。一身白衣,你能相信吗?上班的时候,除了黑色的衣服之外,他从来不穿其他颜色的,他就像一个掘墓者,或是,拾粪的人。但是,当他再次出现的时候,他竟然一袭白衫!悔罪,高兴,大家发现,虽然他比以前更加苍白,更加适合现在的岗位,但实际上,他一点毛病也没有。雪白,象征着纯洁的白色,脸上依旧是往日熟悉的笑容——诡秘而隐晦。

他的搭档朝主人伸出纤细的小手。她的脸上绽放出自由的年轻人所特有的那种娇柔、野性的光芒。她不停地摆弄工作服上的纽扣,解开,系上,脸上荡漾着诡秘的笑容,露出洁白的琴键,洁白的毒牙。她的嘴唇湿润,柔软,粉嫩。她顽皮地看着杂耍大师,但她的眼中却透着一种凶光。淫荡的母性柔情。

那个臭家伙甚至没有看见她!他干净利落地把自己的背包挂在钩子上。他谁也没有注意到,他什么事情也记不得了,他什么都不关心了。

然而，当他走过那张写有接待处几个金色大字的桌子时，阿纳托尔·多米尼克·万恰·沃伊诺夫先生不小心碰到了同事带电的胳膊肘。

就这样，吉娜再也耐不住了。

"咳，到底什么样子？快，告诉我。你到那里去过吗？你有没有去？"

教授睁大了双眼，不知道她说的是谁，也不知道她在说什么。很明显，说的不是他。可怜的家伙根本不明白同事疑惑的心态。

"滚开！"

这两个字呼啸而出，在淡绿色的空气中盘旋，似乎一直延伸到一只修长、白皙的玉手里。丝质的衣袖里，一只闪闪发亮的白色纸袋掉落在红色的桌子上。

修长、光溜溜乌木般的手指从纸袋里拿出一块糖——粉红色，长方体。接着，又一块——咖啡色，圆柱体，闪闪发亮。糖果，甜美的糖果！

一阵短暂的窃笑。吉娜开始飞快地啃咬那些毒药，嘴里发出嘎吱嘎吱的声响。

奥列斯特同志：

我最终找到了他。这个话匣子似乎不愿意和我谈话。他很客气地回答我的问题，试图尽快离开。自恋？我明白，对他而言，跟其他人一样，白天和夜晚被分成各个不同的时段：吃喝拉撒，做爱，看电影，睡觉，看医生。就这些，他并不是一个火星人。关键的问题是经济，这我知道。准确地说，人们经常忘记马克思的伟大发现：存在决定意识，而不是意识决定存在。资本家已经牢牢掌握了这一武器。这就是真正的问题，是中心点，我知道，这正是听诊器应该放置的位置。现在跟30年前不同了！重要的不是你想什么，而是你吃什么，如何付钱。我们都是国家的财富，因此，很容易找到答案。经济学的研究同样也包含政治学和心理学，这一点我知道。人类难以解决的伟大问题？在一个缺少纸张，甚至缺少卫生纸的地方？你还记得我给我们的记者提出的要求吗？高质量的报纸，能经得起时间考验的报纸，这就是我的追求！不要用尖酸刻薄的语言，这就是我想要的。你瞠目结舌。你不敢相信，我并不惧怕能够持续的报纸，换句话说，我并不惧怕我自己的行为。那么，你明白你在跟一个什么样的记者打交道了吧，我知道。没有哀号，没有抱怨，没有后退，这么多人都这样做。原谅我，我有些跑题了。跟那些趾高气扬的家伙见过面之后，我总是心情不好。相信我，他们的神秘故事一文不值。我知道，他们也是国家的财富。我还有其他的理由，真的。叔叔一连两个星期没有得到药品。我知道，他快要疯了。唯一的希望就在于你，你像往常一样介入。否则，没有人会尽职的，我知道。

每逢星期三，托莱亚总要留出一个小时的时间，他没有放弃自己的努力。下午，晚上，早晨，午饭时间，管它是什么时间：必须完成这一计划，不能遗漏。拨电话的次数达到60次，90次，100次，这要取决于托莱亚的拨号速度：急急忙忙，还是慢慢腾腾、晕晕乎乎；像一只刚刚爆发过心脏病的青蛙，还是像一只快乐的金丝雀，在房里不停地跳来蹦去。

他的眼睛盯着表盘：整1点！一秒不差。没人接电话，但托莱亚并不打算放弃。这是唯一一个有希望的地址，是他从那个模范协会弄到的，并且已经在电话簿上核对过了。唯一一个有可能的名字，同样，也是唯一一个有可能的号码。假如那个完美的残疾人一方面像新队员那样精力集中，遵守纪律，服从指挥，另一方面又如条文所规定的那样又聋又哑，那怎么办呢？咳，也许他身边有妻子，有姐妹，有仆人，或是儿子，他们可以接听电话。没人应答。假如那个大善人，那个诈赌纸牌的大骗子，不希望事情这样发展，那就什么办法也没有了：你不可能推动命运之轮盘。谁说你不可以：没错。如果你执着，你就一定能够成功。即使是那个隐形的家伙，他早晚也会厌倦的，最终会做出让步的。毕竟，他是依照我们的想象和我们的模样创造而成的，关于我们身份的那本圣书上面就是这样写的。至于另一个，邪恶的那一个，那个跟他分享游戏的家伙，罪恶王子殿下，双胞胎，杂种，咳，他也跟我们可怜的人类十分相像。因此，一次又一次，一千次过去了，我们能够改变我们的运气，改变我们的厄运吗？没错，奥克塔维安·库沙：他会给我们带来实情。他见证了那桩错综复杂的案子。除非他不会说话，除非找不到他。绝不可能轻易找到。

就这样，他开始拨那个能够产生奇迹的号码。

星期三的午饭时分，晚间，午夜，早晨：让我们迷惑敌人吧！甚至连失去记忆的时刻也不忘看在电话机旁，懒散地蜷缩着身体，室外，风无声地吹过茫然的空间，钟表匠的眼睑崩裂开来，心脏骤停的次数不断地增加。

正是在这样的一个时间隧道里，多米尼克先生突发了灵感。假如我上千次地拨打查询处，而得到的答案都是一样的：那个电话没有出毛病；或者，那个电话没有停机，没有作废，没有重新改号，那么，答案只有一种：无人应答。换句话说，这家人家不在家。干脆，我们去一趟，亲自去往现场。如果真的没有人，按理说，就不会有人来开门……

就这样，他做出了决定：星期三，打电话；星期五，登门拜访。啊，需要完成的几件事情一下子明朗了，本周的时间持续缩水，持续变短。有些人之所以开口讲话，原因就是他们感觉厌倦。电视机，爱国电台，消失的酒吧，禁止的纸牌游戏，被人遗忘的妓院，二手书，无力的反射，陈腐的话题——行动呢？个人的行动？某种行动也是必要的，亲爱的残疾朋友们，地下世界的同事们！厌倦？你什么意思，你厌倦了？！

所以，星期三在电话边度过，星期五亲临现场：前往伊斯德利亚的远征，炼狱边缘的那条大街可能就叫这个名字。从十字路口往下走，到达超市之后往右拐，一直走到新人类学校，然后，再往什么地方走一走，这样可以迷惑盯梢的人。

现在，多米尼克先生正在龙德车站等电车。车还没有到：乘客等啊，等啊，等啊。车来了，车厢里挤得满满的，连只苍蝇也塞不下了。等下一辆吧。一直等到两眼发直。一辆电车到了：乘客设法登上滑溜溜的台阶，到下一站的时候又上了一个台阶，未来就在手边，一个台阶，又一个台阶，天堂就在眼前，你已经到了门口，可以感受到旁边一个男人的肩膀，胳膊肘，膝盖，还有他急促的呼吸。就是这样，胳膊肘挨着胳膊肘，肩膀靠着肩膀。哼，那就在米哈伊·布拉沃下车，改变方向。这一次，刚刚等了一个小时，电车就来了，而且，里面空无一人——简直就是一个奇迹，乌托邦式的幻想竟然变成了现实。多米尼克先生在票上打了孔。一张票，两次行程——节约纸张。节约，节约，我们需要纸张来印刷海报，印刷报纸，印刷指令，印刷备忘录，印刷法规，印刷模范协会的密码。

在电车站，他换乘了一辆开往面包厂的公共汽车。然后，他按照手里那个小条上的指示，往回步行了大约100米，来到斯坎波罗商店门口。这家店关着门，今天盘点。他选择了右手的一条小街，一直往前走，走到一栋灰色的老公寓楼前停下脚步。他沿着楼梯走到二楼，摸索着寻找电灯的开关。他按了一下，灯亮了，但十分昏暗。没错，现在，他能看清脚下的路了，再走一步就是8号的大门。

他按住门铃，听见门里面发出的叮咚声。三声长音，一声短音，接着又是一声长音。没反应，没有，没有脚步声。再来一次，长，长，长，短，长。寂静，空旷。他等待着，耐心地等待，但没有人，没有人来开门，那个面带笑容的撒旦并没有现身。没有动静。他退后一步，再次打开了楼道里的电灯。灯丝发出微弱的光芒，他可以看清通往大街的楼梯。他小心翼翼地摸索着向下走。到了大街上，到了斯坎波罗商店，公共汽车站，公共汽车，电车站，电车，又是大街，又是商店，又是电车。冒险，每天的远征。足以触及现实的边缘，这里，一切都将膨胀，都将滑落，都将溶解——巨大的虚无，灰色的，灰色的，像沼泽，像巨大的牙龈脓肿。星期五以失败告终，还有下一个星期三。电话机旁守候一个小时，只是发起战争之人事先计划好的时间。他半心半意地拨着号码，1次，10次，80次。

即使上帝隐身于什么地方，又聋又瞎又哑，可他仍旧是一个人。否则，他怎能应付呢？如果你在恰当的时刻抓住他，那时，他真的满腹厌倦，或者心中充满了怜悯或是憎恨——那么，真是奇迹！奇迹发生了：你成功了。咔吧一声，火星儿直冒，电话线的另一端传来了声音。一意孤行，喜好嘲讽，善搞恶作剧。1次，3次，60次。什么也没有。那边就是不肯应答。星期三，天上飘着雨。窗户外面一根树枝，湿漉漉的。拿起一只苹果，啃了几口。左手握着苹果，右手继续拨动命运的轮盘。把手伸出窗外，也许，我们可以抓住现实；也许，我们可以理解现实，成为现实。一阵头昏——这就是现实。我们用尽最后的力气，我们为机会祝福："但是，但是，也许，也许。"一切都已消失，一切。听筒搁在一边，在桌子上。他用右手拨着号码。那个又聋又哑的密码。他左手握着那只苹果。第39次拨号码。电话响了：炼狱的钟声犀利刺耳，穿透了覆盖在上面的绿色玻璃墙壁，光亮透明的崭新屏障，成片的腐烂物质和磷光物质在上面生长。谁也不想打扰它们的休息和冬眠。谁也不想辨认出他自己的名字，或是他自己的声音。谁也不想搅动那片冷漠的沼泽，它吞噬了声音，行动和情感——还有感觉，上帝保佑！

机会完完全全地关闭了自己的大门，将一切向后延迟。它捉弄雨水，捉弄那个罪恶的家伙，但它得到了什么？一切都是浪费时间。他的牙齿啃咬着柔软的果肉，他的眼睛向上看，向上看，看着头顶上那片不透明的天花板。星期五，瓢泼大雨。接待员万恰撑着一把巨大的雨伞，离开了旅馆。整座城市湿漉漉的，显得小了许多。电车拖着冰冷的、长长的车厢，慢慢吞吞地驶过街道，发出阵阵低沉的金属碰撞的辘辘声。生活——无数身体连接在一起，构成了一个巨大、厚实、拧在一起的物体。每到一个车站,部分物质剥落下来,新的物质融合进去。右边男人的胳膊肘和前面女人的围巾之间,一个望远镜般的口子打开了,流行偶像麦当娜的脸合着电车醉鬼般的节奏摇晃着。万恰的视网膜捕捉到一张白色瓷器般的脸,受伤的表情,长长的睫毛,黑色蝴蝶在舞蹈。他想动一下,以便能够看清她,以便能够捕捉到整张画面,看看她的手臂,她的胸脯,她的脖颈,但是,映入他眼帘的也只有这个类似彩虹的大纪念章,一切仿佛在梦中。他忘记了下车,任由自己被挤压,推到东,又推到西,融化在那个巨大的身体里。当他随着人流来到大街上的时候,他清醒了。他恢复了理智,私下找寻那个少女的踪影,但是,放眼望去,到处都是皱巴巴的帽子,破旧的背包,以及人行道上一簇簇的纽扣。为什么我要躲避牢狱?为什么我没有勇气走进去,把自己关在那里?为什么我们大家都那么胆小,没有勇气瞬间把监牢填满?监牢里人满为患。人满为患,没错,接待员看着周围拥挤奔忙的人群——疲倦的、不知疲倦的,他嘴里嘟囔着:让那一刻到来吧,这是另一个时刻,在聋哑人格列佛巨型的黑色脚后跟把涌动的虚无全部踩碎之前。

他吃力地迈着步子,两条腿极不协调。他登上一辆公交车,一辆电车,又一辆电车,又一辆公交车。他来到一栋破旧的灰色房屋前,昏暗的楼道,黑色的大门。然后,原路返回:眩晕、疲倦的旅程。他的身体不时地颤抖。他醒了,看看表,看看钟表提供的时间。他又一次发现,星期五,这个时间不仅存在,而且沿着痛苦的显示屏疾驰,最后摔了个粉身碎骨。我们为什么不选择晴朗的天气蜂拥到牢房里去?我们为什么这么谨慎,这么过于谨慎?小学生万恰不停地嘟囔,直到他脑海里浮现出那个一直在寻寻觅觅的句子:"当你把所有的时间都用于等待,即兴的表演看上去像是灵魂的拯救。"所有的时间都在等待，等待，即兴的表演，灵魂的拯救。即兴表演可以拯救我，拯救我，拖迟，后延。为什么我们不立即填满牢狱，拯救，拯救，少年托莱亚嘀嘀咕咕，摇摇晃晃，屁股下面是那辆少年时代的自行车。他一脸的茫然，嘴里不断地重复着："即兴，拯救，拯救。"他的声音中透着一种谦逊，一种世俗的感激之情，这么些年以来，它们已经消散在虚无的各个角落。

然而，他还活着，还生活在干燥的春天，生活在炎热的太阳下，生活在市郊恶臭的灰尘中。市场还没有散，疯狂的举动还在继续，还在不断地影响他。瞧，他已经找到了某个可以使自己不断忙碌的理由，某种属于自己的疯狂——固定的时间，固定的日子，反反复复，但始终属于他一个人。

又是一个星期三。他埋伏在电话机的听筒旁。又是一个星期五。到现场去，追踪幽灵。他非常希望能够增加这种徒劳行为的频率：更多的时间，更多的日子；所有的时间，所有的日子。

但是，今天是星期四。手表上的日历就是这样显示的。这个令人怀疑的太阳称作星期四。在星期五到来之前，还有漫长的岁月。

他等不下去了。他需要一种刺激，需要借助某种方法逃避精神上的紧张。现在，最好就现在。身处在这个被称作星期四的锥体容器里，他有一种发烧、窒息的感觉。他匆匆忙忙，他精疲力竭，他摇动着手中的骰子，他使劲儿地捏着它们，他要控制最后的结果。他焦虑、盲目；恍惚中，他做出了决定：使诈。荒谬本身的神秘特性使这种新的诡计成为可能！有必要在有限的范围内打破常规。瞧，结果出来了。今天不是星期四，今天即将成为星期五。

今天是星期五，明天同样也是星期五。我们可以将日子提前，但没有意义。仍然是星期四。午饭时间，充满着炎热与疏漏。

奥列斯特同志：

你是对的：相比之下，蘑菇夫人知道的比她说出来的要多得多。每一次，维尔京·韦图利亚都会装出一副无知的样子。但是，当她把家中通往卫生间的那扇门推开一条缝时，她立刻活跃起来。扮演着肮脏的兴奋剂角色，这一点我明白。我一直跟她说，她不会对任何人造成任何伤害，而且，她自己或许还能得到某些好处。流言蜚语和道听途说是交流的一种艺术，是我们国家的一大特色，是一种提高智力和谈话风格的流行做法。我知道，它还可以使人保持高度的警惕。那些让人大惊小怪的都是些什么消息？一封闲聊式的书信，就这些。内容类似民间传说，关于工作单位和家庭关系，经济困难、性伴侣的选择，以及个人和群体间的紧张关系，都是些肤浅的研究。被压抑的躁动，这是我的看法。妒忌、恐惧、快乐——都是些污秽不堪的内容。但是，我们那些善良、爱好闲聊的人民对情节不感兴趣！证据：没有人被逮捕。现在，你不会因为像大伙儿那样收听外台，或是因为饮用从投机商手里买来的咖啡，或是因为嘲笑国民的高度戒备之心，或是因为和隔壁的女人偷情而锒铛入狱。此外，我们这个时代真实的历史绝不可能出自某个大脑不正常的自恋狂之手，那些崇拜他的傲慢之徒也达不到水准。经得住时间考验的笔墨应该为那些经得住时间考验的档案而准备。只有在那些文件里我们才可以重新发现我们时代的漫长进程。我不否认，年轻人拥有健康的本能、常识，以及谦卑的态度。但是，我们还是回到蘑菇夫人汇报的内容上来吧。她一再坚持说，那些阿拉伯学生从不谈论政治，他们更感兴趣的是爱情。如果他们有硬通货，或者，有香烟、化妆品、洋饮料，那么，爱情就唾手可得。他们中有些人甚至用这些东西换取考试的分数。她说，她绝对没有从那些跟她有接触的外国留学生手里获取色情录像带，并加以传播，一次也没有。实际上，她根本不知道有这些东西存在。这实在让人难以相信，因为，那个网络的源头就在外国留学生公寓，对此，布加勒斯特的群众都有耳闻。此外，还有她那老态龙钟的丈夫，他的研究工作进行得如何？蘑菇夫人举起她那只胖胖的小手，做了一个疲倦的手势。意思是，那些研究一钱不值。孩子般的狂热，起不到什么作用。她渐渐地活跃起来，给我拿来了香烟、威士忌和巧克力。我知道，她完全失去了控制。你知道我离开的时候这个小老太婆嘴里嘟囔了些什么？"年轻人，别把我们今天谈话的内容告诉任何人。"这就是临别的时候她说的话！你能相信吗？我知道，我们的同胞仍然保持着幽默感。幽默，但对其他事情一无所知。

又及：我要求她两天后再跟我碰一次头。这一次，我们选择一个第三方的场所：某个挂名的公寓，上午家里没有人，而且，他们什么也不知道。周围那么宁静，一切都是那么普通——足以使你呆若木鸡。两次见面之间间隔的时间非常短，况且，她还没有习惯这个地方。如果她仍然不肯揭发安拉那些行过割礼的孩子，至少，我可以打探出一些有关我们国家那些行割礼的少数民族的情况。犹太教徒对公寓被烧，住户遭遇袭击，以及那个疯女人养的小狗小猫是怎么议论的？恐惧、屠杀——这就是那些髭毛嘴里喊叫的内容吗？那个脾气乖戾的夫人肯定要昏过去的，一点也不夸张。我乘胜追击。旅行推销员往海外发送了什么紧急求救信号？他们大声呼喊，他们有危险，必须得到救援，是吗？那个可怜的老太太什么也不知道：她从未遭遇过此种境遇。这对她而言太困难了。我失控了。但是，关于摩西的情况呢？我指的是加夫通同志，她的丈夫。还有她家的那个房客，那个对男人、女人都感兴趣的教授，那个教名叫托莱亚的老话匣子？他到底是个什么样的人？她完全困惑了，甚至连话都说不出来。我步步紧逼。别告诉我说，甚至马尔加……马尔加医生也是马古丽斯或者迈蒙尼德之类的人？我无法相信，他竟然……到那里去的还有些什么人，嗯？夫人，他们为何拥有地道的罗马尼亚名字？为什么会这样？他们为什么不把自己的那个小玩意儿拔出来让我们一看究竟？我提出这个问题的时候，刚好赶上她眩晕发作。别逗了，托马同志，你在说什么，托马同志？咳，你知道，在我们国家，性生活方面的问题是那么……那么……夫人，我们讨论的不是这类事情，别装傻了。男女同胞在此方面的欲望，我们都明白，但这并不是我们感兴趣的。他们为什么要隐瞒自己的身份？——这才是我想了解的。自然，你应该知道原因，因为你就住在那里。咳，托马同志……马塞尔说，同化……在过去的时候，即使这样，他们也不会被接受……但是，现在，现在……马塞尔说——你知道马塞尔说了些什么？好吧，那个弱智的马塞尔究竟是怎么说的？我在心里不断地问道。马塞尔说，现在，我们都变成犹太人了，我们都被——压迫，那个侏儒本打算这样说的，但是，她用手捂住了自己罪孽深重的嘴巴。我立刻做出了反应。我说，咳，并不是大家都是犹太人，不像你丈夫同志说的那样。就算我们过去是，我们现在不是，我们不是犹太人，不是吉卜赛人，也不是野蛮的匈牙利牛仔。听了我的话，那个老太婆唉了一声——所有的气体都从她的胸腔里迸发出来。她看见了魔鬼——她彻底垮了。她没有再说一个字，只是低头看着自己的鞋子。她尿失禁了，鞋子湿了，变了形。我知道，她不再呼吸。受到惊吓——假如他们忘记自己是谁，这就是他们的下场！小小的斥责可以引发巨大的威力。毕竟，人民群众拥有健康的本能和常识，我明白。

多米尼克不是马尔加医生的病人。不，他不是。极有可能，他们遭遇过那种不合时宜的会诊，而那种场面双方都没有十足的准备。或许，马尔加医生在这位年过半百的糟老头子身上依旧可以找到往日那个腼腆少年的影子，就是他旧时的朋友米尔恰·克劳迪乌的弟弟。

一天早上，万恰教授带着自己的问题出现在马尔加医生的诊室里。他试图向医生解释他被开除的原因，以及强加于他的那场审判的黑幕。他的问题唤醒了医生的恻隐与友善之心。医生决定帮助这位被抛弃的人摆脱困境。换句话说，帮助他离开外省，到布加勒斯特来；帮助他找个工作，找个住处。医生不打算刨根问底，不打算一味地扩大他向自己坦陈的那些事情，也不打算给他开任何处方，因为他目前的状况还算不上精神有问题。他从不提及那些令人不愉快的事情。尽管如此，他还是把每一件事情都做了记录，这很正常。他是一位心地善良的心理医生，是那些心灵受过创伤的病人的良师益友，是一条披着人道主义外衣的恶狼。那些道德败坏的职业医生无须多言，就可以轻松地判定哪些人即将成为他们的病人。他们站在窗前，欣赏室外的风景，心不在焉地点燃他们的烟斗，但实际上，他们同时也在密切注意任何一个细微的差异，因为这往往就是泄露心底秘密的关键所在。他们留意病人的语调，留意病人话语的顺序，甚至还偷窥病人的双手以及眉毛的运动。病人的胡子修剪得如何，或者，他们因为某种原因脖子里围着一条夸张的红色围巾，这些也是医生注意的范畴。

不，医生先生不仅没有提及教授被校方开除的丑闻，而且也没有坦陈，正是因为这个原因，他们才有今天这个重逢的机会。也许，他不想让别人感觉自己言行不得体，否则，人们会认为医生在大肆渲染自己的丰功伟绩。

然而，在病人的陈述接近尾声的时候，医生一边观察，一边记录，脑子里还在进行各种各样的联想。这次秘密会诊给双方带来的压力隐藏在那种警察办案时所采用的千篇一律的对话中。医生既没有设法摆脱这种压力，也没有提及少年时代的那一次事故，但是，在他的脑海里，他时不时地看见那个学生的自行车突然撞向那个模样难看、步履蹒跚、病歪歪、身着绿衣的老妪，耳畔时不时传来其后的岁月里万恰家族所遭遇的诅咒。他没有逼他描述万恰死亡的片断，没有问及迪达在什么时候，在什么地方，是如何离开这个世界的。他甚至没有谈到他的老同事米尔恰·克劳迪乌和他的德国老婆——那个处在发情期的冷艳佳人。不，马尔加医生拥有一颗金子般的心，上帝慈悲，他一向行为谨慎，亲爱的，这是他虚伪的誓言所要求的。一个可爱的兄长，老马尔加！身穿号衣的蹩脚艺术家巴济尔是他的男仆，热尼女士负责他的饮食，她有救济品，有小猫，她还擅长装腔作势。此外，他偶尔可以从小丑托莱亚那里找到乐子，这是治疗精神病的良方：让我们一起照顾我们优秀老医生的吃和穿，满足他的幽默需求、脆弱的灵魂、娇气的肠胃和精美的钱袋。他所关心的只有索尼娅。他在门口碰到一位傲慢的绅士，那人自我介绍说，他的父亲是马尔库·万恰——哲学家，后来成了酒商，他的母亲是怪异的迪达·沃伊诺夫，他是他们的小儿子。打那一刻起，医生开始不停地打听索尼娅的情况。就是那个时候，是托莱亚第一次登门拜访的时候。他想知道索尼娅是否真的嫁给了那个身材魁梧、爱好争执的预言家。多米尼克一言不发，他的沉默给了医生一个肯定的答复。是的，嫁给了那个马图斯——好像他什么都已经知道了。数年来，他们在沙漠里风餐露宿，索尼娅在帐篷里生下了他们的第一个女儿，马图斯被弹片击中，受了伤。啊，他们假装早已安家落户，医生含混不清地说着，努力避开客人那双探求的眼睛。没错，没错，我听说，他们过着一种探险家的生活，住在帐篷里，经受着炎热、风沙和枪炮的考验——说到这里，他笑了，一丝淡淡的微笑。她很可能还是那么漂亮，他嘟囔着。当五十几岁的少年正准备向他打听那个名叫奥克塔维安的家伙时，他突然补充说，在那些日子里，她把我们大家的魂都勾走了。当然，马尔加感觉到了危险。他抓住他的肩膀，把他带到屋内，不断地问他问题：中学里的丑闻、审判、开除。后来，不到万不得已，他再也不提托莱亚拼命回避的那场道德和政治审判的内容了。他不是以医生的身份跟他谈话，不是，而是作为一个朋友，你听见吗，一个朋友！现在，作为一个朋友，他试图强行把伊里娜塞给他！不是一个医生——而是一个搬弄是非的朋友，你听见吗？

近来，他谈话的主题总是离不开伊里娜。这个人道主义分子在期待什么样的奇迹发生？弗洛伊德式的心理医生在希望什么？想听到什么？为什么他不再需要伊里娜？或者，为什么他不再想要她？或者，其他什么？长期以来，当人们知道自己不再是异类的时候，他们的思维方式都趋向一致了吗？——我们体内的异类分子被迫承认它是异类吗？对于它的身体而言，而不是对于它年迈的灵魂和土里土气的大脑？惧怕自己的身体？是的，聪明的马尔加有可能会问同样聪明的问题。

医生先生，这就是我们青少年时期所具有的那种神秘的腼腆，那种我们再一次从那些接近青春期的少年身上发现的腼腆吗？医生，一种潜在的能力，一种颤抖？不正当的同志情谊，它创造了自身的残酷，但却没有失去那种朦胧而强烈的和弦，没有失去4月给人们带来的那份音乐般的陶醉。4月里，春天的迷幻剂把火焰注于我们疲倦的血液之中。我们依旧年轻，是的，上帝！仿佛我们对那个即将遭遇我们撞击的丑老太婆一无所知，仿佛我们仍然可以牢牢把握自行车的车龙头，仿佛那个谎言，那个允诺，那种幻觉——情节剧中年轻人的自行车队被称为什么——可以直面太阳和月亮，仿佛，仿佛……奥列斯特那个魔鬼根本不存在，或者，特兰齐特妓院，或是黑暗记忆的面具，也没有存在过。医生，我们不在乎：你们的那些规章制度我们嗤之以鼻！贺雷修斯兄弟，与那些治疗规程相比，与你那颗接种过疫苗的灵魂相比，痛苦给我们的快乐更加简单，更加复杂。我们的世界快要窒息了，因为到处是那些潜伏在暗处伺机扑杀猎物的猎人。在这个侏儒般的世界里，这就是非法的魔力吗？比其他的一切都更加的简单，更加的复杂。

这一时刻终于来临。多米尼克突然决定和他兄长的这个朋友好好谈一谈。医生也是他父亲的朋友，而且，他在他面前也以朋友自居。

他会出现在那间深不可测的房间门口，他虽说有些匆忙，但主意已定。

本来可以在晚间去顾问马尔加的府邸拜访，但他等不及了。他要直接到医院去，去那个人满为患的诊疗室。那里，历史每一天都在撰写它极具嘲讽的报告。最终，他会把一切理出个头绪……那场事故，那个被骑自行车的少年撞进医院的老太，万恰之死，未来模范聋哑人协会，那个名叫库沙的新人，那个魔鬼摄影师奥克塔维安·库沙的鬼魂。跟那个中学老师万恰·沃伊诺夫有关的道德丑闻。那些在旅馆跟接待员万恰·沃伊诺夫一起工作的警方线人。韦图利亚和马塞尔——流浪者万恰·沃伊诺夫的邻居。每一件事情，一个不漏，直到医生最后说出那个可以帮助你在芸芸众生之间苟活下去的良方。那些人叹息着,相互竞争,吞噬着同伴,秘密监视同伴的行踪,最后把同伴埋葬,这样,他们壮大了自己,不断地壮大,他们赖以生存的狡猾伎俩越来越完善。没错,他做好了准备,他已经下定了决心。快,快,直接去诊疗室,去医院。

"出什么事儿了?怎么了?"

"嗯……没什么。"

"真的?"

医生肯定会摘下眼镜,会用手揉搓额头和眼睛。他会睁开那只健康的右眼。他会闭上左眼,那是一只玻璃眼睛。他很疲倦,非常疲倦,他会把眼镜重新戴上,再一次抚摸前额。他会对助手打个手势,那个名叫奥尔坦萨·特奥多休的女警察——老板吉克的老婆——会离开房间。

"也许,你想住院?你需要证明,需要处方……"

"别提证明的事儿!你在说些什么?我来的目的很简单:在贝德兰姆这个漂亮的司令部里迎接春天。"

多米尼克会把双手放在桌子上,旁边就是马尔加医生那双肥胖的手,他的手指甲在美甲店里修剪得非常到位。准备……呸!你来的目的就是忏悔!假如说你曾经有兴趣的话,当你跨进门槛的那一刹那,你的兴趣荡然无存。他来的时候,做出了何种决定?就这些,你唯一能做的事情就是掌心向上,长时间地思考,努力地思考,思考那些复杂的命运线条。

"我来,我来是为了看看你的眉毛。我想找出那个隐藏的秘密,那个记号,你眉角处那块无形的伤疤。"

面对这种挑战,医生可能不会作答。他仍然不明白这是怎么回事。一个玩笑,一个白痴般的玩笑,疯子嘴里说出的令人惊讶的话语。然而,他会很紧张,紧张地把自己的胖手从桌上拿开,放在被白大褂遮盖的腿上。

"我梦见一封信。"

"什么信?"

"单身汉的信。那个可爱的男孩的信。你知道,那个傻瓜。先生,一定是他写的,不管他叫什么名字,一定是他。奥克塔维安,那个幽灵奥克塔维安。我站在路灯下面,出于好奇,打开了那封信。我不知道这封信是谁送来的。但我敢肯定,一定是那个老单身汉写的。信是写给父亲的。谁送来的——你知道。"

医生虽然面带微笑,但已经疲惫不堪。他会从口袋里拿出一块手帕,然后忘记自己为什么要掏出手帕,当然,他精疲力竭了。尽管如此,他什么也不愿意多说。他没有办法回避话题,他知道,眼前的这个疯子非常执着。他们会长时间地相互对视,寻找解决方法。那就是:接受谈话,把这个疯狂的恶作剧进行到底。

"不管是活是死,我们都要把那个老单身汉揪出来。这是生活在布宜诺斯艾利斯的那个绅士的愿望。这是他想看到的。罪恶,罪犯,复仇!这是完整的剧目,全部的内容。此外,我还想进一步,我想说:我害怕,我害怕真相。我对背叛的恐惧不亚于对真相的恐惧,反之亦然。"

"什么真相?"

"那个我很久以前就感觉到的,我始终有这种……"

"我不明白。"

"好吧,亲爱的先生,我们摊牌吧。"

"别开玩笑了,我的孩子。好吗?"

"好吗?"

"什么信? 哪个老单身汉?"

189

"那个记录别人谈话的家伙。那个虚无主义者。那个老单身汉。那个可爱的男孩。那个结巴。因为他全身心地投入一场爱情之中。他感觉自己即将失去心爱的人儿。因为那个传教士来了,把姑娘带走了。接着,砰!孤注一掷。一封伪造的信件。一个造假者。他不仅模仿那些口号,还模仿他们的笔迹,模仿他们那些文盲一般的作品。那些绿色的老标语围绕在弯曲的十字周围。勇气,是的。一封匿名信,但是我们都签了名。他的签名字迹模糊,难以辨认。在他的签名上方,是那个由三个部分组成的头颅。"

"什么头颅?哪三个部分?"

"三头标记。光有一个十字是不够的,还应该有一个三头标记。他的身份就是这样被泄露的。但是,父亲没有对任何人说起此事。他很担心,他身边的一切都开始变得黑暗。是的,平静的下面隐藏着黑暗。似乎还有一抹模糊的微光,这是希望,它在你忘记自卫的情况下闪现出来。父亲担心的就是这个:表面的平静。在平静的下面沸腾着古老的危险。你知道我的意思。在没有道德的地方,甚至连腐败也不能解决问题。一个没有原则的社会:它一方面摇晃着道德的大旗,一方面将你脚下的基础砍断。四面楚歌。在这种疯狂的状态下,腐败也没有用武之地。父亲无奈之下开始做酒的生意。他是一个哲学家,却只能依赖这个行当,依赖软弱、邪恶和腐败。那个恋爱中的男人说话结巴,报复心极强。只有他听父亲谈起过麦克罗比亚斯,左丹奴和那个三头标记。父亲是哲学家,对那样的事情非常着迷——你是知道的。"

"又来了,开玩笑吧。"

"抱歉,这是梦幻,不是玩笑。我是谁?一个小孩子?"

"好吧,好吧。你想对我说什么?别兜圈子了。托莱亚,你究竟想跟我说什么?我有一种预感——如果不是,那我们应该走了。时间不早了。"

医生此时应该会开始整理自己的衣服和眼镜。

"托莱亚,我不明白你到底想要什么。我现在要回家了。我要走了……托莱亚,今天对你来说很糟糕。这就是你的问题:你总是过得不开心。固执,固执,不开心的日子,相信我,这是你的缺点。"

"可爱的男孩有能力应付任何话题,是吗?听着,可爱的男孩有能力应付任何话题,不是吗?在吵架的那个晚上,父亲收到了那封信,他明白即将到来的危险。你跟我们家人见过面,但只有我了解那封带有威胁性质的信件。只有父亲和我,你懂吗?听上去是可能的,不是吗?我亲爱的先生,你承认它的可能性吗?来吧,快承认吧。假如你爱我,假如你真的在乎我,那么,大肚子先生,你就承认吧。我们共同假设一下,在信笺的上方,或是在签名的上方,有那个三头标记。对了,信封上也有。"

"这又怎么样?你到底想说什么?你在编故事——漫无目的地乱编。"

太晚了。医生对自己的评论有些后悔,他想在门口停下脚步,转过身,安慰眼前的这个疯子,但无济于事。托莱亚先生不会再有说下去的愿望了。假如他没有这种感觉,那至少他是无话可说了。他已经精疲力竭了。

就这样,失败——又是一场失败。失败就发生在我们即将发现那个奥克塔维安同志——模范协会的模范摄影师——的那一刻;发生在我们最终做好准备去检验那个慈善医生的慈善之心的那一刻,告诉他,试图把生命女神伊里娜塞到我的床上,试图重新修理我们,让我们与这个世界合拍,这一切都是徒劳的。我们以为自己有能力提出关于过去的独创设想,过去,还没有完全过去的过去,然而,就在这时,电池没电了。瞧,想看到医生吃惊的模样,但这一愿望成了泡影。愿望消失了,没有任何补救的办法。

茫然的眼睛,冒汗的肢体——电池没有电了。这就是我们的问题,人称托莱亚的阿纳托尔·多米尼克·万恰·沃伊诺夫:我们的日子不快乐,就这些。

茫然的眼睛,耗尽的电池:对乐趣、游戏,以及娱乐的渴望全都化为乌有。狼到来的时刻降临了,灰色的时刻,侵略即将发生。夜色从各个方向向我们包围,隐形的麻风士兵向我们走来。很快,他将被癫痫般的颤抖所围困,他将无法将其摆脱。邪恶的天空,霹雳阵阵,地上的高墙再次叹息、发狂、摇晃,屋顶在黑夜的轰鸣声中再次跳跃、抖动;窗户在恐惧中发出叮当的声响。

创伤来自地面,一场类似三年前的地震发生了。就在那个春天的晚上,天空清澈见底,地壳突然开裂,将沼泽中的瘟疫抛向空中。就在昨天——三年前,好像三百年前,或是三个晚上之前,或是从未发生,就像现在。一个凉爽的晚上,天空万里无云——就像现在。新鲜、宁静。托莱亚走到窗前,看着外面的世界。一条整洁的街道,空荡荡的。一个年轻人一瘸一拐地走着,他走得很慢,前面是一条长毛的阿富汗猎犬。这是一条表情严肃、气质高贵的金毛狗。寂静的街道,沉睡的街道。完全恍惚的猎狗,瘸腿的男人,穿一袭厚厚的黑色羊毛斗篷,几乎垂至脚跟。

他在屋里转过身,又看着眼前的图书馆。高墙之内到处是摆满了图书的架子。那个老律师,曾经是哲学家—酒商马尔库·万恰的朋友,曾请他上门来看看自己的图书馆。他的妻子不久前去世了,这个退休的老者想把自己的藏书全部卖掉。他想到了托莱亚,他知道他年轻的时候是个书痴，而他自己当时也以律师的身份参加了那场自行车事故的不幸的审判。

的确是一个不错的图书室。包在昂贵皮封面里的老图书，一整套法国古典著作，还有著名的德国和英国书籍，哇，是的，第一版斯拉夫语的《圣经》。真是奇迹，这些书在斯大林执政的时代竟然没有被没收，那个时候他是完全有可能遭遇到大麻烦的。托莱亚建议他联络马尔加。也许，他不仅是稀有物品的鉴赏家，而且他还和医生阶层联系甚密，那些人仍然很富有，谁知道呢？没准，他们还跟不景气的文化部门有联系。但是，当律师听见那个医生的名字时，他做了个不快的手势。显然，他认识马尔加；他们在一起玩纸牌很多年了。不，他不喜欢那个只有一只眼睛的医生，他打牌的风格过于谨慎。"这么多书。只有一只眼睛——想象一下。"老人嘟囔着，因为厌恶而情绪激动起来。"就是有两只年轻的眼睛也无法欣赏这些宝贝。"托莱亚并没有放弃自己的想法，他坚持说，马尔加是一个可行的选择，即使他一个人不能全部买下这些书，至少他可以帮忙寻找可行的买主。就在这时，老人突然想起来自己每天晚上必须服用的药丸，他急匆匆地走进厨房，去泡茶。"我也给你准备一杯。非常特别的茶水。一种高级的印度茶——真的很特别。它可以创造奇迹。有时，它可以创造出令人不舒服的奇迹，相信我。"藏书家嘟囔着朝厨房走去。托莱亚利用这个时间打量着那几面超高的墙壁，以及那些耀眼的金色书籍。然后，他再一次来到窗前。男人和猎犬已经走远。高贵的猎狗，锥形的脑袋，博学的鬓毛在春天的夜风中舞蹈。紧跟在它身后的是它的同伴，黑色的斗篷，有节奏的跛足。

突然，画面粉碎了。窗户开始摇动，墙壁开始震颤，一切都处在震荡之中。托莱亚朝着大门的方向跳跃——砰！厨房里，托盘和茶杯

193

摔落在地板上，啪！顷刻间，装有书架的那面墙壁连同所有的书籍一起垮下来，一步之外，感觉像是爆炸。一次令人惊叹的逃脱！哇！一步，一秒钟，窗户当啷当啷作响，墙壁摇晃，桌子，椅子，还有电视机，都在劫难逃。老人已回到房间，面色苍白，浑身颤抖。突然，他痉挛般地伸出骨瘦如柴的双臂，一把抓住托莱亚的外衣："快出去，快出去，地震了。"单元门已经开始摇晃，楼梯的墙壁，地板，窗户，居民，是的，人们已经来到了大门口：叫声，呼声，哭泣声——楼房爆裂，砖瓦坍塌。他们蜂拥至门口，冲到东，冲到西。"跟1940年一样，大地震。"老人的话语模糊不清。他们俩此时全都卧倒在地上，不知何时是尽头。"到房梁下面去，必须到房梁下面去。"小个子老头儿紧紧抓着早已裂开的门框。房梁也即将倒塌，地板，柱子，一切都在猛烈地摇晃，打击仍在继续。房屋的框架继续开裂，砖瓦继续掉落。这是一次长期的、灾难性的打击，从一个角落到另一个，令人疯狂，令人眩晕，摇滚，摇滚，没有尽头，长时间的，长时间的恐惧，没有尽头。永远不会停止，永远不会，不会，不会，还没有停止。不，结束了，好像结束了。"快，快，到楼梯那儿去。"老人嘟囔着。"等等，我去拿我的外套。我必须拿我的外套。"他们一把把各自的外套抓在手里，沿着楼梯向下飞奔。楼梯过道上已经散落了不少砖瓦碎片，还有衣物等。他们来到大街上。他们得救了。他们跳跃，他们奔跑，楼梯，大街，是的，他们现在在街上，他们安全了。我们的救世主，至高无上的救世主，感谢上帝，我们获救了。皱巴巴的衣服，死人般苍白，但却又十分警觉的面孔，街上到处是幸存者。因为寒冷，因为激动，他们不停地跺着双脚。街道上瓦砾成堆，人们聚集在一起，东奔西跑，匆匆忙忙，但却不知道该去何方。乱了，大家好像在突围，仿佛这场灾难也同时意味着某种解放，因为大家不可能再次返回倒塌的住所，他们最终被迫重新相互发现。他们失去了掩蔽之所，失去了保护，但同时也摆脱了高墙的束缚。他们自由了，成了游牧民，尽情享受着重新获得的那个平凡的夜晚。"那个精力充沛的女诗人就住在这里。"老人说着用手指了指一栋已成废墟的高楼。"我以前在酒吧工作，跟她父亲是同事。你瞧，这是香水铺子，毁了，化为尘土了。"

他们离开圣扬努，朝大学的方向走去。人行道上，潮涌般的人群来来往往，风穿过瓦砾的间隙，扬起阵阵尘埃。退休老者在外交官旅社前停住脚步。"没有用的，我走不动了。这种全民的歇斯底里对我没有任何好处。"没错，周围的人们处在激动之中，他们手舞足蹈，高声喧哗。他们的手势，他们的声音，不可抗拒地膨胀着。整座城市似乎处在大围困的前夜。无家可归的居民发动了暴动，这场暴动对城市的影响比刚刚结束的大灾难还要大。"不，没有用，我实在受不了了。我最好还是去找我的姐姐。德鲁穆·塔贝雷，她就住在那里。"托莱亚试图劝说他放弃这个念头：天太晚了。公共汽车已经停开了。像这样的时刻，街上小偷很多。但是，老人主意已定。他想知道姐姐的情况，因为在城镇的新区，那些由社会主义分子建造的房屋全部都有可能倒塌。"这是一场可怕的地震，你知道。比40年代的那场地震还要可怕。它持续的时间更长，非常可怕，真的。"就这样，托莱亚和老人一起前往德鲁穆·塔贝雷。老人是他过去接受审判时的辩护律师。

那个地方很远，走了大约一个半小时。陌生的街道人声鼎沸。他们离开市中心，但人们的激动情绪并没有减少。一种爆发性的梦游使那些被迫离开家园的人们精神恍惚。他们的房子毁了，无法预知的未来和死亡威胁着他们。政府突然之间消失得无影无踪。很显然，人们非常开心，没有人告诉他们该做些什么，但同时他们也像孤儿一样感觉十分震惊，因为他们此时无法恢复理智——唯一的现实，重生的今天，瞬间变得反复无常，变得凶残暴戾，必须迅速抓住眼前，但不知该如何行动，有爪子，有嘴巴，有眼睛，也有大脑，被啃咬，被口水玷污，被蚕食，被吞噬，被消化，被灭绝，走进荒原，就这些，一个时刻，一场地震，我们没有权利浪费这个时刻，因为，很快，那些销售商和海关官员就会返回。"听，他们在说什么？"这个书籍收藏者竖起耳朵，喃喃自语。"没有广播。电台仍然没有报道地震的事情。你看，他们已经感觉到缺少权威的困惑。的确需要有人告诉他们发生了什么事情，告诉他们应该做些什么。"经历了漫长人生岁月的老者看上去异常镇定，丝毫没有受到他人的影响。他只是不时地调整自己脸上的那副金边眼镜，不时地拽一拽自己的兜帽——像一种锥形的黑色羊毛袜子。的确，他呼吸有些困难，他的背弯了下来。但是，他坚持走完这漫长的旅程。尽管遭遇了打击，但他没有丧失自己乐观的情绪。"想想看，两个小时过去了，他们还是没有勇气公开承认：发生的这场灾难是他们无法控制的。这是一场无法避免、无法预测的灾难，是对他们能力的挑战。这是大自然对他们发动的一次突然袭击。大自然仍然存在——可怜的官员们全部被惊呆了。他们瘫痪了，相信我的话。"他不断地打着喷嚏，这说明了一个问题：他处于一种特殊的状态之中。每过几分钟，他把头埋进毛翻领里，那是一件宽大的衣服，很旧了，有些地方还有虫蛀的痕迹。他从领子上取下一块白色的手帕，一种餐巾纸，然后小心翼翼地重新折叠好，放回原处，但很显然，他很快就会再次需要它。"在他们的最上面，他们的老板出国去了，在非洲——就是现在！我告诉你，他们不知道如何发布这个消息。他们甚至不知道怎样才能让他知道这里的情形。坏消息会让他坐立不安——这是很显然的。我不嫉妒他们，可怜的人们——他们一定被吓坏了。"在餐巾纸下面，老人的声音听上去非常微弱。

"现在是时候了。这是策划阴谋的绝佳机会。该采取叛逆的行动了。下层阶级夺取政权的时机来临了。相信我,这是一个绝妙的时刻。但是,他们就是不行动。这就是为什么他们被选中的原因。"老律师继续评说,孩子般的悠闲,卷着舌头,发着 r 音,仿佛此时是休战时刻,"从明天起,会出现一种崭新的策略——你等着看吧。走访某某医院,宝贵的建议,大型集会,跟那些从瓦砾中逃生的人们交谈,国家的父母官给予大伙儿父母般的关怀。注意:从明天起,那个胡言乱语的老同志又有事情做了。"此时,他们已经来到他们一直在找寻的那幢大楼。它没有倒塌。实际上,它看上去还非常牢固。他们沿着黑黢黢的楼道向上走,途中,成堆的灰浆和铁皮差一点把他们绊倒。托莱亚每走几步就点燃一根火柴。每一扇门里都有声音,人们非常恐惧,不敢上床睡觉。他们最终来到顶楼,十层,钢琴家就住在这里。这套房子不大,但却十分雅致。六七个人围着烛光在祈祷,他们镇定自若,身边的收音机正在播报法语新闻,有关布加勒斯特大地震的报道。不,国家电台仍然沉默,而外台已经证实,他们几小时前经历的灾难的确发生了。地震监测仪已经测算出准确的里氏震级。他站在门口,钢琴家保利娜像一个瓷娃娃;她邀请他留下来,但他谢绝了。"你知道他们是怎么说的,还会有几次小的余震。最好大家待在一起。"没错,他自己已经感受到了这种震颤:空气中飘动着一种诱发危险的奇怪因素。挥之不去的头痛占据了他的身心,宇宙的大恐慌早已在他的身体里扎根,病态的地球发出伤痛的干咳,它的声音摇撼着虚幻中那一个个小避难所中国式的墙壁。他从门口观察着那些领取养老金的人,仿佛又一次看见了自己早已仙逝的父母、叔叔和姑姑。坦白地说,他并不喜欢独处,他的身体已经开始哆嗦。发生在大地和高墙上的震波转移到了他的体内。不,尽管如此,他还是不愿意加入这些老者的行列,不愿意和他们一起祈祷上苍的悲悯。他不愿意待在别人的屋檐下。很快,他将再次来到户外,领略城市夜晚的荒凉。他们如此聚精会神,关注他们自己,关注远方播音员的声音,以至于很明显,当他轻手轻脚地关上身后的大门时,他们并没有注意到他。

他右手抓着楼梯的栏杆,厚厚的鞋底迟疑地落在向下的第一级台阶上。一个普普通通的台阶,没错,跟上楼的一样。他找寻火柴,他总是随身携带的。它们祖传的火焰证实了能源危机时期的唯一救命方式。当然,第一根火柴没有点着。他又划了两根,成功了。借助微弱的磷光,他一路往下看,看着楼梯的最底部。没错,没有什么特别,跟向上的楼梯是一样的。他决定不再浪费更多的火柴,摸着黑,一步一步地向下走去。周围一片寂静。门里的声音变得微弱——时不时传来低低的说话声,但听不清楚。九楼,八楼,七楼,五楼。当他下到五楼时,不知哪个方向,一扇门打开了。楼道里伸手不见五指,但他仍然感觉到了。他停下脚步。"楼梯上有人吗?"一个女人的声音。他没有立刻回答,而是犹豫了片刻。"有,我正在下楼。"停顿。磁性黑暗的微粒把她的声音带了回去,深沉而又缓慢。"你身上没有火柴吗?肯定没有吗?"浓黑的夜色,密而不透的黑暗,还有黑暗中无法感知的躁动——或许,还有墙壁,还有他的膝盖。他的手指紧紧抓着冰凉的栏杆,他想再次捕捉到那个声音。深沉,年轻,清晰——一块燃烧的煤玉。"不,我有。"他回答说。依旧是黑夜,震颤即将再次开始。"对,我还有几根。"他重复道。冰冻的岩浆即将爆发。"右边的门。楼梯旁边第一家。右边。"低沉的声音让黑暗充满了芳香。他退后一步。火柴没有亮。再来一根。他转过身,借助眼前的微光,朝右边第一个门走去。他开始看见了:椭圆的脸庞,棱角分明的五官,白皙的皮肤,水汪汪的大眼睛,最显眼的是她的头发:红色的,又短又细,仿佛燃烧的火焰。她身上穿着一件类似浴袍的睡衣，裸露着雪白的肩膀。火柴灭了，但他已经到了门口。她碰了碰他的手，她的手指紧扣着他的手指。他被拽了进去。"楼道里有风，火柴容易灭。"没错，楼道里的确有风，火苗不可能维持太久。一个清晰、低沉的声音，纤细、骨感，但又十分有力的手指，细细短短的红色头发，燃烧的火苗。他准备再划一根火柴。"不，别在这里划。我先去找一根蜡烛。"说着，她拉着他穿过狭窄的门厅，走进起居室。在这里，她松开了自己的手。她走开了，可能是去另一个房间找蜡烛。"抱歉，我找不到，请点一根火柴。"扑哧一声，火柴亮了，但随即又熄灭了。他又划了一根，但没有点着。最后，一个小小的火苗穿透了半黑的狭小空间。他们相互对望——脸上荡漾着笑容，可以这样说吧。苍白，但很激动。是的，她身材高挑，睡衣在穿着黑色袜子的腿上轻轻跳跃。他又一次看见了那张苍白的脸，椭圆形的，绷得紧紧的。他又一次看见了那双大眼睛，那头男孩子般的短发。火柴灭了，烫了他的手指。他准备再点一根，但是，她凉凉的手掌盖在了他的手掌上。他们再次十指紧扣，随即又松开了。接着，手指寻找的目标变成了扣子和拉链。他的围巾，外套，皮带，套头毛衫，衬衫，统统从身上飞落。她的双唇紧贴在他的嘴上，她一动不动，不是在亲吻。光滑、颤抖的嘴唇，年轻、缓慢的呼吸，翘起的乳头，冰凉、光滑的胸脯，长长的、强有力的、饥渴的舌头。他的衣服，他的裤子，他的套头衫，迅速地落地，剩下的快，快。

她热情似火，双手在他身体上游走。她的声音镇定，但她的身体却不住地颤抖，因为恐惧而颤抖。她的手指匆匆滑过陌生人的身体——胸脯，屁股，再往下。她个子很高，年纪很轻。她浑身赤裸，黏在陌生人的身体上。她有些激动，渴望找到肯定，找到他们之间的结合。当她将那个柔软的小东西握于自己的掌心时，一股短暂的电流从她那起起伏伏的胴体上流过。这时,她开始亲吻男人的嘴唇,重重地,但缺乏感情,仿佛在履行某个紧急公约。她用自己娴熟的双手百般呵护地捧着那条大蛇,仿佛自己的双手是一个复苏的瓶子。她紧紧地握着它,她自己也变得激动不已。它是存在的,他们依然存在,一切都没有改变。"图德,图德。"挽歌开始唱响。她那焕发着青春气息的呻吟好像一下子把屋内的空气都吸走了。再也听不见衣服的婆娑,听不见身体的移动,只有囚犯的喘息。她的手指像丝绸一样光滑,像天鹅绒一样柔软,她的抚摸还没有结束。"图德,图德,"陌生的女人温柔地重复着,"图德,图德。"她继续刺激着手中那条蜿蜒的蟒蛇。那只富有磁性的手温柔地运动着,蟒蛇越来越热,身体越来越硬。在女神口中咒语的作用下,蟒蛇变得活跃、有力。"图德,图德。"有节奏的梦呓一声接着一声,手掌仍旧绕着那个奇妙的东西打转。她跪了下来,仿佛为祈祷做准备。"图德,图德。"黑暗中,她呻吟着,嘴唇紧紧贴在他的阳具上。一个膨胀的崇拜物,用来替代那个缺失的名字。当然,这是一个替代,在一个充满替代的世界里,这就是唯一。它与自己必须模仿的名字、角色,以及记忆完美地吻合在一起,这样,一切区别和辨认都是不可能的,这正是那个充斥着假面具和替代的地下世界所要求的。托莱亚也跪了下来:他们的手指再次扣紧,再次松开。寂静的夜色,凝固的黑暗——没有跳动,没有抖动,仿佛他们此刻身处地下的墓室之中。他们像喝醉了酒,头昏脑涨,呼吸和行动都在加快。与此同时,还有冰冷和燃烧的炽热。女人仰面躺在地板上,双手紧紧抓住他的手臂,引导他的手指穿过滚烫的灌木,最终来到火焰中央的花朵面前。花蕊绽放,准备接受他。

"她叫什么名字?她的黑洞叫什么名字?"黑暗发出低语。"你的灌木丛叫什么?你黑色的嘴巴。你的长廊。还有那朵吃人的花。她叫什么名字？你叫什么名字？"图德的女人在睡梦中发出疑问。他受到了伤害，等待和沉寂伤害了他，黑暗中的蟒蛇伤害了他，但他知道，在他说出性伴侣的名字之前，他是不可能进去的。"伊里娜，"落败的流浪者低声说道，他的声音太轻了，别人几乎无法听见。房间的墙壁似乎开始摇动，或者说，轻轻地摇动，危险地摇动，地板也随之摇动起来。窗户发出短暂的警告，或者说，窗户发出了一声短暂的叮当声。墙壁、地板，以及天花板缓慢地震颤。虽说缓慢，但还是可以感觉得出来。"伊里娜，"女祭司接纳他的时候重复着这个名字。"伊里娜，"女人一声叹息。"这是我的名字，千真万确。的确是我的名字。"梦游者轻轻地说，既幸福又放松，仿佛她突然被释放了。"伊里娜！我的上帝——这真是我的名字。"伊里娜呢喃着，与此同时，图德兴奋地抽送着激情之夜的岩浆。房间在摇晃，摇啊摇，摇晃，地震。火山口释放出气味和微生物，岩浆有节奏地跳动，随之四处喷溅；墙壁在摇晃，摇啊摇，晃动更为猛烈，但就在那时，伊里娜让他停下。"不，不是现在。"他再次回到女巫的手中，回到她的唇间。摇晃，平息，在她冰冷、生动的掌心里得到重生，在她湿润、发磷光的嘴唇间脱胎换骨。她修长的双腿随着他的身体颤抖，就像墙壁，窗户，地板，还有黑夜无底的乳房喷射出的火焰。"啊，伊里娜。"孤儿终于补偿了自己的罪恶，他终于平息下来了。"伊里娜，伊里娜。"灵魂得到拯救的小丑开始忏悔。他低下自己满是泪水的脸庞，打量着她兴奋的乳房，落败的头颅继续下探，伸向她无限的小腹，捕捉回音，得到认可；再向下行，为了表达他的感激之情，他那张好说谎的嘴巴终于紧紧贴在那朵肉做的花蕊之上。

他痊愈了，他死了，他睡过去了，他醒了，最后的睡眠。飞机向左侧倾斜，座椅微微震颤，机舱内一阵恐慌。空姐外穿巴里纱长裙，里面一丝不挂。她站在他的面前，听从他的吩咐。她手中的银质托盘随着机身一起晃动。但是，她俯下身子，乳房光洁如玉，豌豆大小的乳头像小电灯泡。茫然的大眼睛，无法从中捕捉到任何内容。嘴唇抖动，露出了一排又尖又细的牙齿。她朱唇轻启。"请吧，"低低的嗓音，"这里可以。"女神的低语。"这里，在天上，我们可以。他们再也不能阻止我们了。这里，在天上。"脱衣女郎的低语。飞机开始旋转，一圈又一圈，越来越快。机身抖动，但低语还在空气中飘荡。"别那么紧张。我们在这里，在天上。我们可以——"托莱亚再一次感受到伊里娜贴在自己嘴唇上的双唇。她轻轻地咬着他，不断地低语，他快要融化了。不知什么地方，一支蜡烛在燃烧，房间飘浮在它昏暗的光线中。他打量着这个女人，她红色的短发散落在地板上，脑袋靠着他，嘴唇贴在他的唇上。她一丝不挂，白皙的皮肤，修长的身体，消瘦、苍白的脸庞，绿色的大眼睛，柔软的嘴唇，低语，贴着他的唇，低语，低语：原谅我。她舒展自己光滑的胸脯，从左到右，给他辨认的机会，给他亲吻的时间。一流的水果，柔嫩可口，的确——淡淡的紫色，坚硬，多汁，下面是一个长长的、苦涩的奶瓶。

"原谅我，多米尼克，"她的嘴唇此时紧贴着他肥大的耳垂，"是的，我偷看了你的钱包。知道了你的名字。原谅我，多米尼克。"——她开始重复使他苏醒的一整套仪式。多米尼克依旧懒散，依旧疲倦，他很虚弱，并不着急辨认自己的名字。他没有愿望去替代那个替代，去扮演替补的角色，因为，那个角色就是他本人，就是那个缺失的角色。不，不，他不愿意在自己的面具下苏醒——复苏瓶在轻轻摇动，但这不可能将他唤醒，不，对大地和高墙，以及昼伏夜出的月亮所怀有的恐惧不会强迫他重新做回他自己，不会把他带入虚无的境界。没错，他想念伊里娜。为什么要隐瞒？他们本可以成为夫妻，或许可以成为兄妹，可以更好地抵御仍然在蚕食他们的力量。现在，至少在现在，在这个灾难爆发的夜晚，当炼狱中的破屋遭遇灭顶的时候，当危险意味着自由的时候，他应该出去找她，应该找到她。经过了数次的阴差阳错，他们最终是可以走到一起的。"伊里娜和多米尼克，伊里娜和多米尼克。"女祭司滚烫的嘴唇紧贴滚烫的火炬，符咒从嘴里缓缓飘出。它慢慢增长，孵化，摇摆，抖动，地震。窗户随着醉酒的墙壁和地板摇动起来。她满嘴唾液、细菌和春药，她结结巴巴地吐出几句难以用语言表达的咒语。他在火山的熔岩中再次苏醒，他置身于贪婪、湿润、沸腾的花瓣中，置身于非洲母亲的乱伦性爱中。在黑色、浓密的灌木丛中，在食肉动物如火的情感中，多米尼克痛苦地发现了囚禁中的修女强烈的欲望，震动，震动，伊里娜的哭声，沼泽的欲望。转移中一次失败的尝试，就是这样。这是对一个没有作用的名字的污辱，是无力的推断，的确，这个名字没有任何效用。他苏醒的时候已经从她的体内弹出，伊里娜无耻地哈哈大笑。"三个天使对付亚伯拉罕的妻子萨拉，"这条母狗趴在地上大笑不止。"祖先，三个天使。一人对付一个孔。"——蜡烛在亵渎的旋风中熄灭。瞧！烛光也代表着愤怒和狂野的新生。愤怒和厌恶——厌恶自己，厌恶同伴，厌恶神祇，完全是一种异教徒式的野蛮的快乐；高声喊出自己的胜利，向独眼巨人宣战，那人一直在暗中监视他，监视他的情感，他的思想，他的性活动。今天夜里，就在几个小时之前，地球开始震动，因为它憎恨那种乏味，那种在他过于耐心的后背上不断发酵，孵化，撤离的乏味。一条疯狂的猎狗趴在同样疯狂的母狗狭长的背上，像癫痫患者那样抖动着身体，向她雪白的脖颈、危险的屁股和红色的短发发起了进攻。他们大喊大叫，他们直接从这种非法的行为中得到了快乐，他们要向过去那么多的拖延和禁令复仇。没错，极度的愤怒，解放，以及自由、无约束、冷酷的快乐是一种疗法，在这个冷漠的世界里，它可以帮助你摆脱冷漠的躯体、冷漠的名字、冷漠的灵魂带来的那份恐惧。多—米—尼—克，多米尼克高声喊叫；伊—里—娜，疯狂的红发女子尖声大叫。疯狂的节奏，直到灯火全部熄灭。他们昏昏沉沉，静静地相拥在一起；他们直到掏空了对方，直到疲倦、厌腻之极才离开对方的怀抱。

直到这时，面对分离的怨恨，对伊里娜的渴望才真的回来了。那个疯狂的夜晚，他们勇敢地摆脱了束缚活死人的死亡和解放，任由自己野性的情感，自己的思想，自己的血液奔腾；这个夜晚应该是一个重新发现的过程。尽管缓解的时间非常短暂——地球最后两次震颤之间的短暂间歇，只要能够拥有这个片段——最终，孤儿们应该能够报复所有的拖延，最后应该能够重新认识对方。

没错，他真的非常想念伊里娜，那个远在天边的人，假如她一直在遥远的地方，她是可以成为那个人的——恶犬多米尼克尖叫着。他仰面朝天，躺在地毯上，身边是那条母狗伊里娜，她摇晃着屁股，伸长舌头，舔着他的体液，他的皮肤，和他的头发。"头发，"小狗有些厌倦了，说起话来也懒洋洋的，"你以前不是红头发，什么时候改变的？"陌生人屏住呼吸，问道。"爱尔兰，亲爱的。我是爱尔兰人。"陌生人立刻做出了回答。"我保证，纯种的爱尔兰血统。"爱尔兰女人坚定地重复着。与此同时，她再次伸出又长又红的爱尔兰舌头，在他身上到处乱舔，直到累了才停住。她把头搁在双脚之间，嘴唇仍旧牢牢地贴着多米尼克，贴着他那个萎缩成了小手指头大小的衰老小蛇，她就这样沉沉睡去。

平静的时刻，没有感觉的时刻，漫漫长夜，仿佛一个世纪。突然，窗户再次开始摇动。托莱亚睁开眼睛，他很害怕，墙壁震颤着，又是一次地震吗？

也许，只是一辆卡车，或者，一辆坦克，一辆拖拉机，行驶在刚刚苏醒的大街上。天亮了——受到惊吓的囚室依旧漠然。一切都静止不动，仿佛什么也没有发生。

他起身，打量着陌生的房间，看着窗户，看着陌生的街道，然后，捡起散落在地毯上的衣裤，一件件地穿好。

女主人还在酣睡。赤裸的身体，完美的——完美的睡眠。现在，他看见了现实中的她：肥臀、细腰，健壮的小腿，光滑的脚掌，纤细的脚踝，苍白、瘦长的脸庞，嘴唇扭曲，显出邪恶的笑容，红色的短发，像塞特犬，白皙、过长的手臂。她一动不动，什么声音也没有听见。他向前跨了一步。尸体没有动弹，一动不动，非常完美。

她的沉睡太完美了，丝毫显露不出任何的冷漠和无辜。这个高级娼妓没有什么需要隐瞒吗？换句话说，她没有任何需要戒备的理由吗？也许，为了了解陌生人的身份、地址，以及其他一些有特色的细节，她匆忙搜查了他的口袋。其实，这只是一种缺乏礼貌的行为，并没有造成什么伤害，或者，只是出于好奇，甚至，是一种友好的表示，没别的。一种世俗的睡眠，一种完美的睡眠，仿佛在玛塔·哈里[①]的闺房里找不到任何可疑的东西。地板上到处散落着书籍、衣物，以及餐具，保持着地震破坏后的状态。

他随手翻阅了一下掉落在地毯上的几本书，然后，他打开抽屉，翻看文件夹、影集等物，他还在柜橱里乱翻了一气，他想找到那位伪官员的武器，或者，找到有关她秘密身份的文件。他不停地四处乱翻，他想看看，那个裸体女人是否真的一动不动，是否真的像服用了麻醉

---

[①] 玛塔·哈里（1876—1917），荷兰名妓，因被控充当德国间谍而被判死刑。现用来泛指以美貌勾引男子，刺探军事秘密的女间谍。

剂，摆着这种下流的姿势，让人无法捉摸地沉睡下去。他察看黄铜饰物、长筒袜、照片、毛巾、化妆品，还有鞋子。当一个陌生人在自己的房间里乱翻自己的假发、衬裙、内裤、裤袜时，上尉怎么能够允许自己呼呼大睡呢。难道地震的震级如此之高，以至于可以对抗警察的纪律，给予她无限制的假期，允许她无限制地沉睡下去吗？

不对。他没有发现化装所需的道具，也没有找到左轮手枪、制服，或者，秘密指令和报告。但是，他知道，他之所以一无所获，原因在于搜查行为本身的前提：搜查的结果没有任何重要性可言。证据的缺失只能说明一个事实：证据非常丰富，伪造的证据比真实的证据更加令人信服。不，虽然她的沉睡像迫切、饥渴、鲁莽的爱情游戏那样贪婪，那样轻率，但这并不能使女模特儿摆脱那份怀疑，因为，现今，任何人都没有被赦免的权利。

在离开之前，他竖起耳朵，又听了一会儿。没有动静——她一动也没有动。他疲倦地离开了苏醒室。他倚着门站着。黎明时分，灰蓝色的天空。颇具讽刺意味的是，夜色仍旧在破败的城市上空流连忘返。他看不清楼梯，只好划一根火柴，借助微弱的光亮朝楼下走去。但是，他又折回来，读着嵌壁式大门上的名字。名字雕刻在一小块铜牌上：佛朗西斯卡·波普。火柴灭了，他又划亮了一根。佛朗西斯卡·波普。芭蕾舞女演员的名字明白无误地写在通往陷阱的大门上。他读了一遍，又读了一遍，将其记忆在脑中；然后，又读了一遍。"伊里娜！怎么会这样！红色的洞穴。爱尔兰嘴巴！爱尔兰塞特犬，哼！这头吃人的野兽，这个女巫！佛朗西斯卡·波普·达西斯女巫！爱尔兰人——哼！一个骗人的商人！"游荡者走到楼门口的时候，嘴里还在不停地嘟囔。他走到大街上，走进了现实的世界。

"伊里娜,怎么会这样!许门①的伊里娜!"他一个字一个字地说着。早晨,虚幻的凉风扑面而来,他恢复了活力。"一个芭蕾舞女演员,哼!芭蕾舞女演员玛塔·哈里!"行人不断重复着,想让自己暖和过来。

一个小时之后,再也不可能找到这个绿色的楼梯,不可能找到这栋公寓楼,也不可能找到这条林荫大道,不可能找到佛朗西斯卡·波普这个名字——对此,他十分肯定。这一切都将消散,消散在蜂房般黑色的迷宫里,消散得无影无踪,而蜂房里却会孜孜不倦地上演日复一日的劳作。他自己也会消散。他匆匆前行,想尽可能快地消散,消散得无影无踪。在那个即将消散的夜晚,在那个冻结的黎明,那个将他驱散的黎明。

他继续前行,在那个灰暗的时刻,那个攻击一触即发的时刻。

他已经感受到了那种癫痫般的战栗,无法突围的包围圈。


夜色,虚无。附近传来塔吊作业的声音,在反射镜的光束照耀下,未来"白宫"——模范聋哑人马戏团——的建设工程正在进行,模范协会的模范会长将坐在这个宝座之上!夜晚,在车辆履带式轮子的碾压下,街道疲倦地发出吱吱嘎嘎的声响。车上运载的是大理石板,各色水管,燃油桶,预制板,镀金的门把手,将军们闺房里的水龙头。模范的哨兵,模范的被监视者。飞溅的焊花将夜空撕得粉碎。

黑色的天空清澈见底,星星寥寥,难觅月亮的芳踪。夜色中,任凭如何寻找,交谈的对象始终不肯现身。

有时,他似乎感觉到有个黑影在密切注视着他。午夜过了,噩梦

---

①许门,希腊、罗马神话中的婚姻女神。

207

的时刻，托马的时刻。

"人类有能力完成各种事情，猎人托马·A.托马。你可以在归入可疑档案的那些报告中引用这个老掉牙的说法。囚犯们几乎根本来不及去弄明白命运给他们安排的运行轨道。他们几乎无法评价那个被称作人类的畸形标本。有谁比你更清楚他们的失败和他们的无助？但是，万恰？人们怎样评价我——浮游生物万恰，从前的老师万恰？"

他的脸上会露出笑容，这个对话令他感到幸福。他脸上显现出那种会意、自足、狡猾的笑容。

梦游者托莱亚感到，在他的房间里，除他之外还有别人。

"我告诉你，万恰先生，我对你不感兴趣。我以前向你打听过亚努利，那个患有强迫症的老家伙。"

"我不认识他，我跟你说过多少遍了，我不认识这个亚努利。我从来没有机会认识他，我也不想认识他，没有那个必要。不，我不认识亚努利，我对他没有任何看法。什么也没有。"

他双手捧着脑袋，这样，他就听不见自己思维的声响，这样，他就可以独自一人留在黑暗之中。但是，过了许久之后，他再次把头抬了起来。一个奇怪的东西在黑暗中闪烁，像隐形人嘴里的一颗金牙，像鬼魂太阳穴上流血的伤疤。无言的雪崩之后，一片寂静。窗子渐渐融化在淡蓝色的黎明之中。

"你真的不认识亚努利？绝对不认识？也不认识他的夫人？她跟我们一起共事了……"有人打出一个颇具骑士风度的手势，算是对这种无价的记忆表示出的一种尊敬。

"亚努利，亚努利。我见过他几次。我的意思是，我在街上，在剧院，看见过他。我不记得还有什么别的地方。但实际上，我并不认识他。我知道的事情人人皆知，就是亚努利的传奇故事。一个年轻的书呆子，突然对革命痴迷起来，离开家乡，前往山区参加战斗。在那里，他负了伤，离开他古老的家乡希腊。战后不久，他来到这里，来到了东方世界的门户。他现在病得很重。这就是我听说的内容。大约一年前，我在街上遇见他。他面色苍白，骨瘦如柴，头发凌乱。像一具骷髅！不，我不认识他。但是，埃米利亚——咳，埃米利亚……"

胡说八道。这些喋喋不休的胡言乱语根本不应该说出来，连想都不应该想。或许，我们的思维可以被诠释；或许，这种技术已经很成熟了。那个模范协会是否已经拥有了这种无形的仪器，并且可以任意使用呢？我们不应该总是问自己谁是魔鬼。不应该胡说八道。探子就喜欢打听这些事情。

托马已经不在了。他准备张口大喊"不，我不想这样，我不想"，但是，就在这时，他面前出现了一个人。

"你——你就是魔鬼。你是拯救我们的人。你，大家爱戴的人，吃人肉的人，山里罕见的野花，讨厌鬼……"

埃米利亚莞尔一笑，仿佛并没有听见这声低语。她微笑着，她就在身边；你只要伸出手臂就能够碰到她。很近，很近，就像他一直希望的那样。最后，就在这里，没有目击者。一个火花就足够了，接下来，病态的奢望将最终遭遇报复。最后，他离开那个不可能实现的时刻只有一步之遥。他应该跟她讲些别的事情吗？把一切都告诉她吗？不同的思想，亲爱的，听！我的脉搏在疯狂地跳动，隆隆作响，像丛林中的敲鼓声，血液在血管里发疯似的奔腾、撞击，为了纪念我亲爱的！

埃米利亚没有听见，或者说，她听见了不同的声响：她依旧宽容地微笑着。"你——你是魔鬼！你的冷漠，你的幸福，都是无法遏止的……你这个熟得发烂的仙女，你这匹发情的母马。太完美了，像伊甸园里的禁果。原始粗犷，贪得无厌。像光，像死亡，就这么简单。你，

209

受人景仰的讨厌鬼，人见人爱的家伙。"

教授不堪重负，陶醉在这些没有说出来的话语之中。他大汗淋漓，奇迹般的时刻让他发疯，这个时刻将要远去，将要消亡。"情感——这就是我的全部。暴风骤雨般的情感，修女。情感在毁灭我，在让我发狂，在让我灭亡，宝贝。"

他再也没有勇气把头抬起。托马，那个被人雇用的探子，消失了；同样，伊里娜也已经无影无踪了，带走了她那令人难以理解的青春期头痛病。托莱亚丢开车把，在空中飞翔；老马尔加，退了休的加夫通夫妇；阿根廷的米尔恰·克劳迪乌和他那面无表情的阿斯特丽德，以及那个为聋哑人服务的摄影师，人称塔维的地下分子奥克塔维安·库沙——所有的人，消失了，全部。

"你为什么大笑？无路可逃，不是吗？没有必要让这出戏更加复杂化，不是吗？你嘲笑我们的懦弱的谨慎。在你的笑容里，除了傲慢和开心之外还有别的什么内容吗？只有这种麻木带来的胃胀吗？在这种状态下，贪婪的娼妓，死神，他们发出满足的咆哮。麻木是一种长生不老药，你，你那发着磷光的大腿，你的嘴唇，你的乳房，还有你的滥交，那些大大的、天真的、原生态的眼睛。你，亲爱的，宇宙大娼妇。"

作者疲倦地缩成一团，思维也随之放慢了脚步。他的脑瓜似乎依然在发光。火苗渐渐旺起来，一种病态的震颤，但他的思想却越来越模糊，稀释，继而短路。

埃米利亚坐在一张简朴的桌子前面，胳膊肘放在光滑的桌面上，年轻的头发翩翩起舞。那难以忘怀的脸颊，轮廓分明，那双眼睛，啊，是的，那双眼睛……他低下头，飘忽不定的思绪降低了他的自满情绪，没有料想到的忽略使他的羞耻之心油然而生，他缴械投降了。"你是智慧女神吗？没有个性，没有制约？只有突然而至的纯洁情感吗？我是多么期盼这次会面，企盼最后的奇迹！胃胀的感觉，这个时刻带来的极度兴奋，就这些。没有别的：麻木的胃胀。但是，他，危险的亚努利，他是失败的化身吗？但是，亚努利同志又怎样了呢？"

她没有听见他的话。低低的呻吟声没有触及她的耳畔。众神庇护她，让她的耳朵可以屏蔽这种痛苦的干扰。崇高，完美，她对这种哀号充耳不闻。聋子；聋得像根萝卜！

沉睡者微微一笑，心底里因为这个苍白无力的明喻而泛起一种内疚的浪花。尽管如此，他很是得意，因为谁也没有听见他说的话。

埃米利亚还在笑。她脸上的表情似乎始终在变，线条发生微妙的改变，色彩演变着无法捕捉的迁移。他已经见过她许多次了，也听说了很多关于她美丽容貌的评论，但是，她的嗓音，不，他从来未曾听到过她的声音。

埃米利亚在桌前站起身，在一只胳膊肘的支撑下，纵身一跃，盘腿坐到了桌上。他认出她了：没错，是她，像年轻姑娘那样，穿着一条牛仔裤，那种常见的薄如蝉翼的上衣，仿佛根本不存在。

她打量着他，也允许自己被他打量。走近一点，一步之遥，伸手即是。她打算说话——至少看上去是这样的。很深沉的声音，按照人们的描述，那种发自心底的声音，能够点燃空气和话语的声音。

"亲爱的，你跟我很像。我的意思是，你过去，你本应该这样。你缺乏足够的力量，你不够勇敢。你其实可以——你很想，承认这一点吧。你不知道在窘境中究竟需要多少力量，需要多么大的勇气。你对我有所期盼，但程度不够。虽说你的确经常对我产生强烈的欲望，但你却像一个小孩子。为什么，为什么，你为什么不坚持呢？香槟，舞女的大腿，低级庸俗的笑话——你真的可以成为一名夜总会的歌曲

211

作家!那些女人,包括年轻的女人,她们纵容你,娇宠你。你自然可以拥有这么好的面容了。变化无常,轮廓鲜明。天赋?只有我才有天赋!你只是找到了某种可以让你外表显得较为聪慧的东西。列夫琴科夜总会的歌曲作家!或者,阿托米卡夜总会,或者,色情俱乐部。一个国王,一个真正的巨人!像我一样,女巨人……"

听上去不像是在开玩笑。为什么,为什么,为什么?女巨人甩开巨大的双腿,呼呼生风。如果……会怎样呢?突然,梦游者意识到了错误,意识到了不和谐。不对,那不是女巨人的声音。一种令人怀疑的后期同步录制。为什么,为什么,为什么,为什么?那柔美、精灵般的嘴唇,它们一张一合,闪闪发亮的牙齿,它们的光泽像子弹。那个声音:什么?为什么?是否?那不是她的声音,不可能是!

你跟我一样,你可以跟我一样。当你仍然拥有这种选择的时候,教授,你本来是可以跟我一样的。你可以拥有这种天分。但是你没有。你现在深陷困境,你是个残疾人。你是对的:你的确应该得到一点奖赏,我知道,一点疏漏。我要补偿你。你会拥有那个时刻,呼吸一口空气,就这些。现成的骗术。我们的人生旅程十分短暂。你应该遭遇这个小小的欺骗,一个甜蜜的嘲讽,哇……

她当时肯定想哈哈大笑,但是,她巨人般的大笑并没有开始,不可能开始。那个声音是借来的。是他的声音,实际上是他的!多么狡诈的骗术!很难辨认出你自己的声音,为什么,为什么,为什么?他的确看见她娇美的身影朝他走来。她轻轻一跃,从桌上下来,双脚站在地板上。最后,看见了她的全部。修长的双腿,凌乱的头发,太阳穴处却梳理得十分平整。她两只纤细、柔软的小手合在一起,她好像在寻求别人的宽恕,或只是想安慰他,让他准备好,迎接即将来临的幸福,这样,当她离他越来越近时,他能够接受她年轻的双眼发出的光芒。

她朝他走来,但不知怎的,他失去了他们间的接触。他感知到她那飘逸的脚步,她那张微笑的脸庞,但是,他们之间却始终有一段距离,她的身影也有些模糊。他想向她伸出双手,但毫无意义。他感觉到了这种断裂,这种暂停。身边的阴影重新现身,再次填满了一种婆娑作响的邪恶希冀。

好像发出了一个信号。是电话的铃声,门铃声,还是闹钟的声音?邻居,邮递员,或者,大楼的经理?就这样,一切回到了开始——来自另一天的声音。

他们之间仅仅一步之遥,但他明白,他已经失去了这个女巨人。无论采取什么措施,一切均无济于事;这一天拖着他,拖着他一步步走向她那个破旧的避风港。他恢复了理智:再也无法逃脱。

"我们的合作者。"托马就是这样把她介绍给他的。那么说,他会再次找到她。他会再次找到所有的人:他只需要密切关注,及时辨认出他们,这样,他就可以接近他们。

他微微一笑,准备迎接新的会面。哇,现实中那些可怜的学徒——他们应该得到他朴实的参与,应该分享他不确定的努力。

即将睁开他的眼睛。无限的春风吹在眼睑上,清晨伸展开长长的手指,给他带来了冰凉的感觉。

日常的噪声从户外传进室内。他已经准备好了。

故乡,儿时生活过的小镇,树木环绕。高中老师沉醉在春天和忧伤的山谷之中,他像一颗星星,从天而降;在这短暂的时刻,外省的少年们为之迷惑。彩色的围巾,连珠炮似的反驳。他总是显得急躁、倦怠,格言警句源源不断从他嘴里喷出,身后跟着一批形形色色的年轻人——没有经验、混乱无序。向前跨一步,走进教室,把点名册扔在讲桌上。他总是一屁股坐在椅子上,四处张望,打量那些一无是处的学生。因为恼怒,他嘴唇向下耷拉着;因为厌恶,他目光集中。他经常用食指指着一个笨学生,让他起来回答一个突如其来的问题。观众陷入紧张的沉默之中,他们既兴奋又担心,惶惶不安地等待着灾难的降临。然而,教授没有这份耐心。他厌倦了,目光转向窗外。突然,他站起身,在黑板上写下下一课的标题——巨大的白字,仿佛为白痴而写——转身离去。他甚至连点名册都没有带走。翻开的名册静静地躺在讲桌上,而那把椅子却仍旧在颤抖。小丑般的老师把自己消瘦的身体包裹在奢侈豪华的服饰里,一阵风地走了。

但是,到了下午——哇!在大街上,在影院的门厅里,在通往河边的林荫小路上,都有托莱亚的影子。他无处不在:他是青少年追逐的目标。他身后的队伍庞大、复杂,有白痴,有获奖者,有追逐时尚的少女,甚至还有年轻的女士。

他怒吼,他讲故事——不断变换嗓音和形容词:据说,首都的学生被酒精折腾得筋疲力尽,决定组织起来,拒绝付费,从酒吧集体大逃亡;去年,爵士乐节期间,发生在纽波克纽波特的事情;女演员梅里最喜爱的毒品;某人是如何完成一部奇妙的小说的,是如何结尾的,故事开始于一个早晨,两个便衣逮捕了公民 ABCK,没错,是 K 先生,在布拉格,一座滑稽、怪异的城市,《审判》,是的,是的,著名的小说,奇妙的小说;外交官奥马尔·奥马尔,或者是奥尔登·艾尔德·艾尔森乘坐的飞机是如何在肉末烧茄子十分流行的神秘的中东地区被击落的;当有人建议教皇对希特勒采取敌对态度的时候,教皇做出了怎样的反应;对某某的传言,那个事件发生的始末,正在酝酿的动乱,如果某地、某时——没错,就这些!

晚间时分，在他那个记账员朋友，或是喜爱赌博的律师，或是酗酒的音乐老师施奈普斯，或是某个夫人的家里，听唱片、翻看相册、年鉴，或是讨论占星术。这些教育马戏团的一伙人，白天在课堂上表演，他们的人数不断发生变化，他们内部也有矛盾，但从下午一直到晚上，甚至到第二天的黎明时分，他们从各种杂技节目中获取能量。

偶尔，他和某个身体还处在发育阶段的小妞一同外出。一个秃顶的话匣子，保持着一份警觉，满足于淫荡小猫的笑容，陶醉在飞舞的百褶裙下。但是，在整个季节里，他全身心地投向了市长雕塑般的夫人！他还跟那个留着小胡子的吸毒鬼交上了朋友。他们三个一起出出进进，好像希望正式公开这段男女私通的丑闻。当地人对他爱恨交加。

在外省的那段日子里，被称为托莱亚的阿纳托尔·多米尼克·万恰·沃伊诺夫代表着一个标志性的形象，与他并列的还有市政厅大楼上的钟表，以及小镇每日神话中的丰富多彩的人物，对吗？他被迫离职一事提升抑或是降低了这个波西米亚人的地位？当然，问题接踵而至。纨绔子弟老托莱亚这一次有些玩过头了！他离开了教育团体，这一轰动的事件应该可以给那些熟悉他的人提个醒，他在公众场合表现出的种种轻浮、怪异的举止预示着什么，与这些行为格格不入的又是什么。比如，他对母亲的依恋已经达到了让人无法理解的地步！他对她关怀备至，就像呵护一个饱尝疾病折磨的人。他从不抱怨，甚至不曾说起此事。此外，他不喜欢提及那些非正常的交易，为了使母亲免遭极度的贫困和沮丧之苦，为了使母亲躲过寡居带来的污辱，他什么手段都使得出来。

一个相貌俊朗的男孩，无论何时，都应答如流，这就是早年的托莱亚·沃伊诺夫！面对女同事贪婪的犬牙，他只能卑躬屈膝。起先，在图书馆，女性读者极具挑逗的纸条将他围困。接着，在音像商店，周围是专卖纽扣、香水，以及女士内衣的各色店铺。后来，在女歌手——从前的独唱演员——的个人摄影室。有人说，他在此停留了片刻，她不肯放弃他，他从她的庇护所拿了一些钱财，然后径直朝学校走去……在学校里，真让人吃惊！在整整五年的学术生涯中，面对那些强暴他的异性，他变得胆怯、躲闪、冷漠。他遭遇的种种不快颇具嘲讽，表示出一种倦怠的漠然。后来，他的古怪行为似乎引起了人们的猜忌，一时间，流言蜚语传遍了大街小巷。他避免跟任何人有过密的交往，避免跟任何人亲近。

也许，这种不合群的迹象，连他本人也没有意识到；也许，他对自己的了解还不够深刻；也许，他并不知道，他应该小心留意自己即将发现的一切。

在年轻的学生——后来成为教师的托莱亚——眼里，青春期的少年是多么的慷慨啊！一种真实的补偿，一种重生！在各种年龄之间、在两性之间的灰色区域，跳动着怎样的弱点、危险和期望啊！是的，在两性之间，因为，所有在年龄的大门前摇摆的少年依旧拥有某种女性的柔弱，一种迷惘的萌动，与此同时，他们可以使你摆脱枯燥的反感。这种厌恶很久以前你就习惯了，它来自女人的闺房，来自她们的声音、衣物和肉体。她们娇美的迟钝，以及她们的贪得无厌，在逐渐消失的情感策略中得以平息，继而在异教徒似的肉欲和家庭的虔诚的融合体中爆发，对吗？她们都似乎预言着财产契约和婚姻契约的乏味，对吗？另一方面，在少年的慰藉中，你获得了轻松，获得了持久的轻松！仍然有能力兴奋，有能力恐惧，也有能力屈服……

无论接待员万恰的长篇大论显得多么轻浮——万恰老师漫谈的琐碎小事——都足以证明，在这个充斥着替代的世界里，替代与日俱增；

足以使人意识到，至少托莱亚嘲弄的是他自己，不是他人。现在，他早已被揪出来了，早已受到了惩处，并且被置于监督之中。在此种情形下，虽然轻浮一词在这个充满无聊、压抑的严肃的世界里，正在逐步获得一种新的活力，但是，谈及这个话题显然不甚妥当。自由的一种形式——无论多么异常——当然，十分弱小，但却未被击垮。至少是一种刺激物。起码是这样！但是，假如这朵芬芳的小花落入模范协会的手中，那会怎么样呢？假如他遭遇到那个组织为他埋设的陷阱，那会怎么样呢？在这个混沌的地下世界里，没有机会，只能听其自然了！

一个夏天的夜晚。斯特凡·奥拉鲁遇见一位老同学。一个似乎是夏天的晚上，在一个似乎真实的小亭子前，令人难以置信的是，亭子上竟然还写着几个字：新出炉的馅饼，但实际上，这里出售的只是些替代品。外表怪异的三明治：两片自称为面包的橡皮，地狱的烈焰将其紧紧粘在一起，火舌在中间游走，像小猫嘴里薄薄的红舌头，像闪光、柔滑的树叶，一个纯粹的替代。现在，你的老同学斯特凡·奥拉鲁如今摇身一变，成了一位身材高大、表情严肃、永世不朽的绅士。他立刻走过来，神情轻松，精辟的判断力将你征服。他不时地搓着自己巨大的手掌，仿佛想让它们苏醒过来。他不时地调整自己的眼镜，镜片很薄，架在斯特凡·奥拉鲁雕琢完美的新面具上。

是的，他承认了。为什么不呢？为什么不承认呢，他听凭自己享受成功的满足。他是工程师，工作勤勤恳恳，是单位不可或缺的人才。他生活节俭，没有任何幻想，对自己过去有限的收获颇感懊恼；为了生存，他只能干些常见的把戏，没有遭遇什么大的麻烦。这是一个闷热潮湿的夜晚。整座城市煎熬在地狱的油锅里。两个老同学谈论着其他的同学。某某发了大财，能想到吗？某某已经成了著名的医生。没错，我说的就是他。某某莫名其妙地自杀了。接着，又谈到了那所旧学校过去的老师。

"托莱亚怎样了？你听说过他的事情吗？"

不知道这个问题是谁提出来的，但是，答案是由工程师提供的。

"啊，这可是一件丑闻。也许你有所耳闻。如果这一切都是真的——"

"如果——"换句话说，他不仅是一个疯子，而且还——

"咳，事情往往就是这样。没错，法律，国家要求公民行为规范。法律是保守的：它在许多方面对公民起到了保护作用。当然，它也允许某种变通存在。没错，在这个国家，我们的确需要规范自己的行为，必须约法三章。如果放任自流，老天保佑！瞧瞧我们傲慢的对手，看看他们那边是何种情形！自由、集中。这里，我们有行为的标准——我们应该牢记这一点。我们这里甚至有足够的变通手段，但你必须知道如何发现，如何获取，如何为你所用。

"你看，我是在一年前遇见他的。跟今天的情形类似，也是在街上巧遇。我并没有料到那个疯子老师能够认出我。但是，咳，可以说，他对我几乎是了如指掌：他说，我头脑清醒，因此，我事业有成，他对此十分佩服，等等等等。我们互相交换了电话号码——你知道，这只是出于礼节，人们都会这样做。后来，你能相信吗？他打电话给我了！不止一次。他不停地打。真让人难以置信！他完全变了：悲伤、疲倦、孤寂，有时还有些恐惧。他特别客气，让人感觉有些做作。先生长，先生短。我真是倍感惊讶。现在，我对此已经习惯了，仿佛打电话找我的是一个穷困潦倒的亲戚。他一个劲儿地说啊，说啊，他丧失了所有的审慎和骄傲。这么多人，偏偏是他在抱怨。你知道，他过去是何等的傲慢。但是，现在，他不停地抱怨，说自己非常贫困，说自己年事已高，没有亲人，说自己这一生非常失败，还不如那些愚蠢的可怜人，就连他们也过得像模像样。你简直不敢相信，但有时他的确跟我谈到他的母亲。没有任何顾忌。说给我听，说给一个陌生人听！他咒骂、哭喊、开玩笑；他呻吟，他坦白各种各样的事情；他忏悔，像一个小孩子。你能想象高傲的托莱亚用那种忏悔的声调跟人交谈吗？"

没错，那个忏悔的问题出自那个难以捕捉的工程师，那个傲慢的说谎者。痕迹、寓言、编造。化装舞会的模糊场面。

托莱亚是一个替代吗？事情每向前发展一步，这一点都得到了证实。某个地点的地标，内部的象征，真理和欺骗互换位置，相互支援，两个脑袋，两条尾巴，两张脸，两个面具，颠倒的身体，丑陋不堪，一种幸福的痛苦。

瞧，这么多年过去了，疯子的身影出现在附近，他又回到了少年时期生活过的小镇。

火车晚点了。在倦怠的黄昏里，只能看清车站的轮廓——古老的建筑，深红色的花岗岩。很快，像过去一样，夜幕降临在寂静的山区。满地的煤灰，幽灵放下手中的旅行箱，抬起头：是的，他已经到了目的地。他认出了眼前的一切——砖墙、金属柱子、肮脏的玻璃房顶。

现在,他来到了公交车站。毛皮帽子,购物袋,方围巾,包裹。等待,等待,越聚越多,他们拥挤在一起,中心是一个关闭的售货亭。有时,这里出售香烟和饼干。

等了近一个小时，公交车终于出现了，车头的大灯在黑暗中发出耀眼的光芒。它摇摇晃晃，喘着粗气，吱嘎吱嘎地开过来了。车门哐

219

的一声打开,车轮带走了那些疲倦的乘客。

几乎报废的汽车面对这么多人显得有些力不从心。它沿着弯曲、泥泞的街道十分吃力地向前运动,在道口停了下来。它驶过大桥,气喘吁吁地爬上两边种植着杨树的公路。在这里,在这个通往城区的弯道上,他总会产生一种到家的感觉。

无论是在上学的时候,还是在其后的岁月里,每次返家,这辆快要散了架的老破车在高耸入云的杨树间摇摆,最终抵达弯道上的那个点;从这里开始,路面突然变得更加陡峭,前方就是城区,重新发现的旅程拉开了序幕。始终是同一个地点,始终是不同的时期,始终是同样的年纪。弯道的前方有一个中途停靠的车站,这么多年了,公交的运行没有发生任何变化。公交车会刹车,然后,上气不接下气地在一栋带绿色玻璃窗的漂亮小屋前停下。他能看见两个座椅,还有成堆的破布、纸张,以及电线。几个乘客下了车,其他乘客上来了。车厢内还是那么拥挤,老破车发动不起来了。突然,车门口台阶处的一个乘客发火了:"你个傻瓜,你在干吗?没看见我在往上挤吗?"那个傻瓜又矮又壮,一张苍白的圆脸,身上穿着一件灰色的粗布短外套。他吃惊地瞪大了双眼,没有作答,而是往一边挪了挪,给那个粗鲁的家伙让出地方。乘客们使劲儿地往里挤,这样,那个大喊大叫的家伙就可以上去了。"别挤了,你们这群白痴,别再动了。"像往常一样,争吵随时可能爆发——谩骂和拳脚。但是,没有,什么也没有发生。他们太疲倦了。尽管如此,那个可恶的家伙仍然没有放弃,他嘴里一直在骂骂咧咧。好斗、傲慢,应该给他一记耳光。一只脚站在台阶上,外套敞开着,两只手各拎着一只巨大的箱子。那两只箱子非常显眼,都是真皮的,上面贴了几十个五颜六色的标签,好像这位乘客是从蒙特卡洛来的。车上的其他乘客之所以默不作声,之所以骂不还口,或许是被他的这身行头吓住了。他身上那件漂亮的外套是驼绒的，颜色也是驼色，非常柔软。那头骆驼的脖子里飘动着一条迪奥牌的大围巾，红、绿、咖啡色相间的格子图案。那个往上挤的家伙嘴里不住地骂着——骂司机，骂乘客，骂灰尘，骂污浊的空气和肮脏的环境，一个劲儿地骂，没完没了。

幽灵抬起那颗光秃秃的脑袋，扬起那张整洁的罗马执政官模样的脸。他谁也没有看见：他没有时间关心琐事。他满头大汗，怒气冲冲，他没有时间关心琐事。

他为什么出现在这里？那两只漂亮的箱子和阔佬穿的衣服是哪儿来的？颠簸，老爷车，咯咯作响，老爷车，沿着泥泞、狭窄、弯曲的街巷向前驶去。全体乘客都沉沉睡去，他们被打败了，他们又聋又哑。只有那辆老爷车一路呼啸着，呐喊着，翻滚着。他站在那两只装满了魔术器材的箱子中间，一只手抓着吊杠，另一只手不停地舞动着那条巴黎的围巾，他的怒气和杂耍表演让车厢内的空气也燃烧起来。他摇摆着双手和脑袋，骆驼色的外套在竞技场内飞舞；托钵僧没有足够的空间，没有足够的空气，也没有足够的掌声。他居高临下——他始终是那么孤独。永远孤独，和这个世界格格不入。

奥列斯特同志：

你说得对，可以跟奥尔坦萨·特奥多休联系。她活泼，好奇，善于打探别人的事情。用你的话说，她无孔不入。我建议她使用万能钥匙这个化名。她恰好住在这个大楼，这是她的一个优势。我们相处融洽，不单单是那种经理和住户的关系。跟她丈夫打交道可能会更困难一些，他是一个傲慢的家伙，一个目中无人的暴发户。他们夫妇通过非法手段获取暴利，但是，万能钥匙没有因此而丧失自己的谦卑和尊严，她没有忘记自己最初的社会地位。我知道，她很聪明，乐善好施，而且很有手段。她是一个有头脑的人，实际上，她对一切事情都很上心，她喜欢这样。从她对医生的态度上就可以看出这一点。她了解他的特点，也知道他的那些小把戏。从某种意义上说，她有些依恋他，但我知道，她已经意识到他阴暗的一面。我们的民族特色在奥尔坦萨身上得到了体现，换句话说，人们称之为好与坏的两个方面密不可分。这是我们国家一种独特、受人追捧的特点，是我们宝贵的财富。

万能钥匙认识到，每一个人都必须以某种方式付出自己的努力，这样才可以获取一张床，一块面包。用你的话说，在我们的国家里，凡是呼吸着空气的人都已经付出了，或者，将要付出他们应尽的义务。正如你所说，万能钥匙也明白，医疗档案就像档案本身一样重要。当她接受任务的时候，她哈哈大笑。从我们第一次接触开始，她允诺给我的叔父米哈伊弄些进口的药品。我知道，这是一个不错的开端。下个星期三，我们约好在咖啡馆见面。

教授心存疑虑，这种情况以前出现过许多次了。在一切显得毫无意义的时候，在他古怪的职业一钱不值的时候，沮丧和孤寂填满了他的内心。奴隶的特征是担心死亡，而主人的特征则是具有冒险的意愿，是吗？恐惧或是冒险代表着他那冥顽不化的孤军奋战吗？为什么我们不能在同一时间进监狱？为什么我本人要躲避牢狱？为什么我不高声喊出自己的憎恶？

夜色走进他梦乡的阴影，甚至还有白天时常走进他视线的人们，他们不断重复着同样的短语："陌生人，管好自己的事情，不要干涉他人。局面不会因你而改变，否则，一切早就变了。把你那些闹心的问题都忘了吧！正在发生的事情一点也不重要，预测未来是不可行的。"

他从椅子上站起身。他想到大街上去，想走进春天，卑贱的苍生正在其中苦苦挣扎。他想看看自由的力量对束缚的幽魂所产生的作用。他乘电梯，乘有轨电车，乘无轨电车。换句话说，他走上大街，进入天堂。带着一个念头：他最后要到剧院去。他瞧着肮脏的街巷，打量着周围疲倦的面容，感受着户外不安的躁动。他在一个售货亭前停下脚步，像一只焦躁的蚂蚁，站在队伍的最后，等待一杯无味的饮料，以及隔夜的三明治。切片面包替代圆面包，中间夹了一薄层红色猪肉替代萨拉米香肠。人们机械地向前移动，沉默不语，流着口水等待着猎物。

轮到他了，刚伸出手，有人拽住了他的胳膊肘。

"你在干什么？买这种垃圾吃？"

他转过身,感觉有些害怕。这个严厉的声音属于一个严厉的男人。他应该认出他来吗?难道不应该吗?

"你是准备去什么地方吧?为什么眉头皱得那么紧?"

"是的,我准备去剧院。碰碰运气。也许能弄到票。"

"好极了!那为什么皱眉头?去哪一个剧院?"

"国家剧院,还能去哪一个?"

"看什么剧?"

"不知道。我还没有买票呢。但愿运气不错。"

"怎么会这样,老朋友?去剧院就像是去海滩?不知道上演什么剧目,不知道导演是谁,其他一概不知?"

"别说笑了!国家剧院,这等于说,那里上演的是国家的剧目,就像在法国国家大剧院,那里——"

"好吧,好吧,但这也不是皱眉头的理由吧。不管怎么说,我不会耽搁你的。再说,时间还充裕,我们可以一起走走。我们现在见面的机会不是那么多了。30年的和睦相处,哈哈,是的,就是这么久。我们30年的战争。你在谈论自己的一生!"

一个令人愉快的惊喜,佛尼克。精辟的判断力,冷酷的客观,却是神经质的类型。他不时地搓着自己又大又干的手掌,还一个劲儿地去扶自己的眼镜。他谈到了自己的家庭。他的夫人和那些在餐馆、法庭,或是其他什么场所的人不一样,从来不在口袋和皮包里塞满准备付小费的零钱。当说到他的儿子时,谈话中断了。如今的年轻人实在难对付。至于奥拉鲁工程师,他完成的工作量可不少,他现在可以说是一个不可或缺的人才了。他们在通往剧院的街角处停了下来。佛尼克朝一位从他们附近经过的女士点头致意。教授在她走近之前早已注意到她了。

"那位女士是谁?"

"嘿,一个熟人。没什么。"

佛尼克准备继续讲述他的家史,但此时托莱亚已有些心猿意马了。那个穿牛仔裤的女人已经在前面拐弯,消失得无影无踪。

"她是谁?"

"只是一个……埃米利亚。这不重要。埃米利亚,我想,她是叫埃米利亚·亚努利。"

佛尼克似乎准备继续往下说,但是,跟他一起讨论的人已经快步朝剧院方向走去。他加快步伐,想追上那颗彗星。

然而,这一切都是徒劳的。那个漂亮的女人已经不知去向。

剧院门前的人行道上熙熙攘攘。这个来剧院看戏的人直奔票房。一个鬈发的年轻女子正和一个头发梳成环形发髻的年轻女子聊天。想看戏的人把脑门贴在玻璃窗上。那个女子根本不予理会。想看戏的人挑衅地咳嗽了几下。

"你想要什么?"

等到他回答的时候,那个女子早已像弹簧似的把脑袋掉转过去,面对着身边的另一个女子。我想让你告诉我,佛尼克·奥拉鲁究竟是什么人。男人的话语已经到了嘴边,就要结结巴巴地说出来了。我没有时间跟他当面核实一些他自己的事情,我想知道那个同志到底顶替的是谁。我加快步子,想赶上那位童话故事中的姑娘。我的确加快了步子,但机会却丧失了。一个丢掉的机会。男人嘟囔着,显然有些恍惚。

"你说什么?"

"没有,我还没说话呢!我想买一张票。"

"什么节目?"

"咳,一个失去的机会。除此之外,还有什么?就要这个。"

"什么机会?是什么?"

"好吧,今天晚上的演出。"

"今天晚上我们上演《一封遗失的信件》。"

"对,就是这个。《一封遗失的信件》。没错。今天晚上的。"

"今天晚上的全部卖完了。"

她回过身去,继续和她左侧那个呆板的姑娘说笑。她告诉她说,那个和马里亚纳群岛同居的利比亚人给她买了一双小靴子,她转手卖给卡蒂了。那双鞋太小了,所以,她通过一个在学校读书的表姊妹卖给了别人。

"卖完了?你这话什么意思?这是国家级的戏剧,是国家剧院的里程碑!每个季节都在上演,没有结束。"

"我告诉你吧,不是每个季节!有的时候根本不上演。如果你想知道实情,我告诉你,这出剧根本没有得到批准。实际上,有人说,这个演出季将提前结束,原因就是这出剧,所以,这里不上演了。"

"照你这么说,我们的行为依据是谣传喽,不是吗?这个剧目已经有一百年的历史了,只要这个国家仍然存在,我指的是我们这个可怜、可笑的小国家,这个剧目就不应该结束。禁止该剧就等同于封杀这个国家,小姐。我们不能轻信谣言,不能按照它们——怎么能让这个剧成为过去?怎么能让它成为一个失落的机遇?决不可以!我指的是这出剧。它是经典。不管怎么说,它是经典,小姐。"

"对,你说得没错。正是因为它是经典,先生!先生,人们蜂拥前来观看。别耽误我的时间了,我还有事情要做。我告诉你:我们一张票也没有了。抱歉,我帮不上你的忙。你真是不走运。"

这个来看戏的人并没有离开窗口。售票员不再理会他,但她也做好了准备：如果他再啰唆，她就立马打断他的话。然而，虽然这位顾客不肯离去，但他已经不想再问任何其他问题了。"不走运，哼！一个丢掉的机会——不走运！这就是国训：不走运。哼！我们总是不走运——除了这个没别的了。我们的特色才是我们真正的问题，女士！没有办法对付这张不走运的猴子脸。"

也许不该这样：他并没有力量应付这样的吵闹。毕竟，夜晚已经够慷慨大方了。佛尼克同志及时出手，使他免遭消化不良的折磨。然后，他又给他讲述了他自己的故事，还算有趣吧。接着，佛尼克又跟一颗路过的耀眼行星打了个招呼。没错，这是个温馨的夜晚，仿佛置身于上帝充满奇迹的伊甸园里。

就这样，这位前教授延续着自己外出的习惯。每当他感觉疲倦和沮丧，打算放弃整个计划的时候，他总是走出家门，让自己融汇到街巷的喧嚣之中。这就是现实世界的迫切、有效和虚幻吗？现实的死胡同！膨胀的能量，扭曲而可怕，它想公开，但没有成功；它想爆裂，也没有成功——在到达不断变幻的大门前，它被扼杀了。马尔库·万恰曾经也相信这一点吗？不管危险增加了多少，不管贫困、仇视和恐惧攀升了多少，一切照旧——臃肿、无耻、贪心的谎言目空一切，高高在上吗？饥饿的众生，以及密探和警卫，绝望的灰色冷漠？的确，在这种毫无希望的困乏之中，任何人都可能遭遇任何事情，伊里娜说过这话。谁也摆脱不掉这种慢性中毒，摆脱不掉命运的打击，它在你毫无防备的时候像一场瓢泼大雨，劈头盖脸地降落下来。

再一次，街道在他的眼中像一只体态瘦长的猫科动物；再一次，他的耳畔响起了人群狂野的喊叫：娼妓！大娼妓！毒蛇般的微弱火焰，在街道的毒气中只存活了片刻时间。

突然，他感觉自己有能力重新面对那个幽灵，有能力直面亚努利夫人，如果这是她的真实姓名的话。他偶然在书店看见过她一次。她很显眼，穿着一条绿色的丝质长裤，好像在参加一场时装表演。她把头发向后梳，扎成一条马尾辫。她那时正在翻阅一本书。实际上，他刚好在她的旁边。他四处看看，并没有发现她，但却感受到，她就在附近。她身上散发出强大的气息，使你无处可躲。他匆忙离开，心中充满了恐惧。一个世纪过去了。又是黄昏，又是慵倦。他打开窗子，来到大街上。春天仿佛被催眠了，晕晕乎乎，满怀欲望，但又犹豫不定。他走进一家咖啡馆，坐了下来。他旁边是一个上了年纪的男人，嘴唇上下长着稀疏的花白胡须，他的代号是马塞尔。他要了一杯咖啡，但他知道，即将端给他的并不是咖啡。

旋转门开心地旋转着。两个闪着磷光的女人一边笑一边走进门来，好像这是一个正常的世界。他掏出手帕，擦了擦额头。他无法抑制自己，转过身，面对着身后的桌子。身穿红色衣裙的女人对他莞尔一笑。他的双手开始颤抖：那杯称作咖啡的大麦茶咝咝地冒着热气，杯子随着他颤抖的双手颤抖着。

"先生，很痛苦吧。别把身子扭来转去了，别看她。"

"我感觉好像认识她，但我听不见她的声音。我很想听见她的声音。也许，我能认出她。"

坐在旁边的那个男人发出一阵孩子般的笑声。他举起手，让粗糙的手指穿行于自己的白发之中。然后，他举起一只玻璃杯，里面装着被称为柠檬茶的刷锅水。当他开始小口品尝杯中的饮料时，他的鼻子痛苦地扭曲着。

"你当然认识她了。全国人民都认识她。"

"全国人民，你什么意思？"

"很简单。她过去跟我们大家道晚安。我们所有的人。"

"晚安？我还是不明白。"

"她就是那个祝大家'睡个好觉'的仙女。帮帮忙，她是一个电视播音员。"

"不对。我从来没有在电视上见过她。我知道，我这些日子从来不看电视，我讨厌那些冗长的演讲。但我并没有印象。没错，我没有见过她。"

"咳，她主持节目的时间不长。而且，那也是很多年以前的事情了。我认识她的时候她还在电台工作。你能不能不要总是回头啊！女士们在笑话我们呢。你简直像个孩子。坐好了。注意，我要把所有的信息都告诉你，但你必须注意自己的行为。这可不是一家一般的咖啡馆，而且，今天晚上也很空。我们会让自己成为笑柄的。"

"好吧，加夫通同志。我保证听你的，我保证。我已经把自己的脖子牢牢地固定起来了。继续说吧，我听着。"

"她是一个可爱的女人，这一点是毫无疑问的。大方、活泼、爱开玩笑，单纯、诚恳。还有，她很脆弱。我不明白你为什么笑，真的，我不明白。"

"我的朋友，你用的形容词太多了。加夫通先生，有些夸张了，所以我才笑的。一个人有这么多特点，不可能有趣。每一个人都会对她失去兴趣的。"

"不，不会，大家不会这样想的。你不用担心那方面的事情。我敢保证，兴趣不会消退的。"

"那这个开心果为什么会从我们小小的屏幕上被拐走呢？"

"好像你不知道似的！我刚刚提到的那些特点并不是绝对必需的。"

"但这些也没有什么不好啊！"

"可能不好，尤其是当你一个劲儿地在电视上重复那些胡言乱语的时候。不管怎么说，她不是唯一一个担任宣传任务的美人。假如我们有那么多漂亮的女人，为什么不分享一下呢？你只要往大街上看，即使在今天这样阴郁的天气里，你也不会失望的。"

"我倒想听你说说她是怎样进电视台的，或者，电台，你不就是那时候遇见她的吗？她怎么离开的，为了什么？毕竟，不是每一个人都能随心所欲地去任何一个单位工作。你要有人引荐，你必须被接受。"

加夫通先生微微一笑，招呼招待再上一杯所谓的柠檬茶。但是，招待到女士们那儿去了，她们要结账了。

她们离开了，但她们的身影却被他捕捉到了。圆形的房间四周都是镜子，一刹那，它突然变小了。转眼间，夜晚变得乏味了，这个夜晚和其他任何一个夜晚没有什么不同。

"是的，你的问题很简单，很容易回答。"身边的先生彬彬有礼，继续着他的谈话。他把领带整理好，然后把自己的椅子向听众靠拢。"埃米利亚能够进入电台，是因为她的丈夫，因为她丈夫的名望，或是关系。但尽管如此，不久，她个人的能力就征服了大家。"

"我们接下来说说她那些无用的品德吧。"

"这我可不清楚。我那时已经不在电台了。我知道，她在电视台待了一段时间。高升了。在电视屏幕上看着她，听她说话，真是一种享受，哪怕这个小妖精读的是某个胡言乱语者的作品。她为什么不再干了呢？后来，我听说，咳，是第四手消息，所以，我也不敢肯定。好像涉及什么道德问题。你知道，这种借口近年来非常普遍，而且，很有效果。"

"假如我们继续这个话题，你介意吗？"好奇的发问者斗胆问道。

"不介意，我的孩子。大概你想从我这个老傻瓜嘴里听到公共检察官的控词吧。你大概以为，用你的话说，整个一代人的错误是由恶棍造成。梦幻者更容易对付——一种无药可救的精神分裂症。好吧，听我说。埃米利亚对于亚努利同志而言，实在是一种福音。相信我的话。尽管有许多——"

"我明白，我明白。加夫通先生，你是一个诗人。"

"我的孩子，天堂是平面的，这是真的吗？神界的画面是扁平的。只有魔鬼才会向我们灌输三维的概念！像亚努利这样的人，他代表的是深奥、正义和高贵。我的孩子，没错。但准确地说，埃米利亚就是那失踪的螺旋饰，假如有的话，是一种很有用的东西。"

加夫通先生站起身。他穿着一套白色的西装，头发和胡须都修剪得十分到位。他正取代一位享乐主义者，镇定，对自己的智慧有些怀疑。想象一下！马塞尔是一个替代！太不可思议了！"我们走吧。时间不早了。韦图利亚夫人可不允许我这么长时间把她一个人留在家里。"

他们一起走进旋转门。加夫通退后一步，把自己的大手放在那个失落的男人肩上。

"埃米利亚是大自然的礼物，我的孩子。那个拒绝欺诈的大自然。你在周围听到最多的一个词是：假如。假如这是可能的，我会去做的。假如我说出了自己的心声，假如我有这种勇气。当我们摆脱了这种最早的隔离期，每一个人都会认为自己是受害者，都会谴责他人，就像我们现在。他们会为了新的软垫座位，为了新的金色装饰而相互争斗。我的孩子，他们会像现在一样相互撒谎欺骗。今天，在监禁的时候他们撒谎；明天，在自由的时候他们还会撒谎。而我敢说，埃米利亚——"

"等等，"修士大叫道，"你刚刚说的是监禁吗？你，加夫通同志？监禁？你敢这样说话吗？让我看看你的眉毛。快点，让我看看你的伤疤。"他冲上来，把加夫通拽到第一根灯柱下面。当然，路灯不亮。

已经是晚上了，四处漆黑一片。唯一能够听见的声响是保安的脚步声。没有来得及清除的垃圾发出阵阵恶臭，弥散在城市的上空，弥散在温柔、可恶的夜色中。

"教授，快乐应该享有一切荣誉。当我还年轻的时候，还在为天堂而战的时候，他们把我关进了监狱，一所真正的监狱。在监禁期间，我鄙视那些整日凝望一朵小花，或是仰望满天星光，或是欣赏皑皑白雪的人。对我而言，那意味着逃避，意味着轻浮和无聊。然而，现在，我距离末日越来越近了。"

他停了下来，对自己夸张的修辞感觉有些难为情。他们并肩向前走，回家的道路是一样的：穿过奇什米久公园，穿过自由公园、帕什公园，一直走到他们居住的公寓楼——早已是华灯初上。在漫长的回家路上，他们谈到国家剧院的演出，谈到拙劣的即兴表演，还谈到卡拉迦列著名喜剧中半诙谐、半严肃的表现手法。除此之外，他们没有谈论其他内容，也没有再提咖啡馆遇见的那位漂亮女士。一时间，托莱亚已经把她抛至脑后。

其实，在某一时刻他还是想起了她。一天晚上，春天看似秋天，初生的欲火——幻觉，莫名，或是抽象的欲望——再一次蠕动在窗框的阴影中。此外，他还在匆忙的人流中看见了她，她正沿着大学校门口的台阶走下来。白色的绒毛披风，宽大的衣衫，纤细的身材，浓密、闪亮的黑发披在肩上，像无声电影中的一颗耀眼的明星。令人吃惊的是，她决定乘坐电车。等车的人群呆呆地望着这位难得一见的人物，甚至连电车都被遗忘得干干净净。

接待员万恰从远处尾随着人群。狂风卷着热浪，空气中的湿度持续增加，一切仿佛飘浮在冻彻骨心的冰冷雾霭中。一个结实、粗短的男人两只手各拎着一只鼓鼓囊囊的购物袋，朝那颗星星走去。他们相互说了些什么,像邻居,或者一个像女主人,一个像她父母庄园来的男仆。那个皮肤黝黑的男人不断尝试着解放自己的一只手,这样才可以弯下腰,亲吻女士的玉手。突然,她踮起脚上的高跟皮靴,身体使劲儿地向上挺,越来越高,超越了周围的人群。她修长、闪光的脖颈从披风中伸出来,一只细细的衣袖在风中起舞。这只羊毛质地的衣袖布满了金属丝线的刺绣图案,像中世纪晚宴上见到的一样。她朝一辆疾驰而来的出租车激动地挥舞着手臂。她的身体抖动了一下,为自己的好运气感到兴奋。车子停了下来,刚好就在她那双红色的小靴子旁边,太完美了。直到这时,她才注意到那个可怜的家伙。他还在费力地移动他手中的袋子,费力地向她鞠躬,简直换了一个人。为了让他镇定下来,她莞尔一笑,轻轻地拍了拍他的肩膀,并且摸了摸他那潮湿的圆脑袋。她小心翼翼地把自己苗条的身体塞进车子。当她刚刚把披风全部收进车厢时,车门哐的一声关上了,发动机发出了吼声。接待员万恰斗胆走到那个幸运的目击者面前。

"你在这里干什么,特奥多休先生?你,还有电车?发生什么灾难了吗?"

"别开玩笑了。我告诉你。假如像我这样的人都弄不到汽油的话,那么,这可就不是玩笑了。我们有了安排,清楚、稳定。一个在我夫人奥尔坦萨医院工作的司机。我付钱给他,他负责接送我:非常可靠。但是,现在,他竟然放肆起来。我跟你说吧,他改要东西了。东西,你听见了吗?他对钱失去了兴趣,他想要等价值的东西!奶酪、咖啡、猪肉,这些就是他要的东西。因为他简单地把钱变成奶酪,或酒,你知道是怎么一回事。咳,这对我而言太过分了。脸皮真厚。难道我应该去没日没夜地排队,去为他购买黄油,或是擦屁股的草纸,或是女人需要的棉布,就因为科斯蒂克先生自己没有时间?这超出了我的底线。你瞧,我只好站在寒风里,等待那头带轮子的骆驼。"

"但是,吉克先生,这件事情也并没有这么糟。你应该跟人多接触,你应该多出来看看。"

"相信我,这可不是玩笑。这个世道多乱啊!连像我这样的人都得不到必需的东西。"

"但你也有快乐的时刻啊。比如说,你那个教女,她看起来真够漂亮的。要么,她是你的教母?"

"教女?你在说什么?"

"就是那个女的。你看见她的时候,一脸的笑容,好像教父看见了自己的教女。兴许她是主任的夫人。"

"谁?埃米利亚夫人——米拉?她可不是我们的同类,先生!米拉夫人是地球上的奇迹。我告诉你,她可是真正的公主。可不像有的人,脱去她们的衣服,拿走她们的软膏,一身的马臊味道。那位女士是真正的珍宝。她是上帝的圣餐。如果你有求于她,她永远都不会拒绝你。这种事情永远不会发生。她什么人都帮。米拉夫人有她自己的关系,你知道吧。无人能比。"

"照你这么说,你和她没有关系?"

"打住!我告诉你,别胡说八道。她在旅游行业工作的时候,我就认识她了,她带外国游客。"

"啊,我明白了。工作中结识的。"

"米拉夫人只和我一人相处融洽,她只和我一人在一起工作。其他人甚至都不认识她。谁都不认识她,甚至连瓶塞钻也不认识她,你也不认识。我是她唯一信任的人,因为我知道如何管住自己的嘴巴。你知道发生了什么事情,经常有一两个男人来找她。"

"你什么意思,一两个?"

"啊,这可是职业秘密。一流的女人,硬通货。还要我多说吗!"

"真的吗?真有那种事情?"

"不对,不是人们想象的那种。米拉夫人决不会为了从美元商店弄到东西,不管是否喜欢那个男人,就和他干那种事。然而,对于她来说,假如她喜欢一个男人,那就另当别论了。我告诉你,她只是偶尔和男人在一起,而且极为隐秘。不管怎么说,正如我刚才说过的,她有一颗金子般的心。一个真正的灵魂,一个伯爵夫人!如果你问她要东西,她一点儿也不小气:药品、布料、给孩子的玩具,任何东西。因为她经常外出,她总有地方去。"

"按照你所说,她怎么能够经常外出呢?她常去什么地方?"

"去外面的大世界。这就是她去的地方。广阔的世界,不是傻瓜去的地方。你以为每一个人都蜗居在这里,谁也没有机会出去吗?咳,我告诉你,有例外!而且还有特别有意思的事情。对于某些人而言,世界缩小了。很多地方都不是为你我这类人打开的,你知道吧。地球不停地旋转,它不是静止不动的,虽然我们看不见它在运动。"

然而,电车的到来打断了这一次的哲学演说。同事特奥多休·吉克,大家都叫他波伊,又称老板,此时已经来不及提供其他职业秘密了。他充分利用胳膊肘和手中的拎袋,奋力挤进歇斯底里的人群中,第一个登上了上帝拯救苍生的方舟。接待员阿纳托尔·多米尼克·万恰·沃伊诺夫发现自己再一次落了单。他感觉十分沮丧,面对自己白天、黑夜的交谈者,感觉又不信任,这种念头使他羞愧难当。

尽管如此,那个女人的身影一次又一次地闯入他的白日梦,她大笑、大哭、大叫,尽情地重复着心理疗法,把快乐演绎成自由的鬼脸。梦游者托莱亚任由自己屈服于她的诱惑!

凉爽、清澈的夜晚。故去的亲人虽死犹生,盘踞着永恒,在那里,一切都那么完美，仿佛一切都不复存在。那个女人又出现了。她精心策划了一番，以全新的模样登场，直接而神秘。有时，他甚至在模糊的晴空，或是在盲目热情的人群中也能捕捉到她的身影。他走火入魔了，他害怕了。随即而来的是甩掉一切的渴望和随之而来的恐惧。死亡——是的，她也许就是它的化身：美丽而贪心。温柔、饥渴、好客，包裹着你的是渴望、昏厥和恐惧：死亡。冷漠和欢快的面具，贪婪的光芒，狂乱、极度的情感。

她不是抽象的。她有自己的名字、地址和电话：可以跟她联系上。但是，梦游者缺乏这份勇气。他试图忘却无法估量的是非旋涡，重新逃回到大街上，回到人们困惑的低语之中。专横的春天使囚禁其中的人们癫狂起来。蚂蚁的心脏急剧膨胀，像压缩机一般咆哮起来。他像酒鬼一样，晕晕乎乎地穿过垃圾遍地、臭气熏天、到处是警察的公园，走过死气沉沉、阴影重叠的林荫大道。一路上，他看到人们在空荡荡的店铺外面排起长长的队伍，看到每一个车站都是人满为患。冒着极度的炽热和地狱无情的雨水，他回来了，夜晚的梦游和冒险使他精疲力竭。然而，他仍旧要出去，要重新发现那种能够帮助他摆脱失望的极度疲倦。当他返回到大街上时，他又一次遭遇到喧嚣。客迈拉女妖的一串身体，镁的排量不断增加，一层粉色的烟雾被天线所刺穿。

这是一种奇异的黄昏：春天是冬天，他站在雅典娜神庙前。那个女人在马路对面，刚从神庙里出来。当她朝他这个方向走过来时，他认出了她。她穿着一双盖过膝盖的高筒皮靴，像漏斗一样紧紧围在褐色天鹅绒的裤子外面。她身上的那件红色狐皮外套宽宽大大，使她显得更加娇小玲珑。她走过马路，沿车道走去。她脸上泛出苍白的颜色，漂亮的额头下面一对闪闪发亮的眼睛，勾人魂魄。她的头发梳理得非常仔细，分在太阳穴的两侧。她在那些等着听音乐会的音乐爱好者中间穿行，浑身散发着朝气，挥动手臂回应人们的问候，然后疾步朝入口处走去。就在那时，好像有一个男人高声叫她，她在他面前停留了片刻。一次欢快的对话：她那可爱、清晰、令人无法忘怀的笑声飘向空中。看不清楚那个男人是谁。他脸朝那边，比女人矮了不少。他们分手的时候，他踮起脚尖，亲吻着女人的手。当他转身离去的时候，看见了他的脸——普希金，令人痛苦的画面。长长的络腮胡子，下巴上还挂着几根胡须。"哇，是你啊，医生！我一直以为你只在家里欣赏音乐，不到这种地方来呢。"

"今天例外，一件特别的事情。"

"因为那个女士？她是你的病人吗？"

"不，不，不是。我认识她很久了。一个同事的夫人。"

"什么样的同事？战士相互间称同志，不是同事。我甚至不知道你以前是一名战士。"

"我不是。那位女士曾经嫁给了一家诊所的负责人。我在他手下干过一阵子，他是我的老师。"

"她看上去仍旧那么年轻，教授的前夫人。现在，她嫁给了一个前战士。"

"没错，是的。他们之间年龄的差距令人吃惊。她比他与前妻所生的女儿还要年轻。假如那个老人还活着，他肯定非常想念她。假如他已经到了天堂，我相信，他还会想念她。没有她，生活对他没有意思。她是一个奇迹，是生命的气息，是一抹阳光。"

"你说谁？《圣经》里的大娼妇？你知道，人们都是这么称呼她的。"

马尔加医生一脸的严肃。浪漫的胡须遮盖下的脸庞没有任何表情。

"一派胡言！你在开玩笑。在我们的生活中，快乐的源泉少之又少，我的朋友。我们应该珍惜。真正的幸福是一种无形的力量。那位女士温暖了我们的心窝。千万不要轻信暴民——你从他们那里听到的都是些毫无根据的流言蜚语。"

"你说得没错,我听你的。你认识托马这个人吗?托马·Λ.托马经理?"

"哪个托马?圣人,还是其他什么人,怀疑主义者?"

"医生,我可不是在开玩笑。托马是一个模范的聋哑人!他眼观六路,耳听八方,什么事情他都知道,但是,他只在恰当的时候向恰当的人汇报。一个非常精确的人,经验丰富,实践感强。他不会因为国人的事情支付1000美元的,他认为替代并不危险。但是,他始终监视那些——或者,那些有可能——或者——"

"又来了,别开玩笑了,我们进去吧。"

"托马对我们的同胞没有信心。他并不认为他们的即兴表演是危险的。但是,那个职业的托马也有弄错的时候。毕竟,他只是这个真实世界里的一个专家。咳,这个快乐女神也是个替代。你知道,医生,这就是她的全部。"

"她不是替代!我不久前看见她,她来医院看我,她——"

"照你这么说,她终究还是个病人。"

"不,绝不是。她是治愈疾病的方法,不是疾病。"

"死亡,医生,这就是她的化身。启示录里的大娼妓。清晰的幸福,满足的冷漠,死亡超凡的活力。"

"孩子,够了,收起你的隐喻吧。她来医院是为了一个病人。"

"啊,那一定是她那位模范的夫君,从前的战士,一个了不起的病人。医生,他们一定把他折磨了个够。他的那些模范战友把他置于死神的身边,他们想结果他的性命。如我刚才所说,只有在他这样例外的情形中,托马才能够看见危险。那个模范协会知道该如何控制能够将他置于死地的幸福、快乐和诱惑。很有可能,在托马眼中,我也是危险的,就像那个拜倒在大娼妓石榴裙下的妄想家一样。"

"看在上帝的分上,别再胡说八道了。我不认识那位女士的夫君,而且我对他也没有什么兴趣。我听说过一些关于亚努利的传说,但我并没有发现什么有趣之处。你知道,我感兴趣的是现实,最热门的现实。那是我的职业。"

"咳,我们的邻居托马感兴趣的也是现实。他是一个现实方面的专家,我一直这样认为。"

"你又在说疯话了,孩子。我都快赶不上音乐会了。事实是,那位女士来医院看望一个年轻的学生,一个非常有名的学生,一个非常优秀的男孩子。当她打听那个年轻人的病情时,她眼中充满了天使般无限的温柔。"

安东·马尔加医生解开挺括的衬衫领口的扣子,他显得有些恼怒。他穿着一套浅色的夏季衣裤,是那种勿忘我的颜色。一套浅色的夏季衣衫,但是那个跟他谈话的人却认为这是一个缺乏生气的冬夜。医生的右手握着一根橡胶短棒,那是雨伞外面的套子。他不时地用一块精美的白色手帕擦拭着自己的脸、眼镜、额头以及胡须。春天炽热的天气使他满脸冒汗。"当那个学生回来的时候,我和他谈了一下。他肯定地说,对于他而言,米拉代表的就是特别的奉献和幸福。这一定是爱情——或是性爱,人们现在常这样说——我不在乎。一次感情的教育,你知道我的意思。当然不仅仅是身体的,这一点你可以肯定。在这种疗法中,注意力如此的集中,以至于邪恶没有藏身之处。"

"既然这样,你为什么不聘用她呢,医生?你甚至可以撰写一份科学报告:这个无价的主意会给你带来不朽的名望。把她带到医院去成为其中一员吧!死亡夫人,她有一个闪闪发光、超凡脱俗的面具,有一颗慈善的心,还有可以治愈疾病的身体。这位女神提供了一种无效的开始。陆地!陆地!水手们高声喊叫着。女人!海洋女神让我们重新适应陆地的生活。第一,也是最后一个真理。我们来自于泥土,我们回归泥土。"

"孩子,你说得对。亚当的第一个女人利莉斯像他本人一样只是泥土身。她因为一件事情而出了名。她引诱了两个天使,从他们那里得到了口令,因而得以打开天国的大门,然后飞了出去。她抛弃了亚当。在这之后才有了夏娃——亚当的妻子。任何人,任何东西都无法抓住那个泥土身的女人。她逃跑了。矛盾的是,她逃走之后却又回到了天界。"

"太精彩了!老牌理性主义者,凡人马尔加真的是一名教徒吗?我们都戴着面具,我们都是替代。医生,你是信徒吗?"

"不是,我只是对阅读有着强烈的兴趣。阅读使我越来越接近天界,接近我的病人。你瞧,如你所说,我本来可以在家里欣赏今天晚上的音乐。但是,我想到音乐大厅里来,想置身于人群之中。这不是教堂,而且,那位演奏巴赫的风琴家也不是牧师,但我仍旧……"

"抱歉,我还真不知道你有这份雅兴。我倒乐意远离这种可笑的事情。"

"可笑的事情?我的上帝是一个无神论者,用你的话说,他喜欢刺激、选择、即兴,当然还有玩笑。他和我们一样。他的确按照自己的喜好创造了我们,不是吗?因此,我支持那个你认为很迷人的女人。"

"死亡!谎言、玩笑、调解。冷漠,幸存的即兴表演。换句话说,死亡,死亡。"

"嗯,我支持那些幸存下来的无名小辈。变化无常、怀疑一切的小丑不是我的敌人。"

"但是,他们没有权利出庭做证。这一点很关键!你那些可爱的家伙失去了作为证人出庭的能力。《古兰经》上就有这样的记载。像那样的弄臣没有机会出庭做证。上面就是这样写的,医生,书里就是这样写的。"

"好吧,我再看一看。书籍不是十全十美的,读者也一样。如果书里真的是这样写的,那我要请求改正这个印刷错误。相信我,一个小小的幽默不会对整部经书造成破坏的。至于真理,它也存在着欺骗。两者像受到婚姻束缚的夫妻,相守在一起。即使他们和别人通奸,他们也不分开,离婚也不能把他们分开。他们始终有联系,无法分割。我的小教授,你的脾气太坏了,真的。音乐会对你会有好处的,相信我。走进巴赫的殿堂,学会放松你的身心。"

医生此时真的很着急。他跑上阶梯,消失在暮色掩盖的拱门中。

坏脾气!哼!佛尼克·奥拉鲁和兴奋剂托尼·马尔加,他们口口声声宣扬内心的平静。"听我说,"马尔加到达了神殿阶梯的最上一层,回过身,高声叫道;"谎言一旦说出,就会有报应。它们变为现实,它们成为现实,那就是最终的真理。"

现实并不是最终的真理,医生,病人轻声低语道。他现在坐在神殿对面的一条长板凳上。被称作现实的猜测可以忽略不计,等待并不一定是谎言,并不一定是幻想;抵制或者真理也不是谎言,抑或……过了许久,他把外套的领子竖起。再一次,他走远了;再一次,他走进冬日,他是冬夜里的一个陌生人,深陷在令人难以置信的漫长冬季无法自拔。

没有人应答。他核对过地址、姓名和电话号码：一样都不错，但就是无人应答。电话通了，但没人接。我们干脆去一趟吧，亲自到现场去，到那栋房子里去。假如真的没有人，那么，门铃响了，也没有用。

这个星期充满了活力：星期三守在电话旁，星期五到现场。即使发生的事情没有什么了不起，最终肯定会有事情发生的。

他在龙德站等23路电车。电车还没有来。乘客等待着，电车来了，满满的。他决定等下一辆，也是满满的。乘客抓住门边的扶手，进入车厢。他感受到其他乘客的肩膀，感到他们的汗水，也感受到他们的疲倦，这是他们之间真正的联系。在米哈伊·布拉沃站，他转乘另一路电车，5路。车很空。多米尼克先生按照要求把车票打孔，然后折叠起来。他买的是往返票。但是，当他从车上下来的时候，他却大意地把票给扔了。他穿过马路，登上了开往面包厂的公共汽车。

他下了车，往回走了大约100米，来到斯坎波洛商店门前。店铺没有开门，那天刚好盘点。他拐进右边的一条小街，一直走到一栋灰色公寓楼前。他上到二楼，伸手去摸开关，然后按了一下。不知什么地方，一盏电灯亮了。这里距离8号只有一步之遥。

他按住门铃，门铃响了。声音传进门后的房内。没有反应。又是相同的结果。他等待着：没有动静。他再次按响了门铃。他退后一步，按了一下开关，灯又亮了，但光线微弱，费了很大的力气才看清眼前的楼梯——由于年久失修，由于太多人的使用，外面包裹着绿色塑料的金属扶手早已肮脏不堪。他摸索着，慢慢走下楼梯，再一次来到小街上，来到斯坎波洛商店的门前，来到公交车站，然后上汽车，再然后来到电车站，坐上电车。就这样，他结束了冒险行动。

星期五的努力白费了，要等到下个星期三。一个小时俯身在电话机上，拨号盘就像轮盘赌，把自己的毕生都压上去了。他一遍遍拨着号码，1次，9次，60次，没有结果。那个号码拒绝给他任何对话的机会。

现实是一种昏厥状态，是一种炫耀，忧虑，蒲公英，昏厥，就这些。他用右手拨号，左手捧着一只苹果。没有回应。

星期五，天上下着瓢泼大雨。公共汽车，电车，另一路电车，另一路公共汽车。污渍斑斑的灰色公寓楼，黑黢黢的大门，门铃。然后，回到称为星期五的现实当中。这一天依旧存在，这一天依旧收留他。星期三守着沉默的电话，星期五逗留在谜一般的现场。又一个星期三，又一个星期五，在梦中来回摇晃。他的忍耐到头了。他要采取主动了。距离下个星期五还有漫长的光阴。不可能再等待下去：必须克服这种被称为现实的昏厥状态，不管后果怎样。阿纳托尔·多米尼克·万恰·沃伊诺夫用不同的方式投掷着手中的骰子。这一次，他采取了欺骗的手段。违背了常规的做法。瞧，接着到来的不是星期四，而是星期五。星期四给星期五重新命名。今天是星期五，明天还是星期五，两个1点，他的厄运翻了一番，他的疑惑也翻了一番。

等公交车的过程让他发狂。始终等待，始终研究同伴们脚上的鞋子。他抬起头，格斯塔特。国营商店。蔬菜，肉鸡，鸡蛋——它们应该在格斯塔特的大厅里，那里除了泡菜什么也没有。然而，奇迹还是出现了，长长的尾巴拖在身后。瞧，来了一个。又过了些时间，当观察者研究着身边更多双鞋子的时候，更多的想法闪现在他的脑海。他抬头望着那些穿越马路的人们，他们在店铺门口排起长队。格斯塔特，格斯塔特。眼睛凝望着空间，凝望着街对面的什么地方。他继续盯着那些替代皮鞋的鞋子，盯着马路对面的队伍，盯着那些推来搡去的替代——为了什么？他们最后把他逼疯了。又一次，他盯着排队的人群，盯着格斯塔特的大门，然后是轮椅。他以前见过这个残疾人的轮椅。当瘸腿的人摇动着轮椅离开的时候，他的大脑也随着轮子的运动而转动。漫无目的，但心中却有一个明确的目的；他再也看不见任何东西，但他却看见了一切：他越过马路。那边没有人，只有机器人风笛，他又瞎又聋，十分完美，一颗螺钉松动了，准确无误的机械装置，高速、优秀的运转秩序，发光的流星来了。当他还差一步就要到达队伍的时候，他突然一个急转身，掉头离去。没有人注意到他。轮椅已经启动。抱歉，劳驾，你能否，你能让我过去吗？人们闪开。绅士非常小心地摇动着轮椅，哟，哇……什么事情，怎么回事……人们刚刚听到轮椅的咯吱声，它就已经进入了大家的视线。一位身穿白色套装的优雅绅士引领着轮椅，派头十足地进入大厅。这位绅士秃头，脖子里围着一方色彩鲜艳的红丝巾，一副见多识广的自信模样。周围的人群纷纷自觉地退后一步，给这位显赫的慈善家和他残疾的亲戚让路。这两位来到了柜台前。四包，闯入者吩咐道。店员连头都没抬一下。包好的食品早已飞到了磅秤上——报出了109列伊的价格。四只鸡，109列伊，这就是报出的价格。绅士拿出110列伊，摆摆手，一副不屑一顾的样子，拒绝了店员找给他的零钱，然后双手再一次抓住轮椅的把手，向前推，再推。哟，哇，那个瘸腿号叫着。他们已经来到大门口。装着无头鸡的袋子搁在瘸的腿上。周围的人群一阵骚动。众人的声音汇聚在一起，一位老年顾客愤怒地跺着脚，沙哑的嗓音叫喊着：你这个无耻的流氓，竟然利用这个可怜的人！你这个恶棍，竟敢当着上百名排队的人耍滑头。你可恶！你这头脏猪！

太晚了。轮椅已经离开了大厅，穿过了人行道，辉煌的战果摆放在瘸子的腿上。

巨大的眼睛，快要哭了。魔术师两根手指头拎起两个袋子，另外两份留给朋友，权当作礼物，然后，他扬长而去。他用两根手指把袋子高举在空中，锥形袋子里面的无头鸡在不停地旋转。该死的我该如何处理这个战利品呢？我想要的就是冒险，就是挑战，就是胜利。现在，我把这两只死鸡带给摄影师。除此之外，我还能做些什么呢？也许，残疾的摄影师会回想起罪恶，也许鬼魂会准许我做见证人。

他听见背后人们的议论，声音很低，越来越低。他真想回去，想再次重复这种无理的举动，甚至想再次羞辱那些人，想向他们挑衅，想迫使他们远离排队等待食品的时候享受的那份平静。他们站在那里，等待着维持生计的可怜份额，等待着装聋作哑、忍辱负重换来的奖品。先生们，我缺席了，我真想对他们这样大喊。我在你们中间，但却又十分的遥远，重温多年前的噩梦，为的是摆脱今日的恐怖。为了逃避厌倦，先生们，为了逃避春天的歇斯底里，春天使我们感受到了污辱，春天像皮鞭一样抽打着我们的躯体，春天使我们失去了理智。我接受挑衅，我接受我自己，就这些。这就是我。我就是我称作星期五的这一天。先生们，我厌倦，这就是我的感受。纸袋跳起了华尔兹，猎手的猎物也在舞蹈。烧焦的空气，两只窸窣作响的塑料袋，每日重复着杀戮的屠夫，他的冰箱里走出两具模范的尸首。我们在一起，瞧，我们三个，在今天这个巨大的袋子里，面对着电车的电缆，随时准备跳下去，结束一切。一个片刻，一个原始、僵死的瞬间，一个巨大、高贵的机会，可以重新掌握控制权，可以让这个戏仿结束。我们在交通信号灯管制的路口穿过马路，交通灯使我们眼晕；我们头顶着无情的太阳，因为我们的厌倦而勃然大怒的太阳，我们背负着它的惩罚，小心翼翼地走过。到了花卉商店，然后到了斯坎波洛商店，盘点，不开门。在橱窗前,一位老妪正使劲儿地盯着里面布展的物品,她的肩膀疲倦地向下耷拉着,就像放置在那只皱巴巴的灰色口袋里的烧鸡。她枯萎了,她的背驼了,她被小心地放在一只标准尺寸的口袋里。

我们收集口袋,我们慢慢地挥舞着口袋。在毒性发作的日子里,袋内的尸体在发酵的粉色空气中旋转。危机四伏。无形的爪子朝我们逼近,随时可以将你抓获,但它却已经改变了方向,捕食他人去了。黑色的翅膀掠过,我们还活着。这是我们最大的权利,我们不可能有什么别的奢望。我们毫无知觉地向前移动,仿佛处于静止状态。我们来到一个方形的物体前面,这是一栋房子,一段水泥楼梯,一个电灯开关,一盏灯,一个门铃。像明天一样,今天是星期五,像100年前一样,又是一个世纪,仿佛我们根本不曾存在过。

大门胆怯地打开一条小缝。看见了,它现在完全打开了。

站在门口的是一个女人。水汪汪的眼睛,头发束在脑后,矮胖的身子向左倾斜,两只手又小又胖。

"夫人,夫人,"陌生人结结巴巴。

"抱歉。"

"啊,对不起,我,嗯,库沙一家住在这里,不是吗?你是库沙夫人,对吗?"

"不,你弄错了。库沙夫人不在家,我是托利的一个朋友。我的意思是,我是库沙夫人的朋友,我叫——"

她说出了自己的名字,但是,空气瞬间就把它给驱散了,托莱亚没有抓住。

"哈,嗯,实际上,我来这里是想看望奥克塔维安。塔维·库沙。"

他设法挪进去一小步。女人吓了一跳,但她没有力量阻止他。是的,当陌生人进入大门后,他遭遇到一条狗。它趴在衣帽架边上,黑色的眼睛盯着来者。

"我是奥克塔维安·库沙先生的一个老朋友。我很想见见他。我一直在到处找他……"

女人眼睛里流露出一种温柔，但又十分警觉的神情。她身上穿着一种蓝色的工作服，像实验室里的工作人员，像女佣，或是医生：任何人都有可能穿这种制服。

托莱亚从厨房里搬来一张小板凳，坐了下来。

"你知道，女士，刚才他们在分发橙子。实际上，我本人并不需要。但是，我看见大家在排长队，男男女女，上百号人，表情都很痛苦。我想，我们也弄一些吧。"

他看着放在凳脚边上的那两只装有无头鸡的袋子。

"既然我到了那里，我也不妨买一点。橙子，恰好……"他手指着那两个袋子，此时，它们静静地躺在地上，就在他那双奶黄色带出气孔的鞋子边上。女人一声不吭，瞳孔放大，手紧紧地握着门把手。

"就这样，我加入了排队的人群。肯定是在20年前了。我也在排队。我那时在里斯本，在萨洛尼卡？我已经记不清了。我那时——嗯，多大？——20岁，30岁？我记不清了。西恩纳，萨洛尼卡，塞维尔？究竟在哪里，我记不清了。我并不需要水果，但我还是加入了排队的大军。事情就是这样。在我的前面，一个年轻的女子陶醉在她未婚夫的目光之中。队伍缓慢地向前移动。在某一时刻，我们前面的一个女人离开了队伍。高雅，头发梳理得十分整齐，一个典型的东方丽人的侧面。咳，我一星期前在瑞士滑雪的时候，我也排过队，在下山的滑道口排队。我并不是那么喜欢吃水果，但是你知道当时的情形：我随大流。我这人很容易受别人的影响。每当我看见别人在排队，我立刻参加。就这样，正如我刚才说的，一位漂亮、优雅的女士决定上前抗议。

你难道不和我一起过去吗？她问那位未婚夫，但他没有作答。那个女人是对的：应该采取某种措施，否则，我们恐怕什么也买不到。那些纸箱子差不多要空了。年轻的未婚夫微微一笑，笑容里透着一份嘲讽。为什么她认定我最具代表？他对身边的未婚妻低语。年轻的女子抬起头，满怀敬仰地凝视着他的眼睛。应该说，最具代表性，她温柔地纠正他的措辞。充满了敬仰之情。但是，她依旧纠正他的语法错误，可爱的人儿！我们就这样等待着，一步一步地向前挪。我们身后的队伍越来越长，人群中开始出现骚乱。"

女人身体靠在厨房门上，手依旧握着门把，显得有些担心。她一言不发，完全沉浸在他的叙述中。

"我刚才说了，夫人，我们非常缓慢地向前挪。我那时是个孩子，就像现在一样。也许我那时15岁，25岁，35岁，不会超过35岁，绝对不会。一个胖胖的女售货员出现了，她搬走了一箱橙子，是留给店员们的。人群中一阵骚动。接着，一个女店员从街对面走过来，是从那边的电器商店来的。当一个顾客要求称15公斤橙子时，她抢先一步装了一口袋。你听见了吗？15公斤！这引发了人们的不满。女经理出来了，大家开始吵闹。队伍重新开始向前进。人们高声喊叫：以后每个人不能超过2公斤，这样，大家都有份儿。女店员们态度十分和蔼可亲，镇定自若地继续她们的工作。每个人都可以得到最多6公斤，这是女经理的决定。当时，那里还有一个醉鬼。干得好，很温暖，醉鬼嘟囔着。夫人，你了解过去这几年的情形。我们只要听见冬天这两个字，就会害怕得浑身发抖。夫人，仿佛我们生活在山洞里：严酷的冬日，没有取暖设备，没有热水。你知道，噩梦一般的日子。醉鬼说得没错：干得不赖，我们没有在大街上站着，我们在室内，在科尔夫咖啡馆里。我们在室内，我们感觉很温暖，我们没有体验到冬天的寒冷，醉鬼说得对。就这样，一步一挪，缓慢向前。可爱、活泼的年轻女子们忙着称水果。"

女人还是手握着门把手。托莱亚此时已经舒服地坐在板凳上了。那条黑色的澳大利亚犬伸长了脖子，脑袋碰到了托莱亚脚上的那双黄色鞋子。

"塔维，听话，孩子！"

塔维黑色的脑袋从黄色的狗脸那里缩了回去，但它始终非常警觉。韦内罗大婶的声音非常非常好听。我甚至没有注意到，或者，我忘记了。是的，托莱亚就是忘记了。他只顾说话，没有注意这些。的确，韦内罗的音质非常不错。不是芳香，你不会这样描述。他已经为她起了一个教名：韦内罗。从第一刻起，在听到她的名字之前，他什么也看不清楚。因此，来到他身边的是韦内罗，她突然闯进了他的想象中。

"那么，我可以继续吧，夫人。你知道，我记得有一头河马。那是去科尔多瓦的假日旅行，管它是什么地方。我总是改变休闲的场所。我追求新鲜，总是期盼发生新奇的事情。我不能总待在一个地方，我没有那份耐心。我无法按照协会，那个什么协会的要求去做。没错，它甚至不允许我们搬家，不允许我们去外地旅游。"

"塔维，宝贝，乖一点。"

塔维把自己长长的红舌头从黄色的鞋面上缩回来。然而，它依旧十分警觉，十分小心。它的眼睛像烧红的煤炭。韦内罗手握着门把。她看上去非常镇定，嗓音很好听。

"就这样，我最后终于来到了磅秤的前面。那个栗色头发的可爱女子问我要多少。我说，4公斤吧。她开始把橙子往袋子里面装。我干吗要4公斤？我不知道。我就是这样，容易受别人的影响。好的。人们在我的身后嚷嚷。又是一阵骚乱。夫人，我刚刚说过了，那个女售货员已经把装得满满的口袋放在磅秤上了。好的。但是，我那时参加了人们的抗议。我在自言自语。我开始管闲事了。大家说得都对。这是我的原话：大家说得都对。那些女售货员卖给顾客2公斤、6公斤，或是9公斤，她们没有错。这并不重要，因为不管怎样，总是会卖完的。这不是她们的错。错在别人，我知道是谁。唯一错误的那个人就是那个大块头，那个协会。其他人都是无辜的。大家说得都对。那个唯一不正确的人，你知道是谁。我为什么要掺和？我根本就不需要水果。我问你：这些水果我怎么处理？"

托莱亚再一次手指着那两个装着无头鸡的袋子。他松开脖子里围着的那条深红色围巾。一个倦怠的斗牛士。

韦内罗夫人害怕地握着门把手，她只能这样：沮丧、迷茫、精力匮乏。

"看我，一个劲儿地唠叨。实际上，亲爱的夫人，我来这里的目的是探望我的朋友库沙，我的意思是说，探望塔维·库沙。我有事情要和他商量。"

猎犬动了，没有动。说不好。但是，这个小个子老女人松开了握着门把的手，然后把冒汗的手掌在蓝色的工作服上擦了擦。

"我跟你说过了，库沙先生和夫人不在家。我也只是一个星期来这里三次，帮忙照看一下房子。他们把塔维托付给我照料。我住的公寓出了点问题，我不能待在家里。春天发生了许多疯狂的事件，打那以来，我一直住在这里。在他们回来之前，我决定就躲藏在这里。至少白天是这样。"

她的声音听上去十分镇定，温暖，香气扑鼻。韦内罗用她胖胖的小手抚弄着猎犬脖颈上闪亮的皮毛。

此时，她看着这位喋喋不休、礼貌有加的客人，显得更加放松。

她没有理由害怕他。不，恐惧已经过去了。他虽然有点古怪，滔滔不绝地讲着那些又臭又长的故事，但他看上去却是一个彬彬有礼、讨人喜欢的家伙。

的确讨人喜欢，因此，韦内罗终于把餐厅的门推开，这是一种友好的象征。

托莱亚是一个举止文雅的青年，他接受了邀请，走进餐厅，坐了下来。

他回来的时候是星期二，是星期四。日历颠倒了。星期三和星期五消失了，取而代之的是星期二——星期四——星期六。他一直待在那里，直到韦内罗必须回家的那一刻，回到最近的记忆让她恐惧的那个公寓。

他陪着她去等出租车，他们难舍难分。韦内罗乘坐出租车来来回回，一个星期三次到库沙家里来。带着塔维坐无轨电车和电车肯定很麻烦。

猎犬塔维样子很凶，但却不出声。对于这个新来的人，它既不表示厌恶，也不表示欢迎。

关于另一个塔维，他们进行了详细的讨论。

"你知道，我亲爱的夫人，说来话长。那时，我还是个学生，库沙先生是我哥哥的一个朋友，实际上，也是我姐姐的朋友。按照我的记忆，库沙先生那时——我该怎么说呢？——完美无缺。我的意思是，很正常。"

"是的，是，我明白。"韦内罗夫人天鹅绒般柔软的嗓音附和着。

她刚刚把托盘和咖啡放在圆形的餐桌上。阿纳托尔·多米尼克·万恰·沃伊诺夫教授从一开始就做出了聪明的判断。这年头，很难相信他人。即使是老朋友，也不行，不可能跟过去完全相同。如果他们活下来了,那就意味着,什么地方出了错,因此,你永远无法得知谁、什么地方、是否,或者错误有多大。这是信任危机的表现。正常取决于善变,因此,也取决于对不正常的适应。从这个意义上说,标准的倒置实际上排除了所有澄清的可能性。特兰齐特旅馆的接待员已经使事情非常漂亮地向前发展。假如你在任何时候都不能相信任何人,那么,在开始的时候,最好把所有的大门都打开,仿佛置身于那些自世界诞生之日起就相互了解的朋友之中。坐在这张友善的餐桌旁,看着咝咝冒热气的咖啡,我们刀枪不入的灵魂也有了松动的余地,可以接纳我们法典般充满讽刺的人生故事。

"那时候,发生了许多可怕的事情。我们的家庭经历了艰苦的磨难。后来,我哥哥去了阿根廷。我姐姐在战争快要结束的时候也走了,也去了遥远的异国他乡,因为她爱上了一个满口承诺的传教士。我留下和母亲在一起,日子过得十分艰难。很长一段时间里,我失去了塔维先生的消息。但是,我知道,他在那段时间里也遭遇了打击。我那时听说——"

"是的,是,我明白。"韦内罗一边摆弄着桌上的几块小蛋糕,一边鼓励地说道。

"现在,我的嫂嫂,她是个德国人,给我写了信。她还寄钱给我,过去他们常常寄些别的东西,尤其是在节假日:衣服,好吃的东西,各种小玩意儿。她在信上说,我哥哥疯了。我的意思是,他已经非常衰老了。或者不完全是这样,她没有这样写。他不能动弹,或许是脑部受了伤。谁知道呢。他的大脑开始飘忽不定,进入一种思乡的境界。她就是这样说的。"

韦内罗夫人战栗了一下,好像受到了某种伤害。但是,她最终还是在叙述者的对面坐了下来,倾听他说的一切。

"是的,是,我明白。你别客气。"

万恰先生坐在扶手椅上,非常放松。他松开脖子里的围巾,并且解开了黑色衬衫领子上的纽扣。他直接从单位过来的,感觉有些热。

他小口品着咖啡,很甜,味道很浓。又喝了一口。他把小杯子从金色的小托盘上拿起来。又是一口,长长地喝了一小口。杯子空了,没有了。

"我再给您倒一杯吧,什么先生?"

"万恰,阿纳托尔·万恰。"

韦内罗站起身,从餐具柜上拿来咖啡壶,将咖啡倒进小杯子里。

"阿纳托尔·万恰·沃伊诺夫。我母亲的娘家姓是沃伊诺夫。她没有放弃这个名字,确切的原因是,这个名字已经成为某种嫌疑。我父母都非常固执,很看重自己的尊严——至少他们是这样想的。"

韦内罗也在小口啜着咖啡。托莱亚友好地看着她,心中充满了好奇。她是否可能就是跛脚韦图利亚的姐妹呢,忍不住想问她这个问题。

"你大概认识加夫通先生吧。"

韦内罗没有回答,却端起杯子,又喝了一小口。"加夫通夫妇。我是他们的房客——某种意义上是这样的。我的意思是,虽然那不是他们的房子,但他们接纳了我。他们有一个房间空着,我被迫搬来布加勒斯特的时候,他们就让我住了进去。夫人,我还没有告诉你,几年前我还是一个学校的老师。我教外语,尤其擅长的是俄语。我早年就跟母亲学了一些,战争结束以后,学俄语对我而言就更加容易了。但是,自从发生了那起卑劣的阴谋之后,抱歉,我还没来得及跟你解释这事,他们把一些愚蠢的小事栽赃在我身上,那是发生在外省的事情。实际上,这是预谋已久的,是夸大事实,有关我和一些人的关系。

非常微妙的关系，我可以告诉你，和几个十几岁少年的关系。当然，我认为我自己就是他们当中的一员。那些调皮的小家伙，他们能感受到这一点。他们能感受到，那些聪明的小兄弟能够感受到。是的，是，我和他们都能感受到。因为这个原因，我不可能再回学校教书了。我被停了职。当然，我离开了。外省是不能容忍叛逆分子的，你明白的。加夫通夫妇——马太先生和韦图利亚夫人，他们全都非常理解我，非常欢迎我。"

女主人眼睛一眨也不眨地听着。她眼睛盯着客人，慢慢地喝着咖啡。

"现在，我在市中心一家旅馆工作。特兰齐特旅馆的接待处。"

接下来是短暂的、长时间的沉默。教授带来的那一大束红色康乃馨在餐具柜上的贝壳花瓶里绽放。

"照这么说，你在特兰齐特旅馆——"

房间里又一次重复着短暂的、长时间的沉默。

"啊，请千万别相信那种说法——我知道人们通常是如何议论旅馆，以及旅游业的从业人员。不，在这一点上，我没有让步，请相信我。你知道，我不喜欢告密。我有很多缺点，但这个缺点我没有。"

"是的，是，我明白。"韦内罗喃喃自语。

"我刚刚说了，是环境的力量让我回到了布加勒斯特。多亏了加夫通先生和医生——我的朋友——的帮忙，我才得到了这份微不足道的工作。传统的方式调教出来的坚强人。或许，塔维跟你谈到过他们。"

韦内罗沉默不语，她的小手抚摸着塔维闪亮的后背。猎犬此时懒洋洋地舒展开身体，趴在她紫色的剪绒拖鞋边上。它的名字和此时缺席的主人名字一样，当它听见有人提及这个名字的时候，它一动也没有动。它聆听着叙述者的讲述，心中充满了疑惑。

"是的，这是一条非常漂亮的狗。我不知道你是否认识韦塔——韦塔·阿波斯托列斯库，那个在狗类诊所工作的科技人员。"

女人没有回答，只是微笑。教授有些焦虑不安，他亲切、带着煽动性的眼睛看着她，她有些吃惊。

"每一个人，包括协会会员，对阿波斯托列斯库夫人评价很高。她也代管他们的宠物狗。她本人也是协会的一员。协会的一名助手，我朋友约珀老爷子这样说过。也许你认识他。在照管塔维的这些日子里，你有没有遇到麻烦？现在，狗犬也给我们造成了很多问题。如果人类没有食物，没有住房，没有药物，那么，人类最好的朋友也免不了要受罪。法律——咳，你知道的，我亲爱的夫人，当法律对于人类而言过于严厉的时候，狗们也无法逃脱。你大概已经听说了最近的传言，公寓楼要清除宠物狗。这样，劳动人民可以安享宁静与和平，不用担心狗类的骚扰。还有其他问题：污染，压力，道德之风每况愈下。这些也会影响到我们的狗朋友。当然，还有人类的邪恶。信任危机、懦弱、背叛，以及恐惧——所有的一切。但是，塔维还是非常健壮的，不是吗？"

"是的，是，"韦内罗机械地重复着。

"在我们旅馆，特兰齐特旅馆，有一个同事，瓦西莉察，她是一个性格开朗的女人，大方、无私、虔诚。咳，我们非常喜欢维利。她特别喜欢老狗，不管什么品种都喜欢。我的意思是，任何动物她都喜欢。猫、兔子、青蛙、鸡、金丝雀、老鼠，没有她不喜欢的动物。"

万恰同事想起维利同事的时候，脸上荡漾着笑容。他打算问一下女主人，她是否碰巧是瓦西利克·瓦西莉察的姐妹，但是，在这个时候问这个问题有些不合时宜，不太谨慎。他放弃了这个念头，也放弃了满足自己好奇心的机会。

"因此,在特兰齐特旅馆,一个接待员——他能做些什么呢?如果不是马尔加医生,我连这份工作也找不着。如今,唯一能够帮助你的人是那些在公共机关工作的人,他们在外面有很多关系。医生、司机、女理发师、卖蔬菜的、卖肉的、卖鞋子的,或者卖石油的,还有各种中间人。马尔加医生是一个真正的绅士!加夫通,马尔加,塔维——他们是另一个年代的人,他们是我哥哥过去的朋友。塔维可能跟你说过——"

猎狗一动不动,女主人更是显得安静。

下一周的星期二。托莱亚到达的时候,大汗淋漓,狼狈不堪。他迟到了:交通管制持续了好几个小时,因为总统卫队要去飞机场,送,或是接那个爱好胡言乱语的伟大的同志。他好不容易才乘坐出租车绕道至此。

"是的,是,我明白。"韦内罗夫人安慰他说。

最初的兴趣开始变淡了,但托莱亚的造访却更加频繁,而且,他每次停留的时间也越来越长。迄今为止,他不仅仅星期二、四过来,星期六也来。假如韦内罗中间不回家的话,他会每天来此报到的。

好心的韦内罗似乎被往事的回忆所吞没,她有些不安。因此,教授决定改变话题。他开始讲述他们没有认识之前发生的事情。他形象生动地讲述了特兰齐特旅馆里发生的那些可笑、可恶的恶作剧,解释了邻居加夫通是如何分配公寓的维修和电耗费用的,描述了吉娜的火暴脾气,传达了那个胡言乱语的同志和他那个至高无上的老婆的最新笑话,并且严肃地评述了国内谣言、笑料、传言等成倍增长的现象。他说,小道消息以惊人的速度四处蔓延,这种现象和地震有得一比:在地震中,里氏 2 级和 3 级的差别要比 7.2 级和 7.3 级之间的差别小得多。教授解释说,一种致命的核反应,冲击波,等等。

"是的，是，我明白。"女主人无可奈何地附和道。她此时正忙着整理桌布，搬动花瓶，瓶里又一次插上了好心的教授带来的普通鲜花。托莱亚已经开始论述通过各种罚款的方法提高税收的机制：交通违章、乱丢垃圾、扰乱公共秩序。他接着说，在我们这样的国家里，搞生态保护运动的可能性等于零。他还谈到了太空武器的优越性，对付恐怖主义的方法，对付全球恐怖主义和恐怖现象的总方针。

"是的，是。"同样的声音重复着：震颤、香气扑鼻、天籁之音。空气正在膨胀，或者说，正在衰弱。也许，女主人更喜欢心照不宣的交流方式，不需要这些空话，它们只能使简单的、家庭式的亲切关系复杂化。疲倦、厌烦——这么多的语言炮弹使人诧异。然而，托莱亚进一步使自己的表演激烈化：当然，他想引发惊讶的爆发，想挑起新的刺激。

"是的，是，我明白。"女人依旧平静，没有任何的评论。肮脏不堪的家伙！这个咄咄逼人的接待员有些歇斯底里，因为他被这个声音甜美的女人所激怒。对他而言，这个声音只是面前这个女人富有节奏的赎罪表白，除此之外，毫无意义。

"是的，是，我明白。"韦内罗还是同样的回答。

他们一起喝茶，一起吃普通的三明治，偶尔还有一小杯李子白兰地酒，或者，用大麦或是糠麸制作的咖啡替代品。谁知道到底是什么做的？有时，他们打开电视机，观看那个胡言乱语的同志滔滔不绝地谈论模范公民的幸福，以及与模范公民为敌的危险后果。接着，托莱亚继续自己的独白，谈及冒险，谈及寓言故事，谈及成语——内容丰富，甚至能撑死一只河马。他感觉自己即将放弃这一切的努力，他已经决定放弃了。

尽管如此，他还是喋喋不休地唠叨个没完没了，但他已经不再期望得到任何赞同的反馈了，他的希望全都在阴险的塔维身上。他的听众是那条狗，实际上，这个畜生已经开始焦躁不安，它不耐烦了。

他说话的时候，目光只聚焦于蜷缩在韦内罗脚边上的奴隶保护者的眼睛上。塔维十分镇定，没有任何反应，聆听着娓娓道来的趣闻逸事，对水泥搅拌者劳动的成果表示怀疑。

也许，就是目击者表现出的这份无言的怀疑，把激动不已的闯入者彻底击垮了。他虽然还在继续，孜孜不倦地打着手势，不厌其烦地向外挤压着话语，但那条聪明的狼狗脸上显现出的明显倦态使他感觉沮丧，他明白，他应该放弃了。

明天将是结束的时刻。不，明天是星期五，我们的休息日。后天，星期六，神圣的日子——解放纪念日。就在这一天，星期六，一切都将结束！

星期六的早晨伴随着薄雾缓缓飘来，稀薄的雾气像一块挡在太阳面前的华丽锦缎。孩童般的城市自我娇惯着，不紧不慢，悠然自得。

教授出现的时候是9点钟，这对于他而言可不是一个寻常的时刻。这意味着，今天他醒得很早。他一身白衣——这意味着：他今天休息。像往日一样，胡须刮得干干净净。他手里捧着一大束红花，就像葬礼上的花圈。

女主人满头鬈发的脑袋点了点，算是对他的感谢。她从这位一大早就来和她聊天的男人手中接过花，并把它放在衣帽架旁，等待着万恰先生像往常那样把背包从肩膀上拿下来，挂在镜子前面的挂钩上。

教授待在原地，眼睛盯着镜子里塔维严厉的目光。他微微一笑，跟猎犬匆匆打了个招呼，然后把包拿下来，但接着却改变了主意。他没有把它挂起来，而是拎着走进了餐厅。

"我亲爱的女士，今天天气不错。天空多么晴朗，晓风多么柔和，我多想在户外多停留些时间。可是不行，我得转车，从一个车站奔赴另一个车站。春天让大家疯狂，春天让囚禁的人们失去了理性。"

托盘和咖啡已经摆在桌上了。令人大吃一惊！通常，在他们开始聊天的时候，韦内罗夫人才动手准备喝的和吃的。塔维已经在她椅子边上找好了位置。韦内罗看上去容光焕发，年轻的一天，非常完美。

"亲爱的兄弟，我本可以这样跟他说的。我就是这样对那个正在聚精会神看着我的年轻人这样说的。"

很显然，在从战场上撤离之前，托莱亚准备采用一种全新的策略，一种全新的刺激。

"昨天晚上，我独自一人在卡罗尔公园散步。突然，出现了一个相貌俊朗的年轻人！他看上去像艺术家。我感觉他在注意我，好像一直在尾随我。"

女士不耐烦地挪动了一下身体。教授虽然有些灰心，但并没有认输。

"当然，我没有避开他。他的眼睛非常漂亮，炯炯有神。亲爱的兄弟——我已经准备高声喊出这个著名的催眠术语，我把它当作某种符咒。我想激怒他，想让他害怕，想知道他的反应。"

女士重复着刚才的动作，显然感觉厌倦和厌恶。教授没有时间理会这些——他目瞪口呆。

"万恰先生，看起来你有一个十分漂亮的姐姐。我知道，你们不经常通信。你们走的路完全不同。我知道，你家人不赞同她的婚姻，但她一意孤行，还是跟那个疯子走了。她有两个女儿，她的女儿生的也是女儿。她现在是外婆了。这一切我都知道，但并不是关键所在。"

教授还是没有回过神来。他的嘴巴张着，僵硬了，双手紧紧抓着滑落到椅子边上,刚好搁在两只脚之间的皮包上。

韦内罗面色苍白。

"是的,猫咪回来了,着火了。昨天晚上,那些烧焦的小猫回来看我了。窗户在燃烧,我的头发和——"

韦内罗面色苍白。她用手擦拭着自己的额头,她的手在颤抖。但是,她镇定下来,恢复了脸上原有的表情,话语从嘴里流淌出来。

"也许,有人告诉过你,或者说,你还记得——索尼娅,那只黑猫,那只让神圣沙漠燃烧的黑猫。塔维爱上了索尼娅,你的姐姐。"

塔维抬起头,庄严的模样像帝王。但是,那只女性温柔的小手早已落在它那有力、闪光的口鼻处。

"因为她,他痛苦。她使他振作。她迷住了他——我们直截了当地说吧。他从来没有摆脱内心的痛苦。他是一个极其敏感的年轻人,记得,一个非常特别的人!虽然打那以后他努力改变自己,努力成为……但表面上的改变都不能作数。"

塔维再一次抬起了黑色的眼睛。但是,监护人的手立刻使它安静下来。

"我承认,他也做出了一些令人遗憾的举动。但是,这些行为不是出自恶意,不是出自疯狂和愤怒,你知道。原因很简单,一件事情就剥夺了他所有的机会。那个马图斯非常聪明,非常活泼,但是,这些品德并不能满足那个童话故事中的公主,塔维竟然怀有这样的想法。"

"是的,是,我明白。"教授终于做出了反应,他嘟囔着,嗓音浑厚。

韦内罗夫人把托盘推到教授面前。托莱亚机械地端起小茶杯,低下头,小口喝着,但他还是感觉眩晕。韦内罗把托盘拉回到自己面前,拿起那只钴蓝色的小杯子,喝了一小口,然后放回到托盘上。她的面色还是那么苍白，嘴巴还是那么灵活，仿佛她也开始喋喋不休起来。

"抱歉，你还没有机会遇见那只流浪猫。仍然有某些迹象存在——一种情感，一种不肯定的东西。"

教授感觉有些紧张，等待着她继续往下说，然而，塔维突然叫了一声，声音发闷，但很响，似乎整栋房子都跟着摇晃起来。囚禁中的黑色澳大利亚犬聚集了多么大的能量啊！女士把手从冰凉、结实的狗脖子上拿开。她举起手，在空中停留了片刻，接着，落下，轻轻地给了那家伙一巴掌。塔维看着她的眼睛，喉咙里发出了一阵低吟。它重复着刚才那种难听、可怕的咆哮，手掌又落在它的身上，很迅速，一连打了三下。猎狗安静下来，在地板上伸展着自己的身体，脑袋放在客人的包上。

"你们这些人似乎还不想放弃爱情。哪怕经历了那么多的磨难，哪怕别人认为你很聪明。照我说，这根本不是聪明的表现。你还想被人爱吗？你已经目睹了你所带来的那么多仇恨？祖先们为你的一生唱过赞歌吗？跟生命相比，一切都是微不足道的，人的生命是最大的价值，祖先们没有跟你说过这些吗？人生苦短，如果生命是我们唯一拥有的东西，你怎样才能避免歇斯底里呢？至少，假如祖先允诺给你其他的东西，来生——涅槃，或者，管它是什么！"

韦内罗此时情绪激动——可以希望她坦白更多的内容。阿纳托尔·多米尼克·万恰·沃伊诺夫侦探星期六上午突然现身于调查现场，这个决定没有做错，一切都是他希望得到的。不仅有咖啡和甜点，还有重要的证言。哇，没错，终于成功了！

"你认为塔维是罪犯吗？我不反驳你的看法。我不知道，也不想知道——我并不确切了解他过去做的事情，以及他现在正在做的事情。我只知道，他娶了我身患残疾的朋友为妻，对她十分地照顾，就是我的朋友托利。我可能以前跟你提过。在你感兴趣的那个时代，发生了一件极为可怕的事情，我的朋友成了聋哑人，而且还——让我怎么说呢？——变得非常敏感，可以这样说。你知道，世界已经不是从前的样子了，不是了。"

万恰先生直盯盯地看着韦内罗夫人的眼睛，而夫人则直盯盯地看着侦探的眼睛。

"对那个时刻的描述——现在谁能说啊？会遭遇更多的冷漠。你们这些人就缺乏这个——冷漠。我敢保证，这是真正的力量。在冷漠背后有一股真正的力量。我相信，塔维明白这一点。甚至在那个时候就明白了。"

女主人眼中的光芒似乎已经消失了，她的语速越来越快。

"那个时候，你正在执着地调查40年前的事情。谁知道呢？谁——？我们一起仔细看看剧本中下一幕发生的事情吧。今天，我们要保护自己，抵御他人，好比你要保护自己抵御猎狗。应该说，保护自己，抵御有猎狗帮助的人。"塔维的妈妈纠正自己的说法，与此同时，不怀好意地瞥了猎狗一眼。

"如果我发现你害怕，我就咬你。如果我察觉你懦弱，我就向你进攻。我砸烂你的大门，砸烂你的窗户，还有房子，我一把火烧死你。我让烧焦的尸体晚间回去看望你。有例外吗？例外是什么？你的那些朋友？慈善家医生？家庭主妇、洗衣女工、司机——高兴接受上帝怜悯的病人！心理疗法，工作疗法，发挥工作者最大效能的方法，管它是什么方法。还有那个班比诺·加夫通，宏大的计划让他昏了头，不是吗？一个记者，一个生活在今天，生活在这个时代的记者！他甚至改用他夫人的名字，加夫通！想表明什么？究竟是什么？形势在发展？我们不再加以区分，不再报复那些年老的退伍军人？对吗？但是，他知道，这一切都是谎言。他明白，他不是傻瓜。不是吗？告诉他，精选出来的傻瓜比普通傻瓜还要愚蠢。他们是傻瓜挑选出来的傻瓜，就这样跟他说。"

可怜的韦内罗准备发起进攻了。刚才，她居然证明自己认识毛里丘·加夫通，认识马尔加医生，也认识这个痛苦的侦探阿纳托尔·多米尼克·万恰·沃伊诺夫。

但是，这个亲爱的老家伙，她很快就镇定下来。表演还没有结束呢。

"你瞧，万恰先生，塔维生病了，很虚弱。这个狡猾、可恶的塔维……"

猎狗没有动弹，它已经蜷缩着身体，睡着了。

空气也随之凝固了：似乎没有时间考虑温和的韦内罗突然间说了些什么。

"是的，是，虚伪的塔维，残暴的塔维！他不停地四处转悠，隐身在一条死胡同里。"

她想大笑，嘲讽地大笑，但是，她嘴里只发出几记短促的声音，是咳嗽，真难听，像狗叫。

"是的，是，我明白。"教授企图装得结结巴巴，但韦内罗把手一挥，打断了他。

"我认识塔维。教授，我确实认识他！我的朋友——她就像是我的半个姐妹，你可以这样说——是一个品德优秀的人，但是，咳，不管怎么说，她始终是个残疾人。在过去的几年里，我是他们中间唯一一个健全的人，或者说，是他们身边，是他身边——他不知何故总是害怕自己成为牺牲品。"

"是的，是，我明白。"教授极力附和，但同样没有成功。

"你应该——你能够理解那种浪漫的胡话，理解那种切肤之痛，那种急剧加重的苦难。你是一个长相不错的年轻人，幸福、透明，不是吗？一切都很完美，不是吗？直到那场自行车引发的事故。"

对自己的下体发起的这次进攻使他万分惊讶，他不禁呻吟起来。但是，他以闪电般的速度恢复了镇定，不仅如此，他发现自己一下子充满了活力。他像美国人那样双脚抬起，搁在左边的椅子上，但韦内罗夫人没有注意到。

"那辆自行车把一切都给打乱了，不是吗？"

"是的，是，我明白。"他一边轻松地摇晃着跷在椅子上的双腿，一边平静地说。

教授侦探漫不经心地晃动着自己的双腿。此时，他也变得面色苍白。塔维在窗户边找到一个舒服的位置，凝视着茫茫的远方。韦内罗没有理会它，她似乎只感受到自己的存在——自己，还有那个缺席的伙伴。

"他们已经走了，塔维和托利。托利还有一个名字：陶贝。他们去了巴伐利亚，她的亲戚住在那里。也许，他根本不在那里，这个狗家伙。也许，他突然决定去寻找他年轻时的恋人。但是，我希望，他们的确去了他们所说的地方——我的意思是，亲戚家。他们的亲戚，不是我的。不，绝对不是我的。我孤身一人，正因为如此，那些疯子才有机会攻击我，把我捆绑起来，想把我和我的房子一起烧掉，还有我的财产，我的小狗和小猫，一切我珍惜的东西。一片狼藉——你无法想象！惨不忍睹！那些蠢猪，那些疯子，那些聋哑人，他们把我当成了别人。实际上，我并不是孤立无援的。你瞧，我在照看塔维，他们实在是太慷慨了，他们把塔维留给了我。我感觉和它很投缘——我能做些什么呢？自从我的家被毁了以后，自从那次大火之后，我一连数日夜不能寐，因此，我大部分时间都待在这里，和塔维在一起。"

虽然女主人抚弄着塔维的皮毛,但它一动也没有动。空气中也充斥着这种心不在焉的味道。塔维待在窗前,女士想要的是一种停顿,她可以借此舒缓自己的呼吸,迎接最后的一幕。

她似乎已经下定决心,不再打断自己,不再让自己被打断,她要一口气释放压在心口上的一切负累。

"万恰先生,我把灾难的整个过程都告诉你吧。让你知道那个灵魂,那个充满雾霭和黑洞的灵魂,毒蛇在那里游弋,乌鸦在那里滞留。毒液包裹着毒液,死结连着死结,霉菌滋生霉菌。相信我,没有出路——只有谎言。出口实际上是另一个入口。内部的变化,就是这样。我跟你说说塔维。我对他很感兴趣。你真正考虑过塔维吗?那些生活在他周围的人,那些腿有残疾的人,我们都是,你考虑过这些吗?告诉我,你考虑过吗?他只是隐身于他们中间,还是真正接受了他们的准则?那是一个不错的藏身之处,不是吗?怀疑和告密,这是我们每天的精神食粮——在这个环境中有新的章程,可能吗?病态的,残疾的,我们隐身于地下,不断肿胀,但找不到出路,甚至找不到透气孔。因此,开始不断发酵,偶然的机会,你可以听见痛苦的喊叫。偏激的模范?实际上,这是我们最终的界线吗?真实的都不是绝对的。任何一切都有洞孔,有替代,有斑点。为了明白这一点,我们不得不利用自己的想象,不对吗?

"教授,我对数学非常痴迷。坦率地说,很疯狂。数学中的人工手法可以使那些无法解决的公式更加容易应用于我们的伎俩和逃避之中。但是,别忘了,还有减法。人工的方法,仅此而已。这些模范的残疾人需要一种非常强大的压缩力量——就这样。如果出现一个小小的切口,那么,里面就会涌出一种绝无仅有的东西。脓液、火焰,以及北极光!天才、犯罪、疯狂、黑暗的地狱,无法想象。但愿我们能有幸走进解放的极乐时刻！如果我们能够掌握真理，你将会看到我们内心爆发出的一切，你会看到的。那是一种无与伦比、无可替代的东西。或者，只是一种僵死的迟疑？请你放心，一种病态的口吃不会对我们构成任何威胁。

"天才找到了结论。他找到了可行的方法，找到了他的宝贝儿，找到了这条可恶的老狗！找到了可以颠覆世界的巨大潜能！想一想——想想他，想想我们大家。想想那些缺胳膊少腿的人，他们是我们的绝佳代表。从他们那里我们得到了什么？少有的紧迫感。教授，他们可以让我们丧失理智。甚至可以让我们的思想复苏——哪怕我们的思想已经过多地沉睡，被过多的章程、欺诈和限制所麻痹。这种中毒至深的限制，这种持续进行的无聊压制，危险，而且永不停止。"

冗长的演说展现出数学家镇定自若的个性，她面无表情，演讲可以继续进行。但是，她伸出双手，在空中无助地挥舞着。哀求和倦怠，她宣布说，她要取消这一切，仿佛剩余的内容实际上要重要得多。然而，这一切毫无意义。她的放弃说明了她的无可奈何。暂停。沉默。

教授手腕上的表有规律地向前运行。万恰的腿突然动了一下，他看了看手表上的电子显示：1：00：2，1：00：3，1：00：5。

"我给你拿一点吃的。时间过得真快。我准备了一些午餐，我去把它热一热。"

看，家庭服务员得到了重生。过一会儿，我们要揉搓眼睛：好像我们从未听到过这个构思精美的学术演讲。一切都只是一个幻觉，我们面对的仍然是那个沉默不语的家庭妇女。我们可以尽情地观看在我们面前沉睡的这棵蔬菜：苍白、枯萎。

长长的、长长的停顿。教授好几次重复着相同的手势，以示谢绝：他没有胃口。但是，女人没有注意到。实际上，她本人也没有打算起身去取她所说的那顿午饭。

当她再次开口的时候,她的声音很轻,一种低语——一种反复开始的低语,害羞,不断重复。教授并不明白她在说些什么,他待在原地,一动不动。韦内罗夫人做出最后一搏,抬高了嗓门:"我把他的杰作拿给你看吧。我已经决定给你看了。"

她用手扶着餐柜,托盘和咖啡杯还在上面放着,她向前挪动了几步,身子摇摇晃晃。她好像有些眩晕,步履蹒跚,身体不住地抖动,因为某种情感,还是什么别的原因。一时间,她漫无目的地围着椅子乱转。

"跟我来。我把他的东西拿给你看。来。"

嗓音恢复了原有的动力和热情。她蹒跚着向左边转过身子,谨慎地朝餐厅后面的一扇门走去。走廊很短,空荡荡的。他们穿过走廊,夫人打开了另一扇门。

"这是他们的卧室。"

白色的房间,一张双人床。一床厚实的羊毛毯子,也是白色的。床头的两侧各有一张白色的床头柜。窗前放着一张白色的小圆桌。一张白色的凳子。墙上挂着一面镜子,镜框是白色的。

他们已经来到了另一扇门前。

"这是塔维的暗室。我们不进去了。很简单的一间房间,照相机、胶卷、咖啡罐。"

此时,她的手握着这扇门的把手,门上的一块方形玻璃被黑布所遮盖。她挪开身子,走到走廊的另一头。她打开了右侧的一扇门。

"这是塔维的书房。"

一张书桌,一把椅子,一张破旧的沙发。书架上堆满了厚厚的卷宗,五颜六色。

"大家都说他发了财。根本不是这么回事儿。这些就是他的财富，一套价格中等的公寓，一个避难所，就这些。他的财富在这间房子里，在这里。他在这里收集了他的作品。你会看到，某种作品。他随身带着一本。只有上帝才知道是怎么回事，但他的确随身带着。他肯定得到了某人的资助。他要展示给他的亲戚们看看。如何？他夫人的亲戚。在屠夫的土地上，受害者找到了避难所，你怎么看？你喜欢你的亲戚吗？咳，他去了他夫人的亲戚家，那个傻瓜就是这样说的。只要他的思绪不那么飘忽不定……寻找他的恋人，用自己生活的悲剧去感染她，用自己悲壮的作品去打动她。愚蠢，疯狂——他不是这样的人。难道他会把自己的作品给那些造谣生事的商人？为了自由马戏团？如果这样，他会成名，会成为英雄，是吗？我们的傻瓜是一个持不同政见的人，一个烈士？得到丰厚的报酬——直到轰动成为历史？骗取他的忏悔，然后再教给他一些骗术和伎俩，还有脱衣舞女和白痴才拥有的那份傲慢，是吗？我只是希望，那个古怪的笨家伙没有完全失去理智。报应的日子已经不远了，他应该采取行动了，撒旦警告过他这些吗？这个虚伪的家伙，这个毒蝎子，这个可怜的白痴！我那愚蠢的斑鸠，豺狗。那条肮脏的猎狗不肯说出实情。谁知道他跟沉默女神究竟去了哪里？谁知道斑鸠飞到了哪里？去了沉睡的森林？黑城堡？金钱的银树林？可怜的人儿。"

教授的身体动了一下，眼睛鼓了起来。厌恶和痛苦源源不断地从温柔的韦内罗夫人甜美的嗓音中流出。教授站在圣殿的门口。万恰侦探的手抓着人造革皮包的带子。他没有勇气冒犯这个神圣的地方。

"请进，万恰先生，进来。花几个小时了解一个陌生人的作品是一件十分逍遥的事情。这个狼人——一个有灵魂的人，你自己发现吧。你会了解，精确的真理和惊讶意味着什么。徒劳的深渊，这就是你要看到的。没有语言,一部史诗。万恰先生!荷马——你会看到!没有文字的荷马史诗,不需要借助于文字。进来,进来。值得一看,相信我。"

"是的,是,我明白……"

教授打量着书架,打量着书桌。他在沙发边上坐了下来。

韦内罗夫人严肃地看着他,待了一会儿,然后离开了房间。教授独自一人面对着这座宝库。5点钟,夫人端来了茶水和三明治。

"你可能会喜欢我准备的午餐。你一定饿了。"

"是的,不,我明白。"他含混不清地说着,有些茫然。

7点。女主人胆怯地敲了敲门,问他是否还要吃点什么。

"不用了,绝对不用。大概你要走了吧,要回家去了。我已经快看完了。如果你不方便,我这就走。"

"不,不用着急。我今天可以睡在这里。我看得出,这些东西你很感兴趣。"

她瞧着他,脸上显露出一种嘲讽和蔑视的笑容。她又看了看完好无损的三明治和茶水,再一次离开了房间。

晚上11点。教授走出房间,包背在肩膀上。

"我们打车走吧,亲爱的夫人。太晚了。我送你回去。"

韦内罗夫人正在看一本法语书。封面厚实,陈旧,书名是斜体字母,已经很难认清了。法语老师——或是数学老师——谁知道!过了许久,她的眼睛才离开书本,她抬起头。

她盯着他的眼睛。随即,她怀疑地看着教授的皮包。

"我们一起打车走吧。我先送你回家,然后我再回家。很晚了。"

"教授,你可以走了,别担心。我要留下来,我今天就睡在这里。"

万恰欠了欠身,走出了大门。当他的脚落在第一个阶梯上时,他听见门里传来了一声狂吠,接着,又是一声。片刻的沉寂过后,又是一阵爆发。猎狗的叫声,像喉咙深处发出的咳嗽,它的口鼻肯定被什么捂住了。脾气暴躁的塔维没有停止,但声音却越来越小。沙哑的声音,喉咙受阻的声音,被压抑的疯狂。

他应该回去吗?不应该吗?那一对奇怪的生物之间发生了什么?谁知道呢。

他放弃了采取任何行动的念头,迅速地走下楼梯,来到大街上。星期天,他把自己关在房内。他拔掉电话插头,甚至连加夫通先生敲门也不开。加夫通先生轻叩房门,他大概有些担心,因为他一天都没有听到邻居的动静。

托莱亚躺在床上,陷入了深思。当他回忆起韦内罗夫人给他看的照片档案时,他心中的怒火远远大于兴奋。

上午，下午，紧闭房门。星期天，如此漫长，如此宽广，没有尽头。没有时间的时间，超越时间的时间。

一个又聋又哑的星期天：他不接电话；他的邻居加夫通一遍遍地敲门，他听不见。托莱亚躺在床上，陷入了沉思。他愤怒。星期六的圈套不停地在脑海出现。那个文件夹里装着库沙拍摄的照片，但是，这并没有提供他等待已久的线索。它激怒了他，那个文件夹激怒了他，但他却不明白为什么会这样。难道他真的是一无所获吗？难道是因为他发现的太多了，以至于什么收获也没有？

历史，的确是历史，连续几十年的历史。大街，各种画面，楼宇，这些已经跟随你很久了。红军1944年进驻布加勒斯特，国王的头像和苏联红军大捷的宣传画并肩摆放。国王被迫放弃了王位。军装，官员，时代的气氛。一双眼睛，那是一个孩童，夏天蜷缩在公园的长凳上。军队大检阅。一次审判，或是另一次审判的场面，还有某某葬礼的场面。第一家集体农场，农民的照片，共产党积极分子的照片，民兵的照片。那个著名的作家正在接受专科学院的聘请，新院士的豪华别墅，院士在党代会上发言。工厂的车间。地主的公寓，一个绘画作品的著名收藏家，照片的拍摄时间是在他被逮捕之后。

一些家庭的故事。儿童钢琴家，严肃的父亲，旁边是体态臃肿的母亲，还戴着眼镜。小女孩和小男孩在学校里，乘船出游，女孩的葬礼，节日音乐会……

"万恰先生，5000张照片！一部史诗！"韦内罗当时很是得意。

裁缝和他的家人，两个当军官的兄弟。芭蕾舞女演员和她的母亲，以及她的小猫。聋哑人党代会，聋哑人婚礼，聋哑人排球赛。聋哑人的图片，他们的手，他们的服装，他们的愤怒，他们的大笑，还有他们的眼泪。一个个方阵走过去，编织队，举重队。聋哑人的狂欢、酗酒和祷告。

没错，图片所产生的震撼确实难以消除。教授盯着那本细长条的厚笔记本，像中了邪，不敢伸手去翻动它，这是他从第一个文件夹里抽出来的，上面还标示着开始字样。刚才，他俯身凝视着那个绿色的文件夹，身体仿佛触电一般，文件夹里面装满了散发着青春气息的照片：小学时候的塔维，当职员的塔维，马尔加，加夫通，索尼娅，克劳迪乌。军官，军营，种族主义分子的海报。一个秋天的早上，天上下着雨，宪兵把被驱逐出境的人押送上运牛的卡车。接下来的照片又是马图斯，克劳迪乌，还有托莱亚。没错，托莱亚骑在那辆该死的自行车上，出席审判的迪达和马尔库·万恰，星期六晚上围坐在餐桌旁的万恰一家。这些照片给他带来了莫大的困惑，他几乎失去了知觉。他具有盗窃狂的能量，因此，他一把拿过那本藏在老照片底下的笔记本。恍惚中，他迅速将其放入自己的包内。惊恐中，他曾经快速浏览过里面的内容，知道那是关于另一个历史时期的事情，但这并不重要。他仍然想占有它。回到家后，他把本子扔在桌上，再也没有瞧它一眼。直到现在，本子还在原处，他心里很烦；尽管如此，他却并不好奇，不想去看那些潦草的笔记，暗藏玄机，难以理解，根本不会有什么大的收获。谜。他应该花些时间来破解这些谜团吗？

教授感觉烦躁不安：他无法摆脱星期六奇特的冒险给他带来的影响。那是韦内罗布下的陷阱：她把我当傻瓜了，这条母狗，她把我当小孩子耍。她以为这样一来我就会一无所获？假如我已经发现了某些跟我、跟他们都有关的事情，而且，我发现了不该了解的内容，那会发生什么事情呢？谜，你听见了吗？一派胡言。她感兴趣的只有主人天大的秘密，它无与伦比的作品，以及它对后代的报复。文件，档案，复制者的报复，就这些。亲爱的夫人，这是记忆的游戏，就这些。老处女数学家，魔鬼家里会说法语的管家，好心的精神科医生！无血缘关系的朋友托利-陶贝。作为朋友，作为朋友的妻子，完美的不在场证明。替身，面具，伪装，地下画廊，各种疾病和患病的灵魂，用密码编写昨天的故事，而它即将成为明天的故事。

实际上，这让他感觉愤怒。听，特莱西恩施塔特，你听见吗！

星期六随风而逝，如过眼烟云，但愤怒仍旧挥之不去。那个永远也无法追回的星期六，那段一去不回头的时光，带走了情欲的幻想，带走了一切。但是，他要重新把它拾起来，是的，他要这样做。他要重新抓住那一天。他要将它牢牢记住，将它再创造，使其复活。他要重新掌握那个逝去的星期六。

早上，空气温柔，薄雾片片。孩童般的城市娇惯着自己，不紧不慢，悠然自得。是的，他回忆起那个值得回味的星期六。他一手捧着一大束红花，另一只手抓着肩膀上背包的带子，艰难地往返于公共汽车和电车之间。

他的两只手都不空闲，但他还是设法按响了8单元的门铃。大门立即打开了。今天是星期六，不是事先约好的时间；而且，通常来库沙家，都是9点钟。尽管如此，大门还是立刻打开了，仿佛门里的住户一直在那里等待他似的。

门里站着一个完全陌生的人。同样是韦内罗大婶，但又不一样。令人无法置信！一个中年妇女，举止高雅——为什么不呢？——不知何故，那张崭新的面庞使她看上去年轻了许多。她脑后闪闪发亮的黑色发髻跟那张苍白无比的脸庞、涂抹了红色唇膏的嘴唇、深陷的眼睛，以及修饰过的睫毛,还有什么……形成了鲜明的对比。一条漂亮的沙色连衣裙,腰间系着一根深绿色的皮带,跟她眼睛的颜色很配。

侦探站在原地,一动不动。女人莞尔一笑,动作优美地从他平庸的手中接过花环。"今天是一个温柔,但却又很疯狂的日子,亲爱的夫人。"动作笨拙的男人使劲儿挤出这几个字。"晃到东,转到西,直到把你整得头晕目眩——足以让你失去理智。这个毫无章法的春天要把我们大家伙儿逼疯了。你注意到它的力量了吗?它要释放我们这些被囚禁的人。我告诉你,韦内罗夫人,我们要疯了。昨天晚上,我在公园散步,突然,一个相貌俊朗的年轻人,一个充满活力的家伙。亲爱的兄弟,我准备诅咒他。"

女人做了个不耐烦的手势——一个表示憎恶的手势。她不断重复着这个手势,他甚至连惊讶的时间都没有。

"你一个劲儿地称呼我韦内罗,但你应该知道,这不是我的名字。我的名字是泰雷扎。你那天来的时候我就跟你说过了。那天,你带着一个破袋子,里面装着蓝色的无头鸡,你还骗我说那是橙子。我告诉过你我的名字,我当时还重复了一遍,但你根本没有注意。虽然你表面上显得精神集中,但实际上根本不是这样。你永远也不可能这样;你还不够漠然。假如你不是这么漠然,你不可能这么心不在焉。万恰先生,别人都以为你们这些人非常聪明。也许,这同时也解释了为什么你们会遭遇挫折、会遭遇仇恨的原因。尽管如此,你缺乏思想的漠然。相信我,这可不是聪慧的象征。整日东奔西跑,像条狗一样伸着舌头,祈求别人的宠爱,这算不上什么了不起的把戏。但这种事情就发生在你的身上,你的舌头还伸在外面,你还想得到别人的爱。这可不是聪明的表现。"

他没有表现出惊讶的神情,也没有做出任何反应,没有做这样或者那样的手势,没有伸出舌头,没有证明自己对她的冷漠。似乎这个女人有很重要的事情要跟他说,她等不及了。

"不,我不想你误解我。周围有很多人喜欢你们这样的人。迪达·沃伊诺夫,一个纯种的俄国人,走进了一个非常幸运,但却是错误的婚姻,这一点我们不得不承认。甚至你的那些朋友也都是些优秀的人,这我也表示接受。不,对于他们优秀的品质,我不想进行任何的反驳。"涂着唇彩的嘴唇微微开启,她笑了,是的。"甚至我的朋友,托利——我不能否认她的品质,也不能否认她的缺点,可怜的人儿,当然,不能否认她的缺点。但是,关于虐待老妇人和宠物猫的那个事件,我们必须明确自己的态度。被烧毁的公寓,警察的冷漠,那场大火本身——你知道报纸上都是怎么写的。一次火葬,我没有夸张,一次有组织的杀戮。正如你看到的,那个老妇人其实没有那么老。我住在郊外,在布加勒斯特的另一端,靠近杜代什蒂,过去那里居住着贫困的犹太教民。我可以告诉你,往日的风景已经荡然无存了。旧时的流浪人群早已荣登极乐。现在,那里建起了一模一样的公寓楼,里面住着一模一样的居民。我搬到那里,并非出自本意,你明白的。起初,他们把我的别墅充公了,只留给我一间房间,其余的奖励给了模范社会的新贵。然而,最后,他们拆毁了整栋房屋。他们想统一当地的建筑风格,把那些房子变成模范公民的模范住所。他们把我重新安置在杜代什蒂。在那里——我没有其他选择——我开始引起别人的注意,这也不是我的本意。他们感觉我有些另类。他们把我当成外国人,认为我是一个外国人。真正重要的不是你的身份,而是别人对你的看法。他们跟在我身后高喊特莱西恩施塔特。这是别人告诉我的。这就是他们的喊叫:特莱西恩施塔特!"万恰先生盯着女人的眼睛,而她也盯着侦探的眼睛。

"是的，是，我明白。"年轻人企图装结巴。

"因此说，教授，那次杀戮是一种混战，但我并不是在抱怨什么。相反，你知道，我很自豪。"

"是的，是，我明白。"那个不够冷漠的冷漠人奋力挤出这几个字。

"自豪，幸福。最后，野蛮人无法按照他们的意愿改造我们，他们没能把我们变成完全一样的人。他们也没能像他们所允诺的那样铲除异己思想。我想，你明白这些。我猜，你能明白。对于过去发生的事情，我不抱怨。它证明了某件事情是重要的，是经得住时间考验的。他们想把我们都变成一样的人，但他们没有成功！教授，他们的目的没有达到。证据是残酷的，是不幸的，我承认。然而，那仍旧是证据，你必须承认这一点。"

他必须承认，韦内罗夫人得到了重生。她的眼睛再一次闪耀着青春的光芒，就像她的动作，就像她的外表。一次真正意义上的重生，绝对没有夸张。可怜的女人曾经身处攻击的边缘，但她很快恢复了，可爱的人儿：表演还没有结束，神圣的星期六还在延续。

"我的意思是，我认为你一切都明白。你一直在做各种各样的暗示。你的审判，你被迫离开教师的岗位，别人对你的不信任和排斥。诬陷与否，正如我的案件那样是一种混战，或者说，根本不是。咳，不管怎么说，这不是我的兴趣所在。关键是，他们不想你保持自己独有的风格，不想你发现自己的原本特性，不想你明白自己究竟是谁。此外，他们也不想看见你捍卫自己的权利，更别说——这就是他们的人道主义！消除差别，这就是他们的目的。蛊惑民心，人人平等。你知道，有些人比其他人更加平等。咳，不管怎么说，我们是有差别的，亲爱的，我们只能保持这种状态。但是，那些疯子把我当成异类，当成外国人！那些人行为过激，神经质，他们想把我当作外国人烧死。你明白吗,亲爱的?"

她嘴唇一抿,做出亲吻的样子,好像在说"亲爱的",与此同时,她的眼睛睁得大大的,她的眼睛在燃烧。她一副扬扬得意的样子,准备迎接,谁知道这次她即将迎接什么新鲜的证据,什么不可辩驳的证据。侦探紧抱着自己的背包,弯下腰,身体朝椅子靠拢。

"你明白我的意思,万恰先生。体弱多病的塔维,病魔缠身的塔维,狡猾、恶魔般的塔维。"

那条名叫塔维的狗一动不动,像古罗马的贵族一样,沉沉睡去。但是,这个全新的韦内罗·泰雷扎并没有镇定下来,一点也没有改变。一场新的进攻即将开始。然而,她的声音突然减弱了,听起来好像是一种低吟般的叹息。

"自从我的公寓被烧毁之后,自从那场可怕的灾难,那场杀戮之后,我在这里待的时间越来越长,我跟塔维在一起。"

虽然它的女主人伸手抚弄着它的身体,但塔维没有吭声。一个毫无意义的举动,因为那条狗倚靠着窗台睡得正酣。也许,泰雷扎只是想借此抬高自己的嗓门。

"你说过,时代需要英雄。英雄的替身,这是你说的。有一天,当煎熬我们的大锅被打开时,散发出的臭气使人无法容忍。臭虫、脓疮、霉菌从四面八方涌入,大家纷纷躲避,躲避自己,也躲避他人。新的面具,新的替身,新的英雄。但我们不可能成为英雄。我们这些可怜的人,还有那些可怜的邻居,我们没有这个命。新时代的英雄即将诞生。我们说,那一定是库沙先生!相信我,他是一个完美的替身。我们生活的这口大锅锈渍斑斑,满处裂纹,还散发着臭气。他的摄影作品不仅记录了我们在这里的生活,而且还反映了你不舍追逐的那些魂灵。我亲爱的,我们一定要牢牢记住,千万不能忘记这一轮光环。原谅我,你是一个经历过危难时刻的成年人,你聪明,你敏感。我不想打搅你。跟我来,我把他的作品拿给你看。你会明白这个傻瓜这些年来所策划的内容。我那古怪的小斑鸠,我那讨厌的胆小鬼,我那擅离职守的人儿。快来,我要把史诗拿给你看。荷马般的史诗,你会明白的,荷马。"

她的嗓音透着一股超级的热情,使你的大脑开始发晕。侦探谨慎地穿过走廊。在走廊的尽头,泰雷扎打开了右手边的一扇门。

"这就是塔维的书房。"

顶天立地的书橱,里面装满了各种颜色的文件夹。

"进来,快进来,万恰先生。在这里待上几个小时,欣赏一下替身英雄的作品。一个狼人!你会领略到真理赋予的记忆和惊叹。非常有深度,你会有同感的。一部没有文字的荷马史诗。进来:非常值得一看,相信我的话。"

他一个人在宝库里待了好几个小时。5点钟的时候,女主人给他端来了茶水和点心:几片面包,中间夹裹着可能是李子酱的东西。门半开着。他偶尔可以听到一阵奇怪的声音——有人在结结巴巴地嘟囔着什么。他竖起耳朵。低语声又开始了,但很难听得清楚,好像有人捂着嘴巴在念咒语。

他走出房间,蹑手蹑脚地穿过走廊,弓着身子向前走。通往餐厅的门微微开启。声音就是从里面传出来的,一遍又一遍,他慢慢地开始懂了。

"自由?更加自由?我们比以往更加自由吗?比我们想象的还要自由吗?比我们以为的还要自由吗?你这个傻瓜。比我们认识的还要自由。回答,你这个畜生。回答,我亲爱的。"

她的语速很慢,每说出一个字都要停顿片刻,连舌头在嘴里打滑的声音也能听见——咂嘴的声音，抑或是舌头打滑的声音。托莱亚有些紧张，向前又迈了一小步。透过门上的裂缝看见了一面镜子。韦内罗通红的嘴唇紧闭着贴在茶杯外面的条纹图案上。

"快点，告诉我，你这个恶魔。对于我们而言，我们真的自由了吗？他们真的无所不知吗？是的，他们训练我们，让我们相信，他们什么都知道。他们训练我们，让我们不要乱说乱动，因为这一切将会是徒劳无益的。告诉我，告诉我，你什么都知道，我的小塔维宝贝。"

她又喝了一小口。玻璃杯消失了。此时，她胖胖的小手抚摸着狗的左边脸颊，从上到下。她低着头，脸对着餐桌。低语声越来越快，越来越有力量。

"见鬼，你这头没有脑子的猪。见鬼。你什么都不懂。你，还有你的老婆。那个完美的人！受害者！只是一种托词。塔维和他那个完美的托词。小狗塔维，是的，是。未来。我未来的战士。小塔维。害怕眼前，害怕过去，害怕未来。那个魔鬼，受过训练的魔鬼。我们没有成功，因为——"

侦探像一片羽毛，悄无声息地溜回到书房里，并且随手关上了房门。泰雷扎在此期间小心翼翼地敲了敲房门。她又恢复了活力，像过去一样正常、警觉。这条母狗真的复苏了。每过一个小时，她变化一次：抖动的嘴巴，大大的眼睛，厚厚的睫毛膏，她再一次焕发了青春的活力。

"吃些点心好吗？你肯定饿了。"她微笑着说。

"不，我一点也不饿。如果你想回家，我随时可以离开。实际上，我已经看完了。"

"别担心，我可以睡在这里。没问题。看得出来，你对这些卷宗感兴趣。你发现它们很有意思。"

一种保护性的，然而又是被动的笑容展现在她的脸上。她看了看客人面前没有动过的三明治和茶水，然后转身走了出去。

托莱亚跨出房门的时候，时间已经很晚了。他朝女主人点了点头，但并没有正眼看她，突然发现自己已经来到了楼梯口。当他正准备抬脚下楼梯的时候，他听见了那种沙哑的咆哮。那条狗仿佛被人用什么东西捂住了嘴巴，痛苦地吼叫着。但是，没有，他没有再回去。转过三段楼梯，他来到大街上。他加快了脚步，头也不回地向前走。他一刻也没有回首，星期六消失在他的身后，还有那条名叫塔维的狗，以及那个泰雷扎。他脚步匆匆，精神紧张。然后，一个健步，一个跨越，双脚落下之处刚好是星期天的正午——那个无聊、庸碌的星期天。他躺在那里，萎靡不振，无论什么声音都无法进入他的耳朵。他的灵魂不知在哪里神游。偶尔，一个火花在这种迟钝的状态中一闪而过。一个崭新的想法，一个新鲜的把戏。不，这不是终结，我亲爱的夫人！我们不会就范的。特莱西恩施塔特夫人。绝不会！这只是暂时的失败。我们不能允许自己这样被人替代。不，我们要东山再起，亲爱的夫人。很快。昨天的故事即将成为明天的神话。很快。

是的，艰苦的时期必须重新来过。他会找到那种力量。更加灵活，更加执着，更加疯狂，他一定会找到那种力量。我亲爱的夫人，我可爱的夫人，看看我昨天在通往巴塞罗那的火车上的遭遇。一个寒冷的夜晚。跟我们国家一样的火车，肮脏、冰冷，像冰箱一样的车厢。我不知道你是否经历过这样的境遇，我们变成了野兽，无所不能。咳，在那辆可恶的散发着粪便臭气的火车上，我像野兽一样佝偻着身体。突然，我看见一个人朝我走来——猜猜是谁？或者，一年前在马拉喀什，那是一家超豪华饭店，超昂贵的享受，还是那个瘦瘦的外国人，用链条牵着一只经过训练的老鼠。一只经由伦敦最昂贵的裁缝打造出来的老鼠，时尚，有派头，训练有素，随时准备进攻。就在那里，在美丽的黄昏中——或者，一星期前在哥本哈根，在哥本哈根饭店，长长的队伍。跟我们国家的情形一样，人们蜷缩着身体，满脸的疲倦和恐慌，为了买到一点少得可怜的糖果，排起了长长的队伍。我走到队伍的最后面，等在那里的是一个年轻的女人——一个学生。我向她打听当时的情形。你知道她是如何反应的？她要先看一下我的身份证件。证明我的身份！干脆脱下我的裤子吧，恶心的举动！让我出示证件给她看？想象一下那种愤怒，夫人，那种性骚扰。这就是年青一代对你的态度。让她看看我的证件，想象一下当时的情况，我站在原地，呆若木鸡。真的，就像是回到了战争年月，在布达佩斯——匈牙利的法西斯宪兵，清一色的聋哑人，在大街上拦住男人的去路，强迫他们脱下裤子看看他们的身份是否指向火葬场。

啊，韦内利卡夫人不可能接受这样的故事！假如她能接受，我们将更新我们的攻势。啊，亲爱的，我尊敬的夫人，我敬爱的女祭司，让我们一起看看星期三在协和广场发生在我身上的事情。那时，老同志的示威游行刚刚结束，我正往家赶。没错，我满脑子想的都是那个伟大的胡言乱语的同志，仍旧沉浸在他滔滔不绝的演讲中。突然，你猜怎么着，所有的广播喇叭都开始播放同一条通知：所有眼角有印记的同志注意了。接着，又做出了修改：所有从事特殊情报和监视工作的同志注意了。你看，那些可怜的家伙连眨眼的工夫都没有了！这是何等的不公正，何等的侵犯，何等的恐怖！你说得对，我们必须知道我们是谁。你说过，我们跟他们不一样，没错，没错。真让人愤慨！咳，我亲爱的夫人朋友，你是不会相信的，但我的确突然想起了塔维，那条狗，以及他协会的那些同事。他们有特权拥有这种特殊阶层的记号，有特权拥有眼角处的印记，但是，他们不能放弃这种特权吗？这就是我的困惑。还有什么能够比这种负累更加残酷？我指的是聋哑人协会严酷的纪律。这种拜占庭式的把戏，还有那些麻风病医院，它们更加人道，真的是这样吗？受害者？什么受害者？放火焚烧你的公寓，就因为你在那里饲养了一些持不同政见的小狗、小猫？他们怎么可以说你是外国人呢？精选的群体中一个精选的外国人？什么受害者，我亲爱的，什么受害者，什么火葬场？老妇人，什么样的攻击？只是一种娱乐，就这些。谋杀性的厌倦，厌倦。我亲爱的，我们还能怎样呢？厌倦，只有厌倦。相信我，没有别的。就在昨天，我跟日本大使谈到冷漠这一话题。我们在蒙特卡洛的赌桌上玩轮盘赌，我反复跟他提到——

啊，麦当娜·韦内利卡会投降的，她受不了这种山崩地裂。她肯定想逃跑，不想再听下去了。她肯定会让步，会把一切都说出来。她会终止沉默，停止那些学术演讲和照片收藏。她会把手指放在伤口上——泰雷扎夫人最终就范了！她会背叛，没错，没错，她再也无法控制自己的愤怒，传奇中的那个狼人，童话故事中的那个狼人，他带着他精选的那条瘸腿一起逃跑了。她要揭露所有的阴谋诡计，一个不漏。阿纳托尔·多米尼克·万恰·沃伊诺夫拼命抑制自己的冲动情绪，没有在星期天冲到幽灵塔维的家里，星期一一整天也没有往那里打电话。尽管如此，星期二那一天，他再次踏上了魔法征程。多米尼克先生在龙德电车站等车，他身穿黑色的制服，手里的黑色长柄雨伞像拐杖一样支撑着他身体的重量。23路电车到了。他上了车，在一个空座位上坐下。他谁也没看见，车厢里空空荡荡的，谁也看不见谁。厌倦使每一个人头脑麻木，昏昏沉沉，毫无活力可言，真是自作自受。亲爱的夫人，谁也不敢保证自己看见了这个人。尽管如此，需要有人付出努力，从死人堆里站起来，享受一段快乐的时光，使电影活跃起来！为此，我在龙德登上了臭气熏天的电车，车像以往一样拥挤，里面根本没有容身之处。咳，在我的前面站着一位真正的绅士，一个个子很高的南美人。塔维的影子无处不在。我抓住阶梯旁的扶手，他的身影不时地闯入我的视线。画面并不完整，被其他乘客的背包、手臂，以及脑袋给破坏了。后来，我下了车，换乘一辆公共汽车。我等的时间不长，而且——你会相信吗？——那辆车几乎空无一人。我准备坐下——能想象到吗？竟然有空座位——我把车票打了孔，准备坐下。谁也看不见谁，咳，我的面前出现了那条纯种狗的侧影。也许，他刚刚也在伊兹沃鲁车站等车，而我并没有看见他。你猜他——这个你我过去生活中的典范人物——在干什么？跟在电车里一样，信不信由你。其他乘客没有注意到。因为厌倦、恐惧，以及日常为生存而付出的脑力，他们疲倦至极。如果他们能找到坐的地方，他们肯定什么都不在乎——即使眼前就是灭世的洪水，他们也会做到充耳不闻，视而不见，闭口不语。一个能够歇脚的座位，相信我说的，是他们最大的追求。就这样，我们经过了角斗场，空气中弥漫着难闻的气味，大家伙儿赶紧把衣领拉紧，这并不意味着他们不关心在那一刻即将葬身于焚尸炉里的那些小狗、小猫，以及其他持有不同政见的人。他们把脸埋进手帕，他们忍不住咳嗽、流鼻涕，但是，这并不代表他们是冷血的。这时，那个杰出的绅士，完美、挺直的身材，优美、细长的五官，两只眼睛挨得很近，十分奇特，鼻子扁平，像鸭子。你猜，那个奢华的模范在做什么？咳，他在挖鼻屎！你能想象得出吗？他在电车上的时候也做着同样的事情，不紧不慢地挖鼻孔。他和我一起下了车，继续前行，这一点我不是十分清楚。我没有力气回头，不知道他是否还跟在我身后。一条纯种的猎犬，身体瘦长，皮毛锃亮，不仅沉着地挖着鼻孔，而且还监视着我。我在那家名叫斯坎波洛的店铺附近停下脚步，就是那家总是以盘点为借口关门打烊的商店，你肯定知道。我往橱窗里看了一下，发现——

旅程已近尾声，多米尼克先生的确在斯坎波洛商店前面停住了脚步。

令人惊讶的是，商店的大门打开着。一个身材高大、面色红润的女售货员占据着门口的位置，她的嘴里还叼着一支长长的香烟。多米尼克先生在橱窗前停留了许久，焦急地看着自己的手表。不，来得并不算太早。毫无疑问，韦内罗夫人肯定在等他。他心情激动，一只手抚弄着背包里的那本《伏尔泰选集》，一本旧书——第一版。他已经决定改变买鲜花的一贯做法，因为他相信，伟大的文学著作会带来更大的效应。尽管如此，他仍在犹豫，迟迟迈不开步子。他东看看，西瞅瞅，那边是布满灰尘的窗子，这边是年轻的南美女人，她的眼睛相距甚远，鼻子又大又扁，厚厚的嘴唇涂抹着唇膏。她面无表情，在焚尸炉黑色的浓烟中一口一口地吸着她的香烟。

这样，亲爱的夫人，我面对着橱窗，我想看看是否有人跟踪我。我在那家名叫斯坎波洛的店铺门前停下，就是那家总是在盘点的店铺。我不停地盯着橱窗的玻璃，把它当成镜子，我想看看跟踪我的人是否会现身。你是知道的，我们都具有求生的本能，而且，我这样做也有很好的理由。谁也说不清，也许，星期六晚间的情感震撼对我产生的作用还没有消退。当我听见那声狂吠的时候，我已经在楼梯上了。那种沙哑沉闷的叫声，使人联想起扼杀式的伤害。我准备掉头回去——你也可能需要帮助——去保护你。虽然，正如我看到的那样，你应付自如，你对那个模范十分了解。不奇怪，你们有共同生活的经历——你肯定对他了如指掌，我们的朋友伏尔泰过去经常这样说，而且，实际上，我给你带了一本书，作者正是这个聪明的家伙。但是，这些都不是我想说的。当我又一次走在通往你家的楼梯上时，我心里始终在琢磨，如何才能打消你的疑虑。不，你没有必要反抗，我们为何要在那些客套的寒暄背后躲躲藏藏呢？我本人十分坦率，坦率到了鲁莽的地步，这一点你肯定可以察觉。只有跟那些真正让我感兴趣的人在一起，我才会如此。从我们相遇的那一刻起，我就决定要跟你在一起。奇怪的是，我的坦率没有使你放下包袱。实际上，这些天来，我的坦率引起了人们的怀疑。借用萨罗特夫人的术语，一个怀疑的时代。我想，你知道这位女士。她是一个完全值得尊敬的老太太，出生于一个古老的游牧部落家庭。她知道自己在说什么，但是，她没有办法预测重要性。我的意思是，她不知道，对于我们而言，准则就是现实，就是我们每日所需的面包，这就是我想要说的意思。我希望，同样，在我们之间，只存在这种普遍的怀疑,因为它已经深入我们的血脉，对此，不难理解。它是我们新陈代谢的一部分。为什么要掩盖它呢？换句话说，我希望，原因不是我本人，也不是那些有关我的错误信息。我把要说的都说了，要做的都做了，你对我、我的家庭，以及慈善家马尔加，索尼娅，不得志的空想家加夫通均有了足够的了解。我想，你不会被恶意的中伤和谎言所左右，不会因此拒绝我的请求。我也希望，那些卑鄙的谣言不会影响你的判断。我清楚人们对我这类人的评价。当那个新兵要求我证明自己的身份，要求我拉开裤子上的拉链时，他清楚自己的所作所为。我知道人们是如何议论我们这一类人的。我们本应该被关进疯人院，监牢，甚至应该被扔进焚尸炉，但我们却进了旅馆，在那里工作，还有机会认识外国人。即使在今天，当我们在大街上遇见外国人时，哪怕他向我们打听时间，我们也不允许跟他说话！这意味着，我甚至没有权利自言自语。能想象得出来吗？但是，跟你在一起——我再也没有倾诉对象了。我已经决定把那场导致我离开教师岗位的丑陋审判向你和盘托出。

或者,我跟你说一说治疗专家马尔加的事情,他想治好我的病,你听见了吗?他不知道,其实我根本没有病。因为,这个假正经的小医生根本不了解我,他只是一门心思想把我和患有抑郁症的伊里娜凑到一起,这就是他的计划。毫无疑问,有些事情他是了解的。但是,你心底备受煎熬,仿佛处在火山的中央:你永远也无法逃脱,炽热的岩浆使你越陷越深。原谅我的措辞,亲爱的夫人,我知道自己在说些什么。他们都想把你往下拽,拽向无底的深渊,你愿意,你再也无法逃脱,你跑不了。你知道这一切,当然,你了解许门传奇般的洞室——辉煌的深渊,一切都将重新融合在一起。

我想跟你说说那场卑鄙无耻的审判,我必须承认,是那个假正经的马尔加救了我。我感觉有责任让你了解那个肮脏的阴谋。对我而言,你实在是太珍贵了:我不能放弃这些难得的交流机会,不能放弃我们之间这份宝贵的默契。星期六那天,你的宽宏大量似乎是一个理想的序幕,但同时,这也可能是一个混乱的结束,一个突如其来的停止。我简直无法容忍这种再见的方式。我要让你知道爱情最黑暗的区域,为了它,我们伸长舌头,东奔西跑,我亲爱的小特莱西恩施塔特的韦内罗,这是你喜欢的措辞。

你瞧,我亲爱的朋友,坦率引发了怀疑。但是,如果你决定去往你从未有勇气去的地方,很有可能,你会打破缄默。只要伤害是绝对的,那么,真理就会变得简单、天真、温柔、朴素。

我在谈论一个独一无二的时刻,一种独一无二的风险。我心里十分清楚,等这些过去之后,我们仍旧摆脱不了烦恼和负累。在某一刻,我可以将负累扔进下水道,我也可以用我那永远无法愈合的灵魂,用灵魂的挫折滋养它,我也可以把它当成一种极其有效的武器,但不管怎样，再也不能有怀疑了，不行，不能再有怀疑。

真正意义上的自由交流。率真、虔诚，没有防备，彻底而纯粹，我亲爱的夫人。只有这样，我们才能领悟我们朋友的，我们朋友的朋友的心声，不管它有多么的奇特。那时，我们可以生平第一次坦率地说出那个在我们俩身上留下印记的那个不在场的鬼魂。我亲爱的朋友，这些就是我上楼梯时心中的忧虑，我一步一步地向上走，走向这个特殊的庇护所。

多米尼克先生慢慢地数着脚下的阶梯。他来到了二楼，看见了开关。灯泡砰的一声亮了，但随即又熄灭了，好在门铃还没有罢工。这一次，韦内罗夫人费了很大的劲儿才挪动步子。可能她正在厨房忙碌，可能她正在看书、读报，也可能她正在料理看门狗塔维的卫生。少年多米尼克冒昧地再次按响了门铃。没什么动静。好像塔维也聋了，或者，他们都睡过去了——或许，他们渴望得到对方的爱，了不起的家伙，无声电影里的夫妻，塔维和特莱西恩施塔特·泰雷扎，躺在他们那副用克虏伯钢材铸造的坚不可摧的铠甲中沉沉睡去。他朝楼下走去，在公寓楼前停顿了片刻，然后，又返身上了楼。他再次按响了门铃，没有应答。

在昏暗的灯光下，他现在才发现门上贴着一张纸条。他伸手在口袋里摸火柴。多米尼克不抽烟，但他总是随身携带一盒火柴。在这个能源危机的时代，你会发现任何时候老祖宗的玩意儿都不可少。一张小纸条，是从哪个笔记本上撕下来的，一个小巧、可爱的红色别针将它牢牢地钉在大门上，别针是从中国进口的。他走近一步，弯下腰，仔细辨认上面的那行小字：外出度假。

店铺、药房、邮局等的大门上经常会留有这样的告示，太平常了，几乎到处可见。会议不开门，盘点不开门，管理人员生病不开门。盘点、会议、度假。但是,这一次,这个手写的便条引发了惊慌。细小的字体,几乎无法辨认,像是哪封信中的一行——女人写的信,简洁,但却意味深长。他又读了一遍,并且再次按响了门铃。他走下楼梯,又回头,再下去。他在楼前徘徊,然后再次上楼。他点着了更多火柴,一遍遍地研究那几个字。就这么多。沉默,虚无。

他在那家名叫斯坎波洛的店铺前停下脚步,他打算进去,但随即又打消了这个念头。他无精打采地朝车站走去。

奥列斯特同志：

  按照计划，我参加了在中央军司令部举行的招待会。食物种类不多，服务水准一般。坦白地说，我对那些人的脸谱不是太感兴趣。情报员也到场了，但我并没有因此而兴奋。我必须承认，工程师有正确的判断力，但他习惯于从高处向下看，忽视了细节。此外，对于自恋狂的任何事情，他都采取回避的态度。从另一个角度说，我赞赏他关于家长式管理的理论。这是一种基本的人类需求——我们对此意见统一。指导、命令、稳定、连续。我知道，现代世界的许多灾难都是因为违背了这些需求而发生的。我自己的经历就是一个很好的验证。我叔父过去一直放荡不羁，当他为此接受一系列的调查时，我也受到了牵连。表面上看，对他的那些指控没有对我产生任何影响，但是，我和那个已然成为我父亲的男人之间的关系是不可更改的。因此，实际上说，我虽然跟那些事情毫不相关，但我受到牵连是有道理的。他入狱期间，你知道，我的日子也不好过。但是，我没有抱怨。当时机成熟的时候，你知道，我已经做好了准备，准备为他做我应该做的事情。在我动荡的生命里，他是我关注的焦点。按照情报员所说，那些假装无辜的人其实都梦想得到权力，这话完全正确。我明白这一点。这不是理想和原则的问题。权力，权力——这才是他们梦寐以求的。因此，有必要引导、监督、保护我们的人民——可怜、迷惘的同胞。为此，我愿奉献自己绵薄的力量和有限的才智。光荣地，假如我自己可以这样说的话。也就是说：正确地，谨慎地，有良好信念地。因为这个原因，我推迟了和工程师的对话，尽管我知道他并没有多少情报可以提供。我前面说过，情报员的状态欠佳。也许，经典的话题才是最有趣的：女人。但是，你告诉我不要管那些事情。不管怎样，我们两周后还要再见，那是对抗意大利队的足球赛，门票早就销售一空，工程师不会拒绝球票的诱惑。

这一次，多米尼克决心杀杀矮个子马尔加的气焰：我不需要你的那个伊里娜！停止你的肮脏勾当吧：我没有耐心继续玩温情，除非你做好准备，同时接受其他的动机！医生，整件事情让我恶心。收起你那些慈善的把戏，我受够了。

在那间告解室里，你肯定能找到医生马尔加。他总是待在房间的后部，实践他的诡辩、治疗和自我心理学：各种托词，奇异的调味品！一派胡言，马尔加神父。我是多年前的那个成年人，我不成熟，我无药可救，我遇事犹豫，我行为过度，我浑身颤抖，我心怀秘密。极端，医生，极端！昏睡、眩晕，骑在自行车上，撞倒了那个童话故事中的原告。

呼啸而至的忧伤、痛苦、弹片，这就是我们的回答！他要把真相扔到那个小个子希波克拉底的脸上，这个心怀叵测的家伙。他将毫不犹豫、义无反顾。让假正经捂住耳朵和眼睛，让他惊讶得说不出话来，让他永远记住这个教训。

时机到了。多米尼克终于下定决心，去和哥哥的那个朋友，那个自以为也是自己朋友的人当面摊牌。阿纳托尔·多米尼克·万恰·沃伊诺夫信心十足地来到诊疗室，他站在这个神秘的房间门口，决定说出自己的心声。他径直来到医院，来到诊疗室。最终，澄清一切：被迫离开教师的岗位，如何逃脱厄运，其后发生的事情，他的青少年时代，那个骑自行车的少年，市长的老婆，模范协会，英勇的摄影师塔维，特兰齐特旅馆里的告密者，阿根廷人，一切的一切。他之所以急匆匆地赶到这里，目的就是不想给自己留下改变主意的机会。他主意已定，他已经准备好了。他现在就在门口。

刚刚经过候诊室的时候，里面的板凳上坐满了焦急等待的病人。他一副心不在焉的样子，匆匆而过，不想回答任何人的问题，也不想给人留下想要插队的印象，免得挨揍。他还看见奥尔坦萨助手，她不停地吆喝：先生，你的就诊卡呢？你想看哪位医生？等等，先排队，医生正忙呢，非常非常忙。小个子特奥多休夫人喊：今天没有急诊，大家都要排队，没有例外，这是医院的规矩，就像死亡一样，得一个一个来，没有例外。他也从那个疯女人面前经过，还有其他人，其他人。他的手已经握住了门把：他没有左顾右盼，是的，他进去了，他进去了。

诊疗室里有一个身穿白色工作服的男人，身材魁梧，刚剃的头，新招聘来的。

"你想干什么？"

"我找马尔加医生。"

这个兵营业余律师正低着头喝咖啡。他的嘴巴发出咂咂的声响，一次，两次，九次。他终于抬起了头。

"你说你找谁？"

来访者心里暗暗地数着那件干净的白色制服上的纽扣，因为他不知道是否应该用刚才那种结结巴巴的方式重复自己的回答。

"我找谁？找格伯特。圣格伯特。我找欧里亚克的圣格伯特，教皇西尔维斯特。或者，奥托，皇帝奥托三世。"

拳击手抬了抬眉毛，他感觉有些吃惊，他感觉一点儿也不吃惊。他见多识广，见怪不怪。他微微一笑，笑得恰到好处。

"稍等，他马上就来。"

他手指着另一杯咖啡，杯子满满的，就在桌子的另一头。杯中的热饮咝咝地冒着热气。他的意思是，圣格伯特·马尔加正在冒热气，他很快就会从那个魔杯里出来。这就是那个坏脾气医生想说的话,他已经烦透了病人们的怪异行为。咖啡在等候那个缺席的人,照此说,那个假正经的大叔很快就会回到我们中来。那个拳击手甚至还有意无意地指了指门口的那把椅子。或许,他在邀请病人坐下;或许,他根本没有邀请病人坐下。多米尼克站在门口,15分钟是那么的漫长。他没有兴趣跟别人聊天,跟别人吵架,他什么事情都不想做。他刚想离开,马尔加此时却出现了。他扭动着肥胖的身体,一脸的春风,衣服的下摆在身后欢快地飘动。然而,他那张苍白的面孔却因为脸上的胡须而显得阴影斑驳,而且,他下巴颏儿上那几根稀疏的胡子向上方延绵,跟脸颊两侧的络腮胡子连成一片,看上去倒像是一块黑色的绷带。他刚才一阵风似的冲进房间,没有注意到任何人。他坐下,端起杯子,喝了一小口,然后把茶杯放回原处。

"你看,有人一直在等你。"那个男高音咕哝了一声,声音从报纸后面飘过来,他在看报。

"你看上去像一个浪漫派诗人,"托莱亚向医生发起了攻击,"像大逮捕之夜的十二月党人,也像巴勒莫的伯尔切斯库。像决斗前的普希金。"

马尔加的眼镜和他的那只好眼转向门口。

"哇,太让人吃惊了!你在这里。你碰巧看见我——请坐,托莱亚。授权、监护人。我能为你效劳吗?我们很快就会结束,剩下的不多了。"

他站起身,把门口那把椅子搬过来,放在自己的座位旁边。

"我来替你介绍。佛罗林,这是万恰教授,我的一个老朋友。我同事,佛罗林·迪努医生。"

佛罗林·迪努医生点了点头,教授坐下了。

"是的,这样就对了,随便点。你将看到我们是如何工作的。完了之后我有空了再跟你聊。不会太久的。我们快结束了，不是吗，佛罗林？"

佛罗林赞同地点了点头。那个矮胖的助手出现了，她的声音和嘴巴使人联想到天使。

"医生，咖啡还可口吧？香甜、浓郁，你喜欢的味道。你知道，这样的咖啡什么地方也买不到，甚至黑市上都没有。哪怕你舍得花一个月的薪水只买一公斤，也无处可买。这些病人，这些可怜的人，这些不幸的人，他们可真是上帝赐予你的福音，他们挖地三尺，这样，他们才能给医生带来这点儿咖啡。"

"没错，没错，谢谢，奥尔坦萨。乖，帮我们再搬一把椅子来。我给你介绍我的一个朋友，万恰教授。这是我的助手，奥尔坦萨·特奥多休。"

可爱的人儿出去了，从外面的大厅里搬来一把椅子，放在了门口，代替了原先的那把椅子。

"带杜米特拉凯·格利高里进来。"

奥尔坦萨出去了，进来一个身体强壮的矮个人。他长着一个大脸盘，汗毛密集，一头花白的鬈发。他顺从地在椅子上坐下，两只手放在膝盖上。

"这么说，你反对我们给你定的伤残等级，你已经提出了申诉。我们给你定的是三级，你要求的是一级——甚至零级。"

马尔加扭头看着佛罗林医生，后者递给他一份厚厚的卷宗。

"嗯，没错，我这儿有你的检查报告：心电图，还有 X 射线检查。你除了行为乖张之外，还有溃疡，以及肾脏、脾脏疼痛。是的，我知道了。抱歉，我们无能为力。真的。"

病人满脸卑微的神情，他的眼睛看着审判员，看着便衣侦探。突然，他做出了一个判断。房间里的陌生人是这里最重要的人物。某个督察员，或者，具有某种职位的领导——反正是一个手中握有权力的人。

他站起身，朝托莱亚走来。接着，他开始解上衣的纽扣，解裤腰上的纽扣，一直脱到身上只剩下一条肥大的短裤，还有腰间缠绕的一块厚实、宽大的绷带。他解下绷带，试图吸引托莱亚的注意。

"两个月前，他们给我动了一次手术，但是，伤口又开始流脓了。或者说，伤口裂开了，伤口被撕开了，随便你怎么形容好了。"

"是的，嗯——我实在无能为力。"马尔加打断了他的话。"我们给你定了二级伤残，但是，督察们来了以后说，你的情况只符合三级。就是这样。我们帮不了你。"

"我是火车司机，司机的伙伴。我们一天行驶10个小时，有的时候要14个小时。我无法继续工作。但是，我们单位不同意缩短工作时间。"病人继续对督察托莱亚解释着。

"咳，好吧，我把你的话记下来：不能长时间从事体力劳动，不能在野外驾驶。就这些，对吗？"马尔加喜形于色。

"自从我生病以来，单位不让我继续干以前的工作。后来，你们把我的伤残等级从二级降到三级，我只能重新找活儿干。我请我的姐夫帮忙找工作，但是，像我这样的病人，太难了，非常难。我还有两年才能退休。"

"只有劳动终审判决组织能够授权我们把你的级别改回到二级。你去找找他们，碰碰运气。你看，我给你写了一封推荐信，3点钟之前你都可以找到人。"

马尔加在一张纸上写着什么，病人穿好裤子，接过推荐信。

"下一个，伯杜列斯库·科曼。"

一个面色苍白、脸颊凹陷的老头儿，白发中分，像20世纪初期那些照片里人的发型。

"多大年纪?"

"53岁。"

他看上去像80岁;他的声音非常低,几乎听不清楚。他坐在椅子边上,眼睛看着地板。

"嗯,是的。肺结核,肝炎。"马尔加嘟哝着,"心电图看着不好,有心衰的迹象。你的体重和身高是多少?"

"44公斤,1.66米。"他无精打采地低语道。

"你是做什么工作的?"

"理发师。"

"好的,到外面等。"

老人扶着墙壁离开了房间。马尔加烦躁地在座位上扭来扭去。

"这个糟老头儿,我们拿他怎么办?他病得很重,连站的力气都快没有了。"

"咳,一个理发师——还不算太糟。他可能——"马尔加的同事点燃了一支长长的金色香烟,插嘴道。

"佛罗林,他还能做什么?你没看见吗?他身上散发着死亡的气味。我们给他定二级,送他去做一个神经检查。你同意吗?"

"我同意。"烟雾从佛罗林医生那边飘了过来。

"带科斯塔凯·维奥丽卡进来。"矮个子马尔加按照卷宗上的顺序,报出下一个病人的名字。

没有应答。马尔加抬起头:他的眼睛转向左边,又转向右边。

"啊,我忘了,奥尔坦萨不在。"

多米尼克准备起身,扮演迎宾的角色,但马尔加抢先一步。还没等他走到门口,大门砰的一声,撞上了后面的墙壁。门外闯进来一个大块头女人。她头发凌乱，衣冠不整，但脸上的妆容却十分绚丽，平添了几分高雅。她挥舞着手中那只闪闪发亮的黑色手提包，一副恶狠狠的模样。

"我的问题你们打算怎么解决？还要让我再等八年吗？八年的时光，从一个办公室奔波到另一个办公室？你们以为我还能再忍受一个八年吗？你们这群废物，你们就是这样想的吗？还想让我遭受更多的侮辱——更多的谎言，蔑视，你们这些没教养的，你们这些拉皮条的！浑蛋，告诉我，还要忍受多久？"

浑厚、有力的声音还没有到达峰值。

"你叫什么？"马尔加壮起胆子问道，他的声音听上去干巴巴的。他俯身把佛罗林·迪努放在桌子另一边的金色烟盒拿了过来，取出一支烟，从自己上衣口袋里掏出一个淡紫色的长方形打火机，将烟点着。佛罗林仍旧埋头看着那个死亡名册。

"奥尔加·奥尔莱亚努律师！我想要一个明确的答复，不想听你们编故事。我可不像其他人，你们别想就这样打发我。告诉你们，我决不会舔你们的臭脚，也不会舔你们的屁股！我要明确的答复。你们到底要我做什么？这就是我想知道的：我要你们给我明确的信息。究竟该去什么地方？找什么人？"

"我们这里没有你的材料。夫人，你应该去办公室问一问。"极具骑士风度的佛罗林·迪努医生语气阴沉地插嘴道。

"什么办公室？你在说什么？八年了，你们让我在办公室之间跑来跑去。这样一来，他可以有时间招妓。没错，他坏事干尽，而你们却什么事情也没有做。我在街上找到他，告诉他我祖先的名字，那个名字跟我们亲爱的祖国一样古老。一个任何人都不许碰的名字！奥尔加·奥尔莱亚努·布泽乌律师四处猎艳。我告诉你，只要他看见一个洞,他的大脑就不做主了。这个疯劲十足的布泽乌!你们什么措施都没有采取。我要到党的总书记那里去告你们,你们这帮搞阴谋破坏的家伙。总书记同志太英明了,他明令禁止堕胎、离婚、性病。你们满脑子想的都是嫖娼,你们这帮人都有病!你们毫不关心我们这些勤劳的优秀公民。你们毁了我的人格,这就是你们干的好事。你们这些大男子主义者,你们这些道德败坏的家伙!你们玷污了我,你们使我丢了脸,八年了。我要告诉总书记,你们等着瞧!你们必须对你们反社会主义的道德观和正义感做出解释。我要告诉我们的党,我们的国家,我要让他们知道,他们定将公开宣布,你们的死期到了。你们这些害虫。告诉你们,你们是逃脱不了的,我要上诉到我们国家的最高法院。"

"出去!滚!"矮个子马尔加厉声叫道,他屁股底下的椅子随着他的身体一起向上蹿。

不知何故,天使奥尔坦萨出现了。她轻轻地,但却十分坚定地推着那个疯女人朝门口走去。

短暂的寂静。佛罗林十分镇定,嘴里叼着烟蒂,嘟囔着,"咳,现在……"

"佛罗林,你想跟那个人聊一聊,是吗?你想卷进去吗?"那个假正经的胖子一边说,一边擦拭着额头上的汗水和茶色眼镜。"她是一个有名的偏执狂。每隔两三个礼拜,她就会到城里到处乱逛,然后顺路到我们这里闹一通。你想跟她聊聊病历,聊聊办公室?"

奥尔坦萨·特奥多休护士出去了。下一个病人已经到门口了:科斯塔凯·维奥丽卡。大眼睛、瘦长脸,年轻,苍白,两鬓的头发已经花白了。

"你上诉的原因是,你反对我们给你定的三级。但是,根据诊断报告，这是唯一可行的。你是做什么工作的？"

"技术制图。"

"这工作不算辛苦。"

"我很容易疲劳，无法集中精力。"

"检查结果表明，自从你上次入院以来，你的情况没有什么变化。"

"我想，结果表明……"

她的脸拉得更长了，眼睛在冒火。

"你的想法跟这不相干。我们维持原定的三级，你可以去相关部门获取专家的报告。"

他从处方笺上撕下一张纸，又写了一封推荐信。女人怒气冲冲地离开了，砰的一声，大门在她身后关上了。

"我们要不要休息一下？托莱亚，你想来杯咖啡吗？不？那好吧，让我们见见维维，维维·约内尔。"

一个穿着整洁的男孩。他有些胆怯，有些懒散，双手在空中舞动。他咧着嘴巴笑着，露出了一排整齐的牙齿。他的身后跟着一个女人：柔软的黑发，布满皱纹的脸。她的嗓音温柔、细腻："没有人看着他根本不行。他28岁了，随时需要人照顾。我一步也不能离开。"

"是的，应该去神经科。我们给他再预约一下，下个星期五，神经科。安东纽医生应该也在。佛罗林，记一下。安东纽医生，神经科专家，一定要通知他星期五门诊。"

"是，是安东纽医生！"那个单纯的孩子傻笑着。"哈，哈，我是安东纽。安东纽医生，他说，向前，向前，向前，少先队员，安东纽说的。"男孩高兴地蹦跳着。母亲站在又瘦又高的儿子身后，不停地打着手势，希望大家装作没有看到。

"我的孩子，你是做什么工作的？"

"哈哈,服务员,医生。"

"很好,约内尔,干得好。好吧,星期五再来。维维·约内尔星期五来会诊。带佛勒代斯库·德拉戈什进来。"

门打开,又关上。佛勒代斯库·德拉戈什走了进来。她是格利佛的侄女,一张异常饱满的脸,圆圆的,湿乎乎的。嘴巴大大的,红红的,眼珠突出。绳子似的头发扎成一把。她的短裙提得很高,露出两条白白的大腿,有些浮肿,像两根粗大的柱子。她脚上穿着凉鞋,鞋底很厚。她的脚仿佛自成一体,独立于她的身体。

"你是?"

"我是为我丈夫的事情来的,佛勒代斯库·德拉戈什。"

马尔加找到了佛勒代斯库·德拉戈什的材料,埋头看了起来。他抬起头,眼睛离开桌上的卷宗,审视一下面前这个魁梧的家伙,然后又低下头看看。最后,他笑着做出了结论。

"完全不同,我明白,你们俩相差十万八千里。我的意思是,你和你的丈夫——"

佛勒代斯库夫人脸一红,慌忙低下了头,什么也没有说。她的右手里握着一个面包卷。

"你没有耐心。你去了街角的售货亭,给你自己买了一个面包卷。"

"啊,我知道我不应该这样做。有这么多烦恼——胃口都没有了。只是想嘴里有点儿东西咬咬。千真万确,我们实在是坐不住。"

"你丈夫是干什么的?"

"锁匠。"

"多大年纪?"

"46岁。"

"那你是干什么的?"

"我是缝纫工。"

"好的,你可以走了。我们会把结论寄到你家里去的。他应该保持镇定,按时服药,不要挨饿。你要保证给他喂饭,甚至要强迫他吃。你会拿到我们的裁决。他应该保持镇定。一星期内会接到通知的。"

"谢谢,医生。我祝您身体健康。愿上帝保佑您,医生。"

突然,她将自己的身体靠在桌子上。格利佛夫人完完全全挡住了马尔加的视线。此时,只能听到恐惧的低语声。"夫人,别开玩笑,放开我。把你的信封拿走,别再玩类似的手段了。夫人,把你的钱拿走,否则,你会有大麻烦的。真的,不骗你。"

肤色白皙的女人受了惊吓,立刻消失得无影无踪,包括信封,包括一切。

佛罗林哈哈大笑。马尔加哈哈大笑。多米尼克等待着。佛罗林把材料整理好,马尔加签了名,佛罗林·迪努也签了名。奥尔坦萨·特奥多休把杯子和烟灰缸收走了。吻一下,佛罗林,亲一个,奥尔坦萨,极具绅士风度的佛罗林欠身离开,奥尔坦萨踮起脚尖,转着圈走了。太好了,现在,就剩我们俩了。我们之间应该有一张床,那是心理医生的工具,现在,只有一把椅子。

"你喜欢这个热闹的场面吗?"

"无可奉告。"

"你为什么来这儿,来医院?一定有什么急事。发生什么事情了?你怎么了?"

"啊,没——没什么。"

医生摘下眼镜,先是揉了揉右边的那只真眼睛,然后又摸了摸那只人工安装的假眼睛,最后是他的额头。他重新拿起茶色眼镜,他显得非常疲倦。

"也许,你想来住院,是吗?或者,你想要一张证明,还是想开些药?"

"都不是!证明,处方,废话!"

在接下来的漫长时间里,他俩谁都没有吭声。多米尼克把自己细长的双手放在桌上,旁边是马尔加医生那双胖胖的小手,他的指甲是在美容院里修剪过的。听着,你来这儿的目的是坦白一切!假如说你过去曾经对某些事情感兴趣的话,你现在对一切都失去了兴趣。听着,证明,处方,住院。他来的时候,主意已定,信心百倍,可现在,他像个孩子,掌心向上,竟然开始研究那些复杂的命运线了!他长时间地看着自己的手掌,看着自己的命运。

"我梦到了那封信,"不知什么时候,病人开口说话了。

"什么信?"

"就是那封信。"

"哪一封?克劳迪乌的信?"

马尔加医生用手扶了扶架在鼻梁上的眼镜,屁股在座位上扭动了几下。

"什么信?"

"你什么意思?我们不是在讨论一封信吗?"

"很久、很久以前,一个温馨的夜晚,这些你是知道的。一封恐吓信。写给我家老头儿的,我父亲。"

医生手一摆,表现出厌恶的神情。这样看来,会诊不可能继续下去了。没错,这正是猿人托莱亚希望看到的效果:娱乐和废话。就这样吧。

"我爸爸。就这样,他一方面威胁老头儿,一方面追求那个女孩子。这个不知名的光棍,被爱情冲昏了头脑,眼睛里只有我姐姐。那个送信的人，那个光棍，只要他逍遥法外一天，他就可以模仿任何人的字体。他想要瓦解父亲的意志，你明白吗？因此，漂亮的索尼娅，她的命运。他模仿文盲的字体，那些匪徒，他们高举着复活节的火炬，高举着大屠杀的火炬。你知道，就是那些人，他们嘴里喊着口号，腰里扎着皮带，戴着十字架，别着左轮手枪，上身穿着绿色的衬衫，像地里的青草。他就模仿这些人的笔迹，你可以肯定。伪造想得到想要的东西。或者说——"

"我不懂你的意思。"

"一天晚上，大约9点半钟，女佣走进房间，递过来一个小小的信封。这封信是谁写的？"

"谁写的？"马尔加发出尖厉的叫声。

"你很快会明白的。信是给爸爸的，给我父亲的。我们要对你采取这样、那样的措施。复活节的火把，耶稣基督要惩戒那些将他钉上十字架的人。因此，他要交出自己的产业，交出自己的女儿——交出一切。放弃所有的东西！否则，等着瞧！他的模仿无懈可击，他可能就是那个团伙的成员。你可以肯定，就是他们干的。你知道我指的是谁，那些排着队、扎着皮带的人。一封伪造的信。那头犀牛，目的是迈出成功的第一步。或者说，你明白，报复！你应该见识一下模仿的笔迹，见识一下恐吓的内容。是的，你可以肯定，就是这样！匿名信，但却好像每一个人都签了名似的。黑色的信封，上面有那个标志，你知道。收信人：父亲。幕后是谁——你知道。"

医生微微一笑，他疲倦极了。他从口袋里掏出一块手帕，但又不想用了；他想重申他很疲倦，可同样，也放弃了这个念头。因此，少年托莱亚重新发起了攻势。

"我们谈谈上面的那个单身汉，不管他是死是活。这正是布宜诺斯艾利斯的那位先生渴望打听的内容。罪恶，伪造，噩梦，复仇——他想得到这些相关的信息。全体演员的名单，酬金没有问题。他想了解真相。我也想知道真相，但我又不敢面对。我不知道自己是否真的想知道一切。"

"什么真相？"

"我很久以前察觉到的。"

"你？什么信？什么单身汉？"

"我们都记得那个嫌疑人。那个记录别人谈话的人，那个虚无主义者。那个追求女人的家伙。行为怪异、说话结巴，跟任何一个恋爱中的人一样，他完全神魂颠倒了。他感到，他即将失去那个可恨的家庭中的那个可恨的美人。然后，砰！——孤注一掷。他从他们那些污秽的绿色报刊上抄写了所有的口号。难道这是勇气吗？一封匿名信，没错，但是我们都签了名，因此说，它是匿名的。他把那个头像截成三部分，用它代替签名。"

"什么头像？哪三个部分？"

"那个三头标志！实际上，就是这个符号泄露了他的身份。但是，父亲没有对任何人说起过。也许，他本人也并不十分肯定。一切都那么相似，过了一些日子，他害怕了。结果，他开始做葡萄酒的生意，想多赚些钱，对付艰难的岁月。因为，野蛮人来了，他了解历史的疯狂，了解这个国家的疯狂。在缺乏道德准则的地方，甚至连腐败也不能解决问题。一个没有规矩的国家！这正是父亲所担心的：在疯狂的状态下，腐败再也无法发挥作用了。就拿那个年轻人来说吧，那个单身汉，有谁会想到他能这么做呢？他只是听父亲谈论过麦克罗比亚斯，左丹奴，以及那个三头符号。但是，你了解父亲。"

"别说了，我们走吧，结束你的玩笑吧。"

"你说这是玩笑？我在开玩笑？一个孩子？这是梦幻，不是玩笑。"

"够了，够了！我们走吧，该吃饭了，时间不早了。热尼准备了丰盛的晚餐。"

医生站起身，小丑的话他再也听不进去了。热尼准备了好吃的。不能再耽搁了。

"你最好解释一下那个三头符号，我不明白。"

"这是你唯一不懂的吗，老伙计？咳，想想你的那些画。霍尔班，维米尔，提香。"

"在我家的墙上？你疯了吗？提香的画？"

"那些画能把墙壁都占满，他们可以以模范公民的名义逮捕你，并且把那些画统统拿走，理由是模范的公民渴望得到模范的艺术。但是，那些国家级大师——帕拉迪，伊瑟，佩特拉斯库——他们也不是完全一钱不值。如果我没弄错的话，还有一幅布兰诺的画，一幅帕斯森的画。"

"那么，那个标志是怎么回事？跟这些有什么联系吗？"

"埃及人，文艺复兴，欧洲。三头标志。三层重叠：审慎的象征。我想，在你年轻的时候，你跟我父亲谈起过这些。他听了，这个草率的笨蛋。"

"我？你认为我给马尔库那个老哲学家上过课？我当时还是个孩子。我不可能跟他谈论我压根儿就不懂的东西。"

"不对，无论你怎么狡辩，都没有意义了。我父亲根本不喜欢艺术。对他而言，艺术就是一种甜点，而他生来就不是喜欢甜点的人。"

"你看——你开这种玩笑有什么意义？你不知道该编些什么样的故事让自己开心，或者说，你不知道怎样打发无聊的时光。"

"你说得很对，医生。实际上，我今天来另有目的。"

"啊哈，这么说，你确实有事。"

"是的。我无法直截了当地说出来，我怕会惹你生气。我来这儿是想问你一个问题，并且给你一条建议。"

"人们通常请求我给予他们建议，他们不会给我任何建议。好吧，你有什么问题？"

"我们为什么不一起去监狱？这是我的问题。为什么我们没有勇气？别假正经了，心理分析家，给我解释一下吧。为什么我们大家不决定一起去监狱呢？"

"哼，我们现在在什么地方？"

"哈哈，这样说来，我们已经在监狱里了，对吗？你说的就是这个意思吗？好吧，如果是这样，那这个问题必须继续下去。如果我们真的在监狱里，那会有什么不同吗？"

"当然有不同。热尼就不能烹制这么多好吃的饭菜了。这只是一个例子。我就不会有那么多快乐了，我也不能照顾她了，你也不能玩这种侦探游戏了。我们大家不可能同时有相同的爱好，也不可能喜欢同样的东西。集体自杀是非常罕见的，我的孩子。"

"你们精神科医生找谁咨询呢？找你那些愚蠢的同事吗？听着，我要把我的幻觉告诉你。或者你认为是胡言乱语，你爱怎么想就怎么想。决不反驳。"

"好。我记下了。遇到死胡同了我就来问你。现在，我的状态很好。"

"你有许多优势。当想象试探着进入禁区的时候，外围的保护圈，观念的分水岭——"

"得了，吃饭的时候再解释吧。"

"疯狂的幻觉。我的想象力可能会尝试这种表演。它也许会在心里催眠无用武之地的领域里获得成功！"

"同意。"马尔加叹了口气,"但是,你来的目的实际上不是为了扯这些吧。任何像我这样的精神科医生都能明白这些。"

"或许吧。但是我已经不再感兴趣了。结束了。除了医学官僚之外,甚至连一个毫无头脑的朋友都能掌握,但有个前提:他不是太饥饿,也不是太贪婪。"

"也不是太勤奋。热尼是我的病人,当医生晚餐迟到的时候,她会感觉惊恐,会发病。但是,对于你,我亲爱的孩子,给你一个优待——最后一刻钟。"他说着看了看表。

"好,好。来吧,先生,我们的国家是一个什么样的国家?"

"发展中国家。"

"这一点你是怎么理解的?"

"托莱亚,你别烦我了。你肯定可以读报纸,人均产量,生产力,国民收入,谁说得清楚?"

"没错,这些全对。还有呢?我们换个角度看看。战争爆发前和战争期间的情形是怎样的?那时我们也在发展吗?"

"处于发展的前夜。"

"很好。这是经济学,该死的经济学。自战争以来的40年里,我们的拉丁大婶,法兰西,经济实现了巨大的飞跃,几十年的成绩赶得上路易十四至'二战'漫长岁月发展的总和,你知道吗?"

"我不相信。"

"我可以拿证据给你看。好的。但是,这40年里,法国为世界做了什么贡献呢?没有,少得可怜。替代路易十四至'二战'这期间法国为世界做的贡献,我们心知肚明。"

"现在也是可以做出贡献的,你别担心。但是,在那些年月,情形完全不同。精英,伟大的思想家,杰出的人物。"

"现在呢？为什么我们现在没有杰出的精英呢？但这一点并不重要。"

"说得好！我们快说到点儿上了。过了7分钟了。"

马尔加站起身，脱下工作服，将其挂在钩子上。他把自己的外套从衣架上取下，穿在身上。然后，他回到座位上，在教授的对面坐了下来。他现在是听众，他有些着急，托莱亚却不紧不慢。

"你记得那个单身汉吗？"

"又来了。"

"是的，那个追求女人的家伙，那个傻瓜。他根本是正常的，不聋也不哑，而且他也不会变成残疾人，但是，他沉默。我说他是一个傻瓜，他其实什么都知道，他能读会写，还会画画。你不要告诉我说，他没有天赋。他是，杂种。他从来就不是傻子。战争刚刚结束的几年里，他专门为宠物狗拍照片。也许你不知道。你瞧，你今天从我这里收获颇丰，你应该接受这次咨询，你可能会听到令人惊讶的消息，但这些内容极具教育意义。并不是所有的老摄影师都愿意为畜生拍照，这一点你明白吗？你需要耐心和技巧。实际上，就像替小孩子拍照一样。你有没有注意到，那些没有孩子的夫妇是怎样孕育小恶狗的。我的意思是，收养。因此，那个结巴也开始从事这个行当了；拍狗挣了不少钱。七本黄色的影集，里面全部是狗的照片，拍得非常精彩。各种血统的狗，各种政治信仰的狗，各个阶层的狗，各种色相的狗。为什么给狗拍照呢？这是你想知道的吧。咳，作为一种纪念——甜蜜的东西，确立它们的血统。哇，这么多有争议的例子。医生，狗群中也存在着十分严重的种族主义思想，你应该了解一下它们种族隔离的独特风格。咳，我们还是继续刚才的话题吧。他年轻时非常内向，那个亲爱的孩子面对什么问题都可以滔滔不绝，同意吗？比如，他可以无休止地谈论三头怪兽的图解,谈论普桑,提香,包括所有的人。他是——告诉我,嗯?"

"我不知道。你饶了我吧。我无论如何要走了。托莱亚,你今天不走运。托莱亚,你的兴趣爱好不怎么样。低级趣味,相信我。"

"我相信你,别担心。那些走起路来趾高气扬、鼻子翘到天上的女人,只有她们才会有高雅的爱好呢。但是,那个可爱的老男孩真的通晓各种话题——这就是我想表达的意思。那天晚上,父亲收到了一封信。你知道我指的是哪一天。你非常熟悉我的家人。马尔库·万恰最喜欢谁?"

"你的母亲。"

"好。但我们现在谈论的不是那个方面的事情。"

"那么,可能是你。"

"好吧,我认为是索尼娅。米尔恰·克劳迪乌那天没有来。一块冰,一个计算器,他属于另一类人。那封极具威胁的信,就我一个人知道。这足以证明,父亲最爱的人就是我吗?你可能会说,或许吧。我是唯一知道这件事的人,这真的可能吗?没错,非常有可能,这一点你必须承认。比如说,信上有一个标志性的符号。我坦白,我是个涉世不深的人,我根本无法了解那个符号的真实意思。比如,一个三头怪兽。不可能吗?不,可能。一个男人的头被分割成三个部分,分别以那个动词的三种时态来表示,对吗?咳,那时候——"

"你在说什么?你又在编故事了,一点也不好笑。听着,托莱亚,热尼和俄式炒牛肉丝在等着我呢。"

"你一点儿都不懂!只有给你施加压力,你才会明白。那时,布尔舍克,你会找我咨询的。布尔舍克,我一定给你安排一次会诊,我保证。"

309

马尔加脸色发白。没有人知道他少年时代的绰号。这个名字他许多年没有听见过了。他本来已经到了门口,此时,他回过头,嘴巴张得大大的,但是,托莱亚似乎并没有注意到这些。

"别装了,关于审慎,你是怎么理解的?审慎就意味着那个三层的重叠,那个象征着屈服的标志吗?过去、现在,以及未来,时时敦促你谨慎做人?换句话说,要识时务?这就是明智吗?这就是审慎的寓意吗?记忆——也就是说,过去和理解,对现实的理解——产生了这个长篇的离奇故事吗?但是,那个计划呢?那种预感,古人过去常说的那种未来呢?我面对的是一个医生,听着,听我说,医生!这些事实是你无法逃避的!"

他们此刻正走在通往医院大门的长长车道上。这是休息的时刻,医生们都已经下班了,病人们正在休息,路上空空荡荡。那个傻瓜挥舞着双手,摇晃着光秃秃的脑袋,与此同时,他不停地跺着脚,想让自己的话更加有说服力。矮胖的医生擦拭着自己的眼镜,费力地跟着那个恶作剧家伙焦躁的步子。

"中间是狮子,代表凶恶、傲视群雄的现实。右边蜷缩着那条狗,脸上虚伪的笑容代表的是未来,它梦想得到每一个人的垂爱。左边是狼,它代表的是被吞噬的,也正在吞噬他物的过去。我告诉你,就是这个三头怪兽,就像沙漠中的埃及人和尼罗河带给我们的图像一样。没错,这是文艺复兴,是欧洲的文艺复兴,是我们欧洲的文艺复兴,它带来了那条毒蛇。毒蛇、螺旋、时间。蛇的身体——那个三头怪兽得到了一个毒蛇的身体。它不再是用来恐吓他人的可怕形象,不是,不是。怪兽收复了现实的空间,就在人类的脚下。别装了,在人类的脚下!真正的神祇正是你自己,假正经,易受攻击的人类,装扮成阿波罗的模样,被带到了这一插曲的中央。这就是我们文艺复兴所持有的观点。我们的希波克拉底①！欧洲地中海沿岸的国家把你——阿波罗——置于这一插曲的中央。你是阿波罗，这就是你，假正经！在你的脚下，怪兽在收复真正的领地。"

上了出租车之后，多米尼克还是久久无法平静。医生坐在前排，旁边是一位皮肤黝黑的年轻司机。托莱亚坐在后排，还在大喊大叫。

"是阿波罗，还是耶稣，这并不重要。我们永远可以在美与教条、知识与信念中找到我们自己。雅典和耶路撒冷，咳——只有那时才可以离开那个复杂、天真、夸张的标志。因此，千万别忘记：你们的那些画家，那些醉心于如何简化这个象征的伟大画家，他们都是欧洲人。提香、霍尔拜因——或是另一个，普桑，别人都称呼他为猫。我告诉你，他们都是欧洲人。没错，野蛮人的图腾从来不使用人类的形象。他们的目标是成为魔鬼的子孙。他们痴心于那个拟人化的象征：难以理解、极具诱惑、难以捕捉。超人。你记得吗？新时代的那个新人物，还有歌曲，模范，模范协会，制服，号叫，允诺。节奏，医生先生，节奏。两头怪，三头怪，同志们，砰砰，盛大的典礼，胜利的礼炮，一群多么优秀的人物，特拉拉。"

司机瞪大了眼睛，竖起了耳朵。这年头，你永远搞不清楚坐在你车里的人是谁。你必须小心，睁大眼睛，竖起耳朵。出租车在别墅前缓慢而优雅地停下。漫长的讲演结束了，米提卡要让大家知道，布加勒斯特司机的真正水平究竟是怎样的。

医生掏出钱包，但是托莱亚关切地在他的背上拍了拍。

"收起来，老伙计。我来付钱。"

"严肃点，教授！你可以认为这是一次咨询。一次艺术讲座——

---

① 希波克拉底（约公元前460—约公元前377），古希腊医师，被称为"医学之父"。

或者，哲学讲座。我想，我们的司机朋友也听得很开心。"

"别把本德先生扯进来。我说了由我来付，我一定要付。否则，没完。我们继续前进。"

"你说什么？你不留下来吃晚饭吗？我很想你留下来。热尼夫人会很开心的。你可是最能让她动情的人。"

"谢了，但我真的有些累了。我甚至没有力气再跟你在饭桌上争论什么了。饭菜太可口了，会削弱人的意志，会使人头脑发昏——而且，使人膨胀，这是我的真心话。"

托莱亚从司机的手里夺过钱，还给医生。他此时正收拾自己的物品准备下车：雨衣，购物袋，公文包，雨伞。

教授看了看手表，说，"抱歉，我真的不能留下。我得赶快回家，有一位女士正在等我。关于今天的话题，你早晚会让步的，我了解你。"

"我会的，我甚至不会再提任何问题。但是，很遗憾，你不能留下。好吧，下次吧。星期五行吗？晚上来，或者到医院去等我。我想，你知道地址。"

托莱亚把脑袋向前探了探，对司机说："去特兰齐特旅馆！你知道地方吗？在——"

司机把车调了个头，在第一个路口左转，退回到大街上。他围着帕什公园转了一个整圈，然后向后驶去。

"啊哈，你不是布加勒斯特人，你住在宾馆里。你只是路过这儿，是吗？"

"咳，当然，只是路过。伟大的旅程。朋友，我们做的事情是相同的。你说得没错，我是从外省来的——当然。布加勒斯特的公民真的有时间讨论这种事关重大的事情吗？他们似乎没有时间，他们总是匆匆忙忙，总是炫耀自己！空洞！他们连看书的时间也没有。没错，我是一个地地道道的外省人，跟我的朋友伊夫和佩特洛夫一样，他们是卖饼的。"

司机似乎从来都没有听说过这几个名字。但是，听了乘客的话之后，他并没有表现出任何的吃惊。不管怎样，都市人的自豪感不允许他忽略外乡人的评论。

"你瞧你，先生，别对我们这么刻薄。我在这里遇见很多人，他们——"

"我跟你说吧，这就是马粪蛋子外面光！米提卡，这里的人就只会闲扯。从这里弄一句，再从那里弄一句，然后加点唾沫，润饰一下就得了。但在我们外省就不同了！你会发现，平静、枯燥的乡村生活也有其真正的闪光点。你知道，本德先生，那里就是真理诞生的地方。你最近去过山区省份的主要县城吗？"

司机神情紧张，双手紧紧握着方向盘。他费力超过了前面一辆巨型装卸车，嘴里骂骂咧咧的，自娱自乐吧。

"比如说，米济尔，为什么不去那里看看呢？只要在米济尔逗留一百分钟，你就会明白什么是神话。《荷马史诗》？一个名不见经传的家伙——肚子里没有什么货。到了，多少钱？本德先生，我该给你多少呢，嗯？"

托莱亚从后排凑上来，看着里程表。司机面对着不寻常的小费，着实吃了一惊。他不再解释什么，外乡人的咿呀声使他兴奋。车门砰的一声关上了，声音干巴巴的。托莱亚像年轻人那样敏捷地下了车，把背包往肩上一背，朝特兰齐特旅馆的大门走去。

白天，所有的节目按部就班地上演着，然而，夜晚并没有给人带来一丝的安慰。令人窒息的热浪不断向人们涌来。

一种无法忍受的奇怪物质。排放进大气中的镁和碘与空气混合，形成了片片七彩斑斓的孔雀翎羽，飘飘荡荡，组成了座座磷光闪闪的彩虹桥。粉色的雾霭。冻结的穹隆，凝固的时光。宜人的大海，宜人的夜晚，沐浴着春天的晚风，宽恕我们的笑声，吞噬我们的尸首。

突然，时常发生的颤抖，双肩一阵抽搐。

夜晚终于降临了。它把我们带回到现实，它把我们送回来了。遗忘终于来临，我们这些白天劳作的人，心怀希望，在遗忘中不停地挤压着血液，那是我们自己身上被撕开的伤口流出的鲜血。

真的，他在颤抖！进入夜色的那一刻，他打了个寒战。他发现自己来到了地铁站的入口处。他慢慢地走下阶梯，步履平静而轻盈。来到地下，这里是几何结构，空气凉爽，还有灯光。令人愉悦。为什么不承认呢？人造的水泥地洞，在大自然的眼皮底下偷偷凿出的一片空间。

他是一只日光型动物。夜晚是不存在的，只是一片狡诈、无形的沼泽。一个深陷泥沼的野蛮的史前动物。瞬间，他忘却了：白日抵消了一切，恢复了他的能量和本能的反应。什么时候，哇，什么时候星座发生了变化，消灭了万物间的差异？那片暗藏在远方的灰色冻结是何时产生的？

窒息。幼虫无法到达岸边。世间万物逐一分解，滑落至无底的深渊,迷失在乌云重叠的天空,迷失在沙漠般无边的天空,不是吗?

他离开灯火通明的地铁站,沿阶梯向上,返回到黑黢黢的大街上。当他跨上最后一个台阶时,他脸上仍然挂着孩子般的笑容。他高兴,因为自己重新回到了孤寂的夜色之中。

开心的伤痛,这一刻将伴随我们一生。这一刻,就这些。

黑暗。然而,警觉的眼睛没有休息。什么也看不见,看不见房屋,看不见街道,看不见行人。夜色朦胧:节约用电,节约生命,节约能源。服从、沉睡、统一步调,一派死气沉沉的景象,就这些。

尽管如此,他看见他们了,看得真真切切。他们在空气中,他们在天上,他们在街头斑驳的阴影中。他们匆匆地来,又匆匆地去,他们脸上还戴着面具。他过去曾经遇见过他们,在医院的候诊室,在店铺外排大队等候购买面包、猪肉、香烟的人群中,在选举委员会里,在模范协会的告诫会上,在模范协会的庆典上,在模范协会的葬礼上。

看,他跟40年前的老马尔库·万恰年纪相同。那也是一个如此的春天,他突然脱离了脚下的大地,升腾于街巷和田野之上,杀死自己,或是被他人所杀,那个夜晚在,不在,仍然在不知疲倦地、无休止地持续。假如我能在今天夜里召集到马尔加的所有病人,我们手持火炬,列队站在排污口的斜坡上,污水从那里流入冰冷黑暗的河道,我可以在他们中间找到他。没错,我能辨认出某个跟他相像的人,某个跟我相像的人。我应该有这个能力。

关闭了电闸的都市接受了茫茫夜色。毫无生气的建筑和街道陷入夜间的荒原。看不见幽灵,没有一颗心在友好地跳动。

偶尔,可以听见脚步声。夜间巡视,乌托邦里的巡警,卑鄙的看门狗迈着千篇一律的步子。

瞬间，黑夜戛然停止。瞬间，一束光线刺破黑暗。车灯，急踩刹车的车辆，车轮上有镀层的金属螺母，一辆空无一人的破烂公交车醉汉般地摇摆驶过，从夜色中夺走了沉睡的高墙和大树，锈迹斑斑的屋檐，堆积如山的垃圾，一副自行车的把手，一把挨着扫把的斧头，一幅剪影。在高大的门廊下，出现了一个高雅的绅士。那人伫立在车辆射出的金色光芒之中，纹丝不动。宽大的额头，坚硬的头颅，目光呆滞的眼睛。一个来自古昔的人，一位从两次大战之间的相册里走出来的绅士，背靠着大门，一动不动。

突然，公交车停了。司机关闭了所有的车灯，街巷随之消失了。很快，发动机响了起来，车灯再一次打开。恐龙转过身，在楼房那扇敞开的大门前停下脚步。木门大开着，但是，门框之间却难觅那人的踪影。司机透过驾驶室肮脏的窗玻璃，诧异地向外张望。他左眼眉角处的疤痕在痛苦地燃烧。他又一次关闭车灯，在黑暗中观察。他恐怖的气息在街上肆意泛滥，街道再次沉沦在黑暗之中。

巡夜、毒素、被人捂住口鼻发出的声音，撞上电视天线的猫头鹰身体一阵痉挛。黑暗的空气，一张巨型的诱捕大网。

飞机轻轻晃动。机舱内功能完备，干净整洁。机舱呈几何构造，设备光亮如新。乘客转向左边的舷窗，但是，除了浓浓的夜色之外，他什么也没有看见。他那双蓝色的大眼睛转向他的邻座。一个皮肤黝黑、身材瘦小的年轻人，左侧眉角处有一块疤痕。这人跟那个公交车司机简直一模一样！那块疤痕、那种谦卑而又不怀好意的笑容、突出的眼球。老人俯身过去，嘴巴里说了些什么，但没有人能够听见他的声音。年轻人赞同地点点头，并且重复着老乘客刚刚说过的话，但是，他的声音没有减弱。接着，他们俩同时把目光转向空中小姐。她直挺挺地站着，身上穿着一件巴里纱长裙。透明的长裙下面是全裸的躯体。她手里托着一只托盘，她在等待。五彩的瓶子，五彩的杯子，五彩的商标。直立，裸体。金色的鬈发，白皙的皮肤，细长的手指，一张老于世故的脸，男孩子般的面容。一片片蓝色的妆容。男青年般修长的身体。那个游客——花白头发的绅士——微笑着看着这个阴阳人。他的嘴唇不停地在动，他在不停地说话，但却没有任何声响。老人的脸颊微红，衣领挺括，天蓝色的衬衣，深红色的领带，两栖动物般的嘴巴张开、闭合、张开，但没有声音。任凭那张嘴巴如何运动，但始终没有声音。他的嘴巴有节奏地一张一合，长着一撇小胡子的年轻导游兼警卫警觉起来。人体模特端着盘子，等待着答复。她身上的薄纱长裙微微飘动，你可以看见她那男孩子般的胸脯：小灯泡似的粉色乳头，通了电的，洒过香水的。阿波罗—维纳斯挺直了双肩，朝游客弯下身子。她再一次向对方提供饮料、胸脯、嘴唇、一切。哐啷，他的喉管里发出一种干巴巴的声响，一条红鲤鱼张开了嘴巴，吞噬了所有的声音。细长的领带胡乱地飘动，嘴里的阀门再次开启，贝类生物扑打着外壳，无奈地消磨着时光。

突然，一阵刺耳的声响久久回荡在舱内，经久不息，仿佛警笛的声音。导游黝黑的脸颊靠近游客婴儿般衰老的脸。

他们挥舞着双手，在空中跳跃。同样，其他乘客也撞在一起，乱作一团。


多米尼克哆哆嗦嗦地在低矮的沙发边摸索着，他的精神突然之间崩溃了。不知什么地方传来一阵惊恐的声音，闪光的羽翅相互碰撞，一声长长的哨声，或是啸叫声，颤动、尖利、邪恶、活泼。接着，现在，欢快的水流一泻千里，愤怒、焦躁的笑声。地狱的钟声敲响了，魔鬼的夜总会。

他吃力地从狭窄、破旧的沙发上下来，漫无目的地奔向——奔向何方？房间里没有他人。只有柜橱的几扇门在嘎吱作响，那种恐怖、刺耳的声音一而再，再而三地反复着，久久回荡在空气中。经过了无尽的等待，终于，马尔库·万恰出现了。

橱门、柜门疯狂地摇动，发出嘎吱嘎吱的摩擦声。哲学家老万恰就在此时现身了。你怎么向他解释人们的这种疯狂呢？他非常敏感，深色的服装使他显得十分严肃。在这种疯狂的环境下，你怎么向这个哲学家兼酒商解释呢？

多米尼克神色紧张地弯腰捡起那只掉落在沙发边上的漂亮皮手套。马尔库·万恰没有说话，没有回答。他像坟墓一样寂静无声。

儿子转身面对着嘎吱作响的柜橱，他感觉十分烦躁，但并没有抬头。他的眼睛始终盯着那只手套掉落的地方，那只高贵的手套属于那个高贵的客人。他在等待，等待另一只手套。当那只手套也掉落在地的时候，客人就要离开了。等待是那么的遥遥无期，他转向橱柜，他朝门口走去，一路走一路嘟囔。他知道，那个幽灵就在他的身后，那个幽灵的打扮跟他一样，每一个细节都一样，那个幽灵准备出门了。

"这是什么……这是什么！先生，我没出什么错误。只是，我要去参加那个大会。这就是我召集假正经的那些病人的原因。不能说我真的在乎。那是我的秘密：漠然。那是我们的需要。漠然是我最好的防御。过去的经历不止一次证明了这一点。别为我担心，那是秘密：漠然。"

托莱亚似乎非常厌恶自己说的这些话。他厉声说出每一个字，让他感到高兴的是，总共没有几个字，他不需要说下去了。他的目光停留在橱柜上,但那只戴着手套的手已经伸进了高贵的大衣口袋,摸索着找寻药片。

接着,他用手套揉搓着自己长长的胡须。他好几天没有刮胡子了,好几天没有出门了。他一直在准备,准备迎接这个决定性的时刻。他终于可以出发了。灿烂美好的天气。呼吸真快乐,散步真快乐,东张西望也快乐。但是,他迈不开步子,他在等待,等待客人先行一步,等待他为自己铺平前方的道路。

瞧,天已经黑了,夜幕这么快就降临了。我还没有来得及召集他们所有的人,但是,我相信,夜色一定会让他们聚集起来的。黑夜具有创造力,不是吗?正是在漆黑的夜晚,我们开始策划欺骗和报复的行动。

马尔库·万恰离开了。他跨过门槛,走了出去。他不听托莱亚说话了。但是,在他离开之前,他在原地逗留了片刻。他感觉到了什么,因此,他停住了脚步。托莱亚背对着他,这样就可以避免跟他正面相遇,但尽管如此,他依然可以判断出那人何时萌生了最后一刻的犹豫,何时停下了自己的脚步。橱柜的门不再吱嘎作响,一切均已平静下来。橱柜的门再次发出吱嘎的响声,收录机上的小灯亮了,仿佛陌生人肃穆的脚步声此时离这儿更近了。

没错,那个影子再一次来到他的背后,再一次附在他的背上。这种状态持续了很久,究竟多久,难说。他面色惨白,两只脚好像被固定住了,一动不动。他在原地等待,直到确信自己身边没有他人。房间里只有他一个,没有其他人。托莱亚身上穿着那件褐色带插肩的大衣,一副英国哲学家的派头,脖子里围着一条蓝色的丝巾,手上戴着一副有绒毛的长手套。绒毛插肩大衣左侧衣领的下方有一个口袋,可以放置手帕。他的确在那个口袋里放了一样东西,那封折叠得整整齐齐的信。从衣领往上看,托莱亚正在傻笑,露出了一排漂亮的白色大板牙。

户外的街巷,一片荒凉。令人难以置信的是,他在村尾的那座小木桥上停了下来,他想整理整理自己头上的帽子。月光皎洁、柔和。多米尼克先生骨瘦如柴,面色苍白,面对着自己的使命,他显然有些力不从心。一排排细长的火炬,或许,那些只是超长的蜡烛而已。他们沿着河边的坡道一字排开,城市的污水就是从这里流进河道的。

他从打头的那人手里接过火炬,谁也没有看见他,但他可以看见自己。他微笑着接过火把。他吹了口气,病人头发凌乱的脑袋瞬间消失了。多米尼克先生微笑着走向下一个——一个憔悴的红发农民。他也把那人的脸吹灭了。就这样,他一个接着一个地把他们都扑灭:蜡烛和脸庞,他们都消失得无影无踪。

就剩下多米尼克一个人,他手握着自己的火炬,脸上荡漾着温柔、满意的笑容。火炬在他上衣下摆的地方。梦幻般的寂静,太完美了。

又听见了那种声音——生了锈的橱门发出了那种令人生厌的吱嘎声。天空一片火红,上衣的下摆烧起来了,接着,他的手套,还有他脖子里的丝巾。当远方传来夜狗的狂吠时,多米尼克先生脸上的笑容依旧灿烂。

烟雾,极具磁性的幻影。只有笨蛋托莱亚能看见他们,而且,他也没有力气阻止。面对这种行将崩溃的幻影,他连眨眼的力气都没有。

奥列斯特同志：

万能钥匙向我通报了话匣子被收治入院的详细情况。有些令人困惑。甚至连医生都还没有跟他交谈过。目前，每隔四个小时，他们会往他喉咙里塞上一把药片。根据万能钥匙的报告，短期内那家伙的情况不会有什么好转。他没有表现出任何暴力的倾向，而且，迄今为止，他没有说过一句话。像个聋哑人。我知道，他对自己以往所做的另类调查，以及他在特兰齐特旅馆工作时的同事，均没有任何记忆。用圣韦图利亚的话来说，这孩子精神失常了。大概十天前的一个晚上，她去洗手间的时候，她看见他屋内的一盏灯亮着，听见里面传来了教授的声音，他在跟什么人说话。她心中感觉奇怪。房客从来没有人造访，也没有足够的空间接待客人。我知道，他的房间很小。再说，那个时候已经很晚了。泡菜夫人抑制不住自己的好奇：她通过锁眼向里看。实际上，她一直很警觉——并不单单在那个晚上。关于这一点，我是知道的。好像是那个接待员，浑身赤裸地站在镜子前面。他在跟一个名叫图德的人交谈。实际上，是在跟他从自己身体上剪下的那个小东西说话，他的目光始终盯在上面。你能想象得出来吗！图德！图德！你能相信？不难想象，蘑菇夫人非常害怕。他们扼杀了我们，图德！——这就是他当时的原话。他们榨干了我们，无论我们做什么，我们都再也没有幸福可言。我们厌恶我们自己的思想，自己的身体，还有自己的灵魂，它们像瑞士奶酪一样，布满了空洞。我们只学会了一件事，那就是我们要躲藏起来。我们不断退缩，到头来我们连自己在哪里都不知道了，这些都是话匣子说的。他不是在开玩笑。他很严肃，眼睛里好像还含着泪水。我们没有藏身之处，所有的出口都是陷阱，无一例外。图德就是这样说的。图德，我们会同时死去，因为我们是一个不可分割的整体，我们已经没有了气息。街上再也不会有消防栓了，只有污水和死亡的消防栓——韦图利亚夫人神色焦虑地报告说，这些都是他说的，她可以肯定，好像他说过的话她已经可以倒背如流了。那个马屁精似乎浑身上下一丝不挂，他就站在镜子前跟他的小图德说话。老女人偷偷溜回到自己的床上，叫醒了她的老领导。小老头儿马塞尔叫她不要慌张，这没什么，没什么要紧的。教授就是这样的人，非常具有艺术细胞。但是，第二天早上，接待员没有去上班，他房内的电灯一直亮着。加夫通夫妇私下商量了一番，最后决定打电话给一只眼，就是精神病医院的那个医生。不一会儿，他随救护车赶到了，这些我都已经知道。病人一丝不挂地躺在沙发上，眼睛望着天花板。又聋又哑。他好像谁都不认识。在救护员面前，他丝毫没有反抗。但是，当他们把他放上担架时，那个小图德醒了。加夫通夫人手捂着嘴巴，似乎准备在胸口画十字祈祷了，仿佛她现在面对的是肮脏的魔鬼，仿佛她想笑，仿佛她不想笑。当他们搬动教授的时候，小图德突然一跃而起，敬了个礼。这样一来，这个恶棍暴露出了自己原本的面目，他再也无法掩饰自己罪恶的背景。我很想把这个说给那个笨蛋韦图利亚听，但我还是没有跟他们夫妇啰唆。

　　到目前为止，情况就是这样。我知道，万能钥匙会及时向我们更新事情的进展。

他昏昏欲睡，进入了梦乡。就在这时，伊拉出现了。

黑色的裙子，黑色的衣领，黑色衬托着她那张雪白的脸。一双纤纤玉手从宽大的黑色衣袖里伸展出来。话音刚落……

必须付出最大的注意力，必须绝对聚精会神。虚无怎能如此吸引你，以至于让你忘却了自己的目标，自己的原则？命运的神秘之线，伊里娜轻声说道。

忘却恐惧和厌倦，忘却今天的压力，忘却令人感觉侮辱的诡计。让一条神秘之线陪伴你。忘掉今天不愉快的细节。我的小蟋蟀，没有其他东西——只有那至高无上的原则。只有火焰，只有火刑柱。

他很专心，非常专心，过于专心。屏住呼吸，眼睛一眨也不眨，目的是保持那个画面，不让话语偏离航线。

然而，他再一次昏昏欲睡。他牢牢抓住凳子的边缘，为了保持眼前的一切，他目不转睛；在这种压力之下，他几乎哭出声来。尽管如此，干扰已经开始了：新的一天用自己低低的嘈杂声宣布了它的到来。他如何能够让它闭嘴呢？如何能够忽视它的存在呢？海市蜃楼般的幻觉已经一去不复返了。催眠也已曲终人散——一切都结束了。附近传来别的声音。

但是，它们消失了。他精疲力竭，再一次进入了梦乡，与呆滞和太阳和平共处。他又一次醒来，又一次迷失，再次睁开眼睛，再次闭上眼睛。一种动静，一个厚重、古老的影子。需要我们的注意，最大的注意：有人，或者有东西在附近发出声响。

"你在看什么？年轻人，为什么眼睛瞪得那么大？"沙哑的嗓音从他左边、右边、四处冒出来。

他没有眨眼睛。他仍然没有眨眼睛。他绝不移动，绝不退缩。耐心，耐心，好奇，精力集中。漠然，只有漠然——注意，极大的注意，常识，越多越好。睡眠和梦幻像昏厥一样向你袭来。漠然，毫无知觉——

"你活着的时候是干什么的？嗯？"男低音回荡在耳畔，透着一种权威性的口吻。

"咳，"回答开始了。

"好吧，很清楚了。我是提香。"声音似乎无所不在。一切变得越来越模糊，越来越清晰。什么也没有。绝对没有。只有那个强行闯入的人，他还在喋喋不休。

他终于可以看见他了，就坐在他的身边，坐在同一张长凳上。

"咳——"头脑不清的人含混地说。

老人看上去的确像——

"咳——我不太明白您说的话。"

"你听见了，但是没听懂。告诉你，我是提香。没错。提香。孩子，你应该相信自己的耳朵。我的声音现在是不是听起来很熟悉？也许你不是一个乖孩子。哈，用词不当，嗯？我的视力——我能做些什么？我的日子差不多了。我99岁了。"

又大又黑的眼睛，从白色的眼窝中滑落。细细长长的鼻子，透着蓝色。脸颊上刻着深深的皱纹。脸上一种沉思，依旧在沉思的表情。一顶黑色的无檐毡帽遮盖住他的额头、头发，以及头顶的斑秃——管它是什么。凌乱的黄色小胡子，开裂的下嘴唇。下巴颏儿上乱蓬蓬的白色胡须。巨大的招风耳。

"我的确跟他很像，不是吗？咳，我就是他。我是提香，到目前为止已经大概有20年了。我是百分之百的提香。我刚才说过了，我已经99岁了。临近死亡了。伟大的提香已经到达了死亡的边缘。"

一件乡村式样的羊毛外套，黑色的，很厚实，里面的衬衫领子耸立在外套漂亮的毛皮衣领之上。他那双汗毛密集的手颤抖着。天鹅绒的长裤。脖子上挂着一个贝壳坠子的金属挂件。两只黄黄的光脚上穿着一双拖鞋。

"您经历了很多事情。"

"是的，我的孩子，我经历了许多。我做了各种各样的事情。我告诉你，我99岁了。我能活到100岁。我过去一直这样认为，我应该活到100岁。现在，虽然说我应该活到100岁，但我不行了。我99岁了，我要离开了。但是，我会每天回来的。步行，从旷野来。步行，不用拐杖。我不需要拐杖，我坚持步行，我不会疲倦的。但是，我的日子不多了。"

"嗯，但是，您——怎么说呢？——您看起来精神矍铄。"

"当然，我很好。医生也是这样说的。那个医生是个矮胖子，一只眼睛是假的。因为这个原因，他总是戴着眼镜，但这也掩盖不了事实：他的一只眼睛是人工玻璃晶体。他很幽默——你知道，对医生而言，这一点很重要。玩笑能治一半的病。我对医药持怀疑态度。那个疯人院的医生爱开玩笑，但他似乎在看病方面没什么本事。我得了病，我得的是一种很严重的疾病。老提香受到了你卑鄙伎俩的影响。正当他要迈入百岁门槛的时候，他的死期到了。伟大的提香快要死了。书里就是这样记载的：提香·韦切利奥要死了。当你想起——查理五世从地板上捡起我的画笔。跟今天一样的日子——仿佛就在昨日。我的画笔掉在地板上了，国王弯腰把它捡了起来。是国王！世界上最具权势的人！但是，在提香面前，他发现自己只不过是一个凡人。"

"没错，非常有意思。礼节在宫廷中是非常重要的。"

"我不是你熟悉的那个学者列奥纳多,也不是那个迷人的拉斐尔,更不是那个玩花岗岩的米开朗琪罗。我鄙视艺术作品的规范。我展示的是一些未完成的画卷——但是,颜色!咳,颜色使它们和谐统一。强烈的对比——就是这个特点。你见过佩扎罗吗?听说过他吗?"

"啊,嗯,我……什么——"

"一个赞助商——这是他的身份。我和任何一个可能的人都有来往。你见过佩扎罗一家吗?那幅画展示的是圣母马利亚和圣徒,还有威尼斯的贵族拉克波·佩扎罗。在那幅画中,我让圣徒彼得和圣母的目光落在赞助商的身上。嗯,我们都很狡猾。狡猾,但我们是艺术家!你可能会认为我是一个卑鄙的马屁精。但是,把一面旗帜插在谁也不允许碰一碰的圣母对面会是怎样的情形呢?就是一面旗帜,棉布质地的,世俗的游戏。我可以告诉你,那可需要很大的勇气。这也说明了一个原因——我们是艺术家!但是,色彩!色彩是画家的冲动表现,是艺术的卓越技巧。否则,绘画作品——你知道我的意思。谁都想成为我的模特儿,因为这样一来,他们可以万古长青。"

"但是,您对寓言是怎么看的?《时代的寓言》,"沉睡者的声音响起来了,"这是您10年前的作品。您那时已经不年轻了。"

"我告诉你,谁都想要一幅自己的画像。"老人接着说道,"你记得罗马教皇保罗三世吗?可惜的是,我没有完成那幅作品。我那时很想超越拉斐尔。我画笔下的保罗应该更加活灵活现。但是,我没有完成。查理国王突然召我去罗马。查理召唤我!"

"但是,那幅《时代的寓言》是怎么回事?时代。三幅作品。审慎。10年前画出的寓言,"倦怠的声音,连托莱亚自己都听见了,"我听说,您的作品中有一幅自画像。提香年迈时候的自画像,看上去像是这样。"

"你瞧,你掉了一个信封。"老人嘟囔着说道,语气里透着些许恼怒。

"您应该记得它。您就这一次没有在画上留下您自己的名字。就连模特儿的名字也没有,这不是您惯常的做法。"

"那个信封里有什么?你为什么要把它藏起来?情书吗?甜蜜的话语?哇,我以前是多么喜欢这些东西啊,这些魔鬼。长寿和持久的荣耀也意味着——"

"那个寓言没有名字。但是,那个拉丁语的座右铭是怎么回事?Expraeterito...praesensprudenturagit...nifuturaactionedeturpet。您记得吗?意思是:今天的行动源于昨日的经验。换句话说,它来自于过去。审慎的行为。审慎的,您就是这样写的。审慎,而不是漠然。今天审慎的行为可以避免未来的偏见。您记得吗?《审慎的寓言》——这是绘画作品的标题。可能是在一个同样的春天里完成的。先生,您那时是一个审慎的人吗?"

"这封信究竟是什么内容?你为什么要藏起来?"老人追问道,"肯定是什么诱惑你的肮脏内容。我了解女人,知道她们的把戏。读给我听听,快,大声读出来——让我暖和暖和。快一点,读一读今天晚上的邀请。"

"您开始创作《审慎的寓言》的时候,是不是也是像今天这样的春天呢?一个老人头歪向左边的侧面像。我敢肯定,那是您的自画像。著名的自画像只有两幅:一幅在柏林,另一幅在卢浮宫。您的作品将成为老三。是佛朗西斯·霍华德先生的收藏,后来卖给黎哥特。瞧瞧,一个向左边看的老者。在作品的中央,一个成熟男人的正面像。然后,在右边,一个没有胡须的男人侧面像。年轻,成熟,老年。未来,现在,过去。非常审慎。审慎,不是漠然。"

"好吧,不是,在肖像画的领域里,我没有竞争对手。即使在我未完结的人生中也是如此,我是大师,几代人的大师。但现在,这又能说明什么呢？我刚才说过，我已经99岁了。我快死了；我感染了疾患。如果我死了，没有人会为此而痛苦。只有我的管家除外。一个什么样的女人啊！一个真正的美人。上帝，她仍然非常年轻！她照顾我，你明白吗？我们时常相互关照。你知道，我还是有这个能力的。我仍然有足够的力气，我还没有摆脱旺盛的罪恶。那个小女魔头占我的便宜，我的意思是说，她允许我占她的便宜。一个疯子的力量。但是现在，我生病了，我99岁了。肮脏的细菌——就像我们生活的这个时代一样肮脏。这一关我是过不去的。我告诉你，我的时日不多了。"

"那个三头妖魔是从东方来的，但是，您的领军作用是在欧洲。不是兽形的，而是人形的。欧洲，这意味着阿波罗和耶稣基督吗？凶残的狼吞噬着记忆。那个无所不能的威严雄狮代表的就是现在。未来就像是一条卑微的狗，犹豫不前。您过去梦想过审慎吗？那可是人类时代的象征。谨慎是无言的吗？"

"你究竟想从我这里得到什么？你一派胡言，我根本就不明白你要的是什么。打住吧，我快要疯了，你这个疯子，"提香开始咆哮，"我要疯了，你听见了没有？你这个疯子，让我去死吧。我实际上已经死了。我已经99岁了！"

他看上去仿佛非常疲倦，身体瘫软在地上。再也听不见什么了，再也看不见什么了。只有昏厥，这全都是因为那缓缓落下的日头。然而，那个声音又回来了。

"那头一只眼的肥猪根本不会治病。我就要死了。你们都骗我。没有什么方法可以治愈死亡。你这个疯子，那些下流事老韦切利奥什么都明白。我告诉你，我是提香。我99岁了。"

"但是，我还是想了解被罗马尼亚国王卡罗尔收藏的那幅画，那是什么？"梦游者托莱亚听见了自己的声音。

"卡罗尔——查理，当然。我跟你说过，就是因为他的缘故，我才中断了教皇的画像。查理五世召我去罗马。我接到查理的召唤，丢下了教皇。他们都想得到自己的肖像画，他们都想永垂青史。"

午间的太阳使他感觉浑身没有力气。他把自己那双瘦骨嶙峋的手搁置在胸脯上。但是，病人托莱亚仍旧坚持，他的声音清晰而坚定。

"一幅小型的作品。圣徒杰罗姆跪在地上。您也许不知道，但它的确包括在巴克里的一份收藏目录里，另外一个版本在热那亚的巴尔比家族手上。卢浮宫收藏的是临摹，它的替代品——"

老人睡着了，青筋暴露的手无力地垂放在那枚金属挂件上。但是，他的身体动弹了一下，他睁开了眼睛。巨大的眼睛，巨大的耳朵。

"替代——什么替代？你说的是什么意思？你到底想要干什么？我告诉你：我快死了，你这个傻瓜。没有选择。死亡，死亡，呸！"他弯下腰，但离地面距离还很远的时候就狠狠地啐了一口，老年人咳嗽的样子令人讨厌。

"死亡"一词使他复活了，他不断地重复着这个词，非常有力，仿佛突然之间从坟墓里升了上来。

"年轻人，我不愚蠢。我知道自己抛下了什么。那块石头必须用牙齿拖着向前。没错，好像那是一块宝石似的！你知道，这是我们所拥有的全部。好好保管，别让细菌侵扰它。你不知道什么时候——瞧，我已经被你的疾病感染了。我很快就会死去，我的病是从你那里传染的，从傻瓜身上传染的。你的病会要了我的命，我99岁了。提香·韦切利奥要死了，你知道。"

他巨大、沉重的脑袋耷拉在那个贝壳挂件上。老人精疲力竭。巨大的鼾声合着身体痉挛般的运动，回响在医院的大楼里。少年托莱亚一惊，睁开双眼，闭上，再睁开，伸展双手，碰到了长凳。一时间，他感觉头昏脑涨。过了一会儿，他站起身，离开了那个地方。接着，他在公园的一个角落里发现了一张无人问津的长凳。他坐下，打开那个信封。非常熟悉——没错，是那个旧信封，是那种蹩脚的字体，还有字里行间不规律的空白。

秘密的路线，陪伴我们直到永远。是的，就是这样，直到最后一刻。

周围升起以往常见的那种粉色的雾霭，囚犯发现自己迷失了方向。他返回，再次出发，再次返回：一个口齿不清的圆脸男孩。一个卷头发的圆脸天使降落在长凳的凳脚处。短小的蓝色斜纹工装裤，提洛尔风格的马甲。冷冰冰的大眼睛，短短的粉红色手指。树叶在风中起舞，湖泊在静谧中安睡。绿树环绕的湖水，默默绽放的丁香，伊甸园的夜莺围绕在哨卡的周围，雷达天线呼啸声声，地狱的臭气不可一世地向外喷涌。

闪光的信封，平整的信纸，他深深地被吸引了，迫不及待地从板凳的另一头拿过信封和信纸。一时间，他厌恶地看着它们，然后，将它们揉成一团。他朝着沙土堆跑去，猫着腰，摔倒在地上，爬起来，一屁股坐在沙子上。他开始把手中的信封和信纸撕得粉碎，细小的碎片，小得不可能再小了，最后，它们全都化成了尘土。他小心翼翼地将它们收集在一起，开始耐心地把这一小堆往日的话语埋葬在沙丘里，用小孩儿的铲子和桶一次次地往上填土，直到不露一丝痕迹。

他凝望着这座坟墓，过了一会儿，他满意地站起身。一种等待的画面。接着，爆发出疯狂的颤音，雷鸣般的，欢快的，无法遏止的笑声。天堂般的乐园充满了一串串孩子般的笑声。越来越呆滞，越来越嘲讽。接着，笑声变得越来越沙哑，越来越苍老。

还是往日的笑声，沙哑而哽咽。

铃声。她既没有力气,也没有欲望去拿起听筒。她知道接下来将会发生什么:长时间的沉默。最近,她时常接到这种无声的电话,而且越来越频繁。对此,她保持一种谨慎的态度,她不想妄下推断。

过了一会儿,铃声再次响起。她从椅子上一跃而起。她反应过来,其实,这是门铃的声音。以前也有过这种事情。没错,没有思维的思维,仿佛陷入一种瞌睡的状态。你一直在给某人打电话,其实却没有打,而这个人现在却来拜访你,但其实却没有来。但是,这一次是一种不同的声音,的确不同。

她突然想起,今天下午,她邀请了她的老同志——沉默无语的亚努利朋友。在你陷入困境的时刻,你可以和他在一起一言不发地待上几个小时。的确,她邀请了他,因为她担心自己没有勇气一个人在家待着。那个沉默的人,他的谨慎深不可测。一个不错的主意:一个客人,替代一次取消的庆典。

她透过门上的猫眼向外看,不对,不是她要等的人。她把门打开。

"哇,真没想到!"

风度翩翩的客人站在门口,手里捧着一大束红玫瑰。

"医院的登记卡似乎从来都不会骗人。但愿没有打扰你,我只是来跟你说一声生日快乐。"

"没有打搅我,真的,一点儿也没有。太吃惊了,难以相信。请进,医生,请进。"

马尔加医生走了进去。

"我只待一会儿,别担心。我刚好路过这里,向你表达我的祝福。

其实,我不知道该祝福你什么。"

"也许你知道。你完全知道,你太了解了,但是,你就是知道也没有用。希望我将生活在无聊的时代。"

伊里娜打量着他。她眼睛上的那层绿色雾霭使他感觉紧张,同样,还有她那沙哑、干巴巴的嗓音。

"那位东方诗人,你知道的,曾经整日做同样的祈祷,希望天上的那个人能够保护他,不要让他生活在有趣的时代。他的想法实在是太正确了,非常正确。"

"或许,你不会接受这样的生活。相信我,你会发现这样的生活非常难挨,跟我们的痛苦一样难挨。实际上,我们的痛苦太有趣了。我可以坐下吗?"

"是的,当然,请原谅。坐这儿吧,这儿有椅子。抱歉,我没换衣服,没想到有人来。"

医生没有说话。沙发的对面放着一张白色的小桌子,两边各有一张绿色的扶手椅,他坐了下来。

"伊里娜,你有客人要来吗?"

"不能这么说。我只是在等一个朋友,他不是客人。"女主人的声音从厨房飘过来。她在忙着把花插进花瓶里。

"啊,虽然我不敢说自己是你的朋友,但我也不是客人。你的朋友——"

"不,我说的是别人。"伊里娜的快速反应打断了他的幻想。她回到房间,手里捧着一只高高的、圆柱形的铜花瓶。"我请了一个老朋友,大家在一起聊聊天。他不知道今天是我生日。我们只是随便聊聊,打发寂寞罢了。他可以使我镇定。他的沉默,他的谨慎,他的倦怠。还有,他的自制力很强,他把怒火藏在心底。他临危不惧,是的。"

她在另一张椅子上坐了下来。她看上去心情沉重,不知道该从何说起。

"他经历了很多事情。我想,他是在1950年前后到这个国家来的。那时,他还很年轻——可以说,还是一个大男孩。他是一个年轻的共产党员,和家人断绝了所有的关系之后一直在希腊的山区参加战斗。他出生于一个富有的家庭,他父亲是一个著名的学者。当老人听说自己的儿子成了一名狂热分子,一名极端分子的时候,他自杀了。没错,他放弃了家庭,放弃了职业,放弃了祖国,他抛下了自己的一切。最后,他牺牲了一切。甚至可以说,包括他自己。"

"那现在呢?"

"隐退了。非常低调。从某种意义上说,他已经成为一名语言问题的'专家',语言哲学家。研究方言,或是语言缺陷,我不是十分了解。"

"他不打算回自己的国家去吗?现在,希腊可是一个自由的国家。那里的人民生活得很好。在过去几年里,很多人都回去了。"

"他没有回去的理由。他经历了太多的事情。在那里他将会是一个陌生人,跟年青的一代没有任何联系——或者说,跟老一代也没有联系。虽然他的夫人一再催促他回去继承遗产,但他并没有这样做。突然的变故、悔恨、遗产——这一切对他而言都没有任何的意义了。"

"很少见,我不得不承认,现在——"

"不仅仅是现在。我们喝两杯吧!不是为了庆祝什么,因为没有什么——为了你的来访。我相信,你不是为了医疗的事情而来的。"

"当然不是。我只是想来看看你,这会给我带来快乐;而且,在这样的日子里,你不可能把客人赶走的。"

他们来到露台上,伊里娜拿着一瓶红酒。他们在宽大的草编椅子上坐下。医生严肃地举起手中的酒杯,点了点头。女人莞尔一笑,深深地喝了一口。

闲聊。对话时而缓慢，时而高亢。他们感觉很轻松，像两个老战友似的相互开着玩笑。

8点钟，新的客人出现了。五官鲜明的脸庞，几近花白的头发，长而且密。他伸出一只消瘦、柔软的手。他看上去忧心忡忡，或许是因为他没有想到会有第三者在场。

马尔加在这个陌生幽灵面前显得很有精神。

"我希望你不会怪罪我的唐突，伊拉跟我聊了一点儿你的事情。"

"有件事情我们必须说清楚，那就是，我们不谈政治！"伊里娜突然打断他的话。"拥挤的公共汽车，蛊惑民心的集会，造谣者的胡言乱语，排队买萨拉米香肠、矿泉水，以及用来做尿布的棉布？不，不涉及任何有关政治的问题！"

"你误会了，我刚才考虑的完全是另一件事情。希腊！雅典，对，就是雅典。艺术，科学，美丽，理智。而你却选择了相对立的一面。信仰，激进，战斗精神——耶路撒冷的风格！这就是我想说的。这是一种矛盾，不是吗？"

亚努利双手捧着酒杯，用自己的体温温暖着红色的液体。纤细的手指，长长的指甲。柴火棒似的手臂不时地轻轻战栗。

"那么说，是希伯来人的风格！你知道那首诗吗？你们伟大的现代派诗人的作品。"

三个人有节奏地啜着各自杯中的红酒，牙齿用力地咀嚼着饼干。

"'我一生中最宝贵的日子是我放弃美学专业的那段时光，'"医生拖着长腔，慢吞吞地背诵着，"你听说过这些诗句吗？'我一生中最宝贵的日子是我放弃美学专业的那段时光。我放弃了希腊文化的粗糙之美／割舍了至高无上的依恋／奔向完美、稍纵即逝的白色肢体。

我实现了我自己的梦想:成为希伯来人的儿子,神圣希伯来人的儿子。'美妙的诗句,你不这样看吗?'希伯来人的儿子,神圣希伯来人的儿子。'作者是你们希腊的那个卡瓦菲①。"

马尔加看着伊里娜,她的思绪迷失在了什么地方。接着,他的目光又转向亚努利,后者也在看着伊里娜。他那双细长的手在膝盖上来回搓动,两条细腿被紧紧地包裹在那条破旧的廉价裤子里。

匆忙间,他们会意地交换了一下眼神。伊里娜面色苍白,两只眼睛红红的,像发烧的病人。

"那么,结尾呢?"情绪激动的男高音继续背诵,"'但是,什么也没有留下。享乐主义和希腊艺术在他心里就是一个忠实的孩子。'诗歌的结尾多么的精彩!仿佛无能的呐喊,不是吗?他是一个伟大的诗人,那个孤独的人。年老体衰,流放在亚历山大沸腾的泥土上。"

一时间,他陷入了沉思。过了一会儿,他决定改换策略。他再一次将目光转向亚努利。

亚努利没有回避,神态自若地啜着杯中的饮品。

"现在,人们喜欢不断地迁移,为金钱,为冒险,或是为自由。当一个离乡背井的人突然远离了自己熟悉的环境,自己的母语,陡然之间,他也会变得更加简单。被迫适应简单的生活:食物、住房、疾病、睡眠、爱情。他曾经胸怀大志,某个——嗯——某个不切实际的目标。然而,生活在异国他乡完全是另一码事。'对于一些人而言,他们必须回答是或不是的那一天已经来到。'记得这一句吗?'我要去往另一个国度,我要扬帆在另一片海域。'记得吗?你记得卡瓦菲吗?"

---

①卡瓦菲,指希腊诗人康斯坦丁诺斯·卡瓦菲(1863—1933),他被尊为希腊现代诗歌的先师,一生多居住在埃及的亚历山大城。

伊里娜有些担心,她看看医生,又看看亚努利。

亚努利目光执着而坚定。他脸色阴沉,没有任何反应。像往常一样,那个喋喋不休的家伙实在有些过分。

"'你根本找不到崭新的地方,也找不到另一片海域。/你在地球上打转,你生于斯,老于斯,故乡始终伴你左右。/你的发鬓在同一屋檐下慢慢变白。/这座城池将是你的葬身之地。至于远离/没有希望/没有船只,没有公路。/在这一隅之地你毁了自己的一生/同样,整个世界在你手里荒废。'"

伊里娜站起身,眼睛看着他们俩,但她实际上谁也没看见。她放大的眼睛里出现的是传说中的芬芳、灿烂的亚历山大城春天。她走到露台上,头顶着那片歹毒的夜空,她的眼睛迷失在土星和银河系之中。

那个假正经的家伙不知疲倦地继续唠叨着,不时地,在那个夜晚,他表现出一种不自然的多语症和执拗。

"我年轻的时候也勇敢地参加过各种行军。但是,最终,我有一种被流放的感觉。人们有权利加入邪恶的行列,但没有权利参加对抗邪恶的斗争——你怎么看?我的工作耗尽了我的精力。具体、民主的苦难。根本不存在更加真实的流派。"

此时,电话响了。伊里娜快步冲进房间,急忙拿起听筒。

"你好!啊,是你!谢谢,非常感谢。不,应该说在意料之中。你还是跟过去一样,考虑得那么周全。太好了。是的,真是一个残酷的冬天。你说得没错,一个真正的笨蛋。我知道,室内没有取暖设备,还有学校,图书馆,电影院。你的夫人是怎么应对的?你说得对,是的,当然。没有,你没有打搅我。是的,我这儿有几个朋友。啊,我以前可没有听说过这个笑话。是的,胡言乱语者的一个特点就是,他每天都可以生产精彩的新笑话!"伊里娜开心地哈哈大笑。当她放下电话时,她脸上有一种忧愁而茫然的表情。她有些担心,为什么?因为自己在电话里说过的话,因为自己过早地拿起了听筒,因为这不是自己等待的电话,还是因为这个毫无益处的夜晚拖延了那么久,她感觉自己快要窒息了。

她转过身,对大家解释道,"是加夫通先生!他特地打电话祝贺我。他很有心,每年都记得我的生日。"

"照你这么说,你认识毛里丘!马塞尔!马太!这我可没有意识到。"医生嘟囔着。他低头擦拭着自己的眼镜,他非常小心,不想让自己左边的那只人工眼睛被别人看见。

"我们很久没见了。他们把这个可怜的人从那家国家级的报社赶了出来,然后把他派到协会,负责协会的报纸。他的职业生涯已经接近尾声,离退休没有多长时间了。我们成了朋友。他是个非常不错的人,帮了我很多忙。"

"你看,亚努利先生,"医生突然说道,"这个毛里丘——马塞尔是个很好的例子。他出身寒门,夜以继日地苦读。哇,还有什么领域他没有涉猎的!为伟大的事业服务!真诚地为那堆乱七八糟的东西奉献自己的绵薄之力。你怎么看?那个关于他改名字的事情!你知道,如果你拥有一个听上去像外国人的名字,在这个国家里,你不可能成为一名记者。他采用了他夫人的名字——一个腐朽,甚至有些危险的名字,属于一个有名望的古罗马军团家族。我敢说,他就是用这种方式表现自己的勇气!这个受害者,他想表现的是,复仇应该终止。滥用屠夫的名义。那个傻瓜付出的比得到的多。替代,替身。亚努利先生。那个世界过于美丽,过于有趣吗?最终将变得过于枯燥吗?伊里娜,你知道托莱亚寄居在加夫通家里吗?"

伊里娜往自己的酒杯里加了些酒。她没有回答：没有回答的必要。

医生扭动着屁股，再一次转过身，面对着亚努利。

"我还记得托莱亚年轻的时候。相信我，他可真是一颗耀眼的星星。严肃，不做作。聪明、礼貌、好学。你简直无法相信那场变故——咳，他要是再耐心一些就好了。我以前说过：他缺乏耐心。他最终为此付出了代价。对于他来说，伤口很难愈合，代价太大了，真的不值得，这不是玩笑。不，这一次可不是玩笑。然而，我想说的是，我真正想了解的是——没错，你已经对语言学产生了浓厚的兴趣。独处的语言。怀疑？那么怀疑呢？"

亚努利感觉有些别扭，一直保持沉默。但是，这一次，他面露微笑，双手慢慢地在发间穿行。他希望，医生可以继续他的独白，这样，他本人就不需要做出任何应答了。

当然，事情就是这样往下发展的。但是，马尔加似乎对自己所扮演的角色越发厌倦了。黑夜中，他的独白不再是喷涌而出，而是时断时续，朝着房间的各个角落渗透。"我不再年轻。我对乌托邦持怀疑态度：我知道它们会带来什么。但是，伟大梦想的破灭难道不是灾难的开始吗？怀疑不是更加糟糕？贪婪、固执、自私自利越来越被认为是正当的，是吗？"过了一会儿，他接着说，"没错，我对孤僻之人的心理很感兴趣：是的，这让我着迷。"又一次停顿，又一次开始，"我们深陷于孤立和无能之中，你认为有必要对此说点什么吗？或许，落后和冷漠不是也具有优势吗？想想所有的那些舒服的习惯！午睡，家庭关系，阅读，家庭烹制的食品，家庭秩序，彬彬有礼的孩子，朋友。在现代社会里，没有时间考虑那些，是吗？然而我们这些人质……"

但是，马尔加医生已经消失了。不知什么时候，他起身离开了。黑夜快速向他们包围过来，他们突然感觉更加孤独，更加心心相印。

"到露台上来。"她那沙哑的声音似乎变得温暖了。

天高云淡。平静的沉寂,冰山,月亮锋利的弯刀划过夜空。

伊里娜从屋里拿来了酒瓶和酒杯,把它们放在草编椅子之间的水泥台子上。

"我不知道今天是你的生日。"黑影欠身,并举起了手中的杯子。夜空中雾霭缭绕——飘过一大朵灰色的云彩。伊里娜也喝了一小口。夜空中雾霭缭绕——夜晚的云朵释放出巨大而凶残的烟雾,仿佛一个动物,挺直身体去捕获猎物,去释放长期等待带来的压力。

"今年的春天!"伊里娜突然说道,"它侵蚀了我们的骨头,不是吗?即使是四季的变更,也让我们感觉恐惧。这就是我请你来的原因。当你每时每刻都在等待的时候,答案不知不觉就产生了。原谅我。我也为马尔加的事情向你道歉。他心情不好,平常他不是这个样子——喋喋不休,怪可怜的。"

亚努利俯身去拿他的酒杯,与此同时,伊里娜也终于把自己的酒杯放下了,酒杯毫无意义地在她的手中停留了那么久。她仔细地打量着他,但并没有看见他——捕捉不易被察觉的、迟到的生机,也捕捉他缺乏负重的能力。她转过身,准备唤醒他,刺激他,使他恢复生命的动力。

"一段时间以前——我不太记得了,大概一个多月之前吧——协会的主席奥列斯特·波佩斯库同志给我们念了某家报纸上刊登的一则骇人听闻的消息,我记不清是哪家报纸了。这是一个非常奇特的报道,通常,此类文章是不允许在报刊上出现的。一个女人在自家公寓里遭到了袭击。莫名其妙地被别人殴打。没错,她家里的确养了一条狗,还有几只猫,但这也很难成为此次暴力事件的借口。文章引发了特殊的感应——一种极具威胁的哼哼声。也许,这只是我的一种印象。

我们还没有习惯在报纸上读到这样的新闻。我开始意识到，这篇报道在读者中的反响很大。很多人在议论此事。"

她连珠炮似的一口气讲了那么多，然后停下来，把酒杯里的红酒一饮而尽。她的动作很快，她有些漫不经心。她低沉的声音似乎想要征服听众的踌躇：她的话需要一个回应，一个确认。她需要听见别人的声音，别人的话语，需要别人迅速做出反应，这样才可以证实她的一番话的确存在，这个夜晚的确存在，露台、沉寂，以及葡萄酒是的的确确存在的：话语、头痛、天空、死亡，一切都是真实的。

"咳，没错，文章似乎旨在谴责这次袭击事件。但是，它的表达方法却让人生疑。粗暴，粗野，而且——有合谋的嫌疑。虽然表面上透着一股谴责的口气，但它似乎跟整个案件串通一气，背后有一种特殊的关系。事件和报道之间的关系表明，谴责只是表面文章。实际上，它与谴责的内容——故作姿态和对抗——之间存在着一种共谋的关系。真正的勇士会复活吗？会铲除肮脏的地下世界吗？"

伊里娜有些局促不安，她站起身，点燃了一支香烟。她身体靠在木栏杆上，满脸怒气地看着面前的这位昔日的勇士。

"害怕这个春天，害怕这个发育不良、丑陋的世界，它窒息了那么久，昏睡了那么久，迷失了那么久。充满期待的漫漫冬日。现在，异教徒的快乐，非法的快乐。缺少抵抗勇气的抵抗。狡诈、简单的东西，在大自然的力量面前俯首帖耳，没有勇气再次变得简单而强劲。我真的很担心！这种蛮横的欲望，秩序王国里的无序。"

半透明的基尔·亚努利，又黄又黑，面庞消瘦，头发花白。没有，她没有看见他，这很好。他也不想看见她那双忧郁的眼睛，不想看见她那双贪婪的双手怒气冲天地在空中舞动。

墨汁般的夜空，片片移动的白色，她认出来了，那是昼伏夜出的动物。一阵眩晕：她的四肢和手脚越来越长，她的欲望也越来越强烈，她的头发散开了，她感觉自己被炙热的空气吞噬，感觉自己置身于一个巨大的异类的体内，被毒素所围困。她摇晃着身体，睁开眼睛，又闭上眼睛。她的嘴巴里充满了大量的黏糊糊的熔岩，一张饥饿的嘴巴，舌头和牙齿不断地膨胀。她紧张不安，摇动着身体，然后走进屋内。她的小手在不住地颤抖，珍珠般的手指间那支廉价、难闻的香烟也随之颤抖。她想说些什么，但她的语速越来越快，声音低沉，含混不清。话语可以是一种拯救灵魂的方法。如果她可以清楚地发音，一切都将变得镇定而安宁。她曾经听说过那些残缺不全的诗句：他们必须回答是或不是的那一天已经来到。说这话的人是谁？

基尔·亚努利沉默不语。但是，他就在这里，距离她只有一步之遥，可他看不见她。看不见真是一件好事情。她的眼睛在燃烧，她强忍着，不让泪水流下来——一种歇斯底里的状态。这一切他都看不见。她颤抖的双手渴望抓住什么，渴望挤压什么，也渴望释放什么，但尽管如此，她还是拼命让自己镇定下来。

这种密闭的沉默使他忧心忡忡，这个昔日的信徒仍旧活着。亚努利还活着，但是，他耳朵听不见，眼睛也看不见这里发生的变故，哪怕他们之间的距离是这么的近。

"这个季节就是一个陷阱，"伊里娜能够说话了，但声音依旧很轻，"一个躁动的时代。在这个躁动的时代里，人们太有耐心了。躁动的时代和耐心的公民。"伊里娜不假思索地说着。

窗户暗下来，又亮起来。一束火光替代了黑暗：发着磷光的脸庞，灿烂的女妖喀耳刻，卑鄙的小人！母狮子，母老虎，母猪，面露威严，在城中游荡，不时地啃咬着她那些无辜男性侍卫的精致小骨头。她不是别人，她是那个绅士病人亚努利的配偶，脾气暴躁的配偶，是他无价的母马！兰迪·埃米利亚，人们口中的米拉，米拉·亚努利，大娼妇。掌管替代和替身的女神，伟大的异教徒时代的超级娼妇，挑逗性的嘲讽——是的，以下是她准备向那个流放到月球上的无言勇士提出的问题。你如何应付崇高、肮脏的超级娼妇？然而，她没有时间，她的双手，她的眼泪，她的哭泣在同一时间迸发，而且，那个男人近在咫尺。一个玩笑——但什么也没有剩下，只有含泪的苦笑，天使般的微笑，狂喜的脸上懒散、孤独的神情。双手在黑暗中舞动，在黑暗中颤抖。

当她镇定下来的时候，那个人再次出现在老地方——她的对面。他们没有相互看对方，他们的目光共同凝视着黑暗的火山口——茶杯底部残留的咖啡末：一种幻想。

"这个季节是陷阱吗？如果我们把词语的顺序颠倒一下，结果会怎样呢？你怎么看？如此一来，没有耐心的不是季节，而是人，对吗？"

空气凉爽，夜色依旧——这是她希望的状态。她的伙伴就在附近的地方，他蜷缩着身体，萎靡不振。他睡着了，或者，他只是闭上了眼睛。她没有打搅他，只是冲他低下了自己疲倦的脑袋。此时，她清醒的意识不允许她兴奋，也不允许她作呕。没什么，就是拒绝这样做。这种拒绝最终掩饰了她的心中所想，就像她最后的面具，除此之外，不可能再接受其他的伪装了。

她抬首仰望黑暗的天空。钟声响起，她按照要求做好了准备。翻开了新的一页，开始了一个新的时代。

独自一人——独自一人，掌控着一切。

不知什么时候，她偷偷溜回屋内。她踮起脚，免得发出一点声响。她出来时手里捧着一床厚厚的粉红色毛毯，将它围在那个男人的身边。虽然他一动不动，虽然他双目紧闭，但他看上去还活着。他没有动弹，但他并没有死。没有，还没有。伊里娜伫立在露台上，凉爽的晨风使她恢复了神志。

她应该以这种方式走进人们的记忆，在时代转折的关头，身边是一个从故事中消失的见证人。

突然之间，她老了，她自由了。复仇和快乐：一种悲壮的胜利。光阴迫不及待地向她索要一样信物。她准备好了。

PLICUL NEGRU
Copyright © 1995, Norman Manea
All rights reserved
Simplified Chinese edition copyright: 2021 New Star Press Co., Ltd.

图书在版编目（CIP）数据

黑信封／（罗）诺曼・马内阿著；邹亚译．——北京：新星出版社，2021.1
（诺曼・马内阿作品集）
ISBN 978-7-5133-4208-7

Ⅰ.①黑… Ⅱ.①诺… ②邹… Ⅲ.①长篇小说－罗马尼亚－现代 Ⅳ.① I542.45

中国版本图书馆 CIP 数据核字（2020）第 206253 号

# 黑信封

[罗马尼亚] 诺曼・马内阿 著；邹亚 译

**责任编辑**：李文彧
**责任校对**：刘 义
**责任印制**：李珊珊
**封面设计**：冷暖儿

**出版发行**：新星出版社
**出 版 人**：马汝军
**社　　址**：北京市西城区车公庄大街丙3号楼　100044
**网　　址**：www.newstarpress.com
**电　　话**：010-88310888
**传　　真**：010-65270449
**法律顾问**：北京市岳成律师事务所

**读者服务**：010-88310811　　service@newstarpress.com
**邮购地址**：北京市西城区车公庄大街丙 3 号楼　100044

**印　　刷**：北京天恒嘉业印刷有限公司
**开　　本**：910mm×1230mm　1/32
**印　　张**：11
**字　　数**：258千字
**版　　次**：2021年1月第一版　2021年1月第一次印刷
**书　　号**：ISBN 978-7-5133-4208-7
**定　　价**：65.00元

版权专有，侵权必究；如有质量问题，请与印刷厂联系调换。